GEISTERLIED

MARK L'ESTRANGE

Übersetzt von
ROBERT ENSKAT

Verlag: 2021 von Next Chapter

Klappentext: David M. Shrader, verwendet unter Lizenz
von Shutterstock.com

Für meine LRU Familie: Rebeccah, Claire, Namita, Alisha, Laura, Sarah, Chandrika, Dele und Rob.
Danke, dass sie den Wahnsinn in Kauf nahmen.

PROLOG - 1970

Spaulding Hunt stand auf seiner Kiesauffahrt und rauchte eine Zigarre nach dem Abendessen, wie es seine übliche Gewohnheit war. Er war ein Mann der Gewohnheit, und das war er schon immer gewesen. Im Alter von vierundachtzig Jahren fühlte er sich berechtigt, alles zu tun, was ihm gefiel, ohne das Bedürfnis zu verspüren, seine Handlungen vor den Menschen um ihn herum zu rechtfertigen.

In Wahrheit hatte der eingefleischte Junggeselle nie zugelassen, dass die Sorgen oder Wünsche anderer sein Urteilsvermögen trübten. Er hatte sein Leben weitgehend nach seinem eigenen Verhaltenskodex gelebt.

Spaulding blies einen riesigen Rauchkringel in den Nachthimmel und drehte sich beim Geräusch der Schritte hinter ihm um.

Mr. und Mrs. Jarrow stiegen die Steintreppe hinunter, die zum Kiesweg führte, bevor sie ihrem Vermieter und Arbeitgeber eine gute Nacht wünschten.

Spaulding quittierte den Weggang mit einem leichten Kopfnicken und der kleinsten Andeutung eines Lächelns.

Die Jarrows hatten über fünfundzwanzig Jahre lang in verschiedenen Funktionen für Spaulding gearbeitet.

Mrs. Jarrow war als Haushälterin, Köchin und Putzfrau tätig, während ihr Mann die Aufgaben des Gärtners, Handwerkers und Chauffeurs übernahm.

Sie lebten in einem bescheidenen Häuschen auf dem Gelände von Spauldings Herrenhaus, und obwohl er ihnen für ihre Unterkunft eine Pfefferkornmiete verlangte, mussten sie sich aufgrund der geringen Löhne, die er ihnen zahlte, eine alternative Beschäftigung auf Teilzeitbasis sichern.

Jack Jarrow arbeitete drei Vormittage in der Woche in der örtlichen Sortieranlage der Post, während seine Frau drei Nachmittagsschichten als Bardame in der örtlichen Kneipe arbeitete.

Wäre Spaulding bereit gewesen, einen angemessenen Lohn zu zahlen, hätten die Jarrows die Betreuung von ihm und seinem zerfallenden Anwesen leicht zu einer Vollzeitbeschäftigung machen können. Aber so wie es aussah, tat das Ehepaar mittleren Alters in der Zeit, die sie erübrigen konnten, was sie konnten.

Emily Jarrow sorgte dafür, dass Spauldings Frühstück jeden Morgen pünktlich um 8 Uhr auf dem Tisch stand, auch am Wochenende, und dass sein Abendessen jeden Abend um 21 Uhr serviert wurde.

Spaulding bestand auf einem vollständigen englischen Frühstück, das aus Porridge, Eiern und Speck, Toast und Marmelade und einer Kanne Tee bestand – jeden Morgen. Sein Mittagessen bestand immer aus einem Sandwich und einem oder zwei Pint Bier, die Emily ihm in den meisten Fällen im Lokal servierte.

Zum Abendessen bestand er auf einem Vier-Gänge-Menü, das mit einer Suppe begann, gefolgt von einem Hauptgericht, einem Dessert und einem Käse. Das Abendessen wurde immer mit einer vollen Flasche Rotwein und normalerweise mit einem oder zwei Gläsern Portwein zu seinem Käse serviert.

Im Gegensatz zu vielen Achtzigjährigen hatte Spauldings Appetit mit zunehmendem Alter nicht nachgelassen; dennoch gelang es ihm auch jetzt noch, eine für seine Größe relativ proportionale Körpergröße beizubehalten.

Er beobachtete, wie die Jarrows in ihr Auto kletterten und aus der Einfahrt fuhren.

In der Sekunde, in der sie außer Hörweite waren, begann der Gesang, wie Spaulding wusste, dass er es tun würde.

Es war jede Nacht das Gleiche.

Sobald er allein war, begannen seine Qualen!

Zuerst kam der Gesang. Diese süße, sanfte Stimme schien fast so, als würde sie vom Wind getragen, als die Anspannung des herzzerreißenden Schlafliedes die Luft um ihn herum erfüllte.

»So wie das Wasser tief fließt, so sehnt sich meine Seele nach dem Auftrieb.

Auf den Flügeln eines Adlers warte ich nimmermehr.

In den Armen meiner wahren Liebe werde ich für meine Zeit innehalten.

So halte mich für immer, bis du mir gehörst.«

. . .

So sehr er es auch versuchte, Spaulding war nicht in der Lage, den Klang zu unterbinden. Selbst durch das Stecken eines Fingers in jedes Ohr gelang es dem Schlaflied, seine Verteidigungsmechanismen zu durchbrechen.

Es war fast so, als käme die Musik aus seinem Inneren, ein Schrei aus seiner Seele.

Er kannte die Stimme!

Nach so vielen Jahren war es völlig plausibel, dass er sie inzwischen vergessen hätte, wenn sie ihn nicht jede Nacht besucht hätte, und oft auch tagsüber, wenn er allein war.

Er hatte keine Kontrolle über sie und keine Möglichkeit, sie zu stoppen.

Aus einer Kombination von Ekel und Frustration heraus warf Spaulding seine halb gerauchte Zigarre hinunter und stürmte zurück ins Herrenhaus.

Er schlug die Tür hinter sich zu und stand einen Moment lang mit dem Rücken zur Tür.

Wie er erwartet hatte, hatte der Gesang mit ihm die Schwelle überschritten, und nun, da er sich im Inneren des Herrenhauses befand, hallte der Text im ganzen Haus wider, als ob er in jedem Raum gleichzeitig gesungen würde.

Spaulding schlug seine Handflächen gegen jedes Ohr, in dem vergeblichen Versuch, den Gesang zu übertönen.

Er ging einige Schritte vorwärts in den großen Flur, hob den Kopf und schrie aus vollem Halse.

»Genug! Ich halte das nicht mehr aus! Was wollen Sie von mir?«

Als Reaktion auf sein Schreien begannen sich mehrere der Türen zu den oberen Räumen nacheinander zu öffnen und zuzuschlagen.

Wie auf Stichwort begannen die Lichter im Erdgeschoss zu flackern und zu verblassen, bis sie schließlich ganz ausgingen, und die einzige Beleuchtung kam von dem lodernden Kaminfeuer im Esszimmer, das unheimliche Schatten durch die offene Tür zu Spaulding warf.

Die Türen im oberen Stockwerk öffneten und schlossen sich weiter, aber der Lärm, den sie machten, übertönten kaum den Gesang, der immer noch aus jedem Raum im Inneren des Herrenhauses drang.

Spaulding ging zum Fuß der geschwungenen Treppe hinüber und blickte nach oben in die Dunkelheit der oberen Stockwerke.

»Warum kannst du mich nicht einfach in Ruhe lassen?«, schrie er in die Dunkelheit hinein.

»Weine um mich, mein Geliebter, bis die Meere ausgetrocknet sind.

Suche nie nach Antworten und frage nie nach dem Warum.

Der Weg, der mir bestimmt ist, ist nicht mit Gold gepflastert,

Aber die Wärme deiner Liebe hält die Kälte ab.«

Die Worte des Schlafliedes, das er vor langer Zeit auswendig gelernt hatte, hallten in ihm wider, als wollten sie ihn verspotten oder zum Handeln anstacheln.

Langsam, das Geländer als Stütze benutzend, begann Spaulding, die Wendeltreppe hinaufzugehen. »Was kann ich tun?«, schrie er noch einmal und hielt den Kopf hoch, als ob er erwartete, dass plötzlich jemand oder etwas in seiner Blickrichtung auftauchte.

Als ein scharfer Wind die Treppe hinunterpfiff, klammerte sich der alte Mann an das Geländer, um sein Leben zu retten. Die Kraft der Böe schaukelte Spaulding, als ob er plötzlich in einem Sog gefangen wäre, der ihn fast von den Füßen riss.

Die schiere Kühnheit des Versuchs, sein Aufsteigen zu verhindern, machte Spaulding umso entschlossener, seine Aufgabe zu erfüllen.

Mit einem tiefen Atemzug drängte er sich vor und weigerte sich, sich zu fügen.

Als er die Hälfte der Strecke erreicht hatte, spürte Spaulding ein Engegefühl in seiner Brust.

Bevor er auf seine Notlage reagieren konnte, wurde seine linke Hand taub, und er musste sich sehr anstrengen, um sie vom Geländer wegzureißen.

Spaulding stand einen Moment lang ohne Hilfe auf der Treppe, während er sich die Nadeln aus seiner Hand rieb. Doch bevor seine Bemühungen Früchte trugen, traf ihn ein scharfer, stechender Schmerz auf der linken Seite, als hätte ihm jemand ein Messer in die Hand gedrückt.

Als Spaulding seine linke Schulter mit der rechten Hand packte, spürte er, wie der Boden unter ihm nachgab.

Er bemerkte schwach den Gesang, der immer noch durch die Luft hallte, als er kopfüber die Treppe hinunterstürzte, bis er schließlich auf dem Boden zusammenbrach.

Als das Leben seinen gealterten Körper verließ, hörte der Gesang auf und die Lichter im Herrenhaus gingen wieder an.

Spaulding starrte mit toten Augen vor sich hin, unfähig, die schreckliche Erscheinung zu sehen, die vom oberen Ende der Treppe über ihm auftauchte.

ERSTES KAPITEL (GEGENWART)

Meryl Watkins trug ein Tablett mit Getränken zu einem der vielen Tische rund um die Bühne am äußersten Ende des Pubs, den sie zusammen mit ihrem Mann Mike führte.

Die Bar war voller Leben, sogar noch mehr als an einem Freitagabend üblich. Meryl führte das auf eine Kombination aus dem Schnee, der am Abend zuvor gefallen war und nun mehrere Zentimeter tief auf dem Boden lag, und der Tatsache zurück, dass sie und ihr Mann einmal im Monat eine Live-Band im Pub auftraten lassen.

Heute Abend hatten sie eine Folkgruppe, die aus vier Cousins bestand. Ein Mann war am Schlagzeug, ein anderer spielte Gitarre, dann gab es ein Mädchen mit Flöte und eine andere an der Gitarre. Die Gitarristin war auch die Leadsängerin.

Sie hatten diese Gruppe noch nie zuvor gesehen, aber sie kamen mit einer Empfehlung von ein paar anderen Gastwirten, die Meryl und Mike aus der Branche kannten.

Es waren Roma-Reisende, die in der ganzen Welt auftraten, und obwohl sie nie ein Album veröffentlicht hatten, wurden sie von ihren Gastgebern immer wieder gebeten, bei ihrem nächsten Besuch in der Nähe aufzutreten.

Meryl eilte zurück an die Bar, wo bereits mindestens fünf Kunden auf ihre Bedienung warteten, zusätzlich zu denen, die ihr Mann und ihre beiden anderen Bardamen gerade betreuten.

Die Musiker waren bereits dabei, ihre Geräte auf der winzigen Bühne aufzubauen, und die beiden Mädchen hatten bereits mehrere Pfiffe von einigen der anwesenden Männer erhalten. Meryl überlegte, ob sie eine Ankündigung machen sollte, um die Ordnung zu wahren, aber die beiden Mädchen schienen die Aufmerksamkeit zu schätzen und reagierten mit Küssen an die Menge.

Die Vorstellung sollte um halb zehn beginnen, und kurz bevor der lange Zeiger der Uhr die sechs erreichte, spürte Meryl einen eisigen Schlag, als sich die Außentür des Pubs öffnete und einer ihrer Stammgäste aus der Kälte hereinkam.

Der alte Mann war jeden Abend zur gleichen Zeit da gewesen, solange Meryl sich erinnern konnte.

Er sprach nie mit jemand anderem, außer um Bitte und Danke zu sagen, wenn er seinen Drink bezahlte, und er saß immer in der hinteren Ecke, weit weg von den anderen Gästen, um in Ruhe sein Bier zu genießen.

Meryl bemerkte den schockierten Gesichtsausdruck des alten Mannes, als er bemerkte, wie überfüllt der Barbereich war. Einen Moment lang stand er in der Tür und blickte sich in dem vollen Innenraum um, und Meryl war überzeugt, dass er sich wieder in die Kälte hinaus wagen wollte, ohne seine üblichen zwei Pints getrunken zu haben.

Auf einen Impuls hin reichte Meryl einem Kunden das Wechselgeld und entschuldigte sich beim Nächsten in der Schlange, als sie sich um die Bar herum bewegte, und sie packte den alten Mann am Arm, als er sich gerade umdrehte, um zu gehen.

Der Mann schaute mit einer Mischung aus Schock und Verwirrung im Gesicht auf, bis er erkannte, wer ihn anfasste.

Meryl lächelte breit. »Heute Abend ist hier ein bisschen viel los«, erklärte sie, »aber hinten ist ein leerer Tisch, nur für Sie.«

Sie führte den alten Mann behutsam durch die Menge, bis sie ihr Ziel erreicht hatten.

Sobald er sich gesetzt hatte, bot Meryl an: »Das Übliche, oder?«

Der alte Mann lächelte: »Ja, bitte«, antwortete er, und Meryl klopfte ihm auf den Arm, als sie zur Bar zurückging.

Nachdem sie ein paar ihrer Stammgäste bedient hatte, kehrte Meryl mit seinem üblichen Getränk zu dem alten Mann zurück: ein Pint kräftiges Ale.

Sie stellte es vor ihm auf den Tisch, und als er seine Brieftasche öffnete, um zu bezahlen, hielt sie ihre Hand über seine. »Der erste geht heute auf mich«, sagte sie mit einem Augenzwinkern.

Der alte Mann dankte ihr höflich, und Meryl verließ ihn, um zur Bar zurückzugehen.

Die Band stellte sich vor und begann ihr Set.

Ihre Musik umfasste eine eklektische Mischung von Melodien, aber sie hatten diese so arrangiert, dass sie alle innerhalb des versprochenen Folk/Country-Genres blieben, und am Ende ihres ersten Sets sang das Publikum alle bekannten Lieder mit, die sie gecovert hatten.

Als die Band ihre Pause einlegte, gab es einen plötzlichen Ansturm von Nachtschwärmern, die die Bar aufsuchten, um sich mit Getränken zu versorgen.

Zwischen dem Zuhören und dem Servieren behielt Meryl den alten Mann in der Ecke im Auge, und als er den letzten Schluck seines Bieres austrank, begann sie, sein nächstes Glas zu füllen.

Sie schaffte es, sich durch die Menge zu bewegen, kurz bevor der alte Mann aufstehen wollte, um sich zur Bar durchzuschlagen. Sein Gesicht leuchtete auf, als er bemerkte, dass Meryl sich seinem Tisch näherte, und er sackte wieder in seinen Stuhl und begann in Erwartung ihrer Ankunft sein Geld auszuzählen.

»Oh, vielen Dank«, seufzte der alte Mann, »ich hatte Angst davor, mich durch das Gedränge zu kämpfen, um an die Bar zu kommen.«

Meryl lachte. »Ich nehme es Ihnen nicht übel«, antwortete sie. »Ich bin nur froh, dass ich auf der anderen Seite der Bar bin, wir sind heute Abend richtig gut besucht.«

Der alte Mann nickte und übergab das richtige Wechselgeld für sein Bier. »Sie sind sehr gut«, bemerkte er und nickte in Richtung der leeren Bühne.

»Ja«, stimmte Meryl zu, »es ist das erste Mal, dass wir sie hier haben, aber es wird nicht das letzte Mal sein. Ich freue mich, dass Sie ihre Vorstellung genießen.«

»Oh, das tue ich, sehr sogar«, lächelte der alte Mann.

»Nun, ich gehe besser zurück an die Bar, bevor es zu einem Aufstand kommt, die Band wird in einer Minute zurück sein, um ihr Set zu Ende zu führen. Ich hoffe, Sie bleiben bis zum Ende.«

Der alte Mann nickte. »Das werde ich, danke.«

Nach einer zehnminütigen Pause kehrte die Band unter tosendem Applaus und noch mehr wohlwollenden Pfiffen auf die Bühne zurück.

Die Leadsängerin würdigte die Wertschätzung des Publikums und nahm sich vor Beginn des zweiten Sets einige Minuten Zeit, um die einzelnen Bandmitglieder vorzustellen. Die Frau an der Flöte war ihre Cousine, und die beiden Männer waren ihre Brüder. Sie alle erkannten ihre Wertschätzung für die Menge an, als jeder von ihnen abwechselnd bejubelt wurde.

Ihr zweiter Set verlief genauso gut wie ihr erster, wobei das Publikum von der Leistung der Band gleichermaßen begeistert war und bereit war, mitzumachen. Obwohl der Alkohol einige Teilnehmer davon überzeugt hatte, dass sie im richtigen Ton singen konnten, war die Wahrheit weit davon entfernt; aber alle genossen den Abend, was für Meryl die Hauptsache war.

Am Ende des zweiten Sets legte die Band ihre Instrumente nieder und alle standen in der Mitte der Bühne, um ihre wohlverdienten stehenden Ovationen zu erhalten.

Als das Publikum nach mehr rief, läutete Meryl die Glocke für die letzten Bestellungen.

Die Leadsängerin sah zur Barbesitzerin hinüber und hielt ihren Zeigefinger hoch, um zu fragen, ob noch Zeit für einen weiteren Song sei.

Meryl nickte und bereitete ein Tablett mit Getränken vor, das bereit wäre, wenn die Band aufgehört hätte.

»Meine Damen und Herren«, begann die Sängerin, nachdem der Jubel und das Klatschen nachgelassen hatten. »Wir möchten heute Abend ein letztes Lied für euch singen.« Ein Jubel ging auf. »Danke«, lächelte das Mädchen anerkennend.

»Dies ist ein altes Schlaflied der Roma, das die meisten von uns von ihren Müttern gelernt haben, als wir noch im Kinderbettchen lagen. Wir hoffen, es gefällt euch allen.«

Meryl warf einen Blick auf den alten Mann in der Ecke.

Sein Glas war bereits leer, und Meryl beschloss, ihm ein weiteres Pint aufs Haus zu spendieren. Sie hatte ihn oft beobachtet, wenn er am Freitagabend zu seinem üblichen Besuch kam. Es war ihr klar, dass er keinen der anderen Gäste kannte, und er legte immer Wert darauf, so weit weg von der Menge zu sitzen, wie er konnte.

Es gab in der Kneipe auch einige ältere Stammgäste, aber sie schienen alle begierig darauf zu sein, sich auf die Unterhaltung mit jemand anderem einzulassen – oft hingen sie sich an Gruppen völlig fremder Leute.

Bei einigen Gelegenheiten machten die Trinker deutlich, dass sie den Eingriff in ihre private Unterhaltung nicht zu schätzen wussten, und Meryl fühlte immer einen Anflug von Traurigkeit für den einsamen Menschen, der unweigerlich auf der Suche nach Gesellschaft anderswo hinging.

Aber in all ihrer Zeit dort hatte Meryl den alten Mann noch nie so sehr gesehen, dass sie auch nur versucht hätte, mit jemandem ins Gespräch zu kommen; sei es mit dem Personal oder mit Kunden.

Bei einigen Gelegenheiten hatte Meryl selbst versucht, eine Form des Dialogs mit ihm zu führen, während sie sein Bier zapfte, und obwohl er immer äußerst höflich und zuvorkommend war, gelang es ihm, jeden Versuch, den sie machte, mit nur einem Wort zu beenden.

Als sie mit seinem frischen Bier zu dem alten Mann hinüberging, begann die Sängerin ihr letztes Lied.

. . .

»So wie das Wasser tief fließt, so sehnt sich meine Seele nach dem Auftrieb.

Auf den Flügeln eines Adlers warte ich nimmermehr.

Zur Überraschung von Meryl riss der alte Mann plötzlich seinen Kopf in Richtung Bühne. Seine Bewegung war so abrupt und unerwartet, dass er sein leeres Bierglas über den Tisch schleuderte, und er schaffte es gerade noch rechtzeitig, es zu greifen, bevor es über den Rand kippte und auf den Steinboden krachte.

Die Hände des alten Mannes begannen unkontrolliert zu zittern, und als Meryl seinen Tisch erreichte, beugte sie sich sanft vor und legte ihre Hand über seine, um ihn zu beruhigen.

Im Hintergrund trug die Stimme der Sängerin über die Bar und durch die ganze Kneipe.

Der Rest der Band spielte leise, als ob sie sicherstellen wollten, dass sie die Melodie der Sängerin nicht stören würden.

Meryl stellte das frische Bier vor dem alten Mann hin.

Als er aufblickte, um ihrem Blick zu begegnen, konnte Meryl sehen, wie ihm die Tränen über die Augen liefen und zwei Spuren auf seinen Wangen hinterließen.

Meryl fühlte plötzlich einen überwältigenden Zwang, ihre Arme um ihn zu legen und ihm zu sagen, dass alles in Ordnung sein würde. In Wahrheit hatte sie keine Ahnung, was den alten Mann überhaupt so aufgeregt hatte.

Stattdessen beschloss sie, dass eine Umarmung zu viel Aufmerksamkeit auf sich ziehen könnte, und das Letzte, was

Meryl wollte, war, den alten Mann noch mehr in Verlegenheit zu bringen, also griff sie ein paar Papierservietten aus einer Tasche in ihrem Overall und reichte sie ihm, damit er sich die Augen abwischen konnte.

Der alte Mann würgte seine Tränen zurück und dankte ihr für ihre Freundlichkeit.

Meryl fühlte sich gezwungen, zu bleiben und herauszufinden, was los war. Mike machte sich immer wieder über sie lustig, weil sie die Probleme der Welt auf sich nahm, aber sie konnte sich nicht helfen.

Um ein paar freundliche Worte und ein wenig Trost zu bekommen, war sie mehr als glücklich, zu sehen, ob sie etwas tun konnte, um die Trauer des alten Mannes zu lindern.

Meryl setzte sich neben ihn und winkelte sein Bier so an, dass der Griff zu ihm hin gerichtet war.

»Es ist noch eins aufs Haus«, flüsterte sie, um die Anwesenden nicht zu stören, die der Sängerin zuhörten.

Der alte Mann drehte sich noch einmal zu ihr um und dankte ihr mit seinen Tränen.

Meryl hielt seinen Blick einen Moment lang fest.

In seinen Augen war etwas, das eine fast greifbare Traurigkeit vermittelte.

Als die Frau ihr Lied beendete, begann das Publikum laut zu applaudieren.

Der Rest ihrer Band schloss sich ihr noch einmal an und dankte allen Anwesenden für ihre Wertschätzung und versprach, dass sie beim nächsten Mal, wenn sie in der Nähe waren, wieder dorthin zurückkehren würden.

Diese Ankündigung wurde mit noch größerer Freude aufgenommen.

Als die Band begann, ihre Instrumente wegzuräumen, trug Mike das Tablett mit den Getränken, die Meryl gerade für sie vorbereitet hatte, hinüber. Auf dem Rückweg zur Bar warf sie einen Blick zu Mike und signalisierte ihm, dass sie vorerst an Ort und Stelle bleiben würde.

Mike zählte sofort eins und eins zusammen und merkte, dass seine Frau wieder einmal versuchte, die Lasten der Welt zu teilen, und schoss spielerisch einen Blick in den Himmel.

Meryl streckte ihm daraufhin ihre Zunge entgegen, woraufhin er anfing zu kichern, als er die Bar erreichte.

Meryl richtete ihre Aufmerksamkeit wieder auf den alten Mann neben ihr.

Es war ihm gelungen, die letzten Reste seiner Tränen wegzuwischen, aber die Anstrengung hatte seine Augen geschwollen und rot umrandet hinterlassen.

Er legte seine Hand über den Mund, als er sich räusperte.

»Nehmen Sie einen Schluck davon«, ermutigte ihn Meryl und nickte in Richtung des Pints, das sie ihm gerade gebracht hatte.

Der alte Mann dankte ihr erneut und hob das Glas zum Mund und nahm mehrere Schlucke.

Als er es wieder auf den Tisch stellte, tupfte er seine Augen weiter mit der Serviette ab.

Meryl schien es, als ob er jeden Augenblick wieder in Tränen ausbrechen würde, wenn sie ihn beobachtete.

»Ist es etwas, das Sie mir sagen wollen«, fragte sie leise, »ein gemeinsames Problem, wie man so schön sagt.«

Der alte Mann starrte einen Moment lang geradeaus und blickte in Richtung der Band, die nun an einem Tisch vor der Bühne saß und ihre Getränke genoss.

Nach einem Moment der Stille antwortete der alte Mann. »Es ist dieses Lied!«, verkündete er.

Meryl schaute in Richtung der Band und dann schnell zurück zu ihrem Gast.

Es dauerte einen Moment, bis seine Worte einsetzten.

Schließlich dachte Meryl, dass sie es verstanden hatte. »Oh, ich verstehe, enthält dieses Lied für Sie einige wertvolle Erinnerungen, vielleicht etwas aus Ihrer Kindheit?«, fragte sie, zufrieden mit sich selbst, weil sie es geschafft hatte, den alten Mann in ein echtes Gespräch zu verwickeln.

Zu ihrem Erstaunen sprang der alte Mann von seinem Sitz auf, wobei er diesmal fast sein ganzes Getränk in die Luft warf.

»Ich muss gehen«, sagte er, und seine Stimme begann zu knacken, als ob die Anstrengung zu groß für ihn wäre.

Meryl erhob sich neben ihm.

Sie konnte an dem Zustand, in dem er sich befand, sehen, dass er in einer gewissen Notlage war, und sie konnte nicht anders, als das Gefühl zu haben, dass es irgendwie ihre Schuld war, obwohl sie die Ursache nicht benennen konnte.

Meryl sah zu, wie der alte Mann umher schlurfte und seine Taschen durchsuchte, um sicherzustellen, dass er alle seine Habseligkeiten hatte, bevor er ging.

Obwohl er sich von ihr abgewandt hatte, konnte Meryl sehen, dass er sich immer noch die Augen abwischen musste, so dass sie vermutete, dass sich frische Tränen zusammengebraut hatten.

Als Meryl seinen Abgang an einer Seite blockierte, versuchte der alte Mann, zwischen Tisch und Wand herumzulaufen, aber der Spalt war zu klein, und es gelang ihm nur, sein Bein auf die Tischkante zu schlagen.

Sein fehlgeschlagener Fluchtversuch brachte den alten Mann nur noch mehr in Aufregung, und als er sich umdrehte, um zu gehen, und Meryl immer noch seinen Weg blockierte, ließ seine Frustration noch mehr Tränen über sein Gesicht rieseln.

Obwohl Meryl Mikes Stimme in ihrem Kopf hörte, die ihr sagte, sich nicht einzumischen, beschloss sie, dass sie den alten Mann in diesem Zustand nicht gehen lassen könne. Vor allem wollte sie sich nicht dafür verantwortlich fühlen, dass er die Kneipe in Eile verließ und auf dem Heimweg auf dem Eis ausrutschte und einen Unfall hatte.

Sich stählend legte Meryl eine tröstende Hand auf die Schulter des alten Mannes und schenkte ihm ein beruhigendes Lächeln. »Darf ich Sie nach Ihrem Namen fragen?«

Die Frage hatte den alten Mann offensichtlich überrascht, und für einen Moment schien er sich sichtlich zu beruhigen.

»Ich bin Jonathan«, antwortete er und stammelte leicht, als wolle er die Worte herausdrücken. »Jonathan Ward.«

»Nun, ich bin Meryl Watkins, und der Mann hinter der Theke ist mein Mann Mike«, sie streckte dem alten Mann die Hand entgegen, »und ich möchte Sie in unserem Pub offiziell und formell willkommen heißen, wobei wir uns entschuldigen, dass wir uns nicht schon früher vorgestellt haben.«

Jonathan Ward umklammerte Meryls Hand, fast wie aus einem Instinkt heraus, und drückte sie sanft.

Ungeachtet der Tatsache, dass er nur Sekunden zuvor darauf bedacht war, den Pub so schnell wie möglich zu verlassen, konnte er nicht so unhöflich sein, einen Händedruck seiner Gastgeberin abzulehnen.

Die beiden schüttelten sich die Hände, und der alte Mann schien sich während des Vorgangs sichtbar zu entspannen.

Überzeugt davon, dass die Aktion die gewünschte Wirkung erzielt hatte, wies Meryl Jonathan an, sich wieder auf seinen Platz zu setzen.

Die Bar begann sich zu leeren, die meisten Gäste tranken ihre Getränke aus und machten sich auf den Weg in die kalte Nachtluft.

Immer noch mit einigem Zögern willigte Jonathan in den Vorschlag von Meryl ein.

Als sie beide Platz genommen hatten, sprach Meryl. »Es tut mir sehr leid, wenn ich Sie aufgeregt habe, Jonathan, ich versichere Ihnen, das war nie meine Absicht.«

Der alte Mann schüttelte den Kopf. »Bitte machen Sie sich keine Vorwürfe«, versicherte er ihr, »das konnten Sie nicht wissen.«

Jonathan blickte an ihr vorbei und zu der Stelle, an der die Roma-Band noch ihre wohlverdienten Getränke genoss.

Er wandte seine Aufmerksamkeit wieder Meryl zu. »Sehen Sie, es ist nur dieses Lied, das ich seit fast fünfzig Jahren nicht mehr gehört habe, und ich hoffte, dass ich es nie wieder hören würde, solange ich lebe!«

Die Worte des alten Mannes verwirrten Meryl, und ihr Gesichtsausdruck veranschaulichte diese Tatsache.

Sie wollte den alten Mann verzweifelt um eine Erklärung bitten, aber sie biss sich auf die Zunge, weil sie sich bewusst war, dass sie ihn heute Abend schon einmal verärgert hatte, und es ihr nicht gefiel, diese Erfahrung zu wiederholen.

Letztendlich musste sie es auch nicht.

Der alte Mann konnte die Verwirrung in Meryls Gesicht sehen, und das, zusammen mit der Freundlichkeit, die sie ihm entgegenbrachte, gab ihm den Mut, sich einer Sache zu stellen, die ihn fast sein ganzes Erwachsenenleben lang verfolgt hatte.

In diesem Moment beschloss er, dass es Zeit war, seinen persönlichen Dämon zur Ruhe zu bringen!

Ein für allemal!

ZWEITES KAPITEL

Nachdem Jonathan Meryl darüber informiert hatte, dass er sich ihr anvertrauen wollte, entschuldigte sie sich für einen Moment, um sich einen Drink einzuschenken, ihrem Personal gute Nacht zu sagen und den Musikern für die wunderbare Darbietung zu danken.

Jonathan nippte nervös an seinem Drink und sah zu, während Mike das Barpersonal hinausbegleitete und die Haupttür hinter ihnen verschloss.

Die Band trank ihre Getränke aus und ging zur Bar, um ihre leeren Gläser abzustellen.

Als Meryl sie zur Tür führte, rief Jonathan der Leadsängerin zu.

»Junge Dame«, er stand auf, um ihre Aufmerksamkeit zu erregen. »Könnte ich kurz mit Ihnen sprechen, bevor Sie gehen?«

Die Frau lächelte und ging zum Tisch des alten Mannes hinüber, dicht gefolgt vom Rest der Band. »Ja«, sagte sie fröhlich, »was kann ich für Sie tun?«

Meryl vermutete, dass Jonathan die junge Sängerin nach ihrer Zugabe fragen wollte, also kam sie wieder herüber und stellte sich neben den alten Mann.

Jonathan zitterte sichtlich, also versuchte er sich zu beruhigen, indem er sich an der Stuhllehne festhielt, aber Meryl packte seinen Arm und bestand darauf, dass er sich wieder hinsetzen sollte, bevor er zu sprechen begann. Der alte Mann kam ihrem Wunsch nach und nahm seinen Platz wieder ein.

»Ich habe mich nur gefragt ... über das Lied, das Sie am Ende Ihres Konzerts gesungen haben ... Sie erwähnten, dass Ihre Mutter es Ihnen als Baby beigebracht hat.«

Das Mädchen lächelte. »Das ist richtig, es ist eine Art Kulturgut unter den Roma-Clans, da es normalerweise das erste Lied ist, das uns beigebracht wird. Warum fragen Sie, haben Sie es schon einmal gehört?«

Jonathan rieb sich die Hände, als wolle er die Kälte der Nacht abwehren, obwohl es in Wahrheit in der Bar noch recht warm war und das Kaminfeuer, das Mike im Laufe des Abends wieder angefacht hatte, immer noch quer durch den Raum loderte.

Als er seinen Mund öffnete, um zu antworten, blieben ihm die Worte im Hals stecken. Jonathan wandte sein Gesicht ab und hielt seine Hand an den Mund, um sich noch einmal zu räuspern.

Als er sich umdrehte, hielt Meryl sein Glas hoch, als wolle sie ihn zu einem Schluck ermutigen, bevor er weitermachte. Jonathan dankte ihr und nahm einen großen Schluck, bevor er das Glas wieder auf den Tisch stellte.

Die junge Sängerin lehnte sich über den Tisch und legte ihre Hand auf Jonathans Ärmel. »Es tut mir so leid«, sagte sie leise, »ich wollte Sie nicht verärgern.«

Jonathan winkte mit der Hand, als wolle er ihre Bedenken abtun. »Ganz und gar nicht, junge Dame«, antwortete er, »Sie haben mich nicht verärgert, es ist nur ...« Er hielt inne, als ob er die gesuchten Worte nicht finden konnte.

Er wandte sich an Meryl, als ob er sich inspirieren lassen wollte.

Meryl, die das Unbehagen des alten Mannes spürte, beschloss, einzugreifen.

Sie rief ihren Mann zu sich, um allen einen Drink zu bringen, und lud die Künstler ein, sich zu setzen. »Machen wir es uns alle bequem«, schlug sie fröhlich vor. »Wir werden uns ein wenig einschließen, nur ein informelles Treffen zwischen neuen Freunden. Etwas, um die Kälte noch ein wenig länger in Schach zu halten.«

Während Mike die Getränke besorgte und die Band es sich gemütlich machte, nutzte Meryl die Gelegenheit, um Jonathan diskret ins Ohr zu flüstern – nur um sicherzugehen, dass er sich wohlfühlte, seine Geschichte vor allen Leuten zu erzählen.

Sie fühlte sich langsam ein wenig schuldig, dass sie ihn in Verlegenheit gebracht hatte, obwohl er derjenige war, der die Bandmitglieder zu sich gerufen hatte.

Ungeachtet dessen, wie sehr ihr Mann sie auch neckte, war Meryl nicht jemand, der sich in die Angelegenheiten anderer Leute einmischte. Sie hatte jedoch den deutlichen Eindruck, dass der alte Mann eine Last trug, die er unbedingt teilen musste.

Nachdem Mike die Getränke gebracht hatte und alle ihre Plätze eingenommen hatten, hob Meryl ihr Glas. »Zum Wohle aller«, bot sie ihr Glas den anderen zum Anstoßen an, und nachdem sich alle zugeprostet hatten, nahmen alle einen Schluck.

Jonathan wusste, dass alle darauf warteten, dass er die frühere Frage der jungen Sängerin beantwortete, und so beschloss er, dass es am besten sei, es einfach zu machen, ohne es zu sehr zu bedenken. Sonst hatte er Angst, dass er sich zurückziehen könnte, und ein Teil von ihm war entschlossen, dass endlich die Zeit gekommen war, seine Geschichte zu erzählen.

Mit einem tiefen Atemzug begann er. »Nun, junge Dame, Sie fragten mich, ob ich Ihr Lied schon einmal gehört habe ...«

»Melissa«, sagte ihm die Sängerin. Sie wandte sich an den Rest der Band. »Das sind Julie, Fred und Barry.«

Sie alle winkten und nickten ihre Anerkennung ab, und Jonathan erwiderte sie.

»Nun, die Wahrheit ist«, fuhr er fort und hielt seine Stimme leise, als hätte er Angst, dass ihn jemand von draußen belauschen könnte, »vor vielen Jahren, lange bevor einer von euch überhaupt geboren wurde, machte ich eine schreckliche Erfahrung, die mich für den Rest meines Lebens verfolgen wird.«

Die Versammelten tauschten alle Blicke auf die Offenbarung des alten Mannes aus.

Ihre Gesichtsausdrücke zeigten eine Kombination aus Schock und Erwartung.

Schließlich meldete sich Melissa zu Wort. »Und was Sie durchgemacht haben, hatte etwas mit dem Lied zu tun, mit dem wir unser Set beendet haben?« fragte sie neugierig.

Jonathan nickte. »Mir ist klar, dass es lächerlich klingen muss, dass ein so schönes Lied mir so viel Kummer bereiten sollte, aber wenn Sie mir erlauben, Ihnen die Umstände zu erklären, dann verstehen Sie vielleicht, warum meine Erinnerung daran so beunruhigend ist.«

»Natürlich«, antwortete Melissa beruhigend. »Ich glaube, jetzt haben Sie uns alle neugierig gemacht.«

Es gab mehrere Nicken von den Teilnehmern am Tisch.

Der alte Mann wusste, dass er den Point of no return überschritten hatte, es gab kein Zurück mehr, und jetzt – auch wenn ihm schon der bloße Gedanke daran einen eiskalten Schauer über den Rücken jagte – fühlte er sich gezwungen, seine Geschichte zu erzählen.

Er überlegte einen Moment lang, was unter den gegebenen Umständen das schlimmste Szenario sein könnte, wenn er den Versammelten erzählte, was ihm vor all den Jahren zugestoßen war.

Was ihn betraf, so war sein Leben ohnehin so gut wie vorbei.

Der Tod war für ihn nur ein Wartespiel, und so war es schon seit mehr Jahren, als er sich erinnern konnte.

Der alte Mann rieb sich mit Daumen und Zeigefinger die Augen, als ob er symbolisch alle Zweifel ausräumen wollte, die ihn am Sprechen hinderten.

Er war bereit!

»Es ist schwer zu wissen, wo man anfangen soll«, sagte er, fast rhetorisch, ohne auf jemanden speziell zu schauen. »Ich will Sie nicht mit meiner Lebensgeschichte langweilen – Sie wissen, wie gerne manche alte Leute über die gute alte Zeit schwärmen und was sie getan und nicht getan haben.

Er schaute auf und war ermutigt durch die Tatsache, dass jeder seine letzte Aussage amüsant zu finden schien.

»Ich habe meine Frau Jenifer Ende der sechziger Jahre auf einem Pop-Festival kennengelernt, wenn Sie das glauben können. Es war während des Sommers auf einem großen Feld, wo jeder seine eigenen Zelte und Schlafsäcke mitbringen musste, es sei denn, sie waren glücklich, einfach auf dem Boden unter den Sternen zu schlafen.

»Die Luft war mit Flowerpower und freier Liebe aufgeladen, und es gab mehrere Leute, die mit Gras und verschiedenen anderen Formen von Freizeitdrogen experimentierten.«

Er schaute auf. »Ich nicht, versteht ihr, ich war viel zu langweilig und konservativ für all das.«

Als Antwort darauf gab es ein paar Lacher.

»Zu dieser Zeit«, so fuhr er fort, »arbeitete ich in einer Bank in unserer örtlichen Hauptstraße, also musste ich sicherstellen, dass ich mich nicht zu sehr gehen ließ. Damals konnte es passieren, dass man für die geringste Kleinigkeit seine Papiere ausgehändigt bekam, wenn es von den Arbeitgebern als ungebührliches Verhalten angesehen wurde. Vor allem, wenn man für eine so konservative Organisation wie ich arbeitete.

»Ich erinnere mich, dass es der zweite Tag war, an dem ich dort war. Das Wetter war herrlich heiß gewesen, und wie viele der Anwesenden war ich völlig von der Romantik des Spektakels gefangen.

»Einige der Bands schienen die ganze Nacht hindurch zu spielen, so dass immer, wenn man vorbeikam, noch Musik zu hören war, wenn man aufwachte.

»Es gab Wohnwagen und Stände, die Fish and Chips, Hotdogs, Donuts, Zuckerwatte und alle möglichen Leckereien verkauften, so dass die Luft ständig vom Geruch verlockender Speisen durchzogen war, die über das Feld wehten, was wiederum den Hunger verursachte, auch wenn man nicht hungrig war.

»Ich werde nie vergessen, wie ich meine Frau zum ersten Mal sah. Es war am späten Nachmittag des zweiten Tages, und plötzlich schien die ganze Welt stehenzubleiben, als diese Erscheinung der Liebenswürdigkeit direkt vor mir vorbeiging. Ihre Schönheit war fesselnd. Sie hatte das Gesicht eines Engels und eine Haut wie Porzellan, mit glänzenden, fließenden, blonden Locken, die sich um ihre Schultern legten. Für einen Moment konnte ich die Musik oder die Rufe und Gesänge all derer um mich herum nicht mehr hören, und es fühlte sich buchstäblich so an, als wäre der Atem aus meinem Körper gesaugt worden.

»Ich drehte mich um, um ihr beim Weggehen zuzusehen, und in diesem Augenblick fühlte ich mich gezwungen, ihr zu folgen, wohin auch immer sie ging. Bedenken Sie, dass ich keine Ahnung hatte, was ich tun würde, als sie ihr Ziel erreichte; ich war nicht der Typ Mann, der sich wohlfühlte, einfach auf ein Mädchen zuzugehen und ein Gespräch zu beginnen, vor allem nicht mit einer, die so hübsch war wie sie. Aber etwas spornte mich an. Etwas sagte mir, ich solle ausharren und dem Schicksal seinen Lauf lassen, und so ging ich weiter.

»Die Art und Weise, wie sie es schaffte, sich mit solcher Anmut und Eleganz durch die riesige Menge zu weben, stand in völligem Kontrast zu meinem ungeschickten Versuch, ihr zu folgen, ohne es allzu offensichtlich erscheinen zu lassen. Ich verlor den Überblick, wie oft ich über Körper stolperte, die sich auf dem Boden wanden. Zum Glück für mich schienen die meisten von ihnen so verloren im Geiste des Augenblicks zu sein, dass sie meinen tapsigen Versuch, um sie herum – und nicht auf ihnen – zu tanzen, nicht zu bemerken schienen.

»Schließlich holte ich sie ein, als sie in einer Schlange stand, um Zuckerwatte zu kaufen. Ich wartete ein paar Meter hinter ihr und fühlte mich völlig unfähig und von mir selbst enttäuscht, weil ich mich ihr nicht nähern konnte. Da ich ihr so nahe war, wusste ich außerdem, dass, wenn sie mich sah, als sie sich umdrehte, ich ihr nicht weiter folgen konnte, ohne sie zu beunruhigen, und das war das Letzte, was ich wollte.«

»Wie das Glück es wollte, trat das Schicksal für mich ein. Als sie sich umdrehte, nachdem sie sich gerade ihren Leckerbissen gekauft hatte, lief sie in ein junges Paar, das eindeutig auf irgendwelchen Drogen, war und sie flog von ihren Füßen direkt auf mich zu. Die ganze Szene hätte sehr chaotisch enden können, aber so gelang es mir, sie aufzufangen und am Fallen zu hindern, obwohl ihre Zuckerwatte auf dem Gras landete.«

»Das Paar, das den Unfall verursacht hatte, war sich ihrer Tat völlig bewusst und raste weiter über das Feld und prallte dabei gegen alle, die ihnen im Weg waren.«

»Jenifer war sichtlich verärgert über das Schicksal ihrer Süßigkeiten, aber als ich sie losließ, drehte sie sich um, um mir zu danken, dass ich sie vor dem Sturz bewahrt hatte. Ich machte einen Witz darüber, dass ich nicht schnell genug war, um auch ihre Süßigkeiten zu retten, und sie lachte. Es war offensichtlich sinnlos, dem Paar nachzulaufen, da sie sich nun irgendwo im Gewühl verlaufen hatten, also bot ich stattdessen an, eine weitere Zuckerwatte zu kaufen.«

»Zuerst protestierte sie und sagte, dass sie das nicht zulassen könne, aber bevor sie mich davon abhalten konnte, lag mein Geld auf dem Tresen und ich hatte ihre Bestellung aufgegeben.«

»Als ich ihr den neuen Zuckerwattestab übergab, lehnte sich Jenifer zu mir und küsste mich auf die Wange. Ich weiß, dass ich rot geworden sein muss, denn ich spürte, wie mein Gesicht brannte.«

»Es ist so schön zu sehen, dass die Ritterlichkeit lebendig und gut ist«, sagte sie und versuchte, nicht über meine Reaktion auf ihren Kuss zu lachen.«

»Wir stellten uns einander vor, und ohne es zu merken, führte ich sie in einen viel ruhigeren Bereich des Feldes, damit wir auf einer Bank sitzen und uns unterhalten konnten. Ich wollte unbedingt alles über sie wissen: wo sie lebte, was sie tat, welche Ambitionen sie hatte, was ihre Hobbys waren. Und am Ende gelang es mir, sie so lange mit Fragen zu bombardieren, dass die Sonne hinter dem Feld unterzugehen begann, als ich das nächste Mal aufblickte.«

»Natürlich spielten die Bands noch immer und die Menschenmenge auf dem Feld war keineswegs bereit, sich zu entspannen, aber als Jenifer ihre Hand vor den Mund hielt, um ein Gähnen zu unterdrücken, wurde mir klar, dass ich viel zu viel von ihrer Zeit in Anspruch genommen hatte und dass es nicht wirklich fair von mir war, sie noch länger dort aufzuhalten.«

»Das Schlimmste war, dass ich mich, obwohl wir so lange miteinander geplaudert hatten, immer noch nicht sicher genug fühlte, um sie zu einem offiziellen Date einzuladen. Schweren Herzens erinnere ich mich daran, dass ich etwas darüber murmelte, dass sie zu ihren Freunden zurückkehren sollte, die sich sicher Sorgen machen, sie so lange nicht gesehen zu haben. Aber zu meiner Überraschung, ganz zu schweigen von meiner Freude, verkündete sie, dass die Gruppe, mit der sie gekommen war, sich bereit erklärt hatte, dass alle ihr eigenes Ding machen würden, sobald sie angekommen waren, und dass sie in der Tat mehrere von ihnen nicht mehr gesehen hatte, seit sie angekommen waren.«

Jonathan spürte, wie seine Kehle zu trocknen begann, also beugte er sich vor und hob sein Glas an die Lippen und nahm mehrere gute Schlucke, um seine Stimmbänder zu schmieren.

»Wie auch immer«, fuhr er fort, »so wunderbar diese Nachricht auch war, ich fühlte mich immer noch völlig unfähig, eine brauchbare Entschuldigung zu finden, um Jenifer in meiner Gesellschaft zu behalten.«

»Ich erinnere mich, dass es eine sehr unangenehme Schweigeminute gab, während ich verzweifelt versuchte, mir zu überlegen, was ich als Nächstes sagen sollte. Jenifer half nicht weiter, indem sie einfach nur dasaß und auf das Feld starrte und hungrig aussah.«

»Am Ende fragte ich sie wohl, ob sie hungrig sei, was sie aber nicht war. Als nächstes bot ich ihr einen Drink an, aber sie antwortete wieder, dass es ihr gut gehe. Das Gefühl, dass ich ihr Interesse an mir schnell verlor, war fast greifbar, als ich mir weiterhin den Kopf zerbrach, um mir zu überlegen, was ich als Nächstes sagen sollte. Schließlich, gerade als ich dachte, dass alles verloren sei, legte sie ihren Kopf auf meine Brust und schmiegte sich sanft an mich, als wolle sie gleich einschlafen.«

»Zu sagen, dass ich zurückgenommen wurde, wäre eine Untertreibung. Ich erinnere mich, dass ich mich völlig betäubt fühlte, als wäre ich von einem Elektroschocker oder etwas ähnlich Lächerlichem erschossen worden, und für einen Moment konnte ich meinen Körper nicht dazu bringen, auf Jenifers Aktion zu reagieren. Zum Glück war die Wirkung nur vorübergehend, und langsam bewegte ich meine Arme nach oben und um sie herum, damit ich sie richtig halten konnte.«

»Wir blieben für eine Ewigkeit so. Es war wunderbar, und ich für meinen Teil wollte nicht, dass der Moment jemals endet. Aber die Sonne war wirklich untergegangen, und mit der Dunkelheit kam bald die Kälte. Obwohl es mitten im Sommer war, nahm der Wind bald zu, und Jenifer trug nur eine dünne Bluse, so dass es nicht lange dauerte, bis ich ihr Zittern in meinen Armen spüren konnte.«

»Leider hatte ich nicht nur mein Hemd, so dass ich ihr nichts anbieten konnte, um die Kälte abzuhalten. Nach einer Weile saßen wir beide dort und zitterten buchstäblich vor der Kälte.«

»Es klingt jetzt so lächerlich, vor allem, wenn man es laut sagt, aber damals und angesichts der Umstände hatte ich so viel Angst davor, den Zauber des Moments zu zerstören, dass ich versuchte, die Tatsache zu ignorieren, dass wir beide frierten, und es stattdessen vorzog, einfach zu versuchen, das Gefühl zu ignorieren und so zu tun, als wäre es nicht wirklich der Fall.«

»Aber schließlich konnte Jenifer es nicht mehr aushalten. Sie löste sich von mir und schlang ihre Arme um ihre Schultern und rieb sie kräftig, um zu versuchen, ihren Kreislauf wieder in Gang zu bringen. In diesem Bruchteil einer Sekunde hatte ich Angst, dass sie sich entschuldigen würde und ich sie nie wieder sehen würde. Die Tatsache, dass wir zusammen gekuschelt hatten, bedeutete damals noch nichts, da alle damit experimentierten, offener mit ihren Gefühlen umzugehen, und vor allem Frauen schienen weniger Angst davor zu haben, dass man ihnen ein abfälliges Etikett gab, weil sie zu taktil waren.«

»Aber wie sich herausstellte, waren meine Befürchtungen unbegründet.«

»Nun, ich weiß nicht, wie es dir geht«, begann sie, »aber ich brauche etwas mehr als nur deine Arme, um mich heute Abend warmzuhalten.«

»Bevor ich die Gelegenheit hatte, zu antworten, küsste sie mich sanft auf die Wange und sprang von der Bank.«

»Warum holst du dir nicht auch etwas Wärmeres«, schlug sie vor, »und wir können uns danach wieder hier treffen.«

»Für manche mögen ihre Worte wie eine Abfuhr klingen, eine höfliche Art und Weise, eine Ausrede zu finden, um mit der Absicht zu gehen, nie wieder zurückzukehren. Aber als ich in Jenifers Augen blickte, wusste ich irgendwie, dass ihre Worte ernst gemeint waren und dass sie die Absicht hatte, ihr Versprechen, auf unsere Bank zurückzukehren, einzuhalten.«

»Wir machten uns auf den Weg in unsere verschiedenen Richtungen, und innerhalb von fünf Minuten hatte ich meinen Pullover und meine Jacke aus meinem Zelt geholt und war wieder auf unserer Bank.«

»Ich wartete auf eine scheinbare Ewigkeit, aber in Wirklichkeit dauerte es wahrscheinlich nicht länger als eine halbe Stunde, bevor ich Jenifer durch die Menge wieder auftauchen und auf mich zukommen sah, verpackt in einem übergroßen braunen Pullover und einem gepolsterten Mantel mit einem strahlenden Lächeln auf ihrem Gesicht.«

»Wir verbrachten diese Nacht zusammengekuschelt auf dieser einsamen Bank, weit genug von der Menge entfernt, um das Gefühl zu haben, in unserem eigenen Raum zu sein, aber nicht zu weit entfernt, um die Musik der verschiedenen Bühnen zu hören, die über das Feld verteilt waren.«

»Ich hatte nie an die Liebe auf den ersten Blick geglaubt, bis zu dieser Nacht. Am Morgen wurde ich von einer überwältigenden Welle von Emotionen überwältigt, und bevor ich mich beherrschen konnte, sprach ich meine Gefühle gegenüber Jenifer aus wie ein vernarrter Teenager, der in einen Schülerschwarm verknallt ist.«

Jonathan schaute sich am Tisch um und sah sein Publikum an. Er wollte aus ihren Äußerungen herauslesen, ob er sie zu Tode langweilt oder nicht.

Es fiel ihm auf, dass dies das erste Mal war, dass er einem Fremden, geschweige denn einer Gruppe von ihnen, von seiner Frau erzählte, und er war überrascht, wie mühelos die Worte aus ihm herausflossen.

Es gab so viele wunderbare Dinge über seine Frau, die er unbedingt preisgeben wollte, aber er wusste, dass dies nicht das richtige Treffen und definitiv nicht der richtige Zeitpunkt war.

Die Versammelten waren nur deshalb geblieben, weil er ihre Neugierde geweckt hatte, weil er sich daran erinnerte, ihr Lied vor all den Jahren gehört zu haben, und weil der Klang dieses Liedes jetzt so schreckliche Albträume zurückbrachte. Albträume, mit denen er über fünfzig Jahre lang gelebt hatte, zu ängstlich, um seine Erfahrungen mit einer anderen lebenden Seele zu teilen.

Aber jetzt, so schien es, war die Zeit endlich gekommen!

»Wie reagierte Jenifer auf Ihren Zuneigungsausbruch?« Es war das andere weibliche Bandmitglied, das die Frage stellte.

Jonathan lächelte. »Zum Glück für mich war Jenifer nicht nur wunderbar nett, sondern auch vernünftig, und sie sagte mir ohne Umschweife, dass sie, obwohl sie sich sehr zu mir hingezogen fühlte, mich viel besser kennenlernen müsse, bevor sie darüber nachdenken könne, sich in mich zu verlieben.«

»Vernünftige Frau«, bemerkte Meryl und zwinkerte ihrem Mann wissentlich zu.

»Das war sie«, stimmte Jonathan zu. »Vernünftig, schön, fürsorglich, mitfühlend ... Ich könnte ewig ihre Tugenden weitergeben. Aber leider hat die Geschichte, die ich Ihnen zu erzählen habe, wenig mit dem Glück zu tun, das meine Frau mir gebracht hat, und mehr mit dem Schrecken, den ich noch durch die Hand eines anderen erleiden musste.«

DRITTES KAPITEL

»Für mich begann alles im September 1970. Jenifer und ich hatten im Juni dieses Jahres geheiratet, und da das Geld etwas knapp war, beschlossen wir, zu warten, bis wir uns eine richtige Hochzeitsreise ins Ausland leisten konnten. Eines Tages kam ein Brief von einem Anwalt, in dem er mir mitteilte, dass ich ein Haus von einem entfernten Verwandten geerbt hatte – von dem ich bis zu diesem Zeitpunkt noch nicht einmal gehört hatte.«

»Anscheinend, so teilte mir der besagte Anwalt später mit, sei er ein entfernter Cousin väterlicherseits, und nach den Bedingungen seines Testaments wurde ich schließlich als sein einziger lebender männlicher Verwandter ausfindig gemacht, und als solcher war ich sein einziger Begünstigter.«

»Meine Eltern waren im Jahr bevor ich Jenifer kennenlernte, bei einem Autounfall ums Leben gekommen, so dass meine jüngere Schwester Jane und ich für einander sorgen mussten. Jane war erst neunzehn Jahre alt, als sie starben, und sie war gerade zur Universität gegangen. Der Tod unserer Eltern hat uns beide erschüttert, und sie nahm sich schließlich ein Jahr

Auszeit, mit der festen Absicht, im folgenden September wieder anzufangen.«

»Wir haben beide unser Familienhaus geerbt, und zu diesem Zeitpunkt hatte keiner von uns die Absicht, vorerst nur darin zu leben, um eine gewisse Stabilität in unserem Leben zu erhalten. Wir waren uns immer nahe gewesen, und beide fanden großen Trost in der Gegenwart des anderen im Haus, um uns durch die Dunkelheit der ersten Tage nach der Beerdigung zu helfen.«

»Ich arbeitete bereits in der Bank, so dass wir zumindest die Beständigkeit eines geregelten Einkommens hatten, aber nach ein paar Monaten zu Hause begann Jane sich schuldig zu fühlen, weil sie keinen Beitrag zur Haushaltskasse geleistet hatte. Obwohl ich ihr immer wieder sagte, sie solle sich keine Sorgen machen, fand sie schließlich über eine örtliche Zeitarbeitsfirma eine Stelle in einem Hotel, nur um sich bis zu ihrer Rückkehr an die Universität zu beschäftigen.«

»Wie sich herausstellte, lernte sie während ihrer Arbeit im Hotel ihren zukünftigen Ehemann Neil kennen, der dort stellvertretender Manager war; und obwohl ich ein wenig besorgt war, dass ihre Beziehung den Beigeschmack einer 'Wirbelwind'-Romanze hatte, wer war ich, dass ich mich dazu äußern konnte?«

»Am Ende war es so, dass Jane nie an die Universität zurückkehrte, aber sie war und ist immer noch sehr glücklich, und Neil war immer ein guter Ehemann und Vater für ihre drei Kinder, so dass am Ende alles zum Besten funktionierte.«

»Als Jane und Neil beschlossen, gemeinsam ein eigenes Haus zu kaufen, habe ich das Haus neu verpfändet, damit Jane ihren Anteil haben konnte. Ich zog zwar in Erwägung, zu verkaufen und neu anzufangen, aber ich hatte dort so glückliche Kindheitserinnerungen, und obwohl die erneute Hypothek unter normalen Umständen nicht in meinem Budget gewesen wäre, bot mir meine Bank, da ich für sie arbeitete, einen Sondertarif an, so dass es gerade noch im Rahmen lag und ich es mir leisten konnte.«

»Ich hatte nur eine Erfahrung im Umgang mit einem Anwalt gemacht, und das war, als ich mich um die Testamentseröffnung meiner Eltern kümmern musste. Der Anwalt war damals ein griesgrämiger, mürrischer Mensch, mit extrem schlechten Fähigkeiten im Kundenservice und einem sehr schlechten Körpergeruch. Nicht, dass ich alle Anwälte über einen Kamm scheren würde, aber die Erinnerung an diese erste Begegnung schwang noch immer in mir nach, als ich mit dem Anwalt für das Testament meines jüngsten Wohltäters am Telefon sprach.«

»Der Besitz, den ich geerbt hatte, befand sich in Northumberland, zu dem ich in meiner Erinnerung nur einmal zuvor gereist war, und zwar während eines Familienurlaubs, als wir die ältere Schwester meines Vaters besuchten. Mein Vater war ein sehr spätes Kind, so dass der Altersunterschied zwischen ihnen dreißig Jahre betrug, und soweit ich verstanden habe, standen sie sich nie so nahe.«

»Sowohl Jenifer als auch ich waren verständlicherweise sehr aufgeregt darüber, unsere Neuerwerbung zu besichtigen, aber wie es das Schicksal wollte, waren wir in der Bank hoffnungslos unterbesetzt, und ich hatte mir bereits eine Woche Urlaub für unsere Hochzeit genommen. Als ich mich also mit meinem Antrag auf Jahresurlaub an meinen Vorgesetzten wandte, erinnerte er mich ausdrücklich daran, dass Loyalität und Engagement die Schlüsselqualitäten seien, die er bei einem Mitarbeiter suchte, der eines Tages in der Führungsetage aufsteigen wollte, wie er sich sehr wohl bewusst war, dass ich es tat. Er stimmte zu, mir eine zweite Woche Urlaub zu gewähren, aber erst, nachdem einige meiner Kollegen aus ihrem Urlaub zurückgekehrt waren. Also musste ich einfach Geduld haben.«

»Jenifer war natürlich enttäuscht, aber sie verstand meine Arbeitssituation voll und ganz, also akzeptierte auch sie sie einfach. In den nächsten Wochen war das Haus in Northumberland alles, worüber wir reden konnten. Der Anwalt hatte uns freundlicherweise einige Einzelheiten über das Grundstück geschickt, und als wir den Umschlag aufgeregt öffneten, traute keiner von uns seinen Augen.«

»Die Beschreibung des Anwesens, zusammen mit der Zeichnung des Grundrisses und des angrenzenden Grundstücks, ließ es riesig aussehen, und die Großartigkeit des Bauwerks erinnerte uns an einige der Herrenhäuser, die wir bei Sonntagsausflügen mit der nationalen Stiftungsgesellschaft besucht hatten.«

»Das Gebäude selbst wurde laut Dokumentation im achtzehnten Jahrhundert erbaut. Es befand sich auf eigenem Grundstück und hatte drei Stockwerke, vier, wenn man das Erdgeschoss mit einbezieht, in dem sich die Küche und die Spülküche befanden. Der vordere Eingang war in einem massiven Bogen untergebracht, der von zwei Betonpfeilern getragen wurde, wobei ein paar steinerne Löwen am unteren Ende der Treppe Wache standen.«

»Laut der Beschreibung bedurfte das Anwesen einiger beträchtlicher Reparaturen, aber der Cousin meines Vaters hatte sein ganzes Leben lang darin gelebt, also musste es zumindest bewohnbar sein. Nicht, dass wir einen Umzug nach Northumberland erwogen hätten! Jenifer stand ihren Eltern sehr nahe, und ich wusste, dass sie niemals in Erwägung ziehen würde, so weit weg von ihren Eltern zu ziehen. Sie arbeitete auch für ihren Vater in dessen Fotostudio, und im

Laufe der Jahre hatte er sich immer mehr auf sie verlassen. Sie hatte mir gestanden, dass sie sich in vielerlei Hinsicht verpflichtet fühlte, zu bleiben, da sie sich nicht sicher war, wie gut er allein zurechtkommen würde. Außerdem machte ihr ihre Arbeit Spaß, und sie liebte den Umgang mit Menschen aller Art, die für Porträts oder für die Aufnahme ihrer Hochzeiten und anderer besonderer Ereignisse für die Nachwelt kamen.«

»Jetzt, wo Jenifer eine Chance bekommen hatte, hätte sie nichts lieber getan, als selbst am Herrenhaus zu arbeiten. Sie war nicht nur eine großartige Fotografin. Alles Künstlerische, ob Malen, Zeichnen, Sticken, Modedesign, Polstern, Heimwerken – fast alles, was sie ausprobierte, konnte sie machen. Nach dem Abendessen schwärmte sie stundenlang davon, wie sie die passenden Vorhänge und Stoffbezüge für die Möbel entwarf, welche Farben sie in jedem Zimmer verwenden würde oder welche Tapeten zu welchen Wänden am besten passen würden.«

»Obwohl ich selbst nie ein künstlerisches Talent hatte, war es für mich leicht, mich von ihrer Begeisterung für das Projekt mitreißen zu lassen, und manchmal, wenn sie von einer bestimmten Idee wirklich begeistert war, verging die Zeit einfach bis Mitternacht, bevor wir aufschauten und merkten, wie spät es war.«

»Aber bei all ihrem Eifer und ihrer Leidenschaft verfolgten wir beide einen sehr pragmatischen Ansatz bei der Entscheidung, was wir tatsächlich tun würden. Unser Plan war, dass wir, sobald wir die Erbschaftssteuern, die der Anwalt für uns berechnete, beglichen hatten, das Haus verkaufen und hoffentlich, wenn genug übrig war, unsere Hypothek zurückzahlen würden. Es war immer noch ein Glücksfall und eine sehr angenehme Überraschung, aber wir waren realistisch genug, um die Tatsache in Betracht zu ziehen, dass ein solch verschwenderisches Anwesen zwar in London ein Vermögen einbringen könnte, aber an seinem jetzigen Standort nicht dasselbe sein würde.«

»Nach der Beschreibung des Anwalts war auch der Zustand des Anwesens zu berücksichtigen, und neben den Erbschaftssteuern hatte der Anwalt erwähnt, dass es möglicherweise einige ausstehende Schulden geben könnte, die von meinem Wohltäter beglichen werden mussten.«

»Aber trotz all dem konnte nichts unsere Aufregung unterdrücken. Wir erörterten ferner die Möglichkeit, Jane einen Teil unseres Geldes zu geben. Jenifer verstand, wie nahe wir beide uns standen, und darüber hinaus waren sie sich auch ziemlich nahe gekommen. Deshalb kamen wir beide überein, dass wir uns den Stand unserer Finanzen ansehen würden, sobald sich die Aufregung gelegt hat, und sehen würden, wie es weitergeht.«

»Aber insgesamt war es so, dass wir immer noch unglaublich begeistert über die Zukunft waren, insbesondere im Hinblick auf unsere jüngste Errungenschaft.«

»Die Tage auf der Arbeit bis zu unserem großen Abenteuer schienen endlos, und zum ersten Mal in meinem Leben überlegte ich tatsächlich, wie langweilig und ermüdend mein gewählter Beruf sein kann. Ich begann, den Sekundenzeiger der Uhr zu beobachten, während er mich langsam für meine Ungeduld verspottete.«

»Weniger als eine Woche vor unserem Aufbruch ins Abenteuer wurde Jenifers Vater ein äußerst lukrativer Vertrag für ein großes Modehaus angeboten, das gerade dabei war, neben Kleidung auch Accessoires zu verkaufen. Er hatte die Arbeit als Ergebnis einer Hochzeit angeboten bekommen, die er und

Jenifer einige Monate zuvor organisiert hatten und an der ganz zufällig einer der Direktoren der Kette teilnahm, die die neue Kollektion einführte.«

»Unter normalen Umständen wäre Jenifer genauso aufgeregt wie ihr Vater über die bevorstehende Veranstaltung gewesen, da es für sie eine großartige Gelegenheit wäre, ihr Talent zu präsentieren, was wiederum zu zukünftigen Buchungen bei derselben Firma führen könnte.«

»Natürlich war die Buchung jedoch genau für die Woche geplant, in der wir nach Northumberland fahren wollten, um unser neues Haus zu besichtigen. Selbstverständlich war es sinnlos, das Modehaus zu fragen, ob sie ihr Shooting verschieben konnten, da es zweifellos bedeutet hätte, dass sie einfach woanders hingehen würden und Jenifers Vater seinen Auftrag verlieren würde, ganz zu schweigen von der Chance auf eine zukünftige Arbeit bei derselben Firma.«

»Jenifer war innerlich zerrissen. Einerseits wollte sie unbedingt mit mir kommen und das Haus sehen, aber andererseits war ihr klar, wie verzweifelt ihr Vater diesen neuen – und sehr einflussreichen – Kunden annehmen wollte, und es gab keine Möglichkeit, dass er das Projekt allein hätte bewältigen können. Er hatte oft angemerkt, dass er ohne Jenifers Leidenschaft für das Geschäft entweder den Betrieb verkleinern oder möglicherweise sogar ganz verkaufen müsste.«

»Jenifer und ich sprachen ausführlich darüber, was wir in dieser Situation tun sollten, aber wir wussten beide, dass wir beide uns viel zu schuldig fühlen würden, um ihren Vater im Stich zu lassen. Ich habe sogar erwogen, meinen Vorgesetzten zu fragen, ob ich meinen Urlaub um eine Woche verschieben könnte, aber nach dem Wirbel, den er um meine ursprüngliche Bitte gemacht hatte, entschieden wir beide, dass dies keine praktikable Option sein würde.«

Jonathan lächelte die um den Tisch sitzende Gruppe an.

»Damals war ein Job im Bankwesen das Beste, was ein Mann mit meinen Qualifikationen erreichen konnte, und das Gesetz schützte den Angestellten nicht so sehr wie heute. Ich hatte gesehen, wie Kollegen an einem Tag wegen der kleinsten Indiskretion entlassen wurden, daher wusste ich, dass es nicht zu meinem Besten wäre, schlafende Hunde zu wecken und etwas zu riskieren.«

»Also beschlossen wir schließlich, dass es am besten sei, wenn ich wie vereinbart zum Haus hinunterreiste, und mit etwas Glück konnte Jenifer noch vor Ende der Woche zu mir kommen, je nachdem, wie die Dinge mit dem Modeshooting liefen. Wenn es hart auf hart kam, konnten wir immer an einem Wochenende einen Ausflug dorthin machen. Es war nur schade, dass wir das letzte Feiertagswochenende des Jahres verpasst hatten. Es wäre eine anstrengende Reise, den ganzen Weg für nur eine Übernachtung zu fahren, aber wenn es bedeutete, dass Jenifer das Haus sehen könnte, wäre es das wert. Außerdem war die Bank über die Weihnachtszeit immer geschlossen, so dass wir vielleicht eine weitere Gelegenheit zu einem Besuch haben, wenn Jenifer so lange warten konnte.«

»So sehr sie sich weigerte, ihre Eltern ihre Enttäuschung sehen zu lassen, wurde Jenifer umso niedergeschlagener, je näher mein Termin zum Abschied rückte. Ich wusste instinktiv, wie schwer es sein würde, sie zurückzulassen, als ich mich auf den Weg machte, aber uns waren die Hände gebunden.«

»Schließlich, das Wochenende vor meiner Reise kam. Wären wir zusammen gefahren, wären wir gleich am Samstagmorgen losgefahren. Aber da ich allein unterwegs war, beschloss ich, meine Abreise auf den Montag zu verschieben, damit wir ein angenehmes Wochenende zusammen verbringen konnten, und ich konnte meine Frau als Ausgleich für ihre Enttäuschung ein wenig verwöhnen.«

»Wir verbrachten den größten Teil des Samstags im West End, um einzukaufen. Die Vereinbarung war, dass ich mich nicht beschweren würde, da es Teil von Jenifers Verwöhnprogramm war. Ich hatte das Einkaufen von Kleidung schon immer gehasst, schon seit meine Eltern Jane und mich in die Stadt geschleppt haben, als wir noch klein waren. So sehr ich die Gesellschaft meiner Frau auch liebte, so wenig reizvoll war es doch, wenn sie in Boutiquen ein und aus ging, und ich musste eine Ewigkeit vor der Umkleidekabine sitzen, während sie jedes Kleid anprobierte. Vor allem, als sie schließlich das erste Kleid kaufte, das sie anprobierte!«

Ein paar der Männer, darunter auch Meryls Mann, der einen gut platzierten Ellbogen in den Rippen für seine Frechheit erhielt, kicherten ein paar Mal.

Meryl wollte Jonathan nicht stören, während er sprach, also gab sie Mike die stille Anweisung, die Gläser für alle aufzufüllen.

Jonathan fuhr fort. »Wir aßen an diesem Abend in unserem Lieblingsrestaurant, und am Sonntag, als das Wetter für diese Jahreszeit ungewöhnlich angenehm war, schlug Jenifer vor, den Tag am Meer zu verbringen. Wir hatten schon immer die Liebe zum Meer geteilt und brauchten nie eine Ausrede, um einen der vielen Ferienorte zu besuchen, die nur wenige Autostunden von London entfernt sind.«

»An diesem besonderen Tag wählten wir Brighton als unser Ziel, da wir es eine Zeit lang nicht besucht hatten. Da wir so spät in der Saison waren, kamen wir sehr gut voran und konnten sogar einen Parkplatz direkt an der Promenade finden.«

»In dem Moment, als wir beide aus dem Auto stiegen, waren unsere Sinne von einer berauschenden Kombination aus dem üblichen Strandangebot und den Leckereien, die von den Händlern an der Küste angeboten wurden, erfüllt. Wie es bei einem Besuch am Meer üblich war, frühstückten wir beide in bescheidenem Umfang, so dass wir uns auf einen späteren übermäßigen Genuss von Fish and Chips, Donuts, kandierten Äpfeln und natürlich Jenifers Lieblingssüßigkeit, der Zuckerwatte, freuen konnten.«

»Jenifer war schon immer eine wunderbare Schwimmerin gewesen, und ihre Vorliebe für das Meer war ziemlich beeindruckend, deshalb hatte sie ihre Badesachen mitgebracht, damit sie vor dem Mittagessen ein Bad nehmen konnte. Ich hingegen war mehr als zufrieden mit unserem örtlichen Schwimmbad, und während sie sich ihren Badeanzug anzog, legte ich ein paar Handtücher am Strand aus, damit ich ihr beim Schwimmen zusehen konnte.«

»Jenifer schwamm für meinen Geschmack immer zu weit hinaus, aber sie war in keiner Weise leichtsinnig, also stellte sie sicher, dass sie nicht weiter als die Bojen hinausschwamm, die dort als Markierung angebracht worden waren. Ich beobachtete sie vom Strand aus, schielte in das Sonnenlicht, bis ihre winzige Gestalt fast aus dem Blickfeld verschwand. Oft ertappte ich mich dabei, wie ich den Atem anhielt, bis ich sie auf dem Rückweg sehen konnte. Aber ich habe ihr das nie gesagt, weil ich ihr den Spaß nicht verderben wollte.«

»Nach dem Schwimmen trocknete sich Jenifer ab und zog sich in einer der Toiletten entlang der Vorderseite um, und dann lagen wir eine Weile in der frühen Nachmittagssonne, um die Bräune, die wir im Sommer erhalten hatten, wieder aufzufrischen. Ich schaffte es, einzudösen, aber zum Glück weckte mich Jenifer auf, bevor ich einen Sonnenbrand erlitt. Ihr

Schwimmen hatte ihr ziemlichen Appetit gemacht, also machten wir uns auf den Weg zu einem kleinen Fischrestaurant, das wir in einer der Gassen kannten, wo wir uns immer einen Tisch sichern konnten.«

»Wir beschlossen, unser Mittagessen durch einen Spaziergang an der Promenade zu beenden. Wie üblich planten wir später den Besuch der Spielhallen und der Kirmes, so dass wir zunächst in die entgegengesetzte Richtung gingen und uns für die Rückkehr reichlich Zeit ließen.«

»Auf dem Rückweg, als der Bürgersteig mit der Ankunft der Spätankömmlinge immer voller wurde, beschlossen wir, stattdessen am Strand entlangzugehen. Der Rückweg dauerte viel länger als der Hinweg, vor allem weil es eine Vielzahl kleiner Kunsthandwerksläden auf Strandhöhe gab und Jenifer nicht widerstehen konnte, anzuhalten und etwas Ungewöhnliches zu kaufen, das ihr zufällig in den Blick fiel. Ich verglich sie immer mit einem Kind in einem Süßwarenladen, wenn sie sich in der Nähe von Kunsthandwerksständen auf Jahrmärkten aufhielt.«

»Als wir uns dem Pier näherten, schlug ich vor, die nächste Rampe zu benutzen, um uns wieder auf Straßenniveau zu bringen. Wir wollten gerade abbiegen, als Jenifer etwas anderes auffiel, und sie begann, mich mitzuziehen, indem sie aufgeregt auf einen scheinbar alten Wagen weiter am Strand hinwies. Es sah aus wie etwas aus einem alten Westernfilm, an dessen Vorderseite ein Pferd hätte angebunden sein sollen. Die Tafeln waren – im Gegensatz zu den Leinwandtafeln, die man im Allgemeinen in den Filmen sieht – aus massivem Holz gefertigt und mit unglaublich detaillierten und kunstvollen Gemälden verschiedener Tiere, Wälder, Planeten und dergleichen verziert.«

»Als wir näher kamen, sah ich das Schild außerhalb des Wagens, das Jenifer so aufgeregt gemacht hatte. Es war eine

Werbung für eine Zigeuner-Wahrsagerin, die gegen eine geringe Gebühr versprach, die Zukunft zu enthüllen. Ich persönlich hatte nie an Wahrsager und so geglaubt und an Leute, die behaupteten, mit Toten sprechen zu können. Die ganzen verrückten Gestalten, soweit es mich betraf, waren nur dazu da, leichtgläubige Menschen von ihrem Geld zu trennen.«

Jonathan schlug plötzlich mit der Hand über den Mund, und sein Gesicht wurde rot.

»Es tut mir so leid«, sagte er entschuldigend und schaute die einzelnen Bandmitglieder an. »Ich wollte niemanden von Ihnen oder Ihre Traditionen beleidigen. Oh, wie dumm von mir!«

Melissa lehnte sich über den Tisch und legte ihre Hand auf seinen Arm. »Bitte machen Sie sich keine Vorwürfe«, bot sie tröstend an. »Wir wissen, dass Sie es nicht böse gemeint haben. Bitte fahren Sie mit Ihrer Geschichte fort, ich bin gespannt, was die Wahrsagerin Ihnen erzählt hat.«

Die anderen Bandmitglieder nickten alle zustimmend und lächelten den alten Mann an, als wollten sie ihre Zustimmung zu Melissa zum Ausdruck bringen, dass sie nicht beleidigt waren.

Jonathan nahm einen Schluck Bier, um sich zu räuspern, bevor er weitermachte.

Er war dankbar für die verständnisvolle Art der Band, aber er fühlte sich immer noch dumm, dass ihm seine Worte herausgerutscht waren, ohne ihre Gefühle zu berücksichtigen.»Nun«, fuhr er fort, »wo war ich?« Jonathan nahm sich einen Moment Zeit, um seinen Gedankengang nachzuvollziehen, bevor er weitermachte. »Ich konnte an Jenifers Eifer erkennen, dass sie den Wagen unbedingt besuchen wollte. Instinktiv begann ich mich zurückzuziehen, als wir uns näherten. Meinen Widerwillen spürend, wandte sich Jenifer mit diesem erregbaren Gesichtsausdruck an mich, den sie immer dann aufbrachte, wenn sie mir mitteilen wollte, dass sie unbedingt etwas ausprobieren oder kaufen wollte, von dem sie wusste, dass ich ihre Begeisterung nicht teilte. Inzwischen stand ich still und hatte mich geweigert, mitzuspielen. Aber wie immer, als Jenifer ihren Ausdruck in den eines flehenden Kindes verwandelte, mit schmollenden und traurigen Augen, das verzweifelt seinen eigenen Weg gehen wollte, knickte ich ein und gab nach.«

»Madame Zorha war laut dem Schild am Wagen durch die Welt gereist und hatte die Schicksale vieler Menschen gelesen, von Königen und Königinnen bis hin zu Film- und Popstars, und als Folge davon war sie sehr gefragt, was mich irgendwie wundern ließ, warum sie sich darauf beschränkte, von einem alten Karren am Strand aus die Zukunft vorauszusagen. Meine Sorge teilte ich jedoch nicht mit meiner Frau. Meine Schuldgefühle, sie am nächsten Tag auf dem Weg nach Northumberland zurücklassen zu müssen, würden sich dadurch verringern, dass ich ihr diesen kleinen Gefallen erlaube, ohne mich allzu sehr zu beschweren, argumentierte ich.«

VIERTES KAPITEL

»Als Jenifer merkte, dass ich nachgegeben hatte, da sie wusste, dass ich das tun würde, wurde ich an meinem Ärmel zur Tür des Wagens gezogen. Natürlich blieb es mir überlassen, anzuklopfen, was ich pflichtgemäß tat, indem ich die kurzen Holzstufen hinaufstieg, die zu der gewölbten Tür führten. Wir mussten nicht lange warten, bis wir "eingeladen" wurden, das innere Heiligtum zu betreten, als die Besitzerin uns mit einem ungezwungenen »Ja« anbrüllte.«

»Ich ging voraus, drückte die Tür zögernd auf und schaute hinein. Das Innere war sehr schlecht beleuchtet, was, wie ich glaube, absichtlich gemacht wurde, um eine geeignete Atmosphäre zu schaffen. Der winzige Raum war mit allerlei unterschiedlich großen Truhen und Kisten vollgestopft, die in den meisten Fällen mit scheinbar verschiedenfarbigen Stoffstücken bedeckt waren. Die Behälter waren so angeordnet, dass jeder ungehindert den Weg zum anderen Ende des Wagens nehmen konnte.«

»Die Beleuchtung, so wie sie war, war gelinde gesagt gedämpft, und meine Nasenlöcher wurden sofort vom Duft der Räucherstäbchen, die die Luft durchzogen, angegriffen. In der hinteren Ecke befand sich ein kleiner Bereich, der mit einem Vorhang versehen worden war, aber der verwendete Stoff war so dünn, dass er kaum etwas dahinter verbarg, und als ich durch den dunklen Dunst schielte, konnte ich gerade noch die Gestalt einer kleinen Frau erkennen, die auf einem Korbstuhl hinter einem kleinen, ovalen Tisch saß.«

»Ich erinnere mich, wie ich mich umdrehte, als Jenifer meine Hand sanft drückte, da ich anfangs nicht sicher war, ob ihr Signal bedeutete, dass sie sich noch hineinwagen wollte oder dass wir einen überstürzten Rückzug antreten sollten. Als sie mit ihrem Kopf gestikulierte und mich anwies, vorwärts zu gehen, drehte ich mich wieder um und rief, um zu fragen, ob wir hereinkommen dürften. Ich konnte in der nebligen Atmosphäre gerade noch die Frau erkennen, die uns mit ihrer Hand signalisierte, dass wir zu ihr kommen sollten. Ich zog Jenifer sanft zu mir, so dass sie sich von der Tür entfernte, als diese sich langsam hinter uns schloss.«

»Es mag ein wenig seltsam klingen, aber als wir uns vorsichtig durch den Spießrutenlauf von Truhen und Kisten manövrierten, erinnere ich mich, dass ich dachte, dass der Wagen eine seltsame Aura auszustrahlen schien, die mich sofort etwas unbehaglich machte. Damals führte ich es auf das zurück, was wir von dem Weihrauch einatmeten, aber als ich später am Abend mit Jenifer darüber sprach, gestand sie, beim Eintreten denselben Eindruck gehabt zu haben.«

»Wir bewegten uns langsam auf den dünnen Stoff zu, der als Trennwand diente, und als wir nahe genug waren, um die Frau hinter dem Vorhang richtig sehen zu können, fühlte ich mich verpflichtet, noch einmal zu fragen, ob es für uns in Ordnung war, dort zu sein. Noch einmal gestikulierte die Zigeunerin, ohne zu sprechen, damit wir uns vorwärts bewegen konnten, und als wir beide durch den Vorhang waren, deutete sie auf die beiden Stühle, die ihr gegenüber standen, damit wir uns setzen konnten.«

»Als wir uns setzten, warfen Jenifer und ich uns schnell einen nervösen Blick zu. Es war sehr leicht, innerhalb der Grenzen dieses hölzernen Sarkophags zu vergessen, dass wir an einem hellen und sonnigen Tag tatsächlich am Strand waren und dass sich draußen Scharen von glücklichen Feiernden drängten, die das schöne Wetter genossen. Denn Tatsache war, dass, sobald sich die Tür hinter uns geschlossen hatte, alle Geräusche von draußen vollständig verstummten.«

»Die Frau, die jetzt, da wir so nah waren, sehen konnten, sah extrem alt und runzlig aus, man könnte fast sagen: weise, schloss die Augen und begann vor sich hinzumurmeln, während sie in ihrem Stuhl sanft hin und her wippte. Wir saßen beide eine gefühlte Ewigkeit lang in der brütenden Atmosphäre und keiner von uns fühlte sich sicher genug, um es zu wagen, die Beschwörungsformeln der alten Frau zu stören. Schließlich hörte sie auf zu sprechen und schaute zu uns beiden auf, bevor sie ihre Hand ausstreckte.«

»Ich verstand den Wink und holte meine Brieftasche aus meiner Gesäßtasche, nahm einen Pfundnoten-Schein heraus und legte ihn genau in die Mitte ihrer Handfläche. Es gab weder innen noch außen irgendwelche Preise, also nahm ich an, dass ein Pfund für unsere Sitzung reichen sollte. Aber als die alte Zigeunerin ihre Hand ausstreckte, ohne das Geld, das ich ihr gegeben hatte, auch nur anzuerkennen, wurde mir klar, dass ich mich geirrt hatte.«

»Ich überlegte mir, ob ich ihr einen Zehnschilling-Schein über das Pfund in ihre Handfläche legen sollte, entschied mich aber stattdessen, dass ein weiteres Pfund das Geschäft besiegeln sollte, und wenn das nicht der Fall war, dann würde ich zu ihr sprechen und sofort fragen, wie viel sie für ihre Dienste verlangte. Obwohl ich wusste, wie sehr sich Jenifer auf die Wahrsagerei freute, wusste ich auch, dass sie nicht darauf bestehen würde, dass wir bleiben, wenn die Kosten zu exorbitant wären.«

»Zum Glück schloss die alte Frau ihre Hand um die Scheine und steckte sie sorgfältig in eine Tasche in ihrem Rock. Ich muss zugeben, dass ich einen stillen Seufzer der Erleichterung darüber geäußert habe, dass wir nicht im Begriff waren, mit der alten Frau einen Tauschhandel zu beginnen.«

»Die alte Frau griff wieder über den kleinen Tisch und hielt beide Hände mit erhobenen Handflächen nach oben. Jenifer und ich ergriffen beide die Initiative und legten unsere rechte Hand mit der Handfläche nach oben in eine ihrer beiden Hände. Sie betrachtete unsere Handflächen für ein paar Minuten, ohne zu sprechen. Wir saßen einfach nur da und versuchten unser Bestes, um stillzuhalten, obwohl die Situation für mich vor allem allmählich an einen Fernsehkomödien-Sketch erinnerte.«

»Schließlich begann die alte Frau zu sprechen, obwohl sie ihren Blick fest auf unsere Hände gerichtet hielt, was sich zugegebenermaßen etwas seltsam anfühlte, aber ich spielte vor allem um Jenifers willen mit.«

»Ihr seid beide bei guter Gesundheit«, verkündete sie in ihrem gebrochenen Englisch, »und in euren Herzen ist Glückseligkeit.«

»Dann hielt sie für einen Moment inne, während sie weiter unsere Handflächen studierte.«

»Einer von Ihnen arbeitet nicht gut, langweilig, keine Aufregung.«

»An diesem Punkt schaute sie zu mir auf und zeigte mit dem Zeigefinger auf mich.«

»Sie genießen die Beschäftigung nicht so sehr, wie Sie gehofft haben, aber Sie arbeiten hart.«

»Dann blickte sie zu Jenifer hinüber.«

»Ihre Arbeit ist künstlerisch, gut für Sie, aber Sie haben auch das Talent, Ihren Erfolg auf andere Dinge auszuweiten, die Sie noch nicht entdeckt haben.«

»Wir beide tauschten Blicke aus. Die Zigeunerin war, was mich betraf, genau richtig. Meine Position in der Bank war im vergangenen Jahr immer langweiliger geworden, aber genau wie sie gesagt hatte, konnte ich es mir nicht leisten, zu gehen und auf etwas anderes zu warten, und aus diesem Grund hatte ich auch keine Ahnung, was ich stattdessen tun wollte.«

»Was Jenifer betrifft, so war die alte Dame wieder genau richtig bei der Sache mit dem Geld. Sie liebte ihren Job, mit ihrem Vater zu arbeiten, und sie hatte bereits ihre Fähigkeit bewiesen, sich den meisten Dingen der Kunst zuzuwenden. Daher war es durchaus plausibel, dass sie mit der Zeit andere Seiten an sich entdecken würde, die sich mit der Zeit als noch lukrativer erweisen könnten als ihre Fotografie.«

»Ich gestehe, dass ich zu diesem Zeitpunkt begann, ein wenig faszinierter zu werden von dem, was die Zigeunerin zu sagen hatte. Ich war beeindruckt von der Tatsache, dass sie uns keine Fragen über unsere Lebensumstände gestellt hatte, bevor sie sich auf ihre unglaublich genaue Beschreibung unseres häuslichen Lebens einließ. Es war natürlich möglich, dass sie außergewöhnlich aufmerksam war, und nachdem sie den Ehering an Jenifers Finger bemerkt hatte und uns beide zusammen sah, konnte sie die Vermutung wagen, dass wir beide sehr 'glücklich' und 'gesund' waren. Aber ihre Überlegungen bezüglich unserer

Beschäftigung konnten kaum aus unserem Aussehen oder unserem Verhalten abgeleitet werden, also verdiente sie zumindest ein kleines bisschen Lob allein dafür.«

»Die alte Frau machte noch eine Weile in der gleichen Weise weiter. Sie merkte an, dass meine Eltern beide verstorben waren und dass ich ein Geschwisterkind hatte, während Jenifer ein Einzelkind war. Sie beschrieb sogar mit einiger Genauigkeit den Ort, an dem wir uns zum ersten Mal trafen, bis hin zu der Tatsache, dass wir zum ersten Mal miteinander über 'etwas Zuckersüßes' sprachen, was ich mit Jenifers Zuckerwatte und dem Vorfall beim Konzert gleichzusetzen verstand.«

»Nach einigen weiteren Minuten ließ die alte Frau unsere Hände los, und wir zogen sie beide gleichzeitig zurück. Es war seltsam, aber für ein paar Sekunden spürte ich ein seltsames Kribbeln in meinen Fingern, so dass ich instinktiv begann, meine Hand zu schütteln und eine Faust zu machen, um zu versuchen, das Gefühl zu lindern. Auch Jenifer, so bemerkte ich, begann eine ähnliche Aktion mit ihrer Hand, obwohl sie viel diskreter war wie ich.«

»Die Zigeunerin drehte sich in ihrem Stuhl um und hob mit einer leichten Kraftanstrengung einen mit Stoff bedeckten Gegenstand von einem nahe gelegenen Ständer und stellte ihn in die Mitte des Tisches. Sie murmelte ein paar unverständliche Worte unter ihrem Atem, und dann riss sie das Tuch ab, um eine große Glaskugel freizulegen, die in einer scheinbar krallenartigen Halterung aus Metall steckte.«

»Jenifer und ich tauschten beide einen verstohlenen Blick aus. So beeindruckt wir beide von den bisherigen Vorhersagen der alten Dame waren, schien die plötzliche Einführung einer Kristallkugel dem Ganzen einen pantomimischen Anstrich zu geben. Jenifer schaffte es, ein ernstes Gesicht zu machen;

dennoch erhielt ich einen scharfen Tritt unter dem Tisch, als ich mich bemühte, ein Lachen zu unterdrücken.«

»Die alte Zigeunerin bemerkte es entweder nicht oder ignorierte einfach meine Schuljungen-Possen, während sie ihren Blick auf die Glaskugel gerichtet hielt. Als es mir gelungen war, mein kindisches Verhalten zu unterdrücken, saßen wir beide wieder schweigend da und warteten auf die nächste Runde unserer Gastgeberin.«

»Ich beobachtete aufmerksam, wie die alte Frau in ihre Kristallkugel blinzelte, wobei der Ausdruck auf ihrem Gesicht von einer Kombination aus Neugier und tiefer Weisheit geprägt war. Sie legte ihre Hände um die Seiten der Glaskugel, hielt sie aber gerade weit genug entfernt, um keinen Kontakt mit der Oberfläche herzustellen. Sie blieb mehrere Minuten lang so, ihr Fokus wurde von dem, was sie in dem Kristall sehen konnte, völlig durchdrungen.«

»Plötzlich flogen ihre Hände von der Glaskugel weg, als ob eine immense Hitze von ihr ausginge, und sie warf sich wieder in ihren Stuhl zurück. Sie stöhnte laut, fast bis zum Schreien, und drückte ihre Handflächen gegen die Ohren, als wollte sie versuchen, irgendeinen unheimlichen Ton zu blockieren.«

»Jenifer und ich sahen uns verwirrt an. Ich muss gestehen, dass ich immer noch etwas skeptisch gegenüber der gesamten Angelegenheit war und mich zu fragen begann, ob es sich dabei um eine gut eingespielte Art von Tricks handelt, die uns dazu bringen soll, zu gehen, ohne dass wir etwas für unser Geld bekommen. Aber mein Zynismus wurde bald zunichte gemacht, als die alte Zigeunerin ihre Hand in die Tasche steckte und die zwei Pfund, die ich ihr zuvor bezahlt hatte, wiederbekam, bevor sie sie über den Tisch zu mir schleuderte.«

»Heute gibt es nichts mehr! Gehen Sie, bitte, heute nicht mehr, gehen Sie, gehen Sie!«

»Während sie sprach und gestikulierte war klar, dass sie uns loswerden wollte, daran war kein Zweifel. Einen Moment lang saßen Jenifer und ich einfach nur in fassungslosem Schweigen da. Mir kam der Gedanke, dass die alte Zigeunerin vielleicht verärgert war, weil ich mich vorhin amüsiert zu haben schien, als sie zum ersten Mal ihre Kristallkugel herstellte, aber dann dachte ich, wenn sie wirklich verärgert über mich wäre, hätte sie nicht so viel Zeit mit dem Studium der Kugel verschwendet, bevor sie darauf bestand, dass wir gehen. Darüber hinaus erschien es seltsam, dass sie uns unser Geld zurückgegeben hatte, wenn ihr Grund, uns rauszuwerfen, darin bestand, dass ich ihr nicht den nötigen Respekt entgegengebracht hatte.«

»Die alte Frau erhob sich in solcher Eile von ihrem Sitz, dass die Bewegung ihren Stuhl nach hinten fallen ließ. Diese plötzliche Aktion spornte Jenifer und mich zum Handeln an, und wir standen beide zusammen auf und drehten uns um, um zu gehen. Ich wollte lange genug bleiben, um mich zu entschuldigen, falls ich tatsächlich etwas gesagt oder getan hatte, was die Zigeunerin verärgert hätte, aber Jenifer hielt meine Hand so fest, dass ich instinktiv wusste, dass sie sofort gehen wollte.«

»Nachdem wir ein paar Schritte zur Tür gemacht hatten, hörten wir die alte Frau nach uns zurückrufen. Ich führte Jenifer vor mich her, fast so, als wollte ich sie vor der schreienden Frau schützen, als ich mich umdrehte, um ihr gegenüberzutreten. Zu meinem Erstaunen hatte sich die alte Zigeunerin direkt hinter mich geschlichen, ohne dass ich es gemerkt hatte, und da stand sie und drückte mir mein Geld wieder ins Gesicht.«

»Ich hielt eine Hand hoch, als wollte ich ihr mitteilen, dass sie das Geld behalten könne, aber sie zwang es praktisch in meine

Jackentasche, bevor sie sich umdrehte und wieder zu ihrem umgekippten Stuhl schlurfte.«

»Draußen angekommen, sahen Jenifer und ich uns beide an und wussten nicht genau, was wir zu diesem Thema sagen sollten. Es war sicherlich eine Erfahrung gewesen, aber eine, die keiner von uns so schnell wiederholen wollte. Die Atmosphäre im Inneren des Wagens war, möglicherweise aufgrund der beengten Umgebung, sehr klaustrophobisch gewesen, und ich glaube, Jenifer war sogar noch glücklicher als ich, wieder an der frischen Luft mit dem Rest der Menge zu sein.«

»Wir beschlossen, das Erlebnis zu vergessen und uns den Rest des Tages nicht verderben zu lassen. Wir aßen Fish and Chips zum Mittagessen am Strand, während wir den verschiedenen anwesenden Familien beim Genießen des Strandes zuschauten. Nach dem Mittagessen liefen wir in entgegengesetzter Richtung zur vorhergehenden Richtung an der Küste entlang und machten uns schließlich auf den Weg zum Pier. Ich wartete, bis Jenifer die Toilette benutzen musste, bevor ich ihr einen Beutel mit Pennies für die Spielhallen wechselte. Dies war eine Beschäftigung, die ihr Spaß gemacht hatte, seit sie alt genug war, um die hellen Lichter und magischen Designs auf den Maschinen zu sehen. Jenifer hatte mir oft erzählt, wie sie als Kind, als ihre Eltern sie überallhin mitnahmen, wo solche Geräte untergebracht waren. Sie bettelte und bettelte sie an, sie spielen zu lassen, bis sie schließlich nachgaben.«

»Zum Glück wusste Jenifer schon in jungen Jahren, dass sie nie etwas gewinnen würde, und was immer sie gewann, ging immer direkt zurück in die Maschine. Persönlich hatte ich nie die ungetrübte Begeisterung meiner Frau darüber geteilt, das hart verdiente Geld an einen Metallbanditen zu verschenken, aber als ich sah, wie sie beim Anblick der Tüte mit den Pennys wie ein Kindergartenkind quietschte, hielt ich sie hoch, und das war es irgendwie wert.«

»Ich verbrachte die nächste halbe Stunde damit, Jenifer zu folgen, als sie sich entschied, an welchen Automaten sie spielen wollte, und schloss mich sogar ihrer Aufregung an, wenn sie den Jackpot knackte. Als das Geld weg war, gingen wir auf den Jahrmarkt am Ende des Piers. Dies war eine weitere von Jenifers Lieblingsbeschäftigungen, und immer, wenn wir einen der vielen Orte am Meer in der Nähe des Piers besuchten, mussten wir zuerst sicherstellen, dass es dort einen Jahrmarkt gab. Glücklicherweise war Brighton eines der Ziele, von denen wir wussten, dass es das ganze Jahr über einen Jahrmarkt gab.«

»Abgesehen von all den üblichen Fahrgeschäften, die wir bei früheren Besuchen erlebt hatten, schien es eine neue Ergänzung in Form einer so genannten 'Sky Rocket' zu geben. Es war ein schrecklich aussehendes Gerät, das aus einer extrem wackeligen Bahn zu bestehen schien, die noch höher als der 'Big Dipper' kletterte und sich schneller bewegte als die Autos auf dem 'Walzer'. Was es noch schlimmer machte, war, dass die Organisatoren sich dafür entschieden hatten, diese Monstrosität ganz am Ende des Piers zu platzieren, so dass es, als die Autos ihren Höhepunkt erreichten, so aussah, als würden die Fahrer geradewegs ins Meer geschossen werden.«

»Das machte die Fahrt natürlich viel zu verlockend, als dass Jenifer sie verpassen könnte. Und trotz meiner Bitten und Proteste schleppte sie mich aufgeregt in die Schlange. Während wir in der Schlange warteten, beobachtete ich mit dem Herzen in der Magengrube die Autos, die auf und ab fuhren. Je weiter wir nach vorne kamen, desto rascher spürte ich, wie meine Reserven schwanden. Ich wusste genau, dass ich Jenifer niemals ausreden konnte, nicht auf dem verdammten Gefährt mitzufahren, aber als wir nahe genug waren, um der nächsten erlaubten Gruppe anzugehören, brach es aus mir heraus, und ich teilte Jenifer mit, dass ich mich, Spaß beiseite, der Fahrt nicht stellen konnte.«

»Ich konnte sofort erkennen, dass sie von meinem Zögern enttäuscht war, aber als sie erkannte, dass ich nicht aus demselben Holz geschnitzt war wie sie, willigte sie widerwillig ein, allein zu fahren.«

»Das war, bis sie das Schild vorne sah, auf dem stand, dass jedes Auto zwei Fahrer haben muss, damit niemand allein fahren kann. Jenifers Gesichtsausdruck fiel in sich zusammen, und ein subtiles Wimmern der Verzweiflung entging ihren Lippen, bevor sie eine Chance hatte, es zu verhindern. Sie schaute mich mit hervorstehender Unterlippe an, ihre Augen vermittelten eine Sehnsucht, mit der sie mich noch nie zuvor konfrontiert hatte, denn sie versicherte nach bestem Wissen und Gewissen, dass sie sich um mich kümmern würde und dass wir beide wieder auf festem Boden stehen würden, bevor ich es merken würde.«

»Ich wäre beinahe eingeknickt, so leidenschaftlich hat sie mich angefleht, aber gerade dann drehte sich eine Gruppe junger Mädchen vor uns allen einstimmig um, und eine von ihnen fragte Jenifer sehr höflich, ob es ihr etwas ausmachen würde, mit ihr zu fahren, da auch sie keinen Begleiter hatte, um ihren Wagen zu teilen. Die Idee schien all unsere Probleme zu lösen, und ich muss zugeben, dass ich einen ungeheuren Ansturm der Erleichterung verspürte, als mir klar wurde, dass meine Anwesenheit nicht mehr erforderlich war.«

»Ich ging aus der Schlange heraus und trat einige Schritte zurück, um Jenifer und ihre neu gefundene Freundin aus sicherer Entfernung beobachten zu können.«

»Nachdem alle, einschließlich Jenifer, für die Fahrt eingestiegen und von der Bedienungsperson angeschnallt worden waren, winkte ich sie ab, als der gigantische Apparat in Aktion trat.«

»Die Sonne am späten Nachmittag ging unter, und ein kalter Wind schoss durch mich hindurch und ließ mich unwillkürlich erschauern. In diesem Moment fühlte ich, wie eine Hand an meinem Jackenärmel zerrte. Ich schaute nach unten, und da stand die alte Zigeunerin vom Strand direkt neben mir. Ihr plötzliches Auftauchen überraschte mich so sehr, dass ich einen Moment lang dachte, sie hätte mich aufgesucht, um ihr Honorar zurückzufordern.«

»Die Situation erschien mir in diesem Moment ziemlich komisch, denn in der Enge des Wagens hatte ich nicht bemerkt, wie klein die Frau war. Sie reichte kaum über meine Taille hinaus, und aus der Entfernung muss es so ausgesehen haben, als ob ein Kind seine Eltern um etwas bitten würde.«

»Trotzdem war die Kälte, die ich gerade durch den aufkommenden Wind empfunden hatte, nichts im Vergleich zu dem scharfen, eiskalten Gefühl der Angst, das mich überkam, als ich in ihre unheilvollen Augen starrte. Sie trug ein schwarzes Tuch, das ihren Kopf und den größten Teil des unteren Teils ihres Gesichts bedeckte, und in der eindringenden Dunkelheit schienen ihre Augäpfel ziemlich schwarz zu sein.«

»Ich musste mich deutlich bemühen, meinen Arm nicht von ihr wegzureißen, so unmittelbar war der Schrecken, den die alte Frau in mir auslöste. Stattdessen atmete ich tief ein und versuchte eine Art Lächeln, bevor ich sie fragte, wie ich ihr helfen könne.«

»Ihre winzige Faust hatte meinen Ärmel fest im Griff, und so klein sie auch gewesen sein mochte, ich hatte das Gefühl, dass es nahezu unmöglich gewesen wäre, sie von mir wegzuziehen, selbst wenn ich es verzweifelt versucht hätte. Ich beugte mich also nach unten, damit sie mich wegen des Lärms der Kirmes hören konnte, aber bevor ich sprechen konnte, wedelte sie mit dem Zeigefinger nach mir.«

»Geh nicht ... Geh nicht ... Du, nicht gehen!«

»Sie ließ es eher wie ein Befehl als wie eine Bitte klingen, ihre Stimme wurde immer lauter und konkurrierte mit dem Lärm des Jahrmarkts. Die ganze Situation erschien mir damals so surreal, dass ich mir beim Versuch zu antworten das Lächeln nicht verkneifen konnte. Die alte Zigeunerin nahm meinen Gesichtsausdruck offensichtlich als Hinweis darauf auf, dass ich ihre Warnung nicht ernst nahm, denn als nächstes begann sie mich mit aller Macht zu schütteln, so dass ich überzeugt war, sie würde mir gleich die Jacke zerreißen.«

»Ich konnte sehen, wie andere um uns herum begannen, auf das, was vor sich ging, zu achten, und eine schreckliche Minute lang hatte ich Angst, dass jemand denken könnte, ich würde versuchen, die alte Frau zu überfallen, so heftig war die Heftigkeit, mit der sie mit mir kämpfte. Ich versuchte mein Bestes, sie zu beruhigen, aber meine Bemühungen waren vergeblich. Als ihre Stimme immer lauter wurde, war sie fast dabei, mich anzuschreien, und ich konnte nicht umhin, den Blick des puren Grauens in ihren Augen zu bemerken.«

»In diesem Moment erschien wie aus dem Nichts ein junges Mädchen und zog die alte Zigeunerin sanft von mir weg. Sie sprach mit der alten Dame in einer Sprache, die ich nicht kannte, und ich konnte an ihren Gesten erkennen, dass die alte Frau mit der Einmischung des Mädchens überhaupt nicht glücklich war.«

»Ich wartete, bis ihre Unterhaltung eine Pause hatte, bevor ich mich zu Wort meldete. Ich fragte das Mädchen, was das Problem sei, und versuchte zu erklären, was am Wagen passiert war, und dass ich der alten Dame gerne die Kosten für unsere Lesung erstatten würde, wenn es das war, was sie störte. Zuerst war ich nicht ganz davon überzeugt, dass das Mädchen verstand, was ich sagte, oder dass ich sie überhaupt erreichte, da sie sich auf die Zigeunerin konzentrierte.«

»Das junge Mädchen schaffte es schließlich, die alte Frau zu beruhigen, und als sie das geschafft hatte, wandte sie sich mit einem halben Lächeln an mich.«

»Entschuldigung«, sagte sie zurückhaltend. »Ist schon gut, ich entschuldige mich für den Ausbruch meiner Großmutter, es geht ihr nicht gut.«

»Ich lächelte als Antwort zurück und bot der Zigeunerin noch einmal an, ihre Zeit zu bezahlen, aber das junge Mädchen versicherte mir, dass es nicht um das Geld ginge, und wünschte mir einen angenehmen Abend, während sie versuchte, die alte Frau in die Richtung zu lenken, aus der sie gerade gekommen war.«

»Obwohl die alte Frau sich immer noch hartnäckig weigerte, ohne Aufsehen wegzugehen, hatte das junge Mädchen die Situation definitiv in den Griff bekommen, und schließlich ließ sich die alte Frau wegführen.«

»Ich stand eine Weile da und beobachtete ihre sich zurückziehenden Gestalten, wie sie langsam in der Menge verschwanden.«

»Meine Konzentration darauf war so groß, dass ich nicht bemerkte, wie sich Jenifer neben mich schlängelte, bis sie ihren Arm durch meinen schloss.«

Sie fragte neugierig: »Was sollte das alles?«

»Ich zuckte mit den Schultern und erzählte ihr, wie die alte Zigeunerin einfach auftauchte und mich dafür zurechtgewiesen hat, dass ich den Wagen verlassen hatte, vermutlich weil wir nicht bezahlt hatten.«

»Aber sie bestand darauf, dass wir unser Geld zurücknehmen«, erinnerte Jenifer mich, »hast du versucht, es wieder zurückzugeben?«

»Ich habe meiner Frau versichert, dass ich es getan habe, aber das junge Mädchen hat mir versichert, dass es nicht notwendig sei. 'Seltsam' war alles, was Jenifer zu bieten hatte, und ich stimmte ihr absolut zu.«

FÜNFTES KAPITEL

»So seltsam es klingen mag, vor allem in der heutigen Zeit, aber als es am nächsten Morgen schließlich so weit war, dass Jenifer und ich für eine ganze Woche voneinander getrennt sein würden, waren wir beide ein wenig wehmütig. Tatsache war, dass wir seit unserer Heirat nicht eine einzige Nacht getrennt verbracht hatten. Selbst als sie noch bei ihren Eltern wohnte, war keine ganze Woche vergangen, ohne dass wir uns mindestens zwei- oder dreimal gesehen hätten. So fand ich mich schweren Herzens auf der Autobahn wieder, obwohl ich mich mehr auf die Aussicht hätte freuen sollen, endlich mein Erbe zu sehen.«

»Ich hatte für diesen Nachmittag einen Termin mit dem Anwalt meines Wohltäters vereinbart und gesagt, dass ich mit dem Auto unterwegs sei und hoffte, bis zum frühen Nachmittag bei ihm zu sein. Da ich mich auf unbekanntem Terrain befand, wollte ich keine feste Zeit für unsere Verabredung festlegen, und der Anwalt, ein Mr. Ralph Peterson, schien mit meiner geschätzten Ankunftszeit vollkommen zufrieden zu sein.«

»Damals war das Konzept der Satellitennavigation noch nicht in Betracht gezogen worden, zumindest nicht für den Autofahrer, so dass ich mich mit Hilfe von Straßenschildern und einem Atlas von Großbritannien, den ich speziell für diesen Anlass gekauft hatte, orientieren musste. Jenifer und ich hatten den größten Teil eines ganzen Abends damit verbracht, meine Route zu planen, und obwohl die Reise nach Abschluss der Mission ziemlich einfach zu sein schien, gelang es mir an diesem Tag dennoch, mich zu verirren. Einmal hielt ich an einer Tankstelle an, um meine Orientierung zu überprüfen, und stellte fest, dass ich über zwanzig Meilen in die falsche Richtung gefahren war.«

»Zu allem Überfluss waren einige der von uns geplanten Straßen A- und B-Straßen, von denen die meisten praktisch keinerlei Hinweisschilder hatten, und um den die Krone aufzusetzen, wurden sie von Traktoren und verschiedenen anderen landwirtschaftlichen Fahrzeugen befahren, die alle nicht in der Lage zu sein schienen, mit mehr als zehn Meilen pro Stunde zu fahren, und wegen der Enge der Straßen war es praktisch unmöglich, sie zu überholen. Das andere Problem, das ich zugegebenermaßen vor meiner Abreise nicht in Betracht gezogen hatte, war, dass ich im alten Granada meines Vaters fuhr, der definitiv schon bessere Tage gesehen hatte. Das Auto gehörte zu den Besitztümern meiner Eltern, von denen ich mich nur ungern getrennt hatte, vor allem wegen all der glücklichen Erinnerungen, die ich von uns Vieren hatte, die in diesem Auto an den Tagen unterwegs waren. Mein Vater war ein guter Automechaniker, und er war stolz darauf, dass er die meisten Wartungs- und Reparaturarbeiten an seinem Auto selbst durchführte. Ich hingegen wusste so gut wie nichts über Autos, außer dass ich wusste, wo man das Benzin einfüllt, und ich ärgerte mich über meinen mangelnden Enthusiasmus, wenn mein Vater mir anbot, einige seiner Wartungstricks zu zeigen.«

»Ohne die Wartung des Fahrzeugs durch meinen Vater hatte ich es leider so weit heruntergefahren, dass es nun längst überfällig war, einen guten Service zu bekommen. An diesen Mangel in meiner Routine wurde ich immer dann erinnert, wenn ich über ein Schlagloch fuhr oder auf dem Weg zum Anwalt zu schnell eine Kurve nahm, und einige der Geräusche, die das Auto machte, ließen mich darüber nachdenken, ob ich die Reise tatsächlich heil überstehen würde.«

»Glücklicherweise kam ich schließlich unbeschadet in der kleinen Stadt Briers Market an, wenn auch viel später als ursprünglich geplant. Mr. Peterson hatte mir eine Wegbeschreibung zu seinem Büro gegeben, die glücklicherweise einfach und leicht zu befolgen war. Es gelang mir, einen Parkplatz gegenüber seinem Büro zu finden, und ich schaute auf meine Uhr, als ich die Straße überquerte. Es war jetzt fast fünf Uhr, und die Geschäfte und Büros entlang der Hauptstraße hatten alle ihr Licht eingeschaltet, da das Tageslicht verblasste.«

»Als ich einmal drinnen war, wurde ich mit einer streng aussehenden Dame mittleren Alters konfrontiert, die, nachdem ich mich vorgestellt hatte, mich über den Rand ihrer Brille mit einem deutlichen Blick der Verachtung ansah.«

»Mr. Peterson hat Sie vor einigen Stunden erwartet!«

»Sie versuchte nicht, die Verachtung in ihrer Stimme zu verbergen, als ob ich nur von der anderen Seite der Stadt gekommen wäre, anstatt den ganzen Weg von London aus gefahren zu sein. Ich entschuldigte mich, obwohl ich das Gefühl hatte, dass sie mit ihrer Kritik übermäßig hart war. Ihr Gesichtsausdruck wurde etwas weicher, als ich gestand, dass meine Reise viel länger gedauert hatte, als ich ebenfalls erwartet hatte, und sie bat mich, Platz zu nehmen, während sie Mr. Peterson über meine Ankunft informierte.«

»Das Büro war ziemlich klein und überfüllt, wenn ich ehrlich bin, mit Bündeln von Papieren, die mit einem Band zusammengebunden und überall übereinander gestapelt waren, einschließlich einiger auf dem Boden, die in Ecken und Nischen gerammt worden waren, um nicht zu einer Stolperfalle zu werden. Nachdem ich gerade die Sekretärin von Mr. Peterson kennengelernt hatte, war ich überrascht, dass jemand, der auf den ersten Eindruck so peinlich genau zu sein schien, gerne in einer so chaotischen Arbeitsstelle tätig war.«

»Mein Gedankengang wurde durch das Wiederauftauchen der Anwaltssekretärin unterbrochen. Sie machte sich nicht die Mühe, zu mir zurückzukommen, sondern stellte sich in die äußerste Ecke des Büros, nachdem sie gerade aus dem, was ich für Petersons Allerheiligstes hielt, herauskam, und brüllte mit ihrer hochmütigsten Stimme quer durch den Raum, dass Mr. Peterson bereit war, mich zu empfangen. Sie gab mir das Gefühl, ein herumstreunender Schuljunge zu sein, der in das Büro des Schulleiters gerufen worden war.«

»Als ich mich Petersons Tür näherte, blieb seine Sekretärin an Ort und Stelle, was mir, als ich die Tür erreichte, klarmachte, dass ich nicht genug Platz hatte, um mich an ihr vorbeizuzwängen, um den Raum zu betreten. Als ich unmittelbar vor dem Eingang stand, blieb ich stehen und lächelte sie schwach an, in der Hoffnung, dass sie den Wink verstehen und sich für mich bewegen würde. Aber leider war meine subtile Geste vergeblich. Stattdessen versuchte sie, mich ihrem Chef noch einmal anzukündigen, bevor sie schließlich zur Seite ging, um mich passieren zu lassen.«

»Peterson war in Wirklichkeit viel jünger, als er am Telefon geklungen hatte. Er sprang von seinem Schreibtisch auf, als ich sein Büro betrat, und bot mir seine Hand an. Während wir schüttelten, gab er mir ein Zeichen, dass ich den Platz gegenüber einnehmen sollte.«

»Könnte ich Sie zu einem Tee oder Kaffee verführen?«

»Als er das freundliche Angebot machte, blickte er zu seiner Sekretärin hinüber, die immer noch in der Tür verweilte. Aber als ich zu ihr hinüberblickte, konnte ich an ihrem Verhalten sofort erkennen, dass sie nicht in der Stimmung war, die Rolle der Gastgeberin zu spielen, so dass ich sein Angebot höflich ablehnte, obwohl ich in Wahrheit geradezu danach lechzte, da ich seit dem Frühstück nichts mehr gegessen hatte. Nachdem seine Sekretärin die Tür hinter sich geschlossen hatte, entschuldigte ich mich bei Peterson für meine verspätete Ankunft und erklärte ihm, dass ich keinen Sinn für Orientierung habe und dass ich auf einigen der kleineren Straßen auf verschiedene Hindernisse gestoßen bin. Peterson lachte gutmütig.«

»Kein Problem, Mr. Ward, ich fing an zu glauben, dass Sie beschlossen hatten, unterwegs irgendwo anzuhalten und morgen Ihre Reise fortzusetzen.«

»Ich stimmte zu, dass dies im Nachhinein vielleicht die klügere Option gewesen wäre, aber mein überwältigender Zwang war, eher früher als später anzukommen, da ich sehr daran interessiert war, mein Erbe zu sehen. Als ich ankam, war das Licht bereits am Verblassen, so dass ich zu diesem Zeitpunkt wusste, dass ich es erst am nächsten Morgen bei Tageslicht sehen würde. Aber ich war immer noch aufgeregt über die Aussicht, es an diesem Abend sozusagen in Fleisch und Blut zu sehen.«

»In der nächsten Stunde ging Peterson in mühevoller Kleinarbeit alle Formalitäten bezüglich meines Erbes durch. Auf meine Bitte hin sprach er wie zu einem Laien, damit ich ihn nicht immer wieder in der Mitte unterbrechen musste, um ihn um eine Erklärung zu bitten. Der Anwalt hatte eine große Aktenmappe mit, wie mir schien, mehreren hundert Dokumenten und einzelnen Blättern Papier, von denen einige wohl im Laufe der Zeit zu vergilben begonnen hatten.«

»Im Laufe unseres Gesprächs wurde mir klar, dass sich die Familie meines Wohltäters seit Generationen auf Petersons Familienkanzlei verlassen hatte, und einige der Dokumente in der Mappe waren aus dem vorigen Jahrhundert datiert.«

»Ich habe mir erlaubt, die Urkunden für Ihre neue Immobilie zur Neuregistrierung wegzuschicken; obwohl ich ganz sicher bin, dass Sie einen Käufer für die Immobilie suchen werden, ist es immer am besten, alles auf dem neuesten Stand zu halten. Ich bin sicher, Sie verstehen das.«

»Ich erklärte Peterson, dass Jenifer und ich gemeinsam die endgültige Entscheidung darüber treffen würden, was wir letztendlich mit dem Grundstück machen würden. Daraufhin warf Peterson mir einen sehr neugierigen Blick zu und erklärte mir, dass seiner Meinung nach die Kosten für die Renovierung des Herrenhauses und den anschließenden Unterhalt den Verkaufswert nach Abschluss der Arbeiten bei weitem übersteigen würden.«

»Natürlich spreche ich jetzt als Anwalt Ihres verstorbenen Verwandten, da ich weiß, dass Sie mich in keiner offiziellen Funktion engagiert haben. Aber ich denke, es wäre nachlässig von mir, Ihnen nicht die vollständigen Fakten zu nennen, da unsere Kanzlei im Laufe der Jahre mehrere Geschäfte mit den früheren Eigentümern bezüglich der Immobilie gemacht hat.«

»Ich dankte ihm für seine Offenheit, wiederholte aber, dass ich, selbst wenn das Anwesen eine bröckelnde Ruine wäre, keine Entscheidungen treffen würde, ohne dass Jenifer wenigstens eine Chance hätte, es zu sehen. Peterson schien dies zu verstehen und fuhr mit unserem Interview fort. Ich unterschrieb so viele verschiedene Papiere, dass meine Hand nach einer Weile zu pochen begann. Als Jane und ich unser Elternhaus erbten, schien alles viel einfacher und überschaubarer zu sein. Aber trotzdem hielt ich durch, da ich mit mir dachte, dass nach unserem Treffen alles zu unserer beiderseitigen Zufriedenheit geregelt werden würde.«

»Als die Zeit verging und mir weiterhin die scheinbar endlosen Entwürfe und Papiere zur Ratifizierung vorgelegt wurden, begann sich der Tribut von meiner Reise zu zeigen, und ich musste sogar das eine oder andere Gähnen unterdrücken, wobei ich mich dafür bei meinem Gastgeber entschuldigen musste. Als schließlich die Wanduhr, die in einem der Bücherregale hinter dem Anwalt stand, die volle Stunde schlug, drehte sich Peterson in seinem Stuhl um, als wolle er die Zeit bestätigen, und bevor er sich wieder zu mir umdrehen konnte, klopfte es an seiner Bürotür.«

»Der Anwalt bat seine Sekretärin, einzutreten, was sie auch tat, und warf mir einen kurzen Blick zu, bevor sie Peterson an die Zeit erinnerte.«

»Ja, natürlich, danke Ruth, Sie können für heute gehen, ich schließe ab.«

»Damit wünschte sie ihm eine gute Nacht und gönnte mir ein fast nicht vorhandenes Kopfnicken. Nachdem sie uns verlassen hatte, fuhren Peterson und ich mit unserem Treffen fort, bis die Uhr hinter ihm uns anzeigte, dass eine weitere Stunde vergangen war. Zu diesem Zeitpunkt schaute der Anwalt auf seine Armbanduhr und dachte einen Moment nach, bevor er die Ankündigung machte:«

»Mr. Ward, darf ich Ihnen aufgrund der späten Stunde vorschlagen, dass Sie in Ihrem Hotel einchecken und wir das Ganze morgen früh beenden können?«

»An meinem Gesichtsausdruck erkannte er sofort, dass er etwas Unpassendes gesagt haben muss. Tatsache war, dass mir nie in den Sinn gekommen war, dass ich mich um eine Unterkunft kümmern müsste. Ich hatte die feste Absicht, auf dem Anwesen zu bleiben, unabhängig davon, in welchem Zustand sich das Anwesen befand. Ich erklärte Peterson meine Situation, und er fasste sich an sein Kinn, als er über meine Situation nachdachte. Nach ein oder zwei Augenblicken legte Peterson seine Ellenbogen auf seinen Schreibtisch und legte die Fingerspitzen aneinander, bevor er mir den Rat gab, dass es seiner Meinung nach weitaus praktischer wäre, wenn ich mein neues Anwesen am Tag sehen würde, als nachts darum herumzustolpern.«

»Er bestätigte mir, dass die Haushälterinnen meines verstorbenen Verwandten, die Jarrows, auf dem Anwesen lebten, aber dass er verstand, dass sie beide verschiedene Jobs hatten, bei denen sie seit dem Ableben meines Wohltäters ihre Arbeitszeit auf die Abende ausgedehnt hatten, so dass keiner von ihnen bis spät nach Hause kommen würde. Peterson machte auch klar, dass auch er Pläne für den Abend hatte, zu dem er bereits spät dran war, so dass er mich auch nicht herumführen konnte.«

»Ich versicherte ihm, dass ich ihm nicht lästig sein wolle, aber Tatsache sei, dass ich, da ich nicht damit gerechnet hatte, ein Hotel oder eine Pension buchen zu müssen, nicht genug Geld bei mir hatte, um eine Übernachtung zu bezahlen, und dass wegen der Verspätung bereits alle Banken in der Stadt geschlossen sein würden.«

»Peterson sagte mir, ich solle mir keine Sorgen machen und dass er alles für mich regeln könne. Daraufhin nahm er den Hörer des Telefons auf seinem Schreibtisch ab und wählte eine Nummer, die er offensichtlich auswendig kannte. Ich hörte den schwachen Wählton von der anderen Seite, und nach ein paar Läuten wurde der Anruf beantwortet.«

»Jerry, hier ist Ralph Peterson ... ich brauche einen Gefallen, ein Kunde ist gerade in der Stadt angekommen, viel später als erwartet, und er braucht ein Zimmer für die Nacht und ein Abendessen ... ich wusste, dass du das tun würdest, die einzige Sache ist, dass die Banken alle geschlossen sind, aber ich bürge für ihn, dass er dich gleich morgen früh bezahlt, sobald sie öffnen ... Wunderbar, danke, Jerry ... Sein Name ist Jonathan Ward... Nochmals danke, Kumpel, ich schulde dir was.«

»Peterson sah sehr zufrieden mit sich aus, als er die Verbindung beendete.«

»Bitte sehr, Mr. Ward, es ist für alles gesorgt. Sie wohnen im 'Wild Boar', einem unserer besten Hotels, und Sie können Ihre Rechnung am Morgen begleichen, sobald die Banken öffnen.«

»Peterson begleitete mich aus seinem Büro auf die Straße. Die Nacht war angebrochen, seit ich zum ersten Mal sein Büro betreten hatte, und nun war der Himmel völlig schwarz. Wir standen vor seiner Haupttür, als Peterson mir den Weg zum Hotel wies. Das 'Wild Boar' hatte einen Parkplatz, und der Anwalt schlug vor, dass ich dorthin fahren sollte, anstatt mein Auto über Nacht auf der Straße stehenzulassen. Ich dankte ihm für seine Hilfe, und wir schüttelten uns die Hand, bevor wir uns trennten. Als ich die Straße zu meinem geparkten Auto überquerte, fing der Wind an, sich aufzupeitschen, und ich musste ein paar fliegenden Zeitungen und einer weggeworfenen Tragetasche ausweichen.«

»Die Fahrt zum Hotel dauerte mit dem Auto weniger als zehn Minuten, und auf dem Weg dorthin bemerkte ich eine örtliche Filiale meiner Bank, die ich mit großer Erleichterung entdeckte. Nun wusste ich wenigstens, dass ich meine Rechnung am Morgen bezahlen konnte. Ich parkte auf dem Parkplatz und holte meinen Koffer aus dem Kofferraum, bevor ich mich in den Empfangsbereich begab. Das Hotel war, laut dem Plakat im Foyer, das einer alten Zeitungsschlagzeile entnommen wurde, in Wirklichkeit ein umgebautes Kutschhaus aus dem siebzehnten Jahrhundert, und der Einrichtung nach zu urteilen, hatten die Besitzer offensichtlich versucht, das Ambiente des Ortes genau so zu erhalten, wie es ursprünglich gewesen sein muss.«

»Ich machte mich auf den Weg zur Hauptrezeption und wollte gerade die Glocke läuten, als ein korpulenter Mann mit einem rötlichen Gesicht und einem großen, buschigen Schnurrbart auftauchte und sich als mein Gastgeber vorstellte.«

»Ralph erklärte mir Ihre missliche Lage am Telefon, Mr. Ward. Kein Grund zur Sorge, wir kümmern uns heute Abend um Sie.«

»Ich war sehr dankbar, seine Worte zu hören, denn ich erkannte, dass es, wenn etwas in den Absprachen zwischen dem Hotelbesitzer und Peterson schiefgegangen wäre, zweifellos zu spät wäre, um wieder mit dem Anwalt in Kontakt zu treten und die Dinge zu klären. Aber so wurde ich in ein sehr komfortables Doppelzimmer geführt, das vom Fenster aus einen Blick auf die Hauptstraße bot.«

»Nachdem ich ausgepackt und einige Kleidungsstücke für den nächsten Tag ausgelegt hatte, machte ich mich auf den Weg zurück zur Hauptbar für mein Abendessen und hielt an der Telefonzelle in der Lobby an, um Jenifer anzurufen. Das

Telefon klingelte fast ein Dutzend Mal, und ich war gerade dabei, den Hörer aufzulegen und es später noch einmal zu versuchen, als er plötzlich hochgerissen wurde und ich die süße Stimme meiner Frau am anderen Ende hörte.«

»Ich erzählte Jenifer von meiner schrecklichen Reise nach unten und brachte sie über mein Treffen mit Peterson und meine anschließende Planänderung für die Nacht auf den neuesten Stand. Jenifer klang noch enttäuschter, als ich es war, weil ich unser neues Grundstück noch gar nicht gesehen hatte. Ich erklärte, dass ich aufgrund der Länge meines Treffens mit dem Anwalt und der Verspätung das Anwesen bestenfalls im Schatten hätte sehen können. Aber Jenifer sagte mir, dass sie, wenn sie bei mir gewesen wäre, darauf bestanden hätte, das Anwesen in dieser Nacht zu sehen, unabhängig von der Uhrzeit, und ich glaubte ihr. Wir sprachen, bis mein Wechselgeld aufgebraucht war, und ich versprach ihr, dass ich am nächsten Abend wieder anrufen würde.«

»Ich setzte mich zu einem sehr willkommenen, üppigen Abendessen mit dickflüssiger Suppe, Schweinekoteletts mit echtem Kartoffelpüree, Erbsen und Zwiebelsoße, gefolgt von einem klebrigen Toffeepudding als Dessert, der genau nach meinem Geschmack zubereitet wurde. Ich spülte das alles mit zwei Pints lokalem Bier herunter, das einen viel stärkeren Kick hatte als das, was ich in London gewohnt war. Nach meiner langen Fahrt und der Tatsache, dass ich nirgendwo zum Mittagessen angehalten hatte, schmeckte diese Mahlzeit besser als alles andere, was ich je gegessen hatte.«

»Nachdem ich mein Abendessen beendet hatte, ging ich ins Bett, und es dauerte nur wenige Minuten, bis ich in den Armen von Morpheus eingeschlafen war. Ich schlief die Nacht durch und wurde am nächsten Morgen von der Frau meines Vermieters geweckt, die an meine Tür klopfte und mir mitteilte, dass es acht Uhr sei. Ich duschte schnell und zog mich um, bevor ich mich wieder auf den Weg zur Rezeption machte.«

»Da ich meine Rechnung nicht sofort bezahlen konnte, war ich nicht sicher, ob der Vermieter meine Sachen behalten wollte, bis ich mit etwas Geld zurückkehrte. Aber ich brauchte mir keine Sorgen zu machen, denn er war an diesem Morgen genauso charmant wie am Abend zuvor. Er versicherte mir, dass es keine Eile gäbe, meine Rechnung zu bezahlen, und bestand darauf, dass ich mich vor dem Aufbruch in Petersons Büro zu einem vollständigen Frühstück setzen solle.«

»Nach dem Frühstück packte ich meine Sachen und fuhr vom Parkplatz zurück in die Stadt zum Anwaltsbüro. Als ich dort ankam, wurde ich erneut von Petersons strenger Empfangsdame empfangen, die mir mitteilte, dass ihr Chef mit einem Kunden in der Stadt sei und erst in einer Stunde in die Kanzlei zurückkehren würde. Ich dankte ihr höflich und nutzte die Zeit für einen Besuch bei der Bank, bevor ich zum Hotel zurückfuhr, um meine Schulden zu begleichen.«

»Ich erinnere mich, dass ich damals, als ich durch die Stadt hin und her fuhr, dachte, wie schön der Tag war. Es war einer jener knackigen, sonnigen, herbstlichen Morgen, an denen die Kraft und die Helligkeit der Sonne dem kalten Wind, der einem bis auf die Knochen zusetzt, wenn man sich nicht mit genügend Schichten schützt, die Stirn bot.«

Jonathan lehnte sich auf den Ellenbogen nach vorne und legte sein Gesicht in die Hände, wobei er mit seinen rauen Handflächen energisch über seine Haut rieb, als wollte er etwas wegwischen, das an seinem Gesicht klebte.

Bevor jemand aus der Gruppe um den Tisch herum die Gelegenheit hatte, ihn zu fragen, ob alles in Ordnung sei, hob er noch einmal den Kopf an.

»Hätte ich damals nur gewusst, was ich jetzt weiß, dann hätte ich mein Auto gewendet und wäre direkt nach London und zu meiner lieben Frau zurückgefahren!«

SECHSTES KAPITEL

»Als ich es zurück in die Anwaltskanzlei schaffte, war ich erleichtert, dass Peterson zurückgekehrt war. Das bedeutete zumindest, dass ich keine Zeit allein mit seiner unfreundlichen Sekretärin verbringen musste.«

»Peterson lächelte breit, als er mich in sein Büro führte, und entschuldigte sich dafür, dass er vergessen hatte, seinen früheren Termin gestern vor unserer Verabschiedung zu erwähnen. Ich versicherte ihm, dass dies nicht der Fall sei, und wir setzten uns zusammen, um die letzten Dokumente, die ich unterschreiben musste, zu Ende zu bringen.«

»Als wir fertig waren, schlug Peterson vor, dass wir sein Auto nehmen sollten, um zu meinem neuen Grundstück zu fahren. Er erklärte, dass die Straßen auf der Strecke für jemanden, der sie nicht gewohnt sei, ein wenig unangenehm zu befahren seien, und er war der Meinung, dass es für mich am besten wäre, die Strecke zu erkunden, ohne mich auf das Fahren konzentrieren zu müssen.«

»Ich habe heute Morgen mit Mr. Jarrow gesprochen und ihm die Situation erklärt. Er und seine Frau werden uns dort treffen, um Ihnen das Grundstück zu zeigen, und wenn Sie bereit sind, wird Jarrow Sie zurück in die Stadt fahren, um Ihr Auto abzuholen. Bis dahin sollten Sie hoffentlich mit der Route vertraut genug sein.«

»Petersons Vorschlag erschien mir ein wenig seltsam, da ich gedacht hätte, dass es viel praktischer gewesen wäre, ihm mit meinem Auto zum Herrenhaus zu folgen. Aber ich habe seiner Empfehlung zugestimmt, vor allem weil er ziemlich entschlossen schien, und nach allem, was er für mich getan hatte, wollte ich nicht undankbar erscheinen.«

»Wir brauchten etwa fünfzehn Minuten, um durch das Stadtzentrum zu fahren, danach bogen wir von der Hauptstraße ab und ließen den Verkehr und die Menschenmengen hinter uns. Obwohl Briers Market eine relativ kleine Stadt war, sicherlich im Vergleich zu London, schien sie dennoch ihren beträchtlichen Anteil an Verkehrsstaus zu haben. Als wir die Stadt hinter uns ließen, wurden die Straßen viel schmaler, und die weißen Markierungen, die normalerweise durch die Mitte der Straße verliefen, waren nirgendwo zu sehen. Die Büros und Geschäfte wichen Häusern und Häuschen, und je weiter wir fuhren, desto größer schien die Entfernung zwischen den einzelnen Wohnungen zu sein. Ich begann, mich in der Magie der Landschaft zu verlieren und vergaß für einen Moment, dass ich mir die Route einprägen sollte.«

»Peterson brach plötzlich das Schweigen unserer Reise mit einer Äußerung, die ich mich fragen ließ, ob er nach meiner Überzeugung vom Vorabend, dass ich beabsichtige, das Anwesen zu behalten und keine Entscheidungen über seinen Verkauf zu treffen, erst dann zu äußern, wenn Jenifer es gesehen hatte.«

»Ich halte es für meine Pflicht, Ihnen mitzuteilen, Mr. Ward, dass der Kunde, den ich heute Morgen besucht habe, mich gebeten hat, Ihnen mitzuteilen, dass er bereit ist, ein sehr großzügiges Angebot für Ihr neues Anwesen zu machen.«

»Peterson hielt seine Augen fest auf die Straße vor ihm gerichtet, während er sprach, was an sich überhaupt nicht seltsam erschien, da die Straße sowohl schmal als auch voller Schlaglöcher war. Trotzdem konnte ich nicht umhin, mich zu fragen, ob er es aus irgendeinem Grund absichtlich tat, um meinem Blick auszuweichen. Ich dankte ihm für die Informationen, wiederholte aber meine Absichten von unserem vorherigen Treffen.«

»Ich verstehe sehr gut, Mr. Ward, mein anderer Klient wünschte nur, dass ich Sie auf die Situation aufmerksam mache. Er besitzt das an Ihr Haus angrenzende Land, verstehen Sie, und er ist bestrebt, seinen Besitz zu erweitern. Nur etwas, das man sich bei Gelegenheit merken sollte.«

»Wir fuhren ein Stück weiter, bis auf beiden Seiten nur noch Bäume und Gras zu sehen waren. Als wir weiterfuhren, bemerkte ich, dass die Bäume vor uns näher beieinander zu stehen schienen, so dass ihre Äste eine Art Tunnel über die Straße vor uns bildeten. Als wir in dem Behelfstunnel waren, schlängelte sich die Straße erst in die eine, dann in die andere Richtung, und nach einer Weile wurde es so dunkel, dass Peterson seine Scheinwerfer einschalten musste, damit wir sehen konnten, wohin wir fuhren. Als wir aus dem Baumtunnel herauskamen, begann die Straße steil anzusteigen, was Peterson veranlasste, einen Gang zurückzuschalten, um das Auto in einem anständigen Tempo zu bewegen. Auf der Kuppe des Hügels wich die Straße nach links aus, und als wir uns der Kurve näherten, verlangsamte Peterson nach rechts und begann zu hupen. Ich schaute mich um, um zu sehen, wem er signalisierte, aber wir schienen die einzigen auf der Straße zu sein.«

»Der Anwalt fuhr zur Seite und drückte noch einmal auf seine Hupe. Als ich mich gerade erkundigen wollte, warum er so handelte, hörte ich ein anderes, viel lauteres Signalhorn, das antwortete. Peterson gab noch einen kurzen Schlag auf seine Hupe, und Sekunden später kam ein riesiger Sattelschlepper um die Ecke. Der Fahrer quittierte unsere Geduld mit einem Winken, bevor er an uns vorbeifuhr. Ich blickte nach links und sah zu meinem Entsetzen, dass die Straße ziemlich nah an einem Abhang vorbeiführte, der über eine Grasböschung etwa dreißig Meter weit zu einer Baumreihe führte. Es beunruhigte mich, wie nahe Peterson an den Rand gefahren war, aber dann wurde mir klar, dass das vorbeifahrende Fahrzeug nicht in der Lage gewesen wäre, sich durchzuquetschen, wenn er nicht so dicht angehalten hätte.«

»Bevor er wieder losfuhr, hupte Peterson noch einmal scharf. Da es diesmal keine Reaktion gab, fuhr er vorsichtig um die Kurve, bis er sah, dass der Weg vor ihm frei war. Das gesamte Verfahren erschien mir etwas merkwürdig, und so fragte ich Peterson aus Neugierde, ob es eine bestimmte Begründung für diese Praxis gäbe.«

»Das war einer der Gründe, warum ich es für das Beste hielt, uns zu Ihrem neuen Grundstück zu fahren. Diese Kurve und das Eintauchen in die Straße hat im Laufe der Jahre so viele Unfälle verursacht, dass die Einheimischen sie als 'Witwenmacher' bezeichnen, wenn man so etwas glauben kann; Galgenhumor, wenn Sie mich fragen.«

»Wenn es so gefährlich ist, warum hat der Gemeinderat nicht eingegriffen?«

»Sie haben verschiedene Formen der Beschilderung und konvexe Spiegel an den Pfosten ausprobiert, aber jeder Versuch hat sich letztendlich als fruchtlos erwiesen. Das Problem ist, dass diese Straße eine Durchgangsstraße ist, die in die nächste Stadt führt, so dass sie für die Handwerker eine wichtige Verbindung darstellt.«

»Wir fuhren einige Minuten weiter und stießen wieder auf einen weiteren Tunnel mit Bäumen vor uns. Diesmal jedoch, als wir in die natürliche Deckung eintraten, zeigte Peterson nach rechts und wir bogen zwischen zwei großen Eichen ab, was uns auf einen scheinbar unbefestigten Weg führte. Schließlich kamen wir zu einer Lichtung, und da sah ich zum ersten Mal Denby Manor am Horizont auftauchen.«

»Als wir uns dem Anwesen näherten, war ich von der schieren Weite des Grundstücks etwas erschrocken. Das Anwesen erschien mir leibhaftig größer als auf der maßstabsgerechten Zeichnung, die Peterson mir zur Verfügung gestellt hatte. Vor mir sah ich einen Mann und eine Frau vor ein paar großer Eisentore stehen, die, wie ich vermutete, als Eingang zur inneren Umzäunung des Gutshauses dienten.«

»Zweifellos erkannte der Mann Petersons Auto, hob zur Bestätigung den Arm und fing an, am Haupttor zu fummeln, das er dann öffnete, um uns den Zugang zu ermöglichen.«

»Das sind die Jarrows, von denen ich Ihnen erzählt habe. Sie werden Ihnen die Führung geben, und wie ich bereits erklärt habe, wird Jarrow Sie zurück in die Stadt begleiten, um Ihr Auto abzuholen, wenn Sie bereit sind.«

»Peterson fuhr hinein und parkte sein Auto auf dem Kiesweg, direkt vor dem Haus. Ich sprang zuerst aus dem Auto, so sehr war ich aufgeregt, und stand mit den Händen auf den Hüften und blickte auf mein Erbe. Ich erinnere mich, dass ich mir mehr denn je wünschte, Jenifer könnte bei mir sein, damit wir gemeinsam das Innere erkunden könnten. Aber ich habe meine Schuldgefühle unterdrückt, indem ich mir selbst versicherte, dass sie nicht in der Lage war, sich mir anzuschließen, weil ich nicht schuld war. Trotzdem hätte ich sie gerne bei mir gehabt.«

»Wir warteten auf der Auffahrt, bis die Jarrow uns eingeholt hatten. Mrs. Jarrow ging etwas vor ihrem Mann. Sie war eine große, dünne, fast hager aussehende Frau, und der fast strenge Ausdruck auf ihrem Gesicht ließ mich fragen, ob sie jemals zuvor in ihrem Leben ein Lächeln aufgesetzt hatte. Auch ihr Mann war groß und dünn, und im Gegensatz zu seiner ladestockgeraden Frau ging er mit einer leichten Beuge. Sein Gesicht war rötlich und etwas rau, was ich auf eine Kombination von jemandem zurückführte, der viel im Freien arbeitete und einen Tropfen zu viel des örtlichen Gebräus genoss.«

»Als Peterson sie mir vorstellte, streckte ich dem Paar die Hand aus. Jarrow zog seine flache Kappe ab, als wir die Hände schüttelten, und seine Frau musste sich fast davon abhalten, einen Knicks zu machen, was ich äußerst merkwürdig fand. Natürlich wusste ich nicht, wie mein entfernter Verwandter sie während ihrer Zeit in seinen Diensten behandelt hatte, aber ich fühlte mich sicherlich nicht wohl dabei, dass sie mich wie den Gutsherrn des Herrenhauses behandelten.«

»Nachdem das Bekanntmachen abgeschlossen war, versicherte mir Peterson, dass er mir weiterhin zu Diensten stehen würde und dass ich mich bei Fragen oder Problemen bei ihm melden könnte, woraufhin er sich verabschiedete und wegfuhr und mich in den festen Händen der Jarrows zurückließ. Jarrow öffnete die Haupttür mit einem Schlüssel aus einem Bündel, das er in der Hand gehalten hatte und ging voran. Die schwere Holztür knarrte an rostigen Scharnieren auf und gab mir automatisch das Gefühl, in die Zeit des Dickenser Zeitalters zurückversetzt zu werden.«

»Überraschenderweise war das Innere des Gutshauses auf den ersten Blick keineswegs so baufällig, wie Peterson mich hatte glauben lassen. Nach einigen seiner Beschreibungen während unserer Treffen zu urteilen, hatte ich den Eindruck gewonnen, dass das Gebäude mit Kaugummi und Schnur zusammengehalten wurde. Aber als ich in die große Eingangshalle blickte, konnte mein Verstand nicht umhin, Bilder von Maskenbällen und Partys vergangener Zeiten heraufzubeschwören.«

»Der Fußboden war aus massivem Holz und hatte eine stumpfe Lasur, die von der letzten Politur übrig geblieben war. Es gab sechs Türen, die vom Flur wegführten, und eine riesige, geschwungene Treppe mit einem verzierten, geschnitzten Holzgeländer.«

»Möchten Sie, dass Jarrow Sie herumführt, Sir, oder ziehen Sie es vor, alles alleine zu besichtigen?«

»Es war Mrs. Jarrow, die die Frage gestellt hatte, was mich aus meinen Träumereien weckte. Ich dankte ihr und stimmte zu, dass ich unter den gegebenen Umständen eine Führung vorziehen würde. Im Erdgeschoss befand sich der Speisesaal, komplett mit einem zwölfsitzigen Bankettisch und passenden Stühlen. Es gab den vorderen und den hinteren Salon, der, wie es aussah, in ein Musikzimmer umgewandelt worden war. Ich bemerkte ein Cembalo oder möglicherweise ein Spinett in der hinteren Ecke, um das herum mehrere Stühle aufgestellt waren, als ob sie ein eifriges Publikum erwarten würden, das ihre Plätze einnimmt.«

»Es gab eine Bibliothek, obwohl die meisten Regale leider von ihren Wälzern befreit zu sein schienen. Außerdem gab es einen großen Empfangsraum und eine Tür am Ende des Ganges, die in die Küche und die Spülküche führte. Die Haupträume hatten alle riesige Kamine und, wie ich mich freute, stabile Heizkörper. An den Wänden hingen Gasbrenner, die in Messingwinkeln gehalten wurden, mit Glasmänteln, die sie bedeckten. Zum Glück gab es in jedem Raum auch elektrische Lampen, die Jarrow an- und ausschaltete, um zu demonstrieren, dass sie funktionsfähig waren.«

»Die Küche und die Spülküche waren beide extrem kalt und wenig einladend. Es gab einen großen Holztisch, der die Mitte der Küche dominierte, und einen schönen, wenn auch nach dem Zustand zu urteilen, etwas unbeliebt erscheinenden Herd, der die Hälfte einer Seite des Raumes einnahm. Auf der anderen Seite stand eine riesige Kommode, die wiederum die Hälfte der Wand einnahm. Sie war mit allerlei Porzellan und Geschirr übersät, und in den Schubladen befanden sich, wie ich vermutete, das Besteck und die Kochutensilien. Es war von Anfang an klar, dass mein verstorbener Verwandter kein großer Kochfan gewesen war, da die Küche in jedem großen Haus für mich immer das Herzstück des Hauses sein sollte, aber diese schien leider vernachlässigt zu sein.«

»Wir gingen durch die Spülküche, in der sich die Speisekammern und Fleischvorräte befanden. Hinten war eine Holztür mit einer großen Milchglasscheibe oben, und Jarrow öffnete sie mit einem weiteren Schlüssel aus seinem Schlüsselbund. Direkt vor der Tür stand ein altes Nebengebäude, von dem ich für einen Moment befürchtete, dass man mir mitteilen würde, dass es sich um die Toilette handelte.«

»Das ist der alte Generatorraum.«

»Ich glaube, ich habe es geschafft, die Erleichterung auf meinem Gesicht vor meinem Tourleiter zu verbergen, als er diese Ankündigung machte. Jarrow führte mich zu dem wackeligen Holzgebäude und zeigte mir den elektrischen Generator und, was noch wichtiger ist, wie man ihn in Gang setzt, falls er plötzlich nicht mehr funktioniert. Eine Ecke des Gebäudes war voll, fast bis zur Decke, mit Holzscheiten, die auf unsichere Weise aufeinander gestapelt waren und eine behelfsmäßige Pyramide bildeten. Neben dem Holzstapel standen mehrere rostige Metalldosen. Ich fragte Jarrow nach ihnen, und er erklärte mir, dass sie Paraffin für die Laternen enthielten.«

»Der verstorbene Hausherr bewahrte in fast jedem Zimmer eine Laterne auf, falls der Generator in der Nacht ausfiel. Ich habe immer dafür gesorgt, dass sie für alle Fälle gefüllt waren.«

»Ich zeigte auf den Generator und fragte Jarrow, ob dieser auch die Heizkörper im ganzen Haus mit Strom versorgte. Aber er schüttelte langsam den Kopf und gestikulierte, dass ich ihm zurück ins Haus folgen solle. Als wir wieder in der Küche waren, führte er mich zu einer scheinbar vorhandenen Speisekammer hinter der Haupttür. Er öffnete sie, um einen scheinbar großen Boiler zu offenbaren.«

»Früher wurden die Heizkörper damit betrieben, aber der Hausherr hatte vor Jahren einen Streit mit der Gasgesellschaft über die Kosten seiner Rechnungen, so dass er sich schließlich weigerte, sie zu bezahlen, und sie ihm den Strom abstellten. Es wäre vielleicht möglich, sie wieder in Betrieb zu nehmen, aber dazu müsste man mit den Leuten vom Gaswerk sprechen. Ich habe kein Problem mit dem Generator, aber mit Gas lege ich mich nie an.«

»Ich fragte Jarrow, wie mein Verwandter das Haus im Winter warm genug gehalten hatte, um darin zu wohnen, und er teilte mir mit, dass Mrs. Jarrow in den meisten Fällen immer dafür sorgen würde, dass jeder Kamin mit Holz gestapelt und bereit zum Anzünden sei. Aber anscheinend neigte mein Wohltäter schon damals dazu, nur die im Esszimmer, im vorderen Salon und in seinem Schlafzimmer zu benutzen.«

»Als wir nach oben gingen, stießen wir auf Mrs. Jarrow, die mir eifrig ein Bett in einem der acht Doppelschlafzimmer des Anwesens herrichtete. Sie schaute fast entschuldigend, als sie erklärte, dass sie das Gefühl hatte, dass ich mich im Zimmer meiner Verwandten nicht wohlfühlen würde. Sie hatte sich daher die Freiheit genommen, ein Zimmer zu wählen, das zum Norden des Anwesens hin ausgerichtet war, damit die Morgensonne nicht hereinschien und mich aufweckte.«

»Alle Schlafzimmer schienen etwa gleich groß zu sein, obwohl nur fünf davon Betten enthielten. Der Rest war mit einer Reihe von Utensilien gefüllt, darunter Koffer, Kisten, zusammengerollte Teppiche und alte Möbelstücke, von denen die meisten an Ort und Stelle entsorgt worden zu sein schienen, ohne wirklich an den Raum oder die Einrichtung zu denken. In einem der Räume befanden sich sogar ein paar Ölgemälde. Hauptsächlich Porträts, obwohl es auch eines gab, dass das Anwesen zu besseren Zeiten zeigte. Ich fragte mich, ob eines der Porträts von Verwandten von mir war, und beschloss, es mir genauer anzusehen, wenn ich mehr Zeit hatte.«

»Es gab zwei Badezimmer, eines an jedem Ende des Flurs, und ein separates Wasserklosett, das Jarrow laut eigener Aussage er selbst installiert hatte. Im obersten Stockwerk befand sich der Dachboden, der über eine eingebaute Holztreppe zugänglich war. Die Konstruktion erstreckte sich praktisch über die gesamte Länge des Daches und war in mehrere kleinere Räume unterteilt, die vermutlich einmal als Schlafräume für das Personal gedient hatten. Versteckt in einer Ecke bemerkte ich weitere angeschlagene und abgenutzte alte Truhen. Es schien mir ein merkwürdiger Ort zu sein, an den sie verlegt worden waren, zumal in mehreren der darunter liegenden Räumlichkeiten ausreichend Platz vorhanden war, aber ich vermutete, dass es damals einen triftigen Grund dafür gegeben hatte.«

»Nachdem meine Führung beendet war, dankte ich den Jarrows für ihre Zeit und fragte Jarrow, ob er bereit sei, mich wieder in die Stadt zurückzubringen, damit ich mein Auto abholen könne. Als ich dies erwähnte, schaute das Paar seltsam, und obwohl keine wirklichen Worte gesprochen wurden, hatte ich den Eindruck, dass ihre Augen ein Gespräch führten, wie es nur diejenigen führen konnten, die schon seit vielen Jahren verheiratet waren. Schließlich brachen sie ihre psychische Verbindung ab, und Jarrow wandte sich mit einem besorgten Gesichtsausdruck an mich.«

»Werden Sie dann heute Abend wieder hierherkommen, Sir?«

»Ich war von seiner Frage ein wenig irritiert, da ich den Eindruck hatte, dass Peterson ihm die Situation bereits erklärt hatte. Ich erklärte den beiden, dass ich, sobald ich mein Auto abgeholt hatte, tatsächlich beabsichtigte, für die Nacht zum Herrenhaus zurückzukehren. Als ich dies erwähnte, keuchte Mrs. Jarrow plötzlich und ziemlich hörbar, was sie, als sie merkte, dass ich es gehört hatte, verspätet versuchte, hinter ihrer Hand zu dämpfen. Ich konnte das Unbehagen zwischen den beiden spüren und war mir sicher, dass sie beide mir etwas sagen wollten, aber aus welchem Grund auch immer, keiner von beiden wollte sich unpassend äußern. Deshalb fragte ich sie ganz offen, ob sie etwas auf dem Herzen hätten.«

»Nun, sehen Sie, Sir, Mr. Jarrow und ich haben uns gefragt, ob es für Sie vielleicht angenehmer wäre, in der Stadt zu bleiben. Das alte Herrenhaus passte dem alten Besitzer, aber wie Sie sehen können, ist es nicht die bequemste Unterkunft, und seit seinem Tod haben mein Mann und ich unsere Schichten in der Kneipe erhöht, um etwas zusätzliches Geld zu verdienen, so dass ich nicht einmal Zeit habe, Ihnen ein Abendessen vorzubereiten.«

»Ich versicherte ihnen beiden, dass ich ihre Reaktion vollkommen verstehe, und dankte ihnen für ihre Besorgnis. Aber ich versicherte ihnen, dass ich ganz alleine auskommen kann, wenn es nötig ist, und ich beabsichtigte, den Anlass ein bisschen wie ein Abenteuer zu betrachten. Diese Mitteilung gab mir ein weiteres Beispiel für ihre unausgesprochene Kommunikation, als ein weiterer seltsamer Blick zwischen ihnen wechselte. Zu diesem Zeitpunkt begann ich mich über die beiden leicht irritiert zu fühlen, da es für mich offensichtlich war, dass sie noch mehr zu diesem Thema zu sagen hatten, aber keiner von beiden bereit war, seine Bedenken zu äußern. Dennoch hielt ich mein Temperament im Zaum, da ich keinen von ihnen wirklich verärgern wollte, und beschloss, dass ihr Manierismus lediglich darauf zurückzuführen war, dass sie als Landbewohner erzogen worden waren, einen anderen Lebensstil zu führen, als wir es in London taten.«

»Nachdem sie erkannt hatte, dass meine Entscheidung feststand und ich mich nicht umstimmen ließ, bestand Mrs. Jarrow darauf, dass die Feuer im vorderen Salon und in meinem Schlafzimmer vorbereitet wurden und dass alle Laternen im Haus für den Fall eines Stromausfalls ordnungsgemäß gefüllt wurden. Ich dankte ihr, dass sie sich um mich gekümmert hatte, und folgte Jarrow zu seinem Auto.«

»Ich war verwirrt, wenn auch überhaupt nicht überrascht, als Jarrow die Handlung wiederholte, die Peterson mir vorgesetzt hatte, als wir die scharfe Kurve erreichten, die er als 'Witwenmacher' bezeichnet hatte. Jarrow war kein großer Gesprächspartner, also verbrachte ich die Fahrt damit, mich mit der Route für meine Rückreise am späteren Nachmittag vertraut zu machen.«

»Als wir in der Nähe meines Autos geparkt hatten, bot Jarrow mir freundlicherweise an, zu warten und mir zu erlauben, ihm zurück zum Herrenhaus zu folgen. Ich versicherte ihm jedoch, dass ich mir inzwischen einigermaßen sicher über die Route sei und dass ich vor meiner Rückkehr noch einige Zeit in der Stadt verbringen wolle. Schließlich stimmte er, wenn auch etwas widerwillig, wie ich vermutete, dem Abschied zu. Als ich gerade versuchte, aus seinem Auto zu klettern, griff er über den Sitz und packte meinen Ellbogen.«

»Entschuldigen Sie, Sir, aber ich hätte fast vergessen zu sagen: Wenn Sie aus irgendeinem Grund nicht auf dem Anwesen bleiben wollen, wären Sie mehr als willkommen, bei meiner Frau und mir zu bleiben. Wir haben ein Gästezimmer, und die Frau ist eine fantastische Köchin.«

»Als ich ihn über die Schulter anschaute, konnte ich nicht umhin, zu denken, dass in seinen Augen ein Blick der Angst oder vielleicht sogar der Furcht zu sehen war, als er sprach. Ich erinnere mich, dass ich damals dachte, Jarrow schien fast Angst davor zu haben, mich gehen zu lassen. Es hinterließ mir für den Rest des Nachmittags ein sehr unbehagliches Gefühl, aber dennoch dankte ich ihm noch einmal für sein freundliches Angebot und bat ihn, seiner lieben Frau meine Anerkennung auszusprechen, aber ich war fest entschlossen, die Nacht im Herrenhaus zu verbringen.«

SIEBTES KAPITEL

»Ich verbrachte den letzten Teil des Nachmittags damit, in gemütlichem Schritt durch die Stadt zu schlendern. Die Nachmittagssonne war für diese Jahreszeit extrem stark, und ich hatte das Gefühl, dass es noch Sommer war. Die Stadt wirkte sehr altehrwürdig, und ich war angenehm überrascht von der Anzahl der Lächeln und Nicken der Anerkennung, die ich während des Spaziergangs erhielt.«

»Ich ging in einen örtlichen Supermarkt, um mich mit Vorräten einzudecken. Mir fiel auf, dass ich in der Küche hinten am Eingang keinen Kühlschrank gesehen hatte, obwohl der Raum selbst wahrscheinlich kalt genug war, um Dinge wie Milch und Käse tagelang frisch zu halten. Als ich zu meinem Auto zurückkam, kam ich an einer Telefonzelle vorbei, und da wurde mir klar, dass ich neben einem Kühlschrank auch kein Telefon auf dem Anwesen gesehen hatte.«

»Ich blickte auf meine Uhr und sah, dass es bereits nach fünf Uhr war. Ich fragte mich, ob Jenifer schon zu Hause angekommen war. Wenn ja, dann ist alles gut und schön, aber wenn nicht, dann wurde mir klar, dass ich noch ein wenig länger in der Stadt bleiben musste, um sie anrufen zu können. Der Gedanke, zum Herrenhaus zurückzufahren und später wieder zurückzukommen, gefiel mir nicht.«

»Ich lud das Auto mit meinem Proviant voll und ging zu Fuß zurück zur Telefonzelle. Ich legte das Wechselgeld, das ich von meinen Einkäufen erhalten hatte, auf dem Telefonbuchhalter ab und sortierte es in einzelne Stapel, um es mir leichter zu machen, sie in das Telefon einzustecken. Ich wählte die Nummer und wartete. Als das Telefon zum zehnten Mal klingelte, wollte ich gerade den Hörer auflegen, als es am anderen Ende abgehoben wurde, und eine sehr atemlose Jenifer antwortete.«

»Es stellte sich heraus, dass sie gerade von der Arbeit nach Hause gekommen war, und sie stand vor der Tür und fummelte in ihrer Handtasche nach ihrem Schlüssel, als sie das Telefon klingeln hörte. Es war so schön, ihre Stimme zu hören, und ich hörte ihr aufmerksam zu, als sie über das Fotoshooting sprach und wie gut die Dinge zu laufen schienen. Ihr Vater hatte ihr die aufregende Nachricht überbracht, dass die Firma, die sie eingestellt hatte, so beeindruckt von der Art und Weise war, wie sie arbeiteten, dass von weiteren Möglichkeiten die Rede war. Jenifer erzählte mir auch, dass sie hofft, dass die gegenwärtige Arbeit rechtzeitig beendet sein wird, damit sie zu mir reisen und unser neues Grundstück besichtigen kann, bevor ich nach London zurückkehren muss.«

»Sie fragte mich nach dem Anwesen, und ich ging ausführlich auf meine Führung und die offensichtliche Abneigung der Jarrows ein, mich dort über Nacht allein zu lassen. Jenifer war offensichtlich fasziniert, aber genau wie ich fand sie es merkwürdig, dass das Ehepaar keinen Grund angegeben hatte, warum sie es für nötig hielten, mir eine andere Unterkunft zu empfehlen, wenn das Anwesen einfach nur unbewohnt war.«

»Es schien nur eine Frage von Minuten zu sein, bis ich bis zur letzten Münze kam. Als ich sie in den Schlitz steckte, informierte ich Jenifer, damit sie sich nicht aufregen würde, wenn wir nach dem nächsten Mal plötzlich abgeschnitten würden, wenn die Münzen weg sind. Ich konnte am Klang der Stimme meiner Frau erkennen, dass sie sich langsam aufregte. Ich war sowohl berührt als auch beruhigt, dass sie die Anspannung unserer getrennten Zeit ebenso sehr spürte wie ich. Es brachte mich fast dazu, in mein Auto zu springen und direkt nach London zurückzufahren, um sie zu überraschen. Aber wie immer ließ ich mich von meinem gesunden Menschenverstand leiten, denn ich wusste, dass eine solche Reise eine schreckliche Zeitverschwendung wäre, ganz zu schweigen vom Benzin.«

»Schließlich hörten wir beide die Signaltöne, und wir überstürzten so viele 'Verabschiedungen' und 'Ich liebe dich' Gefühle, wie wir konnten, bevor wir abgeschnitten wurden. Ich stand einen Moment lang in der Telefonzelle und hielt mir den summenden Hörer an die Brust, bis ich bemerkte, dass eine Dame draußen wartete, um das Telefon zu benutzen. Ich legte den Hörer in die Halterung und hielt die Tür nach meinem Austritt offen, so dass die Dame eintreten konnte.«

»Zu meiner Ehre gelang es mir, den Weg zurück zum Herrenhaus zu finden, ohne eine einzige falsche Abzweigung zu nehmen. Als ich den 'Widow-Maker' erreichte, war es bereits dunkel, und ich fuhr mit eingeschalteten Scheinwerfern. Ich hielt an derselben Stelle an, die Peterson auch nutzte, und hupte zweimal. Ich wartete auf jede Reaktion, aber alles war ruhig. Als ich den Wagen wieder in Gang setzte und losfuhr, kam ein Lieferwagen um die Ecke geschleudert und direkt auf mich zu. Der Fahrer, der die örtlichen Gepflogenheiten anscheinend nicht kannte, sah mich im letzten Moment und bremste. In diesem Sekundenbruchteil konnte ich gerade noch weit genug anhalten, um eine Kollision zu vermeiden, und beobachtete, wie der Lieferwagen über die Straße schleuderte, wobei ich den Atem anhielt in der Erwartung, dass er über die steile Steigung stürzen und unten zwischen den Bäumen zerfetzt enden würde.«

»Glücklicherweise gelang es dem Fahrer wie durch ein Wunder, die Kontrolle über das Fahrzeug wiederzuerlangen, und es fuhr über den Rand, bevor es wieder auf die Straße zurückschleuderte. Der Fahrer hielt nicht einmal an, sondern schien die Strecke, die ich gerade zurückgelegt hatte, ohne auch nur die geringste Vorsicht walten zu lassen, fortzusetzen. Ich hingegen saß ein paar Minuten lang da und wollte meinen Herzschlag wieder normalisieren. Jetzt verstand ich, warum Peterson sich so sehr darum bemühte, mir vorhin zu zeigen, wie wichtig die zusätzliche Vorsicht ist, die beim Passieren des Gebiets notwendig ist. Ich war ihm in diesem Augenblick in Wahrheit äußerst dankbar.«

»Als ich das Herrenhaus erreichte, wurde mir plötzlich klar, dass Jarrow mir vor der Abreise nicht seinen Schlüsselbund hinterlassen hatte. Ich stand vor der Haupttür mit meinen Einkaufstaschen im Arm und überlegte, wie ich am besten vorgehen sollte. Ich wusste, dass das Ehepaar in der Nähe wohnte, aber natürlich konnte ich nicht wissen, in welche Richtung es ging. Hinzu kam, dass nach dem, was Mrs. Jarrow vorhin gesagt hatte, sie wahrscheinlich ohnehin schon beide bei der Arbeit waren.«

»Auf gut Glück bin ich die Steintreppe hinaufgegangen und habe die Haustür gedrückt. Zu meiner Erleichterung öffnete sie sich an ihren knarrenden Scharnieren nach innen, und ich atmete auf. Als ich drinnen ankam, bemerkte ich auf dem nächstliegenden Flurtisch, dass Jarrow seinen Schlüsselbund für mich hinterlassen hatte, wahrscheinlich merkte er, als er zurückkam, um seine Frau abzuholen, dass er ihn noch immer bei sich trug. Es gab auch eine handgeschriebene Notiz von Mrs. Jarrow, die mich darüber informierte, dass sie die Feuer in allen Räumen vorbereitet hatte und dass sie bereit waren, angezündet zu werden. Sie fügte auch hinzu, dass jede Laterne im Haus voll war und dass die Dochte alle überprüft worden waren und dass die abgebrannten für den Fall der Fälle ersetzt worden waren. Ich griff über den Flurtisch und probierte den Lichtschalter aus. Zu meiner Erleichterung gingen die ersten Lampen über dem Saal an.«

»Ich machte mich auf den Weg durch das Haus, schaltete das Licht dort an, wo ich es für nötig hielt, und zündete das Feuer im Hauptsalon an, da ich beschlossen hatte, dort meinen Abend zu verbringen. Nun, da die Sonne untergegangen war, war das Haus eiskalt, und die unmittelbare Wärme vom Herd war eine höchst willkommene Angelegenheit. Ich stand eine Weile da und ließ die Wärme in meinen Körper sinken. Als ich mich ausreichend aufgewärmt hatte, nahm ich meine Einkäufe mit in die Küche und legte sie in einen der Schränke. Bevor ich mich für den Abend niederließ, ging ich nach oben in das Schlafzimmer, das Mrs. Jarrow mir empfohlen hatte, und zündete auch dort das Feuer an. Ich stellte das Schutzblech über die Vorderseite und schob die Verschlüsse an, bevor ich wieder nach unten ging.«

»Ich machte mir ein einfaches Abendessen mit Schinken-Käse-Sandwiches, mit einer Beilage aus Kartoffelchips mit Käse- und Zwiebelgeschmack. Ich hatte mir eine Flasche Wein aus dem Getränkeladen gegönnt. Ich setzte mich vor dem prasselnden Kaminfeuer ab, um meine Mahlzeit zu genießen. Nachdem ich mein Sandwich aufgegessen hatte, genoss ich den tiefen Beerengeschmack meines Weins, während ich zusah, wie die Flammen hungrig an den Holzscheiten leckten und zu meiner Belustigung im Rost herumtanzten.«

»Mit vollem Bauch und der wohligen Wärme des Feuers spürte ich, wie der Wein zu wirken begann. Meine Augen fühlten sich schwer an, und glücklicherweise gelang es mir, mein Glas auf einen Tisch zu stellen, bevor ich in den Schlaf fiel.«

»Als ich das nächste Mal die Augen öffnete, war das Feuer vor mir fast erloschen, und die letzten paar übrig gebliebenen Holzscheite hielten die Flammen gerade noch am Leben. Ich erhob mich von meinem Stuhl und streckte meine müden Glieder aus, rieb mir den Schlaf aus den Augen, während ich ein massives Gähnen der Zufriedenheit losließ.«

»Ich beschloss, mich selbst ins Bett zu bringen, da ich für vieles andere nicht geeignet war. Ich blickte auf meine Uhr und sah, dass es fast elf Uhr war, was bedeutete, dass ich bereits über zwei Stunden geschlafen hatte. Der Sessel, in dem ich eingeschlafen war, war so bequem, dass ein Teil von mir darüber nachdachte, einfach noch ein paar Scheite ins Feuer zu legen und den Rest der Nacht an derselben Stelle zu verbringen. Aber beim Nachdenken dämmerte es mir, dass eine ganze Nacht in einem Sessel – selbst wenn er so bequem war – wahrscheinlich dazu führen würde, dass ich mit steifen Gelenken und einem verdrehten Hals aufwachen würde. Daher beschloss ich, dass sich meine ursprüngliche Vorgehensweise als die fruchtbarste herausstellen würde.«

»Als ich mich vergewisserte, dass die Haustür verriegelt war, wurde mir klar, dass ich mein Gepäck im Auto gelassen hatte, und obwohl es nur am Fuße der Treppe geparkt war, ließ mich der Gedanke, in die eiskalte Nacht hinauszugehen, unwillkürlich erschauern. Ich stand einen Moment lang da und überdachte meine Optionen. Am Ende entschied ich, dass eine Nacht ohne Schlafanzug nicht das Ende der Welt sein würde, also drehte ich mich um und begann, mich nach oben zu begeben, um mich fürs Bett vorzubereiten.«

»Ich war fast ganz oben auf der Treppe, als das Licht ausging. Der Schock, in die Dunkelheit getaucht zu werden, überraschte mich, und ich stolperte fast über die nächste Stufe, bevor ich das Gleichgewicht wiedererlangte. Ich wartete einen Moment, um zu versuchen, meine Augen an die pechschwarze Dunkelheit zu gewöhnen. Ich konnte das laute Ticken der Standuhr am oberen Ende der Treppe hören, und das gab mir zumindest eine Vorstellung davon, wie weit ich vom Treppenabsatz entfernt war.«

»Ich machte mich vorsichtig auf den Weg nach oben und wünschte mir, ich hätte die Weitsicht gehabt, eine Laterne mitzunehmen. Aber um fair zu sein, woher sollte ich wissen, dass der Generator plötzlich beschließen würde, genau in diesem Moment zu stoppen? Ich schaffte es ohne Zwischenfall bis zu meinem Schlafzimmer, und dort angekommen zog ich mich schnell aus und kletterte unter die Decke. Der Schlaf holte mich innerhalb weniger Minuten ab.«

»Ich wurde durch das Geräusch eines anhaltenden Klopfens geweckt, das meinen Schlaf durchdrang. Es war fast so, als ob jemand verzweifelt versuchte, entweder Einlass zu erhalten oder von einem Ort zu fliehen, an dem er gefangen gehalten wurde. Ich öffnete meine Augen und blinzelte und versuchte, mich aus dem Land der Träume zurückzuführen. Bei geöffnetem Vorhang konnte ich kaum die unbekannten Formen und Schatten erkennen, die die Dunkelheit durchdrangen.«

»Ich saß einen Moment lang im Bett und lauschte konzentriert auf eine Wiederholung des Geräusches, das mich wachgerüttelt hatte. Aber da war nichts anderes als das unerbittliche Ticken der Standuhr auf dem Treppenabsatz. Ich wartete auf etwas, was mir zu diesem Zeitpunkt wie eine Ewigkeit vorkam, aber ich konnte nichts anderes hören. Das Haus schien ganz still zu sein. Der Gedanke, im Dunkeln umherzustolpern, gefiel mir nicht, und so beschloss ich, dass der Lärm, der mich aufgeweckt hatte, nur Teil eines Traums war, an dessen Inhalt ich mich in diesem Moment nicht erinnern konnte.«

»Ich wollte mich gerade wieder hinlegen und weiter schlafen legen, als ein plötzlicher Drang aufkam, und ich beschloss, dass ich nicht wieder einschlafen konnte, ohne vorher das Wasserklosett zu benutzen. Widerwillig warf ich die Decken zurück und wurde von einem eiskalten Lufthauch empfangen, der meinen ganzen Körper unwillkürlich erschauern ließ. Ich beschloss, mir nicht die Mühe zu machen, mit einer Laterne zu hantieren, da ich wusste, dass die Toilette nur ein paar Meter entfernt auf dem Flur stand.«

»Nachdem ich mich erleichtert hatte, machte ich mich auf den Weg zurück ins Bett und zu der relativen Wärme meiner Bettdecken. In dem Moment, als mein Kopf gegen das Kissen stieß, hörte ich es wieder. Dieses Mal konnte es keinen Zweifel geben. Es war weder Teil eines Traums noch ein Streich der Nacht. Ich konnte das Klopfen in der Ferne ebenso sicher hören wie die Uhr draußen. In der Dunkelheit versuchte ich zu entziffern, woher das Klopfen kam, und es dauerte nicht lange, bis ich zu dem Schluss kam, dass es von irgendwo unten kam. Ich warf die Decken noch einmal zurück und schlurfte zum Kaminsims, um die Laterne zu holen. Nachdem ich die Zündschnur angezündet und die Glasabdeckung wieder angebracht hatte, suchte ich meine Kleidung und zog mich schnell an und schnappte mir meine Schlüssel, bevor ich mich auf den Treppenabsatz und zum oberen Ende der Treppe begab.«

»Das Klopfen war unregelmäßig, aber dennoch nicht weniger dringend, also schlich ich eine Treppe nach der anderen hinunter und hielt das Gleichgewicht, indem ich mich am Seitengeländer festhielt. Als ich den unteren Teil der Treppe erreichte, wurde mir klar, dass das Klopfen nicht von hinter der

Vordertür, sondern von irgendwo hinter dem Haus kam. Ich hob die Laterne an, um die Zeit auf meiner Armbanduhr zu kontrollieren; es war viertel nach drei. Tausend und ein Gedanke schoss mir durch den Kopf, wer es wohl, der zu dieser gottlosen Morgenstunde an meine Tür hämmern würde. Die einzige Person, die mir in den Sinn kam, war möglicherweise Jarrow, aber was in aller Welt würde den Mann dazu bringen zu denken, dass das, was er wollte, nicht bis zu einer angemessenen Stunde warten konnte?«

»Beim Klang des nächsten Hämmerns fühlte ich mich plötzlich extrem verletzlich, und meine Zurückhaltung – so wie sie war – begann zu schwinden. Ich begann sofort, die Laterne um mich herumzuschwenken, in der Hoffnung, dass ich in ihrem Lichtbogen eine Art Waffe erkennen könnte. Leider war nichts zur Hand, was als Behelfsschläger ausreichen würde. Das Klopfen wurde immer heftiger, und mir wurde klar, dass es nichts anderes gab, als herauszufinden, was da vor sich ging. Ich überlegte, ob ich nicht durch die Haustür gehen und das Haus umrunden sollte, um meinen Frühbesucher zu überraschen und vielleicht so die Oberhand zu gewinnen. Aber ich dachte mir, dass das Geräusch, das die Haustür beim Öffnen und Schließen an ihren rostigen Scharnieren machte, mehr als genug wäre, um den Anrufer trotzdem zu alarmieren. Also beschloss ich stattdessen, mich durch die Küche zu begeben und die Quelle des Hämmerns zu lokalisieren, bevor ich mich entschied, was ich tun sollte.«

»Als ich die Küche betrat, hörte sich das hektische Klopfen noch einmal an. Es war mir nun klar, dass das Geräusch von der Tür in der Spülküche ausging, die zum Generatorschuppen hinausführte. Wie sehr wünschte ich mir in diesem Moment, dass es eine Möglichkeit gäbe, auf magische Weise alle Lichter im Haus gleichzeitig einzuschalten! Das hätte mir zumindest die nötige Sicherheit gegeben.«

»Ich machte mich langsam auf den Weg in die Spülküche. Nun konnte ich zum ersten Mal die Hintertür sehen. Ich ließ meine Laterne herunter, um die bestmögliche Sicht durch das Glas zu haben, aber zu meiner Überraschung gab es keine Schatten von jemandem, der draußen stand und sich in der Milchglasscheibe spiegelte. Ich hielt den Atem an und wartete. Der Mond muss an der Seite des Hauses gewesen sein, aber es war immer noch genug Licht, um die Gestalt von jemandem zu beleuchten, der vor der Tür gestanden hatte.«

»Mir kam der Gedanke, dass mein unerwünschter Besucher vielleicht zur Vorderseite des Hauses gegangen war, da er von hinten keine Antwort erhalten hatte. Einen Moment lang überlegte ich, ob ich zurück zur Vordertür gehen sollte, um Wache zu halten und die Tür beim ersten Klopfen zu öffnen und meinen Besucher möglicherweise zu überraschen. Aber im selben Bruchteil einer Sekunde gab es ein weiteres heftiges Klopfen an die Tür der Spülküche, diesmal hart genug, um das Holz in seinem Rahmen zu rütteln.«

»Überwältigt und mit ernsthaftem Mangel an Mut, das gebe ich gerne zu, holte ich tief Luft und schrie auf und verlangte zu wissen, wer draußen war. Ich stand dort im Halbdunkel und zitterte, während ich auf eine Antwort wartete, aber es kam keine. Ich rief erneut und bestand darauf, dass ich die Tür nur dann öffnen würde, wenn sich derjenige, der sich draußen befand, identifizieren würde. Obwohl es immer noch keine Anzeichen für einen Schatten hinter der Tür gab, hörte ich zu meinem Erstaunen eine winzige Stimme, die vom Wind nach draußen getragen wurde.«

»Bitte, helfen Sie mir!«

»Draußen wehte ein heftiger Wind, und der Ruf war kaum hörbar jenseits des Geräuschpegels. Die Stimme war weiblich, und nach dem, was ich feststellen konnte, klang sie gleichermaßen verzweifelt und verängstigt. Ich hob meine Laterne an und untersuchte den Schlüsselbund in meiner Hand, um den richtigen Schlüssel für die Spülküchentür zu finden. Es dauerte drei Versuche, bis ich denjenigen fand, der zum Schloss passte.«

»Von außen konnte ich die klägliche Stimme hören, die mich erneut zu sich rief, und in meiner Verzweiflung, ihr zu helfen, versuchte ich immer wieder, den Schlüssel in die falsche Richtung zu drehen. Schließlich kam ich zur Ruhe und hörte, wie sich der Bolzenschlitz im Inneren der Kammer öffnete. Ich griff nach dem Griff und drehte ihn, um die Tür zu öffnen.«

»In der Tür stand eine schöne junge Frau, nicht mehr als neunzehn oder zwanzig Jahre alt, die ein Kleid mit Blumenmuster trug. Sie hatte langes schwarzes Haar, das über die Schultern fiel, und die stechendsten grünen Augen, die ich je gesehen hatte. Obwohl ich nur einen Moment Zeit hatte, ihr Gesicht zu betrachten, konnte ich nicht umhin zu bemerken, dass ihre Augen einen entrückten Blick in sich trugen, der eine Traurigkeit zu vermitteln schien, die das Ergebnis des großen Leidens war, das sie in ihrem jungen Leben erfahren hatte.«

»Ich stand eine Sekunde lang da, wie gebannt von ihrer Schönheit, als sie mich auf eine Art und Weise ansah, die mir das Gefühl gab, dass sie fähig war, durch mich hindurchzusehen. Doch kaum hatte sie mich in ihren Bann gezogen, wie ein verängstigtes Kaninchen im Scheinwerferlicht eines entgegenkommenden Fahrzeugs, drehte sie sich plötzlich nach links und zeigte in die Dunkelheit.«

»Sie versuchen, mir mein Baby wegzunehmen, bitte helfen Sie mir, lassen Sie nicht zu, dass sie es mitnehmen!«

»Die Abruptheit ihrer Bitte erschütterte meinen tranceähnlichen Zustand und holte mich mit einem Schlag auf den Boden der Tatsachen zurück. Ich eilte an ihr vorbei, mein Herz raste und drehte mich in die von ihr angezeigte Richtung. Ich hatte keine Ahnung, was mir bevorstand oder mit wem ich es zu tun haben würde, aber in diesem Moment spielte es keine Rolle. Dieses arme Mädchen war meilenweit von irgendwo her zu mir gekommen, um Hilfe zu erbitten, und wenn ich ihr nicht in jeder Hinsicht beistehen würde, wusste ich, dass ich mir das nie verzeihen würde.«

»Doch alles, was ich draußen vorfand, waren die Schatten, die das Mondlicht über das leere Land meines Grundstücks warf. Ich stand einen Moment lang da, meine Laterne noch immer an meiner Seite, und versuchte, meinen Blick durch die Dunkelheit auf jedes Anzeichen von Bewegung zu richten. Aber es gab keine Anzeichen für einen Angreifer, und es gab auch kein Geräusch von Schritten, die auf dem Kiesweg knirschten und die versuchten, zu entkommen.«

»Ich schaute noch eine Weile in die Dunkelheit, um sicherzugehen, dass wir nicht von jemandem beobachtet wurden, der im Unterholz kauerte, und als ich sicher war, dass alles klar war, drehte ich mich um, um dem Mädchen zu versichern, dass sie jetzt in Sicherheit war.«

»Aber sie war nirgends zu sehen!«

»Ich drehte mich schnell wieder um, und dabei hatte ich das Gefühl, als ob etwas so kaltes wie Eis durch mich hindurchgegangen wäre. Ich drehte mich um, aber ich konnte immer noch keine Spur von dem Mädchen sehen. Es dämmerte mir, dass sie in die Spülküche gerannt sein musste, während ich nach ihren Verfolgern suchte. Ich ging zum offenen Eingang und hob meine Laterne an, um hineinzusehen. Es gab keine Spur von ihr. Ich rief ihr zu, um sie zu beruhigen, dass ich ihr nichts Böses wollte, aber es gab immer noch keine Antwort. Entweder war sie so weit in das Haus vorgedrungen, dass sie mich nicht hören konnte, oder sie war wahrscheinlich in Hörweite, aber immer noch zu ängstlich, um sich zu zeigen.«

»Ich ging langsam wieder in die Spülküche und kündigte mit lauter, aber dennoch freundlicher Stimme an, dass ich im Begriff sei, die Tür hinter mir zu schließen und abzuschließen. Als ich dies getan hatte, stand ich noch einmal hinter der Tür und verkündete dem jungen Mädchen, dass sie völlig sicher sei und dass ich ihr nichts Böses wollte. Da meine Mitteilung keine Antwort erhielt, machte ich mich vorsichtig durch die Spülküche und zurück in die Küche und überprüfte jeden Winkel und jede Ecke mit meiner Laterne, in der Erwartung, das arme Mädchen in einer Ecke zusammengekauert vorzufinden, in Angst um ihr Leben. Aber als ich wieder in den Hauptflur zurückkam, war sie immer noch nicht zu sehen.«

»Ich stand einen Moment lang da, zuversichtlich, dass meine Stimme die meisten Ecken des Hauses erreichen würde, und rief ihr noch einmal zu und versicherte ihr erneut, dass sie nicht in Gefahr sei und dass ich ihr nur helfen wolle. Wieder gab es keine Antwort. Ich fand mich damit ab, dass das Mädchen offensichtlich so verängstigt war, dass ich das Haus vollständig durchsuchen musste, um sie zu finden.«

»Mir kam plötzlich in den Sinn, dass ich überhaupt nichts über meinen ungebetenen Gast wusste, außer der Tatsache, dass sie mitten in der Nacht an meiner Hintertür aufgetaucht war und Zuflucht gesucht hatte. Nach allem, was mir in den Sinn kam, war, dass sie vielleicht eine Ausreißerin aus einem örtlichen Krankenhaus für kriminelle Geisteskranke war, und dass sie vielleicht genau in diesem Moment hinter irgendeiner dunklen Ecke des Hauses mit einem riesigen Tranchiermesser, das sie in der Küche gefunden oder sogar bei ihrer Ankunft an ihr versteckt hatte, auf mich wartete.«

»Ich verscheuchte solche Gedanken aus meinem Kopf und beschloss, dass ich meine Vorstellungskraft vernünftig ordnen musste, bevor ich mich am Ende auf meinen eigenen Schatten stürzte. Ich durchsuchte jeden Raum im Erdgeschoss sorgfältig und gründlich und horchte die ganze Zeit auf das Geräusch von Schritten, die von einem Raum zum anderen schritten.«

»Nachdem ich mich davon überzeugt hatte, dass das Erdgeschoss leer war, machte ich mich wieder auf den Weg nach oben zu den Räumen im ersten Stock. Ich begann eine systematische Durchsuchung jedes Zimmers, indem ich Schränke und sogar unter den Betten suchte, aber es war vergeblich. Nachdem ich die Badezimmer und die Toilette überprüft hatte, machte ich mich auf den Weg zum Dachboden und vermutete, dass sich das Mädchen nirgendwo anders im Haus verstecken konnte.«

»Ich rief noch einmal – wie ich es während meiner Suche nur sporadisch getan hatte – als ich mich auf dem hölzernen Treppenabsatz nach oben zum Dach des Hauses begab. Ich leuchtete mit meiner Laterne herum und ging so nah wie nötig an jede verdunkelte Ecke, um sicherzustellen, dass sie leer war, bevor ich zur nächsten Trennwand ging. Als ich den letzten abgetrennten Bereich des Dachbodens erreicht hatte und feststellte, dass das Mädchen nirgendwo zu sehen war, begann ich mich zu fragen, ob sie das Haus gar nicht erst betreten hatte. Meine Konzentration bei der Suche nach ihrem angeblichen Verfolger war so groß, dass es durchaus plausibel war, dass sie sich um die Rückseite des Hauses herumgeschlichen und um die Ecke gegangen sein könnte, bevor ich mich umgedreht hatte, um ihr Verschwinden zu bemerken. In diesem Fall hatte ich gerade den größten Teil einer Stunde damit verschwendet, das Haus umsonst zu durchsuchen!«

»In diesem Moment hörte ich jemanden singen. Es war eine Frauenstimme, hoch und in perfekter Tonlage, und die Süße der Melodie ließ mich für einen Moment in Trance geraten, als ob ich nur dastehen und zuhören wollte.«

Jonathan schaute zur Band auf und nickte, als ob er auf eine stille Frage antworten wollte, von der er irgendwie wusste, dass sie sie stellen wollten.

»Ja, es war das Lied, das Sie am Ende Ihres Sets heute Abend gespielt haben. Es ist ein Lied, das ich nie vergessen werde.«

Der alte Mann schaute auf, als ob er versuchte, etwas von einer unsichtbaren Tafel zu lesen. Dann begann er zu singen, seine Stimme war höher, als die Menschen um ihn herum es sich vorstellen konnten.

»So wie das Wasser tief fließt, so sehnt sich meine Seele nach dem Auftrieb.

Auf den Flügeln eines Adlers warte ich nimmermehr.

In den Armen meiner wahren Liebe werde ich für meine Zeit innehalten.

So halte mich für immer, bis du mir gehörst.«

»Weine um mich, mein Geliebter, bis die Meere ausgetrocknet sind.

Suche nie nach Antworten und frage nie nach dem Warum.

Der Weg, der mir bestimmt ist, ist nicht mit Gold gepflastert,

Aber die Wärme deiner Liebe hält die Kälte ab.«

. . .

»Also, schlaf gut, mein Schatz, bis zum Sonnenaufgang am Morgen.

Sieh die Schönheit um dich herum, durch deine Baby-blauen Augen.

Wisse, dass ich dich liebe und dass ich dich vor Schaden bewahre,

Bis du in der Wärme meiner Arme sicher bist.«

Es gab eine Woge des Applauses für seine Leistung, und Jonathan dankte seinem Publikum mit einem Lächeln. Er nahm noch einen Schluck von seinem Bier, um sich zu räuspern, bevor er mit seiner Geschichte weitermachte.

»Obwohl ich in einem winzigen Raum war und deutlich sehen konnte, dass niemand sonst mit mir da drin war, klang die Stimme, als wäre sie überall um mich herum, so dass die Sängerin in der Nähe sein musste. Ich hielt meine Laterne vor mir und ging zurück durch den Dachboden, wobei ich jede Ecke jeder Trennwand noch einmal überprüfte. Die Stimme schien überall zu sein, überall um mich herum, egal wohin ich ging. Aber was die Sängerin betraf, gab es immer noch kein Hinweis.«

»Ich machte mich wieder auf den Weg hinunter zum Treppenabsatz, und wie auf Stichwort begann die Flamme meiner Laterne zu flackern. Ich hob sie hoch, so dass ich den Docht sehen konnte, und mit dem Hebel an der Seite stellte ich sie so ein, dass sie ganz offen war. Dadurch erhielt ich etwas mehr Licht als zuvor, und das Flackern wurde etwas weniger stark. Als ich auf dem Treppenabsatz stand, klang der Gesang, als käme er jetzt von unten. Die süße Stimme hallte durch das ganze Haus, aber in diesem Moment klang sie für mich definitiv so, als käme sie aus einem der Räume im Erdgeschoss. Aber wie kann das sein? Ich hatte das Erdgeschoss bereits gründlich durchsucht, ohne Erfolg.«

»Etwas verärgert begann ich, wieder die Treppe hinunterzugehen. Aber als ich die Hälfte der Treppe erreicht hatte, schien der Gesang die Richtung geändert zu haben und war nun über mir. Ich stand da und konnte nicht ergründen, was vor sich ging. Wie konnte das Mädchen vor mir verborgen bleiben, wenn ich das ganze Haus von oben bis unten durchsucht hatte? Und wenn es ihre Absicht gewesen wäre, sich zu verstecken, warum hatte sie dann zu singen begonnen, wenn nicht, um meine Aufmerksamkeit zu erregen?«

»So plötzlich, wie das Singen begonnen hatte, hörte es plötzlich auf!«

»Für den Bruchteil einer Sekunde war alles still, und dann kam ein ohrenbetäubender Schrei, der die Luft durchdrang und mich wie ein scharfes Messer durchbohrte.«

»Mit der Laterne in der einen Hand konnte ich den Ton nicht durch Umklammern meiner Hände an die Ohren blockieren, also musste ich ihn ertragen, bis er schließlich aufhörte. Ich stand da, auf der Treppe, mein Geist war ein Wirrwarr von meist irrationalen Gedanken. Wenn das Mädchen im Haus war, warum hatte ich sie nicht finden können? Und wenn sie nicht da war, woher kamen dann der Gesang und dieser schreckliche Schrei?«

»Es gab keine andere Möglichkeit: Ich beschloss, dass ich das ganze Haus noch einmal durchsuchen musste. Ich trug meine Laterne in den vorderen Salon und fand dort eine zweite Laterne. Ich zündete sie an und tauschte sie gegen meine ursprüngliche aus, die nun wieder zu flackern begann. Ich machte mich wieder auf den Weg in die Spülküche und begann meine neue Suche mit Elan und Entschlossenheit. Der Schlaf war nun eine ferne Erinnerung; ich war völlig hellwach und hatte das Gefühl, dass ich, wenn ich in diesem Moment versucht hätte, mich hinzulegen, noch stundenlang wach geblieben wäre.«

»Ich durchsuchte das ganze Haus von Grund auf. Als ich mich von Zimmer zu Zimmer bewegte, konnte ich den früheren Schrei fast in meinen Ohren nachhallen hören, und ich war überzeugt, dass er jeden Augenblick wieder kommen würde.«

»Diesmal dauerte meine Durchsuchung des Hauses etwas länger als zuvor, denn anstatt einfach nur meine Laterne zu schwenken, um zu versuchen, in alle Ecken der Räume zu sehen, machte ich es mir nun zur Gewissheit, dass ich tatsächlich jeden Teil jedes Raumes durchsuchte, und stellte sicher, dass ich jeden Schrank durchsuchte, selbst diejenigen, von denen ich wusste, dass sie viel zu klein waren, um eine Person zu verstecken.«

»Ich konnte hören, wie mein Herz in meinen Ohren zu trommeln begann, als ich meine Untersuchung begann. Diesmal war ich mir sicher, dass ich das Mädchen in jedem Fall finden würde, wenn es im Haus war. Aber wieder einmal waren meine Bemühungen vergeblich, und sie war nirgends zu finden.«

»Schließlich gab ich die Suche auf und schleppte mich wieder ins Bett. Diesmal ließ ich die Laterne auf dem Nachttisch neben meinem Bett brennen. Der Schein ihres Lichtes bot mir einen dringend benötigten Trost, als ich dort lag und zur Decke hinaufblickte.«

»Gerade als ich dabei war, einzuschlafen, hörte ich wieder den Klang des Mädchens, das ihr Lied sang. Aber dieses Mal zwang ich mich, die Augen geschlossen zu halten, und schließlich schlief ich wieder ein.«

ACHTES KAPITEL

»Verständlicherweise verbrachte ich den Rest der Nacht in einem extrem unruhigen Zustand. Wenn ich träumte, waren meine Träume von Visionen meines frühmorgendlichen Besuchers durchtränkt. Nur hatte es mein Unterbewusstsein diesmal irgendwie geschafft, ihre engelsgleichen Züge zu verzerren und zu verdunkeln, so dass sie, als sie mir nun erschien, nicht mehr das schöne junge Mädchen war, dem ich nur kurz begegnet war, sondern einer Art hässlichen Hexe glich. Ihr Mund war nun voller gebrochener und schiefer Zähne, die in einer Art Grimasse zusammengespannt waren. Ihre Haut, die so rein und perfekt war, als wir uns kennengelernt hatten, sah jetzt völlig hager aus und schien die Textur von rauem Sandpapier zu haben, obwohl sie in einem kränklichen, blassen, gebrochenen Weiß gebleicht war. Sogar ihre Finger sahen nicht mehr wie die einer schönen Frau aus, sondern glichen nun langen, krallenartigen Klauen.«

»Aber das Schlimmste war der Ausdruck in ihren Augen, der nichts von den einfachen, traurigen Gefühlen unserer ersten

Begegnung vermittelte, sondern einen finsteren, fast bösartigen Geist widerspiegelte, der sich bis in meine Seele durchdrang.«

»Als sie in meinen Träumen die Hand ausstreckte, wusste ich, dass es nicht daran lag, dass sie Trost oder Schutz brauchte, sondern eher daran, dass sie darauf aus war, mir diese kratzenden Finger um den Hals zu legen und das Leben aus mir herauszupressen, und wie bei allen solchen Albträumen fühlte ich mich völlig machtlos, mich zu verteidigen oder auch nur eine Form der Flucht zu ermöglichen. Wie ein Säugling war ich völlig unbefangen und lag der Gnade dieses Ungeheuers ausgeliefert, als sie immer näher kam, bereit, mein Schicksal zu besiegeln.«

»Das Schlimmste stand noch bevor. Sobald ich mich damit abgefunden hatte, was die Kreatur für mich bereithielt, erschien meine Frau, die mich in ihrer gewohnt liebevollen Art ansah und ihre Arme ausstreckte, als wolle sie mich umarmen und in Sicherheit bringen. Für einen Augenblick würden meine Ängste wie Wachs im Feuer zerfließen, und die alte Hexe wäre fast vergessen. Aber gerade als ich mich entspannte und mich in der Aussicht auf Jenifers zärtliche Umarmung zu verlieren begann, tauchte die alte Hexe wieder auf. Diesmal schwebte sie hinter meiner schönen Frau, ihre Aufmerksamkeit wurde auf ihr neues Ziel gelenkt.«

»In meinem Traum rief, schrie und gestikulierte ich verzweifelt und versuchte, meine Geliebte vor der drohenden Gefahr hinter ihr zu warnen. Aber es war alles vergeblich. Aus welchem Grund auch immer, Jenifer konnte meinen verzweifelten Versuch, sie zu warnen, nicht sehen. Stattdessen machte sie sich weiter auf den Weg zu mir, die Arme immer noch ausgestreckt, das gleiche süße, liebevolle Lächeln auf ihrem Gesicht. Als sie sich mir näherte, schien Jenifers Körper zuweilen die bösartige Form hinter ihr fast zu verdecken. Aber ich wusste, dass sie immer noch da war und immer näher an meine schöne Frau herantrat, ihre böse Absicht konzentrierte sich nun auf sie statt auf mich.«

»Ich versuchte, die Hexe anzuschreien und sie aufzufordern, meine Frau in Ruhe zu lassen, und als das nicht funktionierte, begann ich, sie zu bitten, ihre Wut auf mich zu richten und ihr zu sagen, dass ich mich nicht wehren würde und dass sie mir das Schlimmste antun könnte, solange sie sich verpflichten würde, meine liebe Frau in Ruhe zu lassen. Aber als Antwort darauf grinste sie mich nur mit diesen unförmigen Fangzähnen an, mit einem finsteren Hohn der Bosheit und der Bösartigkeit, die sich in ihr Gesicht geätzt hatten.«

»Gnädigerweise wurde ich durch das Geräusch des Klopfens, das von unten kam, aus meinem Albtraum geweckt. Ich saß aufgerichtet im Bett, und die Reste meines schrecklichen Traums blieben in meinem Gedächtnis haften. Die Laken auf dem Bett waren wie ich in Schweiß gebadet, und ich wischte mir die Stirn ab, um zu verhindern, dass der Schweiß in meine Augen tropfte.«

»Ich erinnere mich, dass ich einen Moment lang dort saß, unsicher, ob das klopfende Geräusch Teil meines Traums war oder eine Realität, die mich vor meinen nächtlichen Schrecken retten sollte. Ich wartete, nur um sicher zu sein. Dann hörte ich das Geräusch noch einmal. Eine Sekunde lang befürchtete ich, dass es das Mädchen sein könnte, das zurückkehrt. Sie klopfte an die Tür der Spülküche, um mich zu einem weiteren Tänzchen zu animieren. Aber diesmal war das Geräusch eher so, als würde Metall auf Metall schlagen, als dass eine Faust gegen Holz schlägt. Außerdem klang es weit weniger dringend als das, was ich in den frühen Morgenstunden gehört hatte.«

»Das Tageslicht, das mein Zimmer von hinter den Vorhängen erhellte, gab mir den Mut, den ich so dringend brauchte, um weiterzuforschen. Wenn sich das Szenario als eine Wiederholung des Szenarios von gestern Abend herausstellte, dann beruhigte mich zumindest die Lebensweisheit, dass am Morgen immer alles etwas ruhiger aussah. Ich schwang mich aus dem Bett und zog mich schnell an, bevor ich meine Schlüssel vom Tisch neben meinem Bett nahm und mich auf den Weg nach unten machte.«

»Als ich auf halber Strecke des Fluges war, bemerkte ich, dass einige der Lichter unten wieder angegangen waren. Ich vermutete, dass Mr. Jarrow an diesem Morgen dem Generatorraum einen Besuch abgestattet hatte, und war sofort dankbar für sein Vorgehen.«

»Das Klopfen kam wieder. Diesmal war ich nah genug dran, um zu erkennen, dass es von außerhalb der Haustür kam, und ich erinnerte mich daran, dass es einen Messingklopfer in Form eines Löwen oder Wolfes oder eines ähnlichen Tieres gab, das ich an der Tür bemerkt hatte, als Peterson mich zum ersten Mal zum Herrenhaus brachte.«

»Ich schloss die Tür auf und schwang sie auf und fand Mrs. Jarrow vor der Tür in einem dicken wolligen Mantel und Schal, die über einen Arm einen Weidenkorb trug, dessen Inhalt von einem karierten Tuch bedeckt war. Als sie mich sah, bin ich mir nicht sicher, ob sie den Ausdruck absoluter Erleichterung auf meinem Gesicht bemerkte, als ich sie dort stehen sah, denn ihr Gesichtsausdruck glich mehr einer Verlegenheit als alles andere.«

»Entschuldigen Sie die Störung, Sir, aber ich habe versucht, vorhin anzuklopfen, aber ich nehme an, Sie haben noch geschlafen, also dachte ich, ich warte noch eine Weile und komme dann zurück.«

»Ich schaute auf meine Uhr, es war bereits nach elf Uhr. Offensichtlich hatte ich doch länger geschlafen, als mir bewusst war.«

»Ich lud sie aus der kalten Morgenluft ins Haus ein und fragte sie, wo ihr Mann sei. Sie teilte mir mit, dass er noch ein paar Baumstämme sammelte, um die bereits im Schuppen vorhandenen zu ergänzen, und dass sie gekommen war, um mir das Frühstück zu kochen, wie sie es für meinen verstorbenen Verwandten getan hatte.«

»Sowohl ich als auch Jarrow sind bis zum Ende des Monats bezahlt worden, also wollen wir sicherstellen, dass wir unseren Unterhalt verdienen, und wir waren nicht sicher, welche Aufgaben wir für Sie erfüllen sollten, während Sie hier sind.«

»Ich musste zugeben, dass die Aussicht auf ein gekochtes Frühstück genau das war, was meine Ärztin verordnet hatte, also dankte ich ihr für ihre freundliche Aufmerksamkeit für meine Bedürfnisse und ließ sie in die Küche gehen, während ich nach draußen ging, um meine Koffer aus meinem Auto zu holen, damit ich mich umziehen konnte.«

»Ich nahm ein Bad. Das Wasser war etwas lauwarmer, als mir lieb war, aber ich führte das darauf zurück, dass der Generator nur kurz lief, da er über Nacht ausgeschaltet war. Trotzdem genoss ich den Komfort, den er bot, und legte alle meine Kleider ab, bevor ich mich für etwas zum Anziehen entschied, und legte dann den Rest meiner Sachen in den Schrank und die Kommode in meinem Zimmer.«

»Mrs. Jarrow kannte sicherlich den Weg zum Herzen eines Mannes. Das Frühstück, das sie mir zubereitet hatte, passte kaum auf den Teller, und ich musste mit den letzten Bissen kämpfen, weil ich nicht undankbar erscheinen wollte.«

»Als sie zurückkam, um meine Teller abzuräumen, fragte ich sie, ob sie Lust hätte, mit mir eine Tasse Kaffee zu trinken. Ich konnte an ihrer Reaktion erkennen, dass mein Angebot ihr ein gewisses Unbehagen bereitet hatte. Mir wurde klar, dass Mrs. Jarrow, aus welchen Gründen auch immer, daran glaubte, eine klare Linie zwischen Arbeitgebern und Arbeitnehmern zu ziehen, und unter den gegebenen Umständen sah sie mich offensichtlich als ihren gegenwärtigen Mitarbeiter an. Also erklärte ich ihr, dass ich sie über meinen Wohltäter und das Haus befragen wollte. Nachdem ich das einmal erwähnt hatte, schien sie sich etwas zu entspannen und lächelte fast, als sie wieder in die Küche ging, um unsere Getränke zu holen.«

»Zu diesem Zeitpunkt war ich mir nicht sicher, ob es klug war, meinen nächtlichen Besucher zu erwähnen oder nicht. Ich hatte bereits mehrere Theorien über das junge Mädchen im Kopf. Ich dachte, dass sie vielleicht die Geliebte meines Wohltäters gewesen sein könnte, und dass ihr Auftauchen mitten in der Nacht von ihnen arrangiert worden war. Oder vielleicht war sie auch eine Verwandte, die dachte, sie hätte Anspruch auf mein Erbe und kam daher eigens mit der Absicht herüber, bei mir über die Ungerechtigkeit der Situation zu protestieren.«

»Ich muss gestehen, dass mir bei Tageslicht nicht in den Sinn kam, dass sie ein Gespenst sein könnte. Es war nicht so, dass ich nicht an solche Phänomene geglaubt hätte. Es war vielmehr die Tatsache, dass ich nicht glaubte, dass sich solche Vorkommnisse bei jemandem wie mir manifestieren würden. In meiner Vorstellung waren Gespenster auf Visionen in Weiß beschränkt, mit klirrenden Ketten, die auf den Zinnen alter Burgen und ähnlichem herumtreiben. Ich hatte einen Bankkollegen, dessen Onkel ein königlicher Leibgardist im Tower von London gewesen war, und er hatte anscheinend mehrmals den Geist von Anne Boleyn gesehen, die mit dem Kopf unter dem

Arm durch das Gelände wanderte. Auch das schien mir ganz passend, und ich hatte keinen Grund, an einer solchen Erscheinung zu zweifeln. Aber meine Besucherin war mir so real erschienen, und keineswegs so furchterregend – von meinem Traum einmal abgesehen – wie ich glaubte, dass Geister dazu bestimmt sind, zu sein.«

Jonathan hielt inne und seufzte.

»Es erscheint mir etwas merkwürdig, das laut auszusprechen, wenn ich jetzt daran denke. Jedenfalls war ich damals mehr daran interessiert, zu erfahren, was ich über das Haus und meine Verwandten herausfinden konnte, als mir über ein armes Mädchen Sorgen zu machen, das in den frühen Morgenstunden auf dem Anwesen herumläuft. Als Mrs. Jarrow jedoch mit unserem Kaffee zurückkam, fragte ich sie im Laufe unseres Gesprächs, ob sie von Besuchern wüsste, die mein Verwandter von Zeit zu Zeit empfangen haben könnte.«

»Besucher, nein, ich fürchte, da fällt mir niemand ein. Wenn Sie mir verzeihen, dass ich das sage, Sir, Ihr Cousin war ein etwas seltsamer alter Vogel. Er war sehr an seine Gewohnheiten gebunden und ist nie davon abgewichen, soweit ich weiß.«

»Ich schlug vor, dass er ein sehr einsames Leben geführt haben müsse, wenn er sich nie aus dem Herrenhaus herauswagte oder jemanden einlud.«

»Oh, er machte sich an den meisten Tagen einen Besuch in der Kneipe im Dorf unweit von hier zum Mittagessen zur Gewohnheit. Mein Mann sah ihn dort oft, aber selbst dann nickte er ihm in der Regel nur zur Kenntnisnahme zu, und mein Mann sagte, er habe sich nie wohl dabei gefühlt, sich zu ihm zu setzen, da er nicht das Gefühl hatte, dass seine Gesellschaft gefragt sei. Aber wie ich schon sagte, war er, wie viele alte Leute, ein wenig eigenwillig, und ich würde sagen, er zog einfach seine eigene Gesellschaft vor.«

»Ich fragte sie, ob er ihres Wissens je verheiratet gewesen sei, und Mrs. Jarrow gab zu, dass das Thema nie in einem Gespräch aufgekommen sei und dass sie sich nicht wohl dabei gefühlt hätte, so in seiner Vergangenheit herumzuschnüffeln. Aber sie bestätigte, dass sie nie Anzeichen dafür gesehen hatte, dass eine Frau jemals in dem Haus gelebt hat, nicht einmal ein altes Foto.«

»Oben in einem der Schlafzimmer befinden sich einige alte Gemälde, und jetzt fällt mir ein, dass eines davon von einer jungen Dame stammt. Ich erinnere mich, dass ich es gesehen habe, als ich sie abstaubte. Ich war nicht neugierig oder so etwas, verstehen Sie, Ihr verstorbener Cousin war sehr wählerisch in der Art und Weise, wie bestimmte Dinge gemacht wurden. Also habe ich zufällig dieses spezielle Bild bemerkt.«

»Ich dankte der Haushälterin für ihre Offenheit und erneut für das wunderbare Frühstück, das sie für mich vorbereitet hatte. Dann fragte sie, ob es mir recht sei, wenn sie mit ihren allgemeinen Hausarbeiten weitermachte; die Asche von den Feuern wegfegen und das Holz und die Anzünder ersetzen, in der Küche aufräumen und dafür sorgen, dass die Schränke richtig bestückt sind, das Bad reinigen und mein Bett machen.«

»Ich habe ihr versichert, dass ich ihr sehr dankbar wäre, wenn sie ihre Arbeit fortsetzen würde, solange sie glücklich mit ihren Aufgaben ist. Ich erwähnte ihr gegenüber den Zustand meiner Bettwäsche nach meinem Alptraum, obwohl ich nicht näher auf den Inhalt meiner Tortur eingegangen bin. Mrs. Jarrow antwortete, dass sie mein Bett neu beziehen und alles in ihrem Haus waschen und morgen zurückbringen würde. In der

Zwischenzeit, so teilte sie mir mit, habe sie in Erwartung meiner Ankunft mehrere Sets Bettwäsche gelüftet, da Peterson gegenüber ihrem Ehemann nicht genau gesagt habe, wie viele Leute bleiben würden. Daher sei es kein Problem, das Bett neu zu machen.«

»In diesem Augenblick klopfte es an die Tür der Spülküche. Für eine Sekunde wurde ich in die frühen Morgenstunden zurückversetzt und zu meiner ungebetenen Besucherin. Ich fühlte einen unwillkürlichen Schauer über meinen Körper laufen, als wäre jemand gerade über mein Grab gelaufen. Ich freute mich in diesem Moment sehr über die Gesellschaft von Mrs. Jarrow und über das Tageslicht direkt vor dem Fenster.«

»Das wird Mr. Jarrow sein, der seinen Vormittagstee trinken will, wenn Sie mich entschuldigen, Sir?«

»Ich konnte Mrs. Jarrow nicht beschreiben, wie tröstlich ihre Worte in diesem Moment für mich klangen, aus Angst, dass ich ein wenig verwirrt rüberkomme. Ich konnte mich bei der Erwähnung der Ankunft ihres Mannes sichtlich entspannt fühlen. Ein solch alltägliches, normales Ereignis schien mir eine Million Meilen von meiner letzten Erfahrung entfernt zu sein, ein Klopfen an dieser speziellen Tür zu hören. Ich verließ sie, damit sie sich um ihren Mann kümmern konnte, und machte mich wieder auf den Weg nach oben, um meine morgendliche Körperpflege abzuschließen.«

»Ich kehrte wieder nach unten zurück, nachdem ich mich entschieden hatte, welche Kleidung ich für den Tag tragen wollte. Ich hatte die Absicht, wieder in die Stadt zurückzugehen, um noch einmal mit Peterson zu sprechen. Es dämmerte mir, dass er als Anwalt meines Wohltäters die einzige andere Person sein könnte, die möglicherweise Kenntnis von jemandem hat, der Anspruch auf mein Erbe hat, sei es ein anderer Verwandter oder nicht. Zu diesem Zeitpunkt hatte ich mich davon überzeugt, dass das Verschwinden des jungen Mädchens nichts Gespenstisches an sich hatte und dass mein anfänglicher Verdacht, dass sie sich lediglich hinter dem Gebäude versteckt hatte, während meine Aufmerksamkeit auf ihren angeblichen Verfolger gerichtet war, bei weitem die offensichtlichste Erklärung war.«

»Ich ging in die Spülküche, wo Mr. Jarrow seinen Vormittagstee genoss, begleitet von einem großen Stück Obstkuchen. Er stand auf und schob seinen Stuhl zurück, als er mich sah, also gab ich ihm ein Zeichen, dass er sich setzen sollte. Ich muss sagen, dass ich die Art und Weise, wie das Paar mich behandelte, als sehr unangenehm empfand, da sie darauf bestanden, sich wie meine Diener zu verhalten. Natürlich war mir klar, dass ich in jeder Hinsicht ihr Vermieter und, wie ich vermute, auch ihr Arbeitgeber war. Aber ich fühlte mich sehr unbehaglich, als Vorgesetzter eines anderen behandelt zu werden, insbesondere von Leuten, die älter waren als ich, da ich immer dazu erzogen worden war, Ältere zu respektieren.«

»Mr. Jarrow fühlte sich offensichtlich unbehaglich mit der Vorstellung, seine Pause am Vormittag vor mir zu haben, also ermutigte ich ihn, weiterzumachen. Seine Frau öffnete eine große runde Dose, die auf dem Tisch gelegen hatte, und bot mir ein Stück desselben Kuchens an. Ich lehnte respektvoll ab, da ich nach ihrem herrlichen Frühstück so satt war, aber ich machte einen Kommentar dazu, wie köstlich er aussah, da ich vermutete, dass er selbst gebacken war.«

»Ich erwähnte, dass ich in die Stadt fahren wollte, und Mr. Jarrow sprang sofort wieder auf und bot an, für mich zu fahren, um mir die Fahrt zu ersparen. Ich dankte ihm für sein freundliches Angebot, erklärte ihm aber, dass ich Peterson wegen einiger Papiere, die ich unterschreiben musste, persönlich aufsuchen müsse. Ich hielt es für das Beste, die Wahrheit spontan zu beschönigen, da ich nicht undankbar für Mr. Jarrows freundliches Angebot erscheinen wollte.«

»Da es keine Möglichkeit gab, vorher anzurufen, erwartete ich einen frostigen Empfang von Petersons Sekretärin, da ich keinen Termin hatte. Also fand ich mich mit der Möglichkeit ab, dass ich bei meiner Ankunft durchaus einen Termin machen muss, wenn der Anwalt bereits in einer Besprechung war. Angesichts der Wahl hätte ich lieber nicht mehr Zeit in seinem Wartezimmer unter den missbilligenden Blicken seiner Sekretärin verbringen müssen, als unbedingt notwendig war.»

»Als ich mich auf den Weg machte, war es bereits am frühen Nachmittag, und die Herbstsonne stand auf ihrem Höhepunkt und brachte die viel geschätzte Wärme mit sich. Als ich mich dem Steilufer des Witwenmachers näherte, hielt ich mich an das mir beigebrachte Verfahren, und diesmal gab es keinen nennenswerten Zwischenfall. Ich kam ziemlich gut voran und fand sogar einen Parkplatz in der Nähe von Petersons Büro.«

»Wie es der Zufall wollte, war seine Sekretärin nirgends zu sehen, als ich durch die Haupttür eintrat. Ich konnte den Klang von Petersons Stimme aus seinem Büro hören, also ging ich hinüber und stand direkt vor der Tür, während er sein Telefonat beendete. Ich klopfte an, als er den Hörer wieder auflegte. Peterson stand auf und begrüßte mich, wie er es zuvor getan hatte.«

»Kommen Sie bitte rein, Mr. Ward, wie kommen Sie im Herrenhaus zurecht? Kümmern sich die Jarrows um Sie?«

»Ich war froh, bestätigen zu können, dass das Ehepaar tatsächlich alle meine Bedürfnisse erfüllte, und nachdem wir die Höflichkeiten aus dem Weg geräumt hatten, kam ich gleich zu dem Punkt, dass ich ihn fragte, ob er von anderen Familienmitgliedern oder überhaupt jemandem wüsste, der glauben könnte, dass sie einen Anspruch auf mein Erbe hätten. An seinem verwirrten Gesichtsausdruck konnte ich sofort erkennen, dass ihn meine Frage verwirrt hatte.«

»Ich bin nicht sicher, ob ich Sie verstehe, Mr. Ward, hat jemand etwas zu Ihnen gesagt?«

»Ich hatte bereits beschlossen, dass ich meine Besucherin beim Anwalt nicht erwähnen wollte – zumindest vorerst nicht. Also machte ich eine beiläufige Bemerkung, dass ich, da ich meinen entfernten Cousin nie kennengelernt hatte, keine weiteren Verwandten oder nahen Bekannten kannte, die aus dem sprichwörtlichen Unterholz hervorspringen würden, um Anspruch auf das Anwesen zu erheben. Ich war nicht ganz davon überzeugt, dass Peterson meine Erklärung glaubte, aber dennoch versicherte er mir, dass es, soweit es ihn betraf, keine solche Person gab.«

»Wieder einmal nutzte er die Gelegenheit, um die Tatsache zu betonen, dass er eine interessierte Person hatte, die bereit war, mir einen guten Preis für das Anwesen und die damit verbundene Fläche zu zahlen. Aber ich erklärte ihm noch einmal, dass ich nicht bereit sei, irgendwelche verbindlichen Entscheidungen zu treffen, ohne vorher meine Frau zu konsultieren.«

»Als ich Petersons Büro verließ, ging ich die Hauptstraße hinunter und fand einen Eisenwarenhändler, bei dem ich eine gute, starke Taschenlampe und einige Ersatzbatterien kaufte, in der Erwartung, dass der Generator auf dem Anwesen wieder ausfallen würde. Ich lief eine Weile durch die Stadt und genoss das ungewöhnlich warme Wetter. Entlang der Hauptstraße entdeckte ich mehrere Restaurants, von denen ich mir vorstellte, dass Jenifer sie vielleicht besuchen wollte, wenn sie herunterkam. Der Gedanke daran, dass sie die Speisekarten von draußen las und aufgeregt darüber entschied, was sie versuchen würde, ließ mich sie noch mehr vermissen, und ich wünschte mir, es wäre für mich an der Zeit, sie bereits anzurufen.«

»Ich beschloss, mir die Zeit mit einem gemütlichen Pint in einem der örtlichen Pubs zu vertreiben. Ich fand einen, der ein wenig abseits der ausgetretenen Pfade lag, aber nicht so weit entfernt war, dass ich den vorbeifahrenden Verkehr von der Hauptstraße aus nicht mehr hören konnte. Der Pub war besonders klein und wäre für eine Londoner Gruppe viel zu klaustrophobisch gewesen. Aber irgendwie schien sie in dieser ländlichen Umgebung ziemlich gut zu passen.«

»Mir fiel auf, dass sie dasselbe örtliche Gebräu servierten, auf das ich in meiner ersten Nacht im Hotel gestoßen war, also bestellte ich ein Pint davon und holte mir ein Gratisexemplar der Lokalzeitung von dem Stapel auf einem Tisch neben der Tür. Ich setzte mich an einen Ecktisch direkt am Fenster, so dass ich die Passanten beobachten konnte, während ich das Getränk genoss.«

»So klein er auch war, der Pub bot immer noch warmes Essen zum Mittag- und Abendessen an. Aber ich habe kaum einen Blick auf die Speisekarte geworfen, da ich immer noch voll von Mrs. Jarrows Frühstück war. Ich blätterte nur halb durch die Zeitung und las nur ein paar Artikel, während ich an meinem Bier nippte. Der Blick aus dem Fenster, so entschied ich, war viel interessanter. Der Pub lag hinter einer scheinbar mittelalterlichen Kirche, und von dort, wo ich saß, konnte ich die unglaublich schöne Struktur in ihrer ganzen Pracht sehen. Die Sonne begann gerade, unterzugehen, und das Sonnenlicht wurde gegen die Buntglasfenster reflektiert.«

»In diesem Moment erinnerte ich mich daran, dass Peterson erwähnte, dass mein verstorbener Wohltäter auf dem Friedhof einer örtlichen Kirche begraben wurde, und ich fragte mich, ob ich jetzt genau den richtigen Ort betrachte. Es kam mir in den Sinn, dass ich an seinem Grab wenigstens die letzte Ehre erweisen sollte. Denn obwohl wir uns nie begegnet waren, vermachte er mir immer noch all seine weltlichen Güter. Aber im schwindenden Tageslicht wollte ich nicht wie ein krankhaft neugieriger Unhold erscheinen, der mit meiner Fackel um die Grabsteine schlurft und versucht, das richtige Grab zu finden.«

»Ich beschloss, dass ich versuchen würde, an einem Tag früher in die Stadt zu kommen, um mir die Gelegenheit zu geben, sein Grab richtig zu besuchen.«

»Nachdem ich mein Bier ausgetrunken hatte, brachte ich mein leeres Glas zurück an die Bar und beglückwünschte den Vermieter zur Qualität seines Bieres. Er teilte mir mit, dass es ein lokaler Favorit sei. So sehr, dass er es in Flaschen zum Mitnehmen verkaufte, und ich konnte nicht widerstehen, mehrere Flaschen zu kaufen, die ich mit zurücknehmen konnte.«

»Ich hatte noch etwas Zeit, bevor ich Jenifer anrief, also besuchte ich noch einmal den Laden, in dem ich am Vortag meine Vorräte gekauft hatte, und kaufte noch einige Vorräte für das Abendessen. Dort bemerkte ich, dass sie ein Transistorradio zu verkaufen hatten, und beschloss, mir etwas zu gönnen, da der Gedanke, während des Abendessens etwas ruhige Musik zu hören, äußerst einladend erschien.«

»Ich nahm meine Einkäufe mit zu meinem Auto und schloss sie weg. Als der späte Nachmittag näher rückte, begann ich mich zu fragen, ob ich noch einen weiteren späten Nacht-, oder genauer gesagt: frühen Morgen-Weckruf von meiner unerwünschten Besucherin erwarten würde. Vielleicht war es nur ein Zufall, denn der Wind hatte sich auf dem Weg zurück zu meinem Auto zu verstärken begonnen. Aber ich habe mich oft gefragt, ob die plötzliche Kälte, die damals durch meinen Körper strömte, die Folge der hereinbrechenden Dunkelheit und des anschließenden Temperatursturzes war, oder ob es daran lag, dass unbewusst die bloße Aussicht, allein und im Dunkeln zum Herrenhaus zurückzukehren, plötzlich meine Entschlossenheit beeinträchtigt hatte?«

NEUNTES KAPITEL

»Die Stimme meiner Frau am Telefon zu hören, war das ideale Heilmittel für meine gegenwärtige Melancholie. Ich ließ sie über all die Kontakte, die sie bei ihrem letzten Shooting geknüpft hatte, und darüber, wie viel Spaß sie beim Entwerfen einiger der Layouts hatte, plaudern. Da sich das Produkt, für das sie drehten, anscheinend an die jüngere Generation richtete, hatte ihr Vater sich zurückgezogen und Jenifer die Leitung überlassen, und er verhielt sich eher wie ihr Assistent, was sie ebenfalls begeisterte.«

»Sie klang so spritzig und voller Leben, dass ich es nicht übers Herz brachte, sie mit meinen Bedenken bezüglich meines Besuchs zu deprimieren. Stattdessen erzählte ich ihr, wie gut die Jarrows sich um mich kümmerten und dass ich beschlossen hatte, dass es vielleicht angebracht wäre, das Grab meines verstorbenen Cousins zu finden, damit ich ihm meinen Respekt zollen könnte. Jenifer stimmte zu, dass es das Richtige wäre, und wiederholte, wie sehr sie sich wünschte, dass sie bei mir sein könnte. Ich wusste, wie sehr sie sich danach sehnte, das Herrenhaus zu sehen, und wenn überhaupt, dann vermisste ich sie noch mehr als sie mich. Aber jetzt gab es etwas in mir, das die Sorge um das junge Mädchen und die Aussicht auf ihre Rückkehr in sich trug.«

»Es war mir bereits in den Sinn gekommen, dass sie vielleicht an einer Art psychischer Störung litt, und obwohl sie mir nie Schaden zugefügt hatte, wollte ich Jenifer nicht in irgendeine Gefahr bringen, egal wie weit entfernt sie auch sein mochte.«

»Während wir telefonierten, machte ich mir eine geistige Notiz, dass ich, sollte das junge Mädchen heute Abend wieder auftauchen, sie zur Rede stellen und versuchen würde, genau zu ermitteln, was sie wollte. Sollte sich herausstellen, dass sie in irgendeiner Weise aus dem Lot geraten war, dann hatte ich die Absicht, sie am nächsten Morgen der Polizei zu melden und sie auf jede erdenkliche Weise einschreiten zu lassen.«

»Dennoch gab es einen Teil von mir, der nicht glauben konnte, dass sie mir ehrlich etwas antun wollte. Ich erinnerte mich an ihre schönen Augen und den Blick des schieren Terrors, der sich in ihnen widerspiegelte. Die Art und Weise, wie sie mich um Hilfe gebeten hatte, und die Dringlichkeit in ihrer Stimme hatten mich von der Echtheit ihrer misslichen Lage überzeugt. Bis sie verschwunden war! Und ich stellte fest, dass sie wahrscheinlich nur weggelaufen war, während ich ihr den Rücken zukehrte.«

»Aber wenn das der Fall war, woher kam dann der Gesang? Ganz zu schweigen von dem schrecklichen Schrei?«

»Hallo, bist du noch da?«

»Der Klang von Jenifers Stimme brachte mich aus meiner Träumerei zurück. Offensichtlich hatte sie an meiner mangelnden Reaktion auf ihr Sprechen gemerkt, dass ich nicht mehr aufmerksam war. Ich entschuldigte mich ausgiebig, und sie lachte über meinen kriecherischen Versuch, um Verzeihung zu bitten. Ich entschuldigte mich dafür, dass der Sonnenuntergang über der kleinen Stadt so fesselnd war, dass ich mich für eine Sekunde darin verloren hatte. Es war nur eine kleine Notlüge, und ich fühlte mich nicht allzu schuldig, dass ich sie erzählt hatte. Schließlich konnte ich Jenifer nicht die Wahrheit sagen!«

»Als meine Unaufmerksamkeit nachließ, verabschiedeten wir uns, und Jenifer versprach mir, dass sie, sobald die Dreharbeiten beendet seien, im ersten Zug unten sein würde. Ich machte mir eine Notiz, um den Bahnhof zu finden, damit ich bei ihrer Ankunft dort sein konnte, um sie zu treffen.«

»Ich machte mich auf den Rückweg zum Herrenhaus und kam dort rechtzeitig und ohne Zwischenfälle an. Ich konnte verstehen, warum die Einheimischen Bedenken wegen dieser abrupten, mit Laub bedeckten, steilen Kurve hatten, besonders nach meinem Beinahezusammenstoß mit dem Wagen. Aber ich fand den gegebenen Namen ein wenig übertrieben und fragte mich, ob es tatsächlich jemals Todesopfer als Folge eines Unfalls gegeben hatte.«

»Ich habe wie üblich draußen geparkt und meine letzten Einkäufe ausgeladen und nach drinnen getragen. Wieder einmal lag ein Zettel von Mrs. Jarrow auf dem Tisch im Flur auf mich wartend. Sie teilte mir mit, dass sie eine Suppe für das Abendessen zubereitet hatte und dass sie mir eine Schüssel voll auf dem Herd zum Aufwärmen hinterlassen hatte. Sie hatte auch frische Holzscheite in allen Feuerstellen, die ich am Vorabend benutzt hatte, aufgestellt und mein Bett mit frischen Laken und Kissenbezügen bezogen. Ihr Mann hatte auch den Generator überprüft, und sie schrieb, dass sie hoffte, dass er die ganze Nacht für mich funktionieren würde. Ich war mir nicht sicher, wie viel mein verstorbener Verwandter dem Ehepaar gezahlt hatte, aber für mich verdienten sie sich ihren Unterhalt.«

»Ich schaltete einige der Lichter an, und sie gingen sofort an. Ich seufzte ein wenig erleichtert auf, dass ich mich zumindest für eine Weile nicht allein auf meine neue Taschenlampe verlassen musste, um mich zu orientieren. Ich nahm meine Einkäufe und mein Bier mit in die Küche und deckte den Topf mit der Suppe ab, die Mrs. Jarrow für mich übrig gelassen hatte. Ich atmete tief ein, und meine Sinne wurden von den Aromen von Tomaten, Knoblauch und Basilikum ergriffen. Sofort begann mein Magen zu gurgeln. Durch Zufall hatte ich in der Stadt einige knusprige Brötchen gekauft, die die Suppe perfekt ergänzten. Ich freute mich schon sehr auf mein Abendessen!«

»Zuerst beschloss ich, nach oben zu gehen und das Feuer in meinem Schlafzimmer anzuzünden. Wie versprochen war mein Bett mit frischen, sauberen Laken neu gemacht worden, und ich erkannte den schwachen Geruch von Kirschblüten in der Luft, den Mrs. Jarrow für angebracht hielt, um etwas Lufterfrischer zu versprühen – zweifellos, um den sauren Geruch meiner verschwitzten Laken vom Vorabend zu bekämpfen.«

»Als das Feuer loderte, zog ich meine Oberlaken und Decken zurück, damit die Wärme des Feuers in mein Bett eindringen konnte. Ich fragte mich, ob mein Wohltäter eine Wärmeflasche oder vielleicht einen altmodischen Bettwärmer besessen hatte, und notierte mir, dass ich mir das ansehen sollte, wenn ich wieder nach unten ging.«

»Als ich die Treppe hinuntergehen wollte, erinnerte ich mich an Mrs. Jarrows Erinnerung an jenem Morgen, als sie sich daran erinnerte, dass ein junges Mädchen zwischen den Portraits, die in einem der anderen Schlafzimmer an der Wand standen, abgebildet war. Ich ging den Korridor entlang, bis ich das fragliche Zimmer fand, und ging hinein, um es zu untersuchen.«

»Da ich nicht wusste, wo und ob es im Haus Ersatzlampen gab, ging ich wieder nach unten, um meine Taschenlampe zu holen. Als ich ins Schlafzimmer zurückkam, legte ich meine Taschenlampe auf das Bett, damit der Lichtstrahl so viel wie möglich vom Raum erhellen konnte, und begann vorsichtig, die Gemälde abzunehmen und sie einzeln um den Raum herum zu platzieren, so dass ich einen besseren Blick auf jedes einzelne erhaschen konnte.«

»Es waren etwa fünfzehn, und obwohl ich kein Experte bin, glaube ich, dass es sich eher um Öl- als um Wasserbilder handelte. Es gab ein paar des Herrenhauses, die aus verschiedenen Blickwinkeln gemalt wurden. Mehrere waren von Pferden, und ein paar davon hatten auch Kutschen, in denen die Pferdepfleger klugerweise im Vordergrund standen. Es gab ein paar Porträts, aber es waren alles Männer. Einige waren einzeln, andere in Gruppen unterschiedlicher Größe. Aber leider gab es nicht einmal eines mit dem Mädchen darin. Tatsächlich gab es in keinem einzigen von ihnen eine Frau, was ich zugegebenermaßen etwas merkwürdig fand. Zumal Mrs. Jarrow so sicher schien, dass sie eines von ihnen gesehen hatte!«

»Ich bemerkte am hinteren Ende des Raumes einen leeren Rahmen, der sich gegen das Fenster lehnte, und ich fragte mich, ob er vielleicht irgendwann einmal das Porträt enthielt, von dem Mrs. Jarrow gesprochen hatte. Wenn ja, dann war es wahrscheinlich in irgendeiner Weise beschädigt oder zerstört worden, was sein Fehlen erklären würde.«

»Etwas enttäuscht drehte ich mich um, um den Raum zu verlassen, als ich in einer anderen Ecke einen mittelgroßen, ziemlich prächtigen, verzierten Holzrahmen bemerkte, der an die Wand gelehnt war. Ich hob ihn auf und drehte ihn um, nur um festzustellen, dass es ein Spiegel war. Ich untersuchte das Glas auf Anzeichen von Rissen, aber es gab keine. Also drehte ich es wieder um, um zu sehen, ob die Befestigungen an der Rückseite noch an Ort und Stelle waren, was sie auch waren.«

»Ich beschloss, ihn mit nach unten zu nehmen, da ich mich daran zu erinnern schien, dass ich am Vorabend dachte, dass über dem Kamin ein ziemlich offensichtlicher leerer Fleck war. Der Spiegel passte in der Tat perfekt, und als ich den Raum über dem Kamin genauer inspizierte, schien es, als ob etwas von der genauen Größe, wie der Spiegel einst dort gehangen hatte. Sobald er an Ort und Stelle war, stand ich zurück, um ihn zu bewundern. Ich beschloss, dass er eine perfekte Ergänzung zum Rest des Raumes war.«

»Bevor ich zu meinem Abendessen ging, verbrachte ich die nächsten zehn Minuten damit, vergeblich nach einem Bettwärmer zu suchen. Schließlich gab ich auf, denn mein Hunger begann, mich zu überwältigen. Deshalb ging ich wieder in die Küche, um mein Abendessen zu holen. Dort angekommen, trieb mich ein plötzliches inneres Gefühl dazu, zu überprüfen, ob Mrs. Jarrow daran gedacht hatte, die Spülküchentür abzuschließen. Vernunft und Verstand sprachen gegen mein Vorgehen, denn es gab keinen plausiblen Grund zu der Annahme, dass jemand, der diese Tür Nacht für Nacht, seit mehr Jahren, als ich zählen konnte, verschlossen hatte, sie plötzlich vergessen würde. Aber leider haben Vernunft und Verstand ihr Argument nicht mit Nachdruck genug vorgetragen.«

»Als ich die Klinke ausprobierte, war die Tür natürlich verschlossen. Ich fühlte mich ein wenig dumm und auch schuldig, dass ich die Pflichttreue der Haushälterin infrage gestellt hatte, und holte meine Schlüssel heraus und öffnete die Tür, nur um mir selbst zu beweisen, dass es sicher war, dies zu tun.

Ich muss zugeben, dass ich, als ich die Tür aufzog, halb erwartet hatte, die junge Frau draußen auf der Türschwelle stehen zu sehen, aber zu meiner Freude war die Türschwelle frei.«

»Ich überquerte die Schwelle und blieb für einige Augenblicke draußen, atmete die späte Abendluft ein und blickte über die verdunkelte Landschaft hinaus. Der Mond begann gerade erst am Nachthimmel zu erscheinen, obwohl er sich an diesem Abend häufig hinter Schäfchenwolken verlor. Ich atmete mehrere Male tief ein und lauschte auf das Geräusch der Nachtgeschöpfe. Merkwürdigerweise konnte ich jedoch keine hören. Nicht so sehr wie einen Vogel, eine Fledermaus, eine Eule oder gar einen bellenden Hund, der in die Ferne davonfliegt. Tatsächlich war das einzige Geräusch, das ich hören konnte, das Rascheln des Windes auf den Ästen der umliegenden Bäume.«

»Nach einer Weile ging ich zurück in die Küche und bereitete mein Essen vor. Ich trug meine Suppe nach oben und setzte mich noch einmal in den großen Sessel, in dem ich am Abend zuvor eingeschlafen war. Die Suppe war köstlich, und ich machte mir eine Notiz, um mich am nächsten Tag bei Mrs. Jarrow zu bedanken.«

»Ich nahm meine leere Schüssel mit in die Küche und machte mir ein Käse-Schinken-Sandwich mit einigen der knusprigen Brötchen, die ich zuvor in der Stadt gekauft hatte. Ich trug sie wieder nach oben, zusammen mit ein paar Flaschen des Bieres, das ich gekauft hatte, und setzte mich wieder vor dem Feuer hin.«

»Ich schaffte es, mein neues Transistorradio auf einen lokalen Sender einzustellen, der ein klassisches Live-Konzert spielte, und setzte mich mit meinem Bier und meinem Sandwich vor dem Feuer nieder. Am Ende meiner zweiten Flasche Bier spürte ich, wie meine Augen vor lauter Müdigkeit schwer wurden. Aber ich beschloss, dass ich, da das Feuer immer noch brannte, noch ein wenig länger warten würde, bevor ich mich nach oben schleppen würde. Ich schloss meine Augen, um mich auf das Konzert zu konzentrieren – die Musik passte perfekt zu dem gelegentlichen Knistern der Holzscheite im Feuer – und innerhalb von Minuten schlief ich ein.«

»Ich erwachte mit einem Ruck. Ich hatte etwas gehört, aber ich konnte nicht sicher sein, was es war oder ob es nur ein Teil eines Traums war. Ich blieb dort, sackte im bequemen Sessel zusammen, während ich versuchte, durch die Luft schwebende Geräusche zu erkennen. Der Sender, den ich gehört hatte, war offensichtlich für die Nacht nicht mehr zu hören, also beugte ich mich hinunter und schaltete das leise Summen aus, das von der Vorderseite des Lautsprechers kam.«

»Das Feuer war fast aus, obwohl noch einige Flammen an den Resten der Stämme leckten. Wie zu erwarten war, waren die Deckenleuchten wieder erloschen, und da fiel mir ein, dass ich meine Taschenlampe oben gelassen hatte. Ich war dankbar für die schwache Beleuchtung, die mir die verbliebenen Flammen gaben. Etwas war besser als nichts, als ich mich auf den Weg ins Bett machte.«

»Ich rieb mir den Schlaf aus den Augen, legte meine Hände auf die Stuhllehnen und zwang mich auf. Dort, in dem Spiegel, den ich kürzlich über dem Feuer angebracht hatte, spiegelte sich das junge Mädchen!«

»Es dauerte ein paar Sekunden, bis mein armes, müdes, noch halb schlafendes Gehirn registrierte, was meine Augen sahen; und selbst dann wollte ich es nicht glauben. Ich drehte mich auf der Stelle so schnell, dass ich fast das Gleichgewicht verlor und umkippte. Als ich aufblickte, war das Mädchen weg! Ich drehte mich langsam um, um wieder in den Spiegel zu schauen, wobei ich für einen Moment befürchtete, dass sie irgendwie die Kraft hatte, ihr Spiegelbild im Glas zu halten, ohne physisch vor dem Glas zu sein. Aber als ich mich umdrehte, sah ich nur meinen eigenen erschrockenen Gesichtsausdruck, der zu mir zurückblickte.«

»Ich sackte mit dem Kopf in den Händen wieder in den Sessel. Mein Gehirn schien einfach nicht richtig zu funktionieren. Ich hatte das Spiegelbild des Mädchens gesehen – daran hatte ich keinen Zweifel. Aber gleichzeitig, wie hätte ich das tun können, wenn sie nicht da war? Ich dachte, dass es vielleicht nur ein Fall meiner Fantasie ist, die Überstunden macht. Vielleicht eine Kombination aus dem Aufenthalt in diesem seltsamen Haus, dem Vorfall vom Vorabend, der Tatsache, dass ich meine Frau so verzweifelt vermisste, und, obwohl ich es nicht zugeben wollte, vielleicht hatte ich die Stärke des örtlichen Gebräus falsch eingeschätzt.«

»Zu allem anderen kam hinzu, dass ich seit gestern Abend fast den ganzen Tag an das Mädchen gedacht hatte. Daher war es nicht außerhalb des Bereichs des Möglichen, dass mein Unterbewusstsein sie sich weiterhin vorgestellt hatte, während ich schlief. Aber ich hatte nicht geschlafen, als ich sie sah – ich war hellwach! Oder war ich es? Vielleicht war ich in dieser Zwischenwelt zwischen Schlaf und Wachsein gefangen, als ich wirklich glaubte, ihr Spiegelbild gesehen zu haben.«

»Gerade dann hörte ich ein lautes Klopfen aus der Richtung der Spülküche! Sie musste es sein, ich wusste einfach, dass sie es sein musste!«

»Ich stand auf Beinen aus Gummi auf und stolperte um den Sessel herum, um den Weg in den Flur zu finden. Mein Herz klopfte so schnell, dass ich glaubte, ich könnte es in meinen Ohren vibrieren fühlen. Ich überlegte, ob ich nach oben laufen sollte, um meine Taschenlampe zu holen, was bei weitem das

Vernünftigste gewesen wäre. Aber in diesem Moment zwang mich etwas in mir, stattdessen die Tür zu öffnen.«

»Ein plötzlicher Gedanke schlug mir auf. Hatte ich die Tür der Spülküche überhaupt abgeschlossen, nachdem ich an diesem Abend draußen war? Hielt in der Tat nichts denjenigen, der da draußen war, davon ab, hineinzukommen? Ich ließ meine Hand an die Seite fallen und fühlte, wie der Schlüsselbund sicher im Stoff meiner Tasche steckte. Ich muss sie sicherlich abgeschlossen haben. Aber wie ironisch war die Tatsache, dass ich sie nur geöffnet hatte, um zu überprüfen, ob sie von der Haushälterin verschlossen worden war, nur damit ich derjenige war, der sie später offen ließ!«

»Das Klopfen kam wieder. Diesmal war es viel heftiger, mit derselben Art von Dringlichkeit wie am vergangenen Abend. Instinktiv drehte ich mich um und machte mich langsam auf den Weg zur Küche. Die Tatsache, dass ich nicht einmal eine Kerze bei mir hatte, um meinen Weg zu erleuchten, war mir nicht völlig entgangen. Aber etwas in mir trieb mich vorwärts. Es war fast so, als müsste ich die Tür öffnen, egal was passiert.«

»Ich tastete mich um den Küchentisch herum und betrat die Spülküche. Wie zuvor konnte ich hinter dem Milchglas der Hintertür keinen Schatten erkennen, und für einen Moment pochte mein Herz angesichts der Möglichkeit, dass niemand da war. Dieses momentane Gefühl der Freude war äußerst kurz, als das Hämmern zurückkam und die Tür wieder in ihrem Rahmen klapperte.«

»Dieses Mal machte ich mir nicht die Mühe, zu rufen. Stattdessen ergriff ich, als ich die Tür aufschließen konnte, einfach den Griff und riss sie auf.«

»Da stand sie wieder vor meiner Tür. Sie trug immer noch dasselbe Kleid mit Blumenmuster, ihr schönes, im Mondlicht schimmerndes Haar und ihre durchdringenden grünen Augen, die mich um Hilfe baten. Ich schrie sie an und verlangte zu wissen, was sie von mir wollte. Aber dann bedauerte ich meine Tat fast sofort. Mir wurde klar, dass ich jetzt, da ich ihr leibhaftig gegenüberstand, nicht mehr das Herz hatte, unhöflich oder schroff zu ihr zu sein. Sie schien so verletzlich, so ängstlich, so schutzbedürftig zu sein. Für eine Sekunde überlegte ich, über die Schwelle zu treten und sie in meine Arme zu nehmen, um ihr zu versichern, dass ich mich um sie kümmern würde. Aber stattdessen blieb ich an der Stelle stehen und wartete.«

»Wie zuvor wandte sie sich nach links und zeigte in die Dunkelheit. Ich wusste, was als Nächstes kommen würde, und so war es auch.«

»Sie versuchen, mir mein Baby wegzunehmen. Bitte lassen Sie nicht zu, dass sie es bekommen.«

»Dieselben Worte wurden in dem gleichen flehentlichen Ton vorgetragen, der mein Herz zum Schmelzen gebracht hatte, als ich sie am Vorabend zum ersten Mal gehört hatte. Noch einmal trat ich nach draußen und schaute in die Richtung, auf die sie gezeigt hatte. Nur dieses Mal vergewisserte ich mich, dass ich sie noch in meinem peripheren Blickfeld sehen konnte. Ich wollte mich nicht von ihr zu demselben vergnüglichen Tanz hinreißen lassen wie am Abend zuvor. Und wieder kam niemand aus irgendeiner Richtung, die ich ausmachen konnte, um sie zu holen. Ich drehte mich um, um ihr ins Gesicht zu sehen, erleichtert, dass sie wenigstens noch da war und es nicht geschafft hatte, sich irgendwie zu verdrücken, ohne dass ich es merkte.«

»Aus dieser Entfernung schien sie noch ängstlicher zu sein. Ihr engelsgleiches Gesicht verbarg einen Ausdruck schierer Angst, obwohl es keinen Grund dafür gab, den ich in diesem Moment feststellen konnte. Ich sah ihr direkt in die Augen. Im schwachen Licht des Mondes schienen ihre Augen fast die Kraft zu haben, durch mich hindurchzusehen. Es war fast so, als wäre sie in der Lage, sich auf das zu konzentrieren, was sich hinter mir abspielte, ohne dass sie tatsächlich wahrnahm, dass ich dort stand.«

»Ich fragte sie direkt, vor wem sie davonlief, und wies sie so ruhig wie möglich darauf hin, dass niemand hinter ihr her war. Aber sie blickte einfach nur geradeaus. Ein flehender kleiner Mädchenblick, bei dem ich nicht anders konnte, als an meinem Herzen zu zerren. Ich wollte sie gerade fragen, ob sie hereinkommen wolle, als ich von hinten plötzlich den Klang der Musik hören konnte, die auf dem Cembalo im Musikzimmer gespielt wurde.«

ZEHNTES KAPITEL

»Ich drehte mich instinktiv um, um mich der Richtung zuzuwenden, aus der die Musik kam. Die Melodie war mir sehr vertraut, auch wenn ich sie zunächst nicht genau zuordnen konnte. Aber als ich mich etwas mehr konzentrierte, fiel sie mir ein. Es war dasselbe Lied, das ich am Abend zuvor gehört hatte.«

»Ich drehte mich herum, um die junge Frau zu konfrontieren, aber sie war weg!«

»Ich sah mich verzweifelt um und versuchte zu schauen, wohin sie verschwunden sein könnte. Zumindest wusste ich diesmal, dass sie auf keinen Fall ins Haus geschlüpft sein konnte, da ich die Tür blockiert hatte. Wieder gab es keine Spur von ihr, und diesmal war ich nicht in der Stimmung, mich nach draußen zu wagen. Ich beschloss, dass ich, welches Spiel sie auch immer spielen mochte, nicht Teil davon sein würde – nicht heute Abend.«

»Ich schmiss die Tür zu und drehte den Schlüssel wieder im Schloss, um sicherzustellen, dass sie verschlossen war. Ich verließ die Spülküche und machte mich auf den Weg zur Küchentür. Ich stand einen Moment lang da und hörte die süße Melodie, die durch das Haus schwebte. Das Musikstück war makellos; ich weiß nicht, wie ich es sonst beschreiben soll. Es war fast so, als ob der Musiker die Tasten kaum berührte und ein wahrer Meister seines Handwerks war.«

»Nach einem Moment schlich ich den Flur entlang in Richtung des Musikzimmers und bemühte mich, meine Augen an die Dunkelheit zu gewöhnen. Der Lichtschimmer, der vom Feuer im vorderen Salon gekommen war, war ganz verschwunden, was nicht verwunderlich war, wenn man bedenkt, dass die letzten paar Scheite bereits abgebrannt waren, als ich den Raum verlassen hatte. Als ich die Tür des Musikzimmers erreichte, streckte ich meine Hand aus, um den Griff zu ergreifen; und dann erstarrte ich. Das Mädchen draußen war eine Sache. Sie war echt und lebendig, ich hatte sie jetzt zweimal gesehen, aber wie konnte es sein, dass noch jemand im Haus war, ohne dass ich es wusste? Wer könnte wohl auf der anderen Seite der Tür spielen?«

»Ich drückte mein Ohr gegen die Holztür. Ich bin nicht sicher, was ich hörte; vielleicht eine vertraute und tröstende Stimme. Irgendwie hatten sich Mr. Jarrow oder seine Frau vielleicht Zugang verschafft, während ich mich um die Spülküchentür kümmerte, denn um diese Jahreszeit stimmte einer von ihnen normalerweise das Cembalo für meinen toten Verwandten. Aber ich wusste in meinem Herzen, dass ich nur nach irrsinnigen Strohhalmen griff. Wer oder was auch immer sich hinter dieser Tür befand, ich musste es konfrontieren und verlangen, zu erfahren, was vor sich ging.«

»Ich war bereit, meinen Vorstoß zu starten. Der Klang der Musik schien so durch die Tür zu dringen, dass er durch das Haus drang, als ob er in allen Räumen gleichzeitig gespielt würde. Langsam drehte ich die Klinke, vorsichtig, um keinen Laut zu machen und meinen Eindringling zu warnen. Es kam mir in den Sinn, dass ich eine Waffe zur Hand haben sollte, aber jetzt war es zu spät, da das Loslassen des Griffs dazu führen könnte, dass der Riegel quietscht und das ganze Unterfangen auffliegen lässt.«

»Ich riss die Tür auf. In diesem Moment hörte die Musik auf und ließ die letzte Note in der Luft hängen, als ob sie irgendwie ungern verklingen würde. Ich rannte zum Cembalo, aber ich konnte schon vorher erkennen, dass niemand auf dem Hocker saß. Außerdem konnte ich beim Hinschauen sehen, dass der Deckel, der die Tasten schützte, unten war, so dass niemand das Instrument hätte spielen können. Trotzdem hatte ich zu diesem Zeitpunkt schon einige Minuten lang die Musik gehört. Woher war sie also gekommen?«

»Gerade dann begann der Gesang. Dieselbe schöne Stimme, die ich am Abend zuvor gehört hatte, übernahm die Szene, in der die Musik aufgehört hatte. Wieder einmal schien sie das Haus zu durchdringen und hallte überall um mich herum wider. Ich hatte wirklich das Gefühl, ich würde den Verstand verlieren. Ich hörte einen Moment lang zu, so wie ich von der Musik fasziniert war, denn obwohl ich das Lied bis gestern Abend nicht gehört hatte, war es fast so, als ob ich es schon mein ganzes Leben lang kennen würde. Es nahm mich mit Leib und Seele gefangen, und wenn ich die Augen schloss, verlor ich mich in einer Träumerei, die mir das Gefühl gab, durch einen Tunnel zu treiben, der zu wer weiß wohin führt.«

»Ein plötzliches lautes Krachen von oben brachte mich wieder zur Besinnung. Ich rannte aus dem Zimmer in den Flur. Als ich das untere Ende der Treppe erreichte, blickte ich nach oben, aber es war zu dunkel, um in den Schatten irgendeine Form erkennen zu können. Ich stand einen Moment lang da und versuchte, mich auf die Standuhr am oberen Ende der Treppe zu konzentrieren, aber selbst dafür war es zu dunkel. Plötzlich bemerkte ich, dass der Gesang aufgehört hatte, und jetzt war das einzige Geräusch, das ich hören konnte, das schwache Ticken derselben Uhr.«

»Langsam begann ich, die Treppe hinaufzusteigen. Ich überlegte, dass bei allem anderen, was passiert war, immer noch die Möglichkeit bestand, dass der Krach, den ich von oben gehört hatte, das Ergebnis eines harmlosen Zufalls gewesen sein könnte. Vielleicht hatte etwas auf einem Regal gewackelt, ohne dass ich es gemerkt hätte, und in diesem Moment beschloss es, zu fallen. Ich tröstete mich mit solchen Gedanken, als ich mich auf den Weg nach oben machte.«

»Als ich oben angekommen war, entschied ich mich, meine Taschenlampe zu holen, bevor ich eine Untersuchung begann. Ich fand sie dort, wo ich sie gelassen hatte, und schaltete sie ein. Der starke Strahl, der von ihr ausging, gab mir sofort ein Gefühl des Trostes, fast so, als wäre ich nicht mehr allein. Ich leuchtete mit meiner Taschenlampe durch den Raum, und als der Strahl die ferne Wand traf, bemerkte ich, dass einige der Bilder, die ich zuvor betrachtet hatte, umgefallen waren.«

»Ich stieß einen gewaltigen Seufzer der Erleichterung aus. Das konnte ich zumindest als etwas begreifen, das ohne Eingreifen von außen geschehen konnte. Ich beschloss, die umgefallenen Bilder vorerst dort zu lassen, wo sie waren. Zumindest auf dem Boden konnten sie nicht wieder umkippen und mich zu Tode erschrecken. Mein Herzschlag begann sich wieder zu beruhigen. Ich hatte keine Möglichkeit, das Cembalo zu erklären, das von selbst zu spielen schien, aber ich erinnerte mich daran, dass ich Klaviere gesehen hatte, die genau dafür gedacht waren, und so beschloss ich, dass das für den Moment eine ebenso gute Erklärung war wie jede andere.«

»Ich drehte mich um, um den Raum zu verlassen, und sah das Mädchen direkt hinter mir stehen. Der Schock, sie zu sehen, überrumpelte mich sofort. Ich strauchelte rückwärts und stolperte über einen Fußschemel oder so etwas und flog rückwärts. Die Taschenlampe flog aus meiner Hand, und ich hörte, wie sie hinter mir etwas traf, als ich fiel und sofort ausging. Zum Glück gelang es mir, flach auf dem Rücken zu landen, und obwohl es mich umgeworfen hatte, war ich ansonsten unverletzt.«

»Ich lag für einen Moment still und versuchte, wieder zu Atem zu kommen. Ich richtete meine Augen gerade vor mir auf die Stelle, an der das Mädchen gestanden hatte. Aber selbst aus so kurzer Entfernung konnte ich in der Dunkelheit nichts von ihr sehen. Als ich wieder zu Atem kam, rannte ich rückwärts über den Boden, um meine Taschenlampe zu holen. Ich hatte Angst, meine Augen von der Stelle zu entfernen, an der ich sie kurz zuvor stehen gesehen hatte, nur für den Fall, dass ich eine Bewegung im Schatten verpasste, die ihr Verlassen anzeigen würde.«

»Es gelang mir, meine Taschenlampe zu finden und den Schalter an ihr hin und her zu schieben, aber leider kam kein Licht heraus. Ich tastete entlang der Glasfront, und zu meiner Bestürzung konnte ich spüren, dass das Glas zersplittert war, obwohl es immer noch an seinem Platz blieb. Ich ließ den Schalter in seiner 'Ein'-Stellung und klopfte einige Male gegen meine Handfläche, ein Trick, den ich einmal gesehen hatte, als mein Vater ihn versuchte. Als der Lichtstrahl wieder eingeschaltet wurde, war ich begeistert.«

»Ich richtete das Licht auf den Punkt, an dem das Mädchen gestanden hatte, aber sie war nirgends zu sehen. Ich war mir sicher, dass ich sie nicht auf den Treppenabsatz hinausrennen hörte. Aber ich hatte auch nicht gehört, wie sie sich hinter mir in den Raum schlich, so dass das allein nicht viel aussagte.«

»Nun begann ich zum ersten Mal wirklich zu glauben, dass ich ein Gespenst haben könnte! Allein der Gedanke ließ eine Flut eisiger Kälte über meinen Rücken laufen. Das würde sicherlich erklären, wie das Mädchen fähig zu sein schien, nach Belieben zu erscheinen und zu verschwinden. Ganz zu schweigen von dem Gesang und der Musik, aber warum sollte mich ein Geist verfolgen? Ich hatte mich noch nie im Okkulten versucht oder versucht, Geister von der anderen Seite über ein Ouija-Brett zum Übergang einzuladen. Tatsächlich war meine Erfahrung mit der Zigeunerin in Brighton diejenige, die einem solchen Hokuspokus am nächsten kam.«

»Es stimmt, dass viele Leute glaubten, dass alte Häuser beliebte Jagdgründe für alle möglichen Geister und Gespenster seien, aber sicher nicht mein Haus. Nicht, solange ich allein dort draußen war, meilenweit entfernt von allem und in beinahe völliger Dunkelheit, umgeben von nichts als Wald und Sternen und Nichts! Ich habe mich sofort ermahnt, nicht den Bezug zur Realität zu verlieren. Zugegeben, die ganze Situation war etwas ungewöhnlich, und ich machte mir nicht einmal die Mühe, eine rationale Erklärung für alles, was sich ereignet hatte, zu finden. Aber ich wollte nicht zulassen, dass ich zusammenbrach und anfing, in das Reich der Fantasie und des Übernatürlichen abzudriften.«

»Ich beschloss, dass mit der späten Stunde das Bett der Ort war, an dem ich sein musste. Aber ich muss zugeben, dass ich bei allem anderen, was in dieser Nacht geschehen war, das Gefühl hatte, dass ich einen Schlummertrunk verdiene, der mir beim Wiedereinschlafen hilft. Ich benutzte meine Taschenlampe, um mir den Weg zurück nach unten zu weisen. Ein großes Glas Wein würde genügen, und in diesem Moment tröstete mich der Gedanke daran so sehr, dass ich spürte, wie sich mein Körper wieder entspannte.«

»Als ich das untere Ende der Treppe erreichte, hörte ich erneut das Klopfen an der Spülküchentür. Ich konnte es nicht glauben; heute Abend sollte ich zweifelsohne einen zweiten Besuch empfangen. Ich versuchte, mich für das zu wappnen, was vor mir lag. Ich wusste, dass ich die Tür öffnen musste, sonst würde das Klopfen zweifellos weiter an Geschwindigkeit zunehmen, bis ich mich fügte und nachgab.«

»Gerade als ich mich auf den Weg zurück in die Spülküche machte, begann der Gesang wieder!«

»Die traurige Melodie erfüllte das Haus erneut, diesmal im direkten Kontrast zu dem, wer oder was auch immer an die Hintertür hämmerte. Aus den Augenwinkeln dachte ich, dass ich oben auf der Treppe etwas sehen konnte, das sich bewegte. Ich hob meine Taschenlampe, und da stand das junge Mädchen am oberen Ende der Treppe! Meine Taschenlampe hielt sie für einen Moment in einem dämmerigen Lichtschein. Sogar aus dieser Entfernung konnte ich noch immer den gleichen flehentlichen, sehnsüchtigen Ausdruck auf ihrem Gesicht erkennen, den sie mir jedes Mal entgegenbrachte, wenn ich ihr die Hintertür öffnete. Ihre Augen, obwohl sie so jung war, schienen, als hätten sie viel mehr Leid erfahren, als für ihre Jahre natürlich war.«

»Ihr Kopf war leicht zur Seite geneigt, als ob auch sie dem Gesang zuhörte. Obwohl ich überzeugt war, dass der Gesang von ihr kam, konnte ich im Taschenlampenlicht erkennen, dass sich ihre Lippen nicht bewegten. Ich griff mit einer Hand fest an die Seite des Geländers, als wollte ich versuchen, mich zu beruhigen. Mein Verstand war inzwischen ein völliges Durcheinander von Gedanken und Ideen, und es war mir unmöglich, mit den Geschehnissen fertig zu werden. Entweder war sie ein Geist oder eine Art von Geist, oder, was noch logischer war, sie hatte sich lediglich oben versteckt und auf den richtigen Moment gewartet, um sich zu zeigen.«

»Der Gesang schien in der Lautstärke zu steigen, als hätte jemand eine Stereoanlage aufgedreht. Ich richtete meine Aufmerksamkeit auf das Mädchen, obwohl ich im Hintergrund immer noch jemanden an die Hintertür hämmern hörte. Während ich zusah, begann das Mädchen langsam die Arme zu heben, bis sie zu mir ausgestreckt waren. Es war, als ob sie mich einlud, sie in einer zärtlichen Umarmung zu halten. Dann bemerkte ich, dass sie begann, die Treppe hinunterzugehen. Sie lief aber nicht wirklich, es war eher so, als würde sie nach unten gleiten. Ich ließ das Licht meiner Taschenlampe leicht fallen, um zu sehen, ob ich ihre Füße sehen konnte, aber unter dem langen Saum ihres Kleides schien nichts zu sein, als es beim Hinuntergehen über die Treppe schleifte.«

»Ich hob mein Licht noch einmal an. Das Mädchen schien mir nicht ein einziges Mal den Blick abzuwenden. Sie schwebte in einem langsamen, gleichmäßigen Tempo nach unten, kaum wahrnehmbar mit dem bloßen Auge. Ich packte das Geländer fester und kämpfte um meine Fähigkeit, um mich aufrecht zu halten. Ich wollte sie ansprechen, sie fragen, was sie von mir wollte, sie davon überzeugen, dass ich ihr nichts Böses wollte, aber in diesem Moment hatte ich keine Stimme. Es fühlte sich an, als ob ich auf der Stelle klebte, unfähig, meine Beine zu bewegen, geschweige denn zu entkommen.«

»Ich schaute in ihr süßes, unschuldiges Gesicht, als sie immer näher kam. Ich hatte von diesem jungen Mädchen nichts zu befürchten. Sie war diejenige, die Hilfe brauchte, die Trost und Unterstützung brauchte. Aber warum fühlten sich dann meine Beine an, als ob sie bereit wären, unter mir zusammenzuknicken? Dann sah ich es: Als sie immer näher kam, bemerkte ich, dass sich der Ausdruck in ihren Augen veränderte. Die Veränderung war subtil, aber dennoch war sie immer noch da. Dieser Blick der Sehnsucht und des Verlangens verwandelte sich in einen Blick der Angst!«

»Sie schien mich anzustarren, als ob ich irgendwie der Auslöser ihrer Notlage wäre. Innerhalb von Sekunden verwandelte sich dieser Blick der Angst in einen Blick des reinen Hasses, und als sie sich mir näherte, ließ sie ihre Arme zur Seite fallen und einen schrecklichen Schrei ausstoßen, der das Haus in seinen Grundfesten zu erschüttern schien. Zu meinem Entsetzen ging in diesem Augenblick meine Taschenlampe aus, und in der Dunkelheit konnte ich mehr spüren als sehen, dass das Mädchen immer näher auf mich zukam. Ich erinnere mich nicht daran, das Bewusstsein verloren zu haben, aber vermutlich muss ich es getan haben, denn das ist alles, woran ich mich erinnern kann.«

»Einmal mehr wurde ich durch das Geräusch von jemandem, der an die Tür klopfte, aus meiner Bewusstlosigkeit geweckt. Als ich meine Augen öffnete, sah ich durch das Tageslicht, das durch die Fenster im Flur eindrang, dass es Morgen war. Mir wurde klar, dass ich die ganze Nacht auf dem Boden verbracht haben musste, und als ich meinen Kopf vom harten Steinboden hob, spürte ich sofort eine Beule am Rücken, die sich unglaublich zart anfühlte. Ich stand zu schnell auf, und sofort wurde mir ein wenig schwindlig, so dass ich mich auf dem Geländer festhielt, um mich zu stützen. Die Bewegung erinnerte mich an die Nacht zuvor, als ich zuerst den massiven Holzbalken zur Unterstützung brauchte, und plötzlich fiel mir alles, was ich vor meinem Ohnmachtsanfall gesehen hatte, wieder ein.«

»Wie immer fühlte sich im kalten Tageslicht alles wieder normal an. Ich schaute die breite Treppe hinauf und konnte nichts Ungewöhnliches sehen. Aber ich vermutete in diesem

Moment, dass ich, selbst wenn die gleiche spektrale Vision auftauchen würde, nicht im Geringsten davon betroffen sein würde. Das Tageslicht gehörte zum Hier und Jetzt, was mich wieder zum Herr des Geschehens machte.«

»Ich öffnete die Haustür, um von der schwermütigen Mrs. Jarrow begrüßt zu werden, die auf der Türschwelle stand, ihren Korb in der Hand. Als sie mich sah, war es offensichtlich, dass meine zerzauste Erscheinung sie etwas beunruhigte. Da sie jedoch der Inbegriff der perfekten Dienerin war, äußerte sie nicht ihre Missbilligung, sondern begrüßte mich lediglich auf ihre vertraute Art und Weise und wartete darauf, dass ich zur Seite trat, um ihr Einlass zu gewähren.«

»Guten Morgen, Sir, möchten Sie einen starken Kaffee, bevor ich Ihnen das Frühstück mache? Mr. Jarrow ist draußen und kümmert sich um den Generator. Ich habe gesehen, dass er Sie in der Nacht wieder im Stich gelassen hat.«

»Ich dankte ihr für ihr Angebot. Ein starker Kaffee wäre sicherlich genau das Richtige. Ich folgte ihr in die Küche und ließ mich am Tisch nieder, während sie mein Getränk zubereitete. Nach dem Kaffee schleppte ich mich nach oben, um baden zu können, während Mrs. Jarrow mein Frühstück zubereitete. Ich fühlte mich immer noch schuldig, dass die arme Frau das Gefühl hatte, mich wie ihren neuen Herren behandeln zu müssen, aber in diesem Moment hatte ich nicht die Kraft, ein weiteres ihrer köstlichen Frühstücke abzulehnen.«

»Nach meinem Bad, das noch lauwarmer schien als das vom Vortag, zog ich mich an und kam wieder herunter, gerade als Mrs. Jarrow mich rufen wollte, um mir zu sagen, dass mein Essen fertig sei. Ich erinnerte mich daran, ihr für die wunderbare Suppe zu danken, die sie für mein Abendessen übrig gelassen hatte, und wie immer nahm sie mein Lob entgegen, ohne ein Lächeln zu verlieren. Während ich aß, ging sie im

Haus umher, bereitete den Kamin vor, staubte ab und putzte ohne ein Wort zu sagen.«

»Mit jedem Bissen begann ich mich wieder menschlicher zu fühlen. Mein Hinterkopf fühlte sich immer noch sehr empfindlich an, aber ich war erleichtert, als ich fühlte, dass die Beule etwas geschrumpft war. Mrs. Jarrow servierte weiterhin Kaffee, auf meine Bitte hin, und ich hatte noch drei weitere Tassen getrunken, bis ich meine letzte Portion Speck und Eier gegessen hatte. Als Mrs. Jarrow kam, um meine Teller abzuholen, dankte ich ihr für ein weiteres erstaunliches Frühstück, und als sie sich umdrehte, um in die Küche zurückzugehen, erinnerte ich mich an die Porträts, die ich am Vorabend durchwühlt hatte. Ich erwähnte ihr gegenüber, dass ich keines mit einer Frau darin finden konnte, sondern dass ich eines gefunden hatte, auf dem das Bild zu fehlen schien.«

»Das ist sehr merkwürdig, Sir, ich weiß, dass ich es ganz sicher gesehen habe. Vielleicht hat der Hausherr es fallen lassen oder etwas darauf verschüttet.«

»Ich stimmte zu, dass dies das Verschwinden erklären würde, und fragte sie, ob sie sich daran erinnere, wie das Mädchen auf dem Bild ausgesehen habe. Sie stand einen Moment lang neben mir und hielt meine leeren Teller in der Hand, während sie über meine Frage nachdachte.«

»Ich erinnere mich, dass ich damals dachte, sie sei ein junges Mädchen, vielleicht Anfang zwanzig oder in den späten Teenagerjahren. Sie trug ein Kleid im viktorianischen Stil, wie ich es bezeichnen würde, und sie hatte schönes langes schwarzes Haar, das ihr Gesicht einrahmte und über ihre Schultern herabfiel.«

»Das klang in meinen Ohren nicht nach Zufall. Das Mädchen, das Mrs. Jarrow beschrieb, musste mein nächtlicher Besucher sein, was wiederum ohne Zweifel bedeuten würde, dass es ein Geist war, dem ich begegnet war, und kein lebendes Wesen. Das Problem war, dass ich ohne ein Bild keinen konkreten Anhaltspunkt hatte, um meinen Verdacht zu erhärten.«

»Ich dankte ihr noch einmal, und sie drehte sich um und verließ den Raum. Die Tatsache, dass ich das Bild, das Mrs. Jarrow beschrieben hatte, nicht finden konnte, beunruhigte mich mehr, als ich es vielleicht hätte zulassen sollen. Schließlich wusste ich, was ich gesehen hatte – meine eigenen Augen logen mich nicht an. Unabhängig davon, ob mein Besucher leibhaftig war oder nicht, war es also zumindest in einer Hinsicht völlig nebensächlich.«

»Aber wenn sie ein Geist war, ein Geist aus der Vergangenheit, was wollte sie dann von mir? Das war eine ganz andere Sache. Wer auch immer sie war oder hätte sein können, mit mir konnte sie sicherlich keine Probleme haben. Schließlich waren wir uns nie begegnet. Nun, nicht von Mensch zu Mensch, als solche. In diesem Fall muss sie also eine Verbindung zum Herrenhaus haben. Die Frage war, welche Verbindung? Mir dämmerte, dass mit dem Ableben meines Cousins und den Jarrows und übrigens auch mit Peterson, der auch nicht klüger war, jede Chance, dass ich etwas über ihre Geschichte erfahren würde, so gut wie weg sein würde.«

»Dann klopfte es an der Haustür!«

ELFTES KAPITEL

»Bevor ich die Gelegenheit hatte, aufzustehen und die Tür zu öffnen, hörte ich das Geräusch von Mrs. Jarrow, die von der Küche aus die Stufen zum Flur hinauflief. Ich beschloss, dass es am besten sei, ihr die Verantwortung zu übertragen, die Rolle der Haushälterin-Köchin-Magd zu spielen, da es für mich bereits ziemlich offensichtlich war, dass sie darauf bedacht war, das Geld zu verdienen, das mein verstorbener entfernter Cousin ihr bereits bezahlt hatte.«

»Ich blieb am Tisch sitzen und konnte draußen den entfernten Klang gedämpfter Stimmen hören. Nach einigen Augenblicken tauchte Mrs. Jarrow wieder in der Tür auf, um anzukündigen, dass ein Mr. Jefferies eingetroffen war, und wünschte, mit mir zu sprechen. Natürlich wusste ich nicht, wer dieser Fremde war, aber da Mrs. Jarrow nichts weiter sagte, beschloss ich, keine Fragen zu stellen, und bat sie, ihn für mich hereinzuführen.«

»Ich stand auf und begrüßte meinen neuen Gast, als er den Raum betrat. Er war ein großer, schlanker Mensch, der, wie ich schätzte, Ende sechzig oder Anfang siebzig Jahre alt sein musste. Er war elegant gekleidet in einer maßgeschneiderten Reiterjacke, einer dunkelgrünen Hose und braunen Budapestern. Wir schüttelten uns die Hände, und ich bot ihm einen Stuhl an, den er dankbar annahm. Ich bemerkte, dass Mrs. Jarrow immer noch in der Tür verweilte, und als ich ihre Anwesenheit bemerkte, fragte sie mich, ob ich noch etwas Kaffee serviert haben wolle. Ich leitete ihr Angebot an Jefferies weiter, aber er lehnte ab, und da ich an diesem Morgen bereits vier Tassen getrunken hatte, lehnte ich auch ab.«

»Als wir allein waren, stellte sich Jefferies förmlich vor.«

»Es tut mir leid, dass ich unangekündigt bei Ihnen hereinplatze, Mr. Ward, aber die Wahrheit ist, dass ich mit einem gemeinsamen Freund von uns, Mr. Peterson, dem Anwalt, gesprochen habe. Ich glaube, er hat mich bereits Ihnen gegenüber erwähnt. Ich bin die nervige Person, die ihn ständig wegen der Möglichkeit des Kaufs dieses Hauses und des Grundstücks belästigt.«

»Ich bestätigte ihm, dass Peterson ihn mir gegenüber erwähnt hatte, dass ich aber, wie ich dem Anwalt gegenüber deutlich gemacht hatte, nicht die Absicht hatte, eine Entscheidung zu treffen, bevor ich mich nicht mit Jenifer beraten hatte. Jeffries behauptete, dass Peterson meine Gedanken und Wünsche übermittelt habe und dass er meine Gefühle vollkommen verstand. Er betonte, dass er nicht die Absicht habe, mich zu belästigen oder zu bedrängen, um eine Entscheidung zu treffen, und dass er lediglich der Meinung sei, dass es unter den gegebenen Umständen in unser beider Interesse sein könnte, formell vorgestellt zu werden. Er erklärte weiter, dass er seinen Hof und sein Land von seinem Vater geerbt habe, der es seinerseits von seinem geerbt habe, und so weiter, so weit zurück, wie es in den städtischen Aufzeichnungen dokumentiert ist.«

»Er erklärte ferner, dass der Familienbesitz, als er ihn erbte, immer bescheiden gewesen sei, wenn auch komfortabel, aber dass er sich immer für einen Geschäftsmann gehalten habe, weshalb er sich daran gemacht habe, den gesamten Besitz in der Gegend zu erwerben, der ihm gefiel. Es schien nun, dass mein Anwesen das letzte Puzzleteil in seinem Reich war.«

»Ich werde nicht versuchen, Ihnen einen Bären aufzubinden, Mr. Ward, aber wenn Sie sich entschließen, einen Experten hinzuzuziehen, bin ich sicher, dass er Ihnen sagen wird, dass dieses Anwesen eine Menge struktureller Arbeiten benötigt, um es bewohnbar zu machen. Ihr Land wurde auch von Ihrem verstorbenen Cousin und, wie ich glaube, von seinem Vater vor ihm vernachlässigt, so dass auch dies der Aufmerksamkeit bedarf. Im Laufe der Jahre habe ich Ihrem Cousin mehrere großzügige Angebote gemacht, aber leider hat er sie alle abgelehnt. Ich bot ihm sogar an, für einen Bauinspektor zu bezahlen, der ihm einen umfassenden Bericht liefern würde, aber er wollte nichts davon haben – er war in der Tat sehr entschlossen in seiner Vorgehensweise. Nun, ich weiß, dass Sie mich nicht persönlich kennen, also erwarte ich natürlich nicht, dass Sie mir Glauben schenken, aber ich kann Ihnen versichern, dass es unter diesem Land keine versteckten Goldminen oder Ölquellen gibt, und dass mein Interesse rein persönlich ist.«

»Er hatte natürlich Recht, ich kannte ihn überhaupt nicht, aber während er sprach, hatte ich das Gefühl, dass er ein Mann der Ehre und des Vertrauens war, und obwohl ich nicht so dumm sein würde, das Eigentum und das Land gehen zu lassen, wenn es dazu kommen sollte, ohne vorher den Rat eines Experten einzuholen, hatte ich auch das Gefühl, dass die Ergebnisse eines solchen Experten mit dem übereinstimmen würden, was Jefferies mir erzählte. Darüber hinaus hatte Peterson bereits für den Mann gebürgt, was ich glaubte, dass seine Ethik es nicht zulassen würde, wenn es bei meinem Besucher etwas Hinterlistiges gäbe.«

»Ich gab ihm mein Versprechen, dass ich, wenn ich mich zum Verkauf entschließen sollte, ihm die erste Option gestatten würde, was ihm, wie er aussah, mehr als genug zu sein schien, um ihn zu befriedigen. Er dankte mir, dass ich ihm erlaubt hatte, mir die Zeit zu stehlen, und ich versicherte ihm, dass das Vergnügen ganz auf meiner Seite war. Als er aufstand, um zu gehen, kam mir ein Gedanke, und ich fragte ihn, ob er vielleicht einen Moment Zeit für mich hätte. Er nahm wieder Platz, lächelte, aber mit einem komischen Ausdruck in den Augen.«

»Ich zögerte zunächst, mich zu entscheiden, wie ich diesen Teil unseres Gesprächs am besten beginnen sollte, und nahm mir einen Moment Zeit, um zu überlegen, wo ich anfangen sollte. Ich fühlte mich keineswegs wohl dabei, meinen Verdacht bezüglich meines spätabendlichen Besuchs auszuplaudern, aber so wie Jefferies und seine Familie schon so lange in der Nähe lebten, könnte er vielleicht ein dringend benötigtes Licht auf meine missliche Lage werfen. Schließlich beschloss ich, Jefferies zunächst einmal zu fragen, was er über meinen verstorbenen Cousin wusste, um so zu tun, als interessiere ich mich für die Art von Mann, der er war.«

»Nun, Mr. Ward, ich kann nicht ehrlich sagen, dass ich ihn so gut gekannt habe. Er neigte die meiste Zeit dazu, sich bedeckt zu halten. In all den Jahren, die ich hier bin, könnte ich wahrscheinlich an einer Hand abzählen, wie oft ich ihn in der Stadt gesehen habe. Obwohl ich, wie ich bereits erwähnt habe, gelegentlich zum Herrenhaus kam, um zu sehen, ob er mein Kaufangebot überdacht hatte, und zu seiner Ehre, hat er mich nicht ein einziges Mal abgewiesen. Obwohl unsere Gespräche natürlich immer auf die gleiche Weise endeten – mit einem nachdrücklichen 'Kein Verkauf' von dem alten Burschen.«

»Ich fragte Jefferies, ob er außer den Jarrows noch jemanden kenne, der meinen Wohltäter von Zeit zu Zeit besucht haben könnte. Aber ich konnte an dem verwirrten Blick meines Besuchers sofort erkennen, dass er von meiner Frage verwirrt war. Um dem Mann gegenüber fair zu sein, den er bereits ausführlich erwähnt hatte, dass er meinen verstorbenen Cousin kaum noch gesehen hatte, konnte mich sein neugieriger Blick kaum überraschen, als ich ihm praktisch die gleiche Frage gestellt hatte, wenn auch auf Umwegen.«

»Meine kleine List war offensichtlich kläglich gescheitert. Bevor Jefferies also die Chance hatte, sich eine Antwort auszudenken, entschied ich mich kurzerhand, mich für die Ungenauigkeit meiner Fragen zu entschuldigen und ihm zu versichern, dass ich keine Hintergedanken habe, solche Fragen zu stellen, was ich natürlich tat. Also beschloss ich, noch einen weiteren Versuch zu unternehmen, und dieses Mal sagte ich zu, nicht so ungeschickt vorzugehen. Daher änderte ich meine Vorgehensweise und teilte Jeffries mit, dass ich mich aufgrund meines fehlenden Kontakts mit diesem Teil meiner Familie fragte, ob er, Jefferies, aufgrund der Tatsache, dass er sein ganzes Leben lang in der Gegend gelebt hatte, irgendwelche Kenntnisse darüber hatte, wer auf dem Anwesen gelebt haben könnte, als er selbst noch ein Junge war.«

»Nun, jetzt, wo Sie es erwähnen, ich erinnere mich, dass ich als sehr junger Bursche meine Eltern einmal etwas über 'die auf dem Anwesen' diskutieren hörte, wie sie es ausdrückten. Ich erinnere mich, dass wir in dieser Nacht einen schrecklichen Sturm hatten, mit Winden, die stärker waren, als ich je gesehen hatte oder seitdem gesehen habe. Wir hatten entwurzelte Bäume und alles Mögliche. Ich erinnere mich jedenfalls, dass es der Donner war, der mich aufgeweckt hat, und obwohl ich wusste, dass mich wahrscheinlich ein Hausarrest erwarten würde, wenn man mich nach dem Zubettgehen unten erwischte, übermannte mich die Neugier.«

»Wegen des Sturms musste mein Vater wach bleiben, um das Vieh zu versorgen, für den Fall, dass eines von ihnen ausbrach, und bei dieser Gelegenheit muss meine Mutter wach geblieben sein, um ihm Gesellschaft zu leisten, denn es waren ihre Stimmen, die ich von unten hören konnte, als ich meinen Kopf aus der Schlafzimmertür steckte. Als ich etwas weiter herauskam, konnte ich die Schatten des offenen Feuers im Salon sehen, also ging ich auf Zehenspitzen auf den Treppenabsatz hinaus und machte mich auf den Weg zur Treppe, um zu hören, worüber sie sprachen.«

»Ich hatte Glück, dass meine Eltern eine Flasche Whiskey geöffnet hatten, um sich zu unterhalten, denn eines war sicher: Wenn sie tranken, wurden ihre Stimmen lauter, und da der Sturm draußen tobte, sprachen sie noch lauter, und unter normalen Umständen wäre es sehr schwierig gewesen, das, was sie sagten, von meinem Platz aus zu hören. Ich erinnere mich, dass das Schloss an unserer Haustür defekt war, was mein Vater meiner Mutter immer wieder versprach zu reparieren, und irgendwann wurde der Wind so stark, dass er in unsere Tür wehte und sie gegen die Steinmauer schlug. Zum Glück für meinen Vater hielten zumindest die Scharniere stand, denn ich hörte meine Mutter ihn schimpfen, als er hinüberging, um sie wieder zu schließen.«

»Als das Drama vorüber war, sank mein Vater wieder in seinen Stuhl, und dann hörte ich ihn zu meiner Mutter sagen, dass dies der schlimmste Sturm sei, den er seit der Nacht, in der das Mädchen auf dem Anwesen getötet wurde, gesehen habe.«

Jonathan schob sich auf seinem Stuhl um, wie um es sich bequemer zu machen, bevor er wieder sprach.

»Beim Klang dieser Worte beugte ich mich nach vorne, verzweifelt, um kein Detail zu verpassen. Beim Klang von Jefferies' Geschichte bestand eine gute Chance, dass ich endlich etwas über meine unerwünschte Besucherin herausfinden würde. Ich blieb still, damit er weiter erzählen konnte.«

»Ich erinnere mich, dass meine Mutter mit ihm übereinstimmte. Sie nahm noch einen weiteren Drink aus ihrem Glas und nickte mit dem Kopf, bevor sie sagte, dass sie sich daran erinnere, die junge Frau gesehen zu haben, die im Sommer im See schwamm, und wie hübsch sie war und wie sehr sie das junge Mädchen, das sie damals besuchte, immer zu mögen schien. Meine Mutter erinnerte sich auch daran, dass sie beim Spazierengehen über das Feld oft die junge Frau vor sich hin singen hörte, und meine Mutter bemerkte, was für eine schöne Stimme sie hatte und wie traurig ihr Lied war.«

»Als ich mich bewegte, um es mir bequemer zu machen, und eine der losen Dielen unter meinem Gewicht knarrte, schlich ich mich zurück in mein Zimmer, bevor mich einer meiner Eltern erwischte.«

»Ich musste die Sache auf den Punkt bringen, und als ich merkte, dass Jefferies mit seiner Geschichte fertig zu sein schien, fragte ich ihn, ob er sich erinnerte, dass das Thema der jungen Frau jemals wieder angesprochen wurde. Er dachte einen Moment über meine Frage nach, bevor er antwortete.«

»Seltsamerweise, wenn ich jetzt darüber nachdenke, kam das Thema einige Jahre später wieder auf. Ich erinnere mich, dass mein Vater sagte, dass die junge Frau, die getötet wurde, die Frau eines Untermieters des Anwesens war, aber er starb, nicht sicher wie, und kurz darauf wurde sie während des Sturms von einer Kutsche überfahren. Niemand wusste, was sie mitten in der Nacht auf der Straße tat, vor allem bei so schlechtem Wetter, aber aus welchem Grund auch immer, die Tatsache, dass sie dort war, wurde nicht bestritten, und dann wurde sie überfahren. Der Unfall ereignete sich nicht weit von hier, in der Nähe der unangenehmen Straßenkurve, wo das Land plötzlich in die Tiefe fällt und die steile Böschung nach unten fällt.«

»Der Witwenmacher, wagte ich es, zu sagen.«

»Oh, ich sehe, Sie haben also davon gehört? Nun, Sie wissen, wie wir Einheimischen in unseren ländlichen Gebieten sind, wir halten gerne an unseren alten Geschichten fest, und solche schrägen kleinen Namen bleiben oft hängen.«

»Ich fragte Jefferies, ob er wisse, wann der Unfall stattgefunden habe, aber er war etwas vage und sagte, er glaube, dass es irgendwann um die Jahrhundertwende gewesen sei. Dann erinnerte ich mich, dass er sagte, seine Mutter habe die junge Frau mit einem kleinen Mädchen im See schwimmen sehen, und fragte weiter, ob sie vielleicht erwähnt hätte, wer das kleine Mädchen sei. Aber diesmal konnte er keine Hilfe anbieten. Er erinnerte sich jedoch daran, dass kurz nach dem Tod der jungen Frau auch der Vater meines verstorbenen Cousins starb, und in der Stadt wurde darüber geredet, dass sein Ableben etwas merkwürdig sei. Aber auch hier konnte Jefferies keine weiteren Informationen zu diesem Thema geben.«

»Ich konnte sehen, dass Jefferies noch immer in Gedanken versunken war, als er in den Raum starrte, also ließ ich ihn über die geringe Chance nachdenken, dass er sich an etwas anderes Nützliches erinnern würde. Ich war froh darüber, denn einige Sekunden später erinnerte er sich an etwas anderes, das sich als nützlich erweisen könnte.«

»Ich bin sicher, dass ich Recht habe, wenn ich sage, dass Ihr verstorbener Cousin ebenfalls geheiratet hat, irgendwann nach dem Tod seines Vaters, aber dass seine Frau ebenfalls im Schlaf gestorben ist, nur wenige Monate nach ihrer Rückkehr von den Flitterwochen. Und wieder gab es Klatsch und Tratsch über die Art und Weise, wie sie starb, aber ich habe nie etwas Konkretes gehört.«

»Mein Gast hielt die Hände hoch, als wolle er betonen, dass er nicht weiter behilflich sein könne. Ich dankte ihm für seine Zeit und versicherte ihm, dass er mir tatsächlich eine große Hilfe gewesen sei. Ich war beinahe im Begriff, ihm den wahren Grund meiner Neugierde anzuvertrauen, aber ich hielt mich zurück. Jefferies schien mir wie das Salz der Erde zu sein, aber nichtsdestotrotz war er mir praktisch fremd, und ich war noch lange nicht bereit, ihm von meinen Besuchen zu erzählen.«

»Die positivste Information, die ich von ihm erhalten hatte, war, dass ich nun eine Vorstellung davon hatte, wer mein Besucher einmal gewesen war. Die Tatsache, dass seine Mutter das Mädchen, das auf den Feldern singt, erwähnt hatte, war für mich ein direkter Hinweis. Es wäre hilfreich gewesen, mehr zu wissen, und in der Tat, herauszufinden, wer das kleine Mädchen war, mit der die Frau geschwommen war, aber zumindest war ich jetzt besser informiert als vor seinem Besuch.«

»Als ich Jefferies zur Haustür begleitete und ihm noch einmal versicherte, dass ich ihn kontaktieren würde, falls Jenifer und ich beschließen sollten, zu verkaufen, drehte er sich plötzlich um und schnippte mit den Fingern, als wäre ihm aus heiterem Himmel ein Gedanke gekommen.«

»Wissen Sie, was Sie tun könnten, Mr. Ward, da Sie bereits hier unten sind – unsere örtliche Bibliothek hat einen Vorrat an Büchern, die über unsere schöne Stadt geschrieben wurden, und ich bin sicher, dass alles, was von Bedeutung ist, zumindest in einem davon zu finden wäre. Außerdem, jetzt, wo ich es erwähne, ist die Bibliothekarin etwa hundert Jahre alt und hat dort sicherlich seit meiner Schulzeit gearbeitet, so dass ich sicher bin, dass sie etwas über die Geschichte des Anwesens weiß oder zumindest in der Lage ist, Ihnen die richtige Richtung zu weisen.«

»Obwohl Jefferies mit einer gewissen Portion Humor in seiner Stimme sprach, hatte er ein sehr stichhaltiges Argument vorgebracht, und eines, wenn ich ehrlich bin, das ich nicht in Betracht gezogen hätte, wenn er es nicht erwähnt hätte. Aber je mehr ich darüber nachdachte, desto mehr Sinn ergab es. Wo könnte man besser als in der örtlichen Bibliothek etwas über die lokale Geschichte lernen? Obwohl meine Kenntnisse über meine entfernte Familie, gelinde gesagt, etwas dürftig waren, muss die bloße Tatsache, dass sie das Herrenhaus und das Land in der Umgebung besessen hatten, sicherlich bedeuten, dass sie einst prominente Mitglieder der Stadt gewesen sein müssen, so dass ihre Herkunft dokumentiert sein musste.«

»Nachdem ich die Haustür hinter Jefferies geschlossen hatte, drehte ich mich um und sah Mrs. Jarrow am Ende des Ganges stehen und in meine Richtung blicken. Ich ging zu ihr hinüber und fragte sie, ob etwas nicht in Ordnung sei, und sie atmete tief ein, bevor sie sprach.«

»Bitte verzeihen Sie mir, wenn ich unpassend spreche, Sir, Sie wissen, dass das normalerweise nicht meine Art ist, aber ich konnte nicht umhin, einen Teil Ihres Gesprächs mit dem Herrn zu hören, als ich vorhin beim Abstauben war. Verzeihen Sie mir die Frage, aber wurden Sie seit Ihrem Besuch im Herrenhaus irgendwie beunruhigt?«

»Es war die merkwürdigste Erfahrung, aber als sie mit mir sprach, konnte ich nicht anders, als das Gefühl zu haben, dass sie die Antwort schon irgendwie wusste. Ich hatte meine nächtlichen Besuche sicher niemandem gegenüber erwähnt, so dass es nicht so war, als hätte sie mich im Gespräch belauschen können. Deshalb fragte ich mich, ob vielleicht auch mein verstorbener Cousin das Opfer dieser unerwünschten Störungen war, und vielleicht hatte er sie ihr gegenüber erwähnt. Wenn das der Fall war, dann war es durchaus verständlich, dass Mrs. Jarrow, die sich verpflichtet fühlte, sich während meines Aufenthaltes um mich zu kümmern, was sie offensichtlich auch tat, die Tatsache aufgriff, dass ich an den letzten beiden Morgen, als ich ihr die Tür öffnete, offensichtlich unter einem unruhigen Schlaf gelitten hatte.«

»Ich weiß nicht, warum, aber in diesem Moment wollte ich sie ins Vertrauen ziehen, aber dann änderte ich in letzter Sekunde meine Meinung. Sie wäre zweifellos eine ausgezeichnete Zuhörerin gewesen, und ich hatte keinerlei Zweifel daran, dass sie vollkommen vertrauenswürdig war und dass sie das, was ich ihr gesagt hätte, wahrscheinlich mit ins Grab genommen hätte, wenn ich ihr erklärt hätte, dass ich nicht wollte, dass meine Vertraulichkeiten verletzt werden. Doch etwas ließ mich noch lange genug zögern, um mich zu entscheiden, ihr mein Leid nicht zu offenbaren.«

»Als ich also den Kopf schüttelte und versuchte, so zu tun, als hätte ich keine Ahnung, worauf sie anspielen könnte, entschuldigte sich Mrs. Jarrow höflich dafür, dass sie unpassend gesprochen hatte, drehte sich schnell um und ging zurück zu ihren Aufgaben. In diesem Moment fühlte sich ein Teil von mir schuldig, dass ich nicht ehrlich zu ihr gewesen war, und, wie ich sagte, war ich fast sicher, dass sie irgendwie die Wahrheit trotzdem kannte, ungeachtet meines Leugnens. Ich erinnere mich, dass ich dort eine ganze Weile stand und mit mir selbst darüber stritt, ob ich sie ins Vertrauen ziehen sollte oder nicht. Nachdem ich meinem verstorbenen Verwandten so viele Jahre lang gedient hatte, gab es möglicherweise alle möglichen relevanten Informationen, in die sie eingeweiht war und die sie nur allzu bereitwillig mit mir teilen würde, wenn ich sie um ihre Offenheit bitten würde.«

»Schließlich beschloss ich, dass ich meine nächtlichen Störungen für den Augenblick für mich behalten würde. Ich hatte nur gehofft, dass Mrs. Jarrow meine Entscheidung nicht missbilligen würde. Sie und ihr Mann waren offensichtlich gute, ehrliche, hart arbeitende Menschen, die es verdienten, die Wahrheit zu erfahren. Aber meine Unentschlossenheit überzeugte mich davon, dass ich noch nicht bereit war, die Wahrheit zu verraten.«

»Ich ging zurück in mein Schlafzimmer und holte meine Jacke für meinen täglichen Ausflug in die Stadt. Als ich wieder herunterkam und in die Küche ging, um Mrs. Jarrow noch einmal für ihr wunderbares Frühstück zu danken, konnte ich nicht umhin zu bemerken, dass sie meinen Dank anerkannte, ohne sich umzudrehen und mich anzusehen. Etwas, was sie noch nie zuvor getan hatte. Zu diesem Zeitpunkt hatte Mr. Jarrow seine Frau zum Tee begrüßt, und ich konnte an seinem unbehaglichen Benehmen erkennen, dass auch er die Veränderung in der Achtung seiner Frau mir gegenüber bemerkte.«

»Ich konnte es ihr wohl nicht übel nehmen, also tat ich so, als ob ich selbst nichts Unangenehmes bemerkt hätte, und wünschte den beiden einen angenehmen Tag vor ihrem Feierabend.«

ZWÖLFTES KAPITEL

»Es war ein weiterer schöner Herbsttag, an dem die Sonne bereits auf dem höchsten Stand war. Ich stand dort in der frischen Luft und atmete tief ein, bevor ich in mein Auto stieg. Ich erinnere mich, dass ich einen sehr positiven Ausblick auf mein bevorstehendes Vorhaben hatte. Jefferies hatte in meinem Kopf sicherlich einen Samen gepflanzt, der großes Potenzial mit sich brachte. Ich drehte mein Fenster runter, um auf der Fahrt in die Stadt den kühlen Rausch der frischen Landluft zu genießen.«

»Als ich mich dem Witwenmacher näherte, dachte ich darüber nach, wie unglaubwürdig es mir jetzt erschien, dass die örtliche Zusammenkunft zur Bewältigung dieser etwas tückischen, unübersichtlichen Kurve auf dem Weg in die Stadt in Wirklichkeit das Ergebnis von etwas war, das sich vor all den Jahren ereignet hatte und an dem in Wirklichkeit Mitglieder – seien sie noch so weit entfernt – meiner Familie beteiligt waren. Ich fragte mich, wie lange nach diesem schrecklichen Vorfall es wohl gedauert hatte, bis die Einheimischen der Gegend ihren heutigen Spitznamen gaben. Ich hoffte, dass ich dies zusammen mit einigen weitaus dringenderen und sachdienlicheren Einzelheiten in der Bibliothek erfahren würde.«

»Ich schaffte es, in unmittelbarer Nähe zu parken, wo ich am Vortag stand, und es waren nur fünf Minuten Fußweg bis zur Bibliothek. Sobald ich das Gebäude erreicht hatte, rannte ich die Steintreppe hinauf und stieß fast gegen die massiven Holztüren, die den Eingang versperrten. Ich drückte nacheinander noch einmal auf jede Tür, aber sie waren offensichtlich verschlossen. Ich drehte mich nach rechts, und auf der Tafel standen in breiter Schrift die Öffnungszeiten der Bibliothek. Ich war völlig verzweifelt, als ich den Hinweis las, dass die Bibliothek am Donnerstag und Sonntag geschlossen sei. So ein Pech.«

»Ich stand nur einen Moment lang da und starrte auf die hölzerne Barrikade, die mich davon abhielt, möglicherweise etwas über mein Erbe und das Haus, das ich nun geerbt hatte, zu erfahren. Voller Niedergeschlagenheit drehte ich mich um und begann, die Stufen zurück auf Straßenniveau hinunterzusteigen, als ich eine alte Frau auf dem Bürgersteig sah, die in meine Richtung starrte. Zuerst dachte ich, dass auch sie wohl die Bibliothek betreten wollte, ohne zu bemerken, dass sie geschlossen war.«

»Trotz meiner Enttäuschung gelang es mir, aus Höflichkeit ein vernünftiges Lächeln herbeizuzaubern, eines, das sie nicht erwiderte. Stattdessen schaute sie mich weiterhin direkt an, mit einem Ausdruck der Unzufriedenheit auf ihrem Gesicht. Als ich die letzte Stufe erreicht hatte, ging ich zur Seite, um nicht mit ihr zusammenzustoßen, und war gerade dabei, mich abzuwenden, als sie mich rief und mich in einem sehr strengen, fast abfälligen Tonfall fragte, warum ich versuchte, Zugang zur Bibliothek zu bekommen, obwohl sie offensichtlich geschlossen war.«

»Ich lächelte, trotz der Strenge ihres Benehmens, und erklärte, dass ich ein wenig zu enthusiastisch in meinem Vorhaben sei und dass ich den Aushang erst gesehen habe, als es zu spät war. Mein Rechtfertigungsversuch schien keinen Einfluss auf ihren steinigen Ausdruck zu haben, und sie antwortete ebenso schroff, dass die Bibliothek donnerstags immer geschlossen gewesen sei, und fragte, warum ich angenommen hätte, dass dieser Donnerstag anders sein würde.«

»Obwohl ich spürte, wie meine Frustration zu wachsen begann, holte ich tief Luft und versuchte, meine Stimme so ruhig wie möglich zu halten, hauptsächlich aus Respekt vor dem Alter der Dame. Ich stellte mich vor und klärte sie weiter darüber auf, dass ich nicht aus der Stadt stammte und daher bis zu diesem Moment keine Ahnung von den Öffnungszeiten des Hauses hatte. Außerdem betonte ich, dass ich so begeistert war, weil ich ein Grundstück in der Gegend geerbt hatte und verzweifelt versuchte, etwas über das Herrenhaus und hoffentlich auch über meine entfernten Vorfahren, die dort gelebt hatten, herauszufinden.«

»Als ich das Anwesen erwähnte, schien die alte Dame plötzlich die Ohren zu spitzen. Sie fragte mich, ob ich das Herrenhaus Denby Manor meinte, und als ich das bestätigte, schien sie plötzlich aufgeschlossener für mich zu werden. Sie teilte mir mit, dass sie Miss Wilsby sei, die leitende Bibliothekarin, und dass sie bestätigen könne, dass die Bibliothek tatsächlich ein paar Bücher über die großen Häuser, die in der ganzen Grafschaft verstreut sind, auf Lager habe.«

»Ich fragte mich, ob diese neu entdeckte Güte in ihrer Haltung mir gegenüber so weit gehen könnte, dass sie mir unter diesen Umständen Zugang zu ihrem geweihten Gebäude gewährt, und, um fair zu sein, sie entschuldigte sich fast dafür, dass sie meine Bitte ablehnen musste. Sie erklärte, dass sie donnerstags ehrenamtlich für das örtliche Krankenhaus arbeitete und den Tag damit verbrachte, diejenigen zu besuchen, die zu gebrechlich waren, um sich selbst zu versorgen – dorthin war sie unterwegs, als sie sah, wie ich versuchte, Zugang zu ihrer Bibliothek zu erhalten.«

»Ich sagte ihr, dass ich sie voll und ganz verstünde und hoffte, dass sie meine Entschuldigung für meine Frage annehmen würde. Ich versuchte jedoch absichtlich nicht, die Enttäuschung in meinem Gesicht zu verbergen, und obwohl es sie nicht zu einem Sinneswandel veranlasste, bot sie mir doch eine andere Möglichkeit an.«

»Es tut mir leid, dass ich Ihnen nicht sofort behilflich sein kann, Mr. Ward. Die Bibliothek öffnet jedoch morgen früh um neun Uhr, aber wenn Sie möchten, bin ich bereit, Sie um acht Uhr hier zu treffen, damit ich Ihnen helfen und Ihnen zumindest in der ersten Stunde meine ungeteilte Aufmerksamkeit widmen kann. Wie wäre das?«

»Ich konnte an ihrem Tonfall erkennen, dass dieses Angebot ein einmaliger Kompromiss war, den sie offensichtlich nicht aus Gewohnheit angeboten hat. Daher entschied ich, dass es sich nicht lohnte, mein Glück weiter zu strapazieren, und nahm ihr freundliches Angebot mit der gebührenden Dankbarkeit an. Als wir uns trennten, hatte ich das Gefühl, dass die alte Bibliothekarin mich beim Weggehen beobachtete, und als ich sie im Spiegelbild eines nahe gelegenen Geschäfts erblickte, stand sie tatsächlich noch immer dort, wo ich sie verlassen hatte, und schaute in meine Richtung.«

»Ich führte ihre Haltung auf ihr Alter und die Tatsache zurück, dass Kleinstadtgemeinschaften oft solche Individuen mit ihren eigenen merkwürdigen Launen hervorbrachten. Eines war sicher: Jeffries' Beschreibung der Bibliothekarin war genau richtig. Ich bezweifelte, dass sie ein Jahrhundert alt ist, aber es hätte mich nicht überrascht, wenn ich herausgefunden hätte, dass sie in ihren Achtzigern war. Die Tatsache, dass sie immer noch in der Bibliothek arbeitete, führte ich auch auf meine Kleinstadttheorie zurück.«

»Da ich an diesem Nachmittag nicht in der Lage war, die Bibliothek zu besuchen, beschloss ich, das Beste aus meiner Zeit zu machen, und besuchte den alten Kirchhof, den ich am Nachmittag zuvor aus dem Pub-Fenster gesehen hatte. Als ich mich dem Eingang der malerisch aussehenden Kirche näherte, bemerkte ich, dass ein schwarzer Leichenwagen gerade in die Einfahrt fuhr, gefolgt von mehreren kleineren schwarzen Autos, in denen sich jeweils mehrere Trauergäste befanden.«

»Ich wollte nicht respektlos erscheinen, also wartete ich, bis die Prozession für den Gottesdienst in die Kirche eintrat. Nachdem die Türen geschlossen waren, machte ich mich auf den Weg zum Friedhof und begann, die Inschriften der Grabsteine zu lesen. Die meisten von ihnen stammten, nach den in die Steine geätzten Daten zu urteilen, aus dem vorigen Jahrhundert, obwohl ich einige aus der Zeit der beiden Weltkriege gefunden habe. Nach der Größe des verfügbaren Platzes zu urteilen, fragte ich mich, wie entschieden wurde, wer dort begraben werden sollte. Briers Market war keineswegs eine große Stadt, aber so wie es aussah, waren die Verstorbenen schwerlich in der Lage, ihre Ruhestätte auf diesem Gelände zu gewährleisten.«

»Als ich um eine Ecke am Hauptkirchengebäude bog, sah ich einen Totengräber an einem offenen Platz stehen, der etwas lockere Erde glättete, während er zweifellos auf das Ende des Gottesdienstes wartete, damit er seine Pflicht erfüllen konnte. Er war ein rotgesichtiger Mensch von etwa fünfzig Jahren. Er trug ein dickes karofarbenes Hemd, das fest in seine Hose gesteckt war, die mit dicken roten Hosenträgern versehen war, die sie hochhielten. Der untere Teil seiner Hose, so bemerkte ich, war in seine robusten Wanderschuhe gesteckt, und im Mundwinkel hatte er eine Pfeife, die fest in seinem Mundwinkel steckte.«

»Ich erkannte, dass er mich gesehen hatte, also winkte ich ihm einen Gruß zu, den er beantwortete, und so beschloss ich, ihn zu fragen, ob er wüsste, ob mein verstorbener Cousin dort begraben sei. Als ich mich ihm näherte, hörte er auf, die lockere Erde um das von ihm gegrabene Grab herum abzuklopfen, und stützte sich auf seine Schaufel. Ich begann mit einem Smalltalk über das Wetter und darüber, wie er sicher froh war, dass es heute nicht regnete. Er zuckte mit den Achseln und grunzte, nahm seine Pfeife aus dem Mund, bevor er mir antwortete. Anscheinend, so teilte er mir mit, wurde ihm und seinen Mitarbeitern bei Beerdigungen keine Rücksicht auf sie genommen. Ungeachtet des Wetters wurde von ihnen erwartet, dass sie ihre Arbeit klaglos erledigen würden, und oft erhielten sie nicht einmal ein Trinkgeld von den Organisatoren für ihre Mühe.«

»Es fiel mir leicht, mit ihm zu sympathisieren. Da ich in einer komfortablen Bank arbeitete, in der ich natürlich drinnen saß, hatte ich oft den Regen vor meiner Filiale hämmern hören und mich bei den Sternen bedankt, dass ich bei so schlechtem Wetter nicht im Freien arbeiten musste. Ich hatte den deutlichen Eindruck, dass der alte Totengräber mein Verständnis zu schätzen wusste, und er fing an, einige Minuten lang ganz freundschaftlich zu reden und mich über seine früheren Erfahrungen zu informieren, die er dort im Laufe der Jahre gemacht hatte. Ich hatte den deutlichen Eindruck, dass der alte Bursche nicht oft jemanden hatte, mit dem er seine Geschichten teilen konnte, also hörte ich zu und tat mein Bestes, um gefesselt zu erscheinen.«

»Schließlich gelang es mir, eine geeignete Gesprächslücke zu finden, in die ich meine Anfrage einbringen konnte. Als ich den Namen meines entfernten Cousins erwähnte, schaute mich der alte Mann direkt an, auf eine komische, fast nervtötende Weise. Einen Moment lang antwortete er nicht, sondern nahm einfach mit einer Hand seine flache Kappe ab und kratzte sich, während er sie noch in der Hand hielt, mit derselben Hand am Kopf. Als nächstes blickte er auf seine Armbanduhr und dann auf die verschlossenen Türen der Kirche, bevor er seinen Hut wieder auflegte und seine Schaufel wieder in den Boden grub.«

»Komm mit mir, Junge.«

»Bevor ich die Gelegenheit hatte, zu antworten, war er schon weg und lief auf das andere Ende des Friedhofs zu. Ich folgte ihm in der Hoffnung, dass er meine Bitte gehört hatte, und mich nicht nur auf eine fröhliche Spritztour mitnahm, da er mich für jemanden hielt, der eine gute Geschichte über Beerdigungen zu schätzen wusste. Aber dann, als wir gingen, begann er zu sprechen, ohne sich jedoch zu mir umzudrehen.«

»Das war eine komische Sache, die mit Ihrem Cousin und so weiter. Hier wurde viel darüber gesprochen, wie er gestorben ist. Die Leute hören oft auf Klatsch und regen sich wegen nichts auf, aber ich gehöre nicht dazu. Ich bin schon zu lange dabei, um mich von diesem Unsinn erschrecken zu lassen.«

»Ich wartete, bis er seine Rede beendet hatte, bevor ich ihn bat, den Klatsch zu erläutern, den er über den Tod meines Cousins gehört hatte. Er antwortete nicht sofort, sondern wartete, bis wir in einer kleinen Nische hinter einer vorspringenden Wand unser Ziel erreicht hatten.«

»Ich habe gehört, dass das Gesicht Ihres Cousins, als er gefunden wurde, eine Maske des schieren Terrors war, als ob er zu Tode erschrocken wäre. Weiß wie ein Laken war er. Mein Kumpel, der bei dem Beerdigungsinstitut arbeitet, sagte mir, dass sie die Augen nicht mehr schließen konnten. Sie wollten sie am Ende zunähen.«

»Er schaute mich an, um zu sehen, wie ich die Nachricht aufnahm, und zweifellos konnte er an meinem Gesichtsausdruck sofort erkennen, dass ich nicht allzu sehr von seiner Geschichte angetan war. Trotzdem drehte er sich zu dem vor ihm liegenden Platz um und zeigte nach unten.«

»Hier haben wir ihn hingebracht. Er ist jetzt bei seinesgleichen.«

»In diesem Moment hörten wir beide das Geräusch der Haupttüren von der Kirchenöffnung. Ich beobachtete, wie der alte Totengräber davonschlurfte, als die Gemeinde aus der Kirche zu strömen begann, angeführt von den vier kräftigen Sargträgern, die den Sarg auf ihren breiten Schultern hielten. Ich sah, wie er etwa sechs Meter vom offenen Grab entfernt seine Position einnahm, zweifellos, um die Trauernden nicht zu stören, als sie sich zum Absenken des Sarges versammelten.«

»Ich hatte das Gefühl, dass ich weit genug von der Grabstelle entfernt war, um nicht als unhöflich angesehen zu werden, wenn ich blieb und die Grabsteine untersuchte, zu denen der Totengräber mich geführt hatte. Es waren insgesamt vier, die alle auf einem relativ kleinen Platz in einer Ecke versammelt und versteckt waren.«

»Der am wenigsten unbefleckte der Grabsteine trug bei der Untersuchung den Namen meines kürzlich verstorbenen entfernten Cousins, 'Spalding Reginald Hunt'. Die Inschrift unter seinem Namen war in einer Sprache, die ich für lateinisch hielt, und leider konnte ich die Inschrift nicht erkennen, da ich überhaupt kein Latein beherrschte. Neben dem Grabstein befand sich eine Inschrift mit dem Namen 'Spencer Jethro Hunt', die wiederum einen lateinischen Vers unter dem Namen enthielt, und laut der Inschrift darüber war er im zarten Alter von vierundzwanzig Jahren verstorben.«

»Der Stein auf der anderen Seite meines verstorbenen Cousins gehörte einer Phyllida Rosemary Hunt Nee Cotton, und aus den englischen Gravuren ging hervor, dass sie die Frau meines verstorbenen Cousins war, die ebenfalls im Alter von dreiundzwanzig Jahren auf tragische Weise jung starb. Der letzte Grabstein stand hinter den anderen und war bei weitem der größte und auffälligste. Es schien fast so, als ob er dazu bestimmt war, dem Bewohner des Grabes zu erlauben, sich über die anderen, die dort ruhen, zu erheben, als ob er eine gewisse Autoritätsposition innehätte. Für einen Moment erinnerte es mich an meinen Vorgesetzten in der Bank, über den sich die Angestellten oft beklagten und der die lästige Angewohnheit hatte, hinter ihnen zu erscheinen und über ihre Schultern zu schauen, während er ihre Arbeit inspizierte.«

»Der letzte Stein trug den Namen eines Artemis Cedric Hunt, und nach dem Alter zu urteilen, in dem er starb, nahm ich an, dass er der Vater meines verstorbenen Cousins gewesen sein muss. Ich stand einen Moment lang da und blickte von einem Grabstein zum nächsten. Im Hintergrund konnte ich hören, wie der Priester die Bestattungsriten wiederholte, und drehte meinen Kopf für einen Moment, als die Sargträger sich gerade anschickten, den Sarg in seine letzte Ruhestätte zu senken.«

»Ich bekreuzigte mich, weil ich das Gefühl hatte, dass ein einfacher Akt des Respekts in diesem Moment ganz passend war. Ich kehrte zu den Gräbern meiner Verwandten zurück, und plötzlich kam mir ein Gedanke. Könnte die Frau meines verstorbenen Cousins, Phyllida Rosemary Hunt, meine nächtliche Besucherin sein? Ich wühlte schnell in meinen Taschen, bis ich einen Stift und ein Stück Papier fand, auf dem ich ihren Namen und ihre Geburts- und Todesdaten aufschreiben konnte. Es kam mir in den Sinn, dass diese Einzelheiten am nächsten Morgen, wenn ich mit Miss Wilsby in der Bibliothek war, nützlich sein könnten.«

»Ich bin mir nicht ganz sicher, ob es daran lag, dass ich auf dem Friedhof war oder dass ich gerade Zeuge der Beisetzung einer weiteren armen Seele war, aber in diesem Moment dämmerte mir, dass die Gräber vor mir wahrscheinlich nie wieder einen Besucher sehen würden, nachdem ich gegangen war, und der Gedanke brachte eine tiefe Traurigkeit hervor, die ich nicht leicht abschütteln konnte. Ich erinnerte mich daran, dass ich auf meinem Weg hinein an einem Blumenladen vor dem Haupttor der Kirche vorbeiging, und so ging ich an der Seitenwand des Friedhofs entlang und hielt mich so nah wie möglich an das Geländer, um die Trauernden nicht zu stören, während sie ihr Beileid aussprachen, bevor sie zu ihren Autos zurückkehrten.«

»Ich kaufte einen bunten Blumenstrauß und wartete vor den Toren, als die Wagen mit den Trauernden auszufahren begannen. Ich brachte die Blumen zurück zum Familiengrab und legte sie vor das Grab der Dame, da es mir am geeignetsten erschien. Ich sprach sogar laut mit ihr, fragte sie, ob sie wirklich mein nächtlicher Besucher sei, und sagte ihr, dass ich hoffe, dass sie, was immer sie beunruhigte, bald Frieden finden würde. Ich beugte den Kopf und sprach ein kleines Gebet für die Seelen aller vier vor mir liegenden Verstorbenen, und als ich fertig war, drehte ich mich um und sah, wie der alte Totengräber große Schaufeln voll Erde in das Loch schleuderte, in das der Sarg gerade gelegt worden war. Natürlich wollte ich ihn bei seiner Arbeit nicht stören, aber es gab noch ein paar Fragen, die ich ihm stellen wollte, bevor ich ging.«

»Die Sonne begann am westlichen Himmel zu schwinden, und ich schätzte, dass wir kaum mehr als eine Stunde Licht haben würden, damit er seine Arbeit beenden konnte, was ein weiterer Grund dafür war, dass ich es scheute, ihn zu stören. Aber zu meiner Überraschung, als er bemerkte, dass ich in seine Richtung blickte, hörte er auf zu arbeiten und lehnte sich wieder an seine Schaufel, fast so, als warte er darauf, dass ich mich ihm nähere.«

»Ich wollte den Moment nicht verstreichen lassen und ging zu ihm hinüber und entschuldigte mich dafür, dass ich seine Arbeit unterbrochen hatte, aber ich versicherte ihm, dass ich mir nur wenige Augenblicke seiner Zeit nehmen würde. So wie es war, schien er fast froh über eine Ausrede zu sein, um eine Pause zu machen. Wie ich schon sagte, war er kein junger Mann, und die Anstrengung seiner Aufgabe hatte ihn vor Schweiß triefend und mit großem Luftschnappen zurückgelassen. Als ich mich der Seite des Grabes näherte, konnte ich mir nicht helfen, also schaute ich hinüber und stellte schockiert fest, dass er das Grab bereits zur Hälfte gefüllt hatte.«

»Es tut mir leid, dass ich Sie belästige«, erklärte ich entschuldigend, »aber ich wundere mich über das, was Sie über meinen verstorbenen Cousin sagten, der entsetzt aussah, als er gefunden wurde. Ich verstehe, dass Sie nicht gerne auf Klatsch hören, aber wissen Sie, ob in der Stadt Gerüchte darüber kursieren, warum er mit einem so beunruhigenden Gesichtsausdruck gestorben sein könnte?«

»Der Totengräber nahm noch einmal die Mütze ab und wischte sich den Schweiß mit dem Handrücken von der Stirn. Er schaute mich an, als ob er überlegte, wie viel er mir mit dem, was er wusste, anvertrauen sollte. Zum Glück für mich entschied er sich zu meinen Gunsten.«

»Sie kennen die Jarrows, wie ich vermute. Sie haben für Ihren Cousin das Haus gehütet. Nun, sie waren es, die ihn an diesem Morgen gefunden haben, und verstehen Sie mich nicht falsch, sie tratschen auch nicht, sie sind gute Leute, aber ich gehe manchmal auf einen Drink in die Kneipe, in der sie arbeiten, und eines Nachts teilten sich die Jarrows ein paar Pints, und sie erzählten mir von dem Morgen, an dem sie ihn gefunden haben. Ich erinnere mich an den Gesichtsausdruck von Jarrow, als er den Zustand Ihres Verwandten beschrieb: Seine Haut ist blass wie Milch und seine Augen sind weit geöffnet, er starrt Sie direkt an, ohne jedoch etwas zu sehen.«

»Ich wusste nicht, warum ich das nicht schon längst in Betracht gezogen hatte; natürlich ergab es durchaus Sinn, dass die Jarrows die Leiche meines verstorbenen Cousins entdeckt hätten, und nach der Art und Weise, wie Mrs. Jarrow an diesem Morgen mit mir gesprochen hatte, war es für mich jetzt offensichtlich, dass, wenn jemand in der Stadt etwas Passendes wusste, das meinen unerwünschten Besuch erklären könnte, sie es sein würden. Schließlich hatten sie jahrelang für meinen Cousin gearbeitet, und obwohl ich aufgrund ihres Verhaltens ziemlich sicher war, dass er wahrscheinlich zu ihnen als Bedienstete sprach und sonst nichts, bestand immer noch die Möglichkeit, dass er sich ihnen eines Nachts anvertraut hatte, als er vielleicht einen Tropfen zu viel Portwein getrunken hatte.«

»Ich drehte mich zu dem alten Totengräber um, der geduldig neben mir wartete, und fragte ihn, ob er einen Grund wüsste, warum mein Verwandter mit einem so schrecklichen Gesichtsausdruck gestorben sein könnte. Da konnte ich erkennen, dass der Mann immer noch Angst hatte, zu viel zu verraten, und ich wusste, dass unsere Zeit knapp bemessen war, da er es sich nicht leisten konnte, zu viel Zeit mit mir zu vergeuden, da das Tageslicht zu verblassen begann. Ich verzweifelte immer mehr und steckte meine Hand in die Tasche und holte das ganze Kleingeld heraus, das ich vom Floristen erhalten hatte. Es war locker genug da, um drei Bier zu bezahlen, also streckte ich ihm die Hand mit dem darin geballten Geld entgegen. Er war offensichtlich ein Mann mit einem gewissen Stolz, und zuerst schüttelte er den Kopf, als wollte er mein Angebot ablehnen. Aber ich hielt meine Hand ausgestreckt und bestand darauf, dass ich lediglich dankbar für seine freundliche Unterstützung war. Schließlich akzeptierte er das Angebot und steckte das Geld schnell in seine Hosentasche, ohne sich die Zeit zu nehmen, nachzusehen, wie viel es war. Ich fragte mich, ob er vielleicht Angst hatte, der Priester könnte sehen, wie er es nahm, und aus welchem Grund auch immer, er durfte keine Trinkgelder annehmen.«

»Sie müssen verstehen, dass es in dieser Stadt viele alte Frauen gibt, die nichts lieber tun, als sich um ihrer selbst willen Geschichten auszudenken. Vor Jahren wären sie als Hexen betrachtet worden. Manche sagen, dass auf ihrem Cousin eine Art Fluch lastete. Ein alter Zigeuner-Fluch, der vor Jahren auf die Familie gelegt wurde, und dass Ihr Cousin jahrelang damit gelebt hat, bevor er schließlich starb.«

»Der alte Mann schaute sich um, als hätte er plötzlich Angst, dass unser Gespräch belauscht werden könnte. Als ihm klar wurde, dass wir ganz allein waren, fuhr er fort.«

»Einige von ihnen sagen, dass es der Fluch war, der die Frau Ihres Cousins und vor ihm seinen Vater befallen hat. Ich weiß nur, dass niemand außer den Jarrows jemals bereit war, regelmäßig dorthin zu gehen und den alten Mann zu versorgen. Sogar einige unserer örtlichen Handwerker, große Kerle, die vor nichts Angst haben, weigerten sich, dorthin zu gehen und zu arbeiten. Die Jarrows versuchten oft, Auswärtige zum

Anwesen zu holen, wenn sie etwas zu tun hatten, was Mr. Jarrow selbst nicht tun konnte.«

»Ich nutzte die Gelegenheit, um mich weiter zu erkundigen, ob der alte Mann gehört hatte, welche Art von angeblichem Fluch auf ihm lastete. Der alte Mann zuckte mit den Achseln und wandte seinen Blick von mir ab, als wolle er zeigen, dass er mir alles gesagt hatte, was er wusste, und ich war ihm für seine Offenheit sehr dankbar. Aber etwas sagte mir, dass er tatsächlich mehr wusste und möglicherweise Angst davor hatte, verspottet zu werden, wenn er verriet, was es war. Ich entschied mich für einen weiteren Vorstoß, und wenn er sich weigerte, noch mehr zu verraten, würde ich mich dezent zurückziehen.«

»Ich wartete einen Moment, bis er sich in meine Richtung umdrehte, und bemühte mich um mein entwaffnendstes Lächeln. Mein Nachbar, Mr. Jefferies, so begann ich, ich bin sicher, dass Sie ihn kennen, er sprach erst heute Morgen mit mir über dasselbe Thema, seltsamerweise. Er schien zu glauben, dass der Fluch etwas mit einer jungen Frau zu tun haben könnte, die früher auf dem Anwesen lebte. Anscheinend wurde sie an diesem gefährlichen Abhang nicht weit von meinem Haus getötet, den die Einheimischen den 'Witwenmacher' genannt haben.«

»Die Erwähnung von Jefferies' Namen schien den Mut des alten Totengräbers zu wecken. Ich vermutete, dass es daran lag, dass er der Meinung war, wenn ein prominentes Mitglied der Gemeinde wie Jefferies bereit war, über die Angelegenheit zu sprechen, dann konnte ihm niemand Klatsch vorwerfen. Ich wartete einen Moment und hoffte, dass die schwangere Pause ihn dazu verleiten würde, mit dem fortzufahren, was er offensichtlich wusste. Schließlich zahlte sich meine Geduld aus.«

»Nun, es klingt so, als ob Mr. Jefferies die gleichen Geschichten wie ich gehört hätte, also kann mir niemand vorwerfen, dass ich unpassend spreche, wenn ein bedeutender Mann wie er bereit ist, zu sprechen. Und wieder einmal kann ich das, was ich Ihnen sage, nicht beweisen, also können Sie es glauben oder nicht. Ich persönlich habe mit solchen Dingen nichts am Hut, aber das ist meine Sache, Sie können sich ohne meine Hilfe selbst ein Urteil bilden. Wir sind alle mit dem Wissen aufgewachsen, dass das junge Mädchen beim Witwenmacher getötet wurde, nicht, dass sie im Laufe der Jahre die Einzige war, aber die Leute hier sagen, sie könnte die Erste gewesen sein. Nun, es gibt Gerüchte, dass sie eine Art Zigeunerin war und vor ihrem Tod Ihren Cousin und seinen Vater mit einem Fluch belegt hat, und dass ihr Geist den alten Mann heimsuchte, und dass es das war, was ihn schließlich umbrachte, so der örtliche Klatsch.«

»Ich versuchte, nicht zu offen auf seine Worte zu reagieren, aber natürlich wusste ich, dass das, was er mir sagte, wahr war. Es machte durchaus Sinn, dass mein unerwünschter Besucher nur ein unruhiger Geist war, der weiterhin den gleichen Ort besuchte, den sie immer besucht hatte. Was auch immer der Grund für ihren anfänglichen Ausflug zurück ins Land der Lebenden war, ich hätte gehofft, dass mein entfernter Cousin – der anscheinend etwas mit ihrem vorzeitigen Ableben zu tun hatte – nun aus natürlichen Gründen gestorben wäre, dass sie das Gefühl hätte, keinen Grund mehr für ihre nächtlichen Besuche zu haben.«

»Ich hatte gehört, dass die Gespenster oft die Geister der Toten sind, die sich, aus welchen Gründen auch immer, nicht bereit fühlten, hinüberzugehen. Ich fragte mich, ob ich sie beim nächsten Mal, wenn sie zu mir kam, vielleicht davon überzeugen könnte, dass ihre Aufgabe nun erfüllt war und dass ich ihr nie Schaden zugefügt oder ihr etwas gewünscht hatte, so dass sie keinen Grund mehr hatte, immer wieder aufzutauchen. Wenn das alles war, um sie zu überzeugen, in

Frieden zu ruhen, dann war ich mehr als bereit, es zu versuchen.«

»Um die Sache zu klären, fragte ich den alten Mann, ob er etwas über die verstorbene Frau meines Cousins wüsste, deren Grab sich inmitten der anderen befand. Nach dem, was er mir bereits gesagt hatte, nahm ich an, dass sie nicht das Zigeunermädchen war, das er erwähnt hatte, also war sie vermutlich auch nicht mein Geist.«

»Nun, ich kann es nicht mit Sicherheit sagen, wie Sie gut verstehen können, aber man sagt, dass der Fluch des Zigeunermädchens für alle, die auf dem Anwesen leben, Ihr Cousin, seine Frau und sein alter Herr galt. Aber wie ich schon sagte: Ich kann nichts davon beweisen oder belegen.«

»Ich konnte die Erschöpfung in seinen Zügen sehen, und ich wurde mir zunehmend bewusst, dass die Schatten auf dem Friedhof von Sekunde zu Sekunde länger wurden und dass er noch ziemlich viel schaufeln musste, bevor seine Aufgabe abgeschlossen war. Aber die Tatsache, dass er den Namen auf dem letzten Grabstein nicht erwähnt hatte, machte mich neugierig. Ich fragte ihn, ob auch Spencer Jethro Hunt dem Fluch der Zigeunerin zum Opfer gefallen war, und wieder zuckte er auf seine nüchterne Art mit den Achseln, bevor er das wenige, was er wusste, weitergab.«

»Niemand weiß es sicher, zumindest sagt es niemand, aber ich erinnere mich, dass man mir gesagt hat, dass er vor dem jungen Zigeunermädchen gestorben ist, aber ob es die Folge eines Fluchs war, kann ich nicht sagen.«

»Ich schüttelte dem alten Mann aus Dankbarkeit die Hand. Die Informationen, die er mir gegeben hatte, waren die Handvoll Schilling wert, von denen ich mich getrennt hatte. Außerdem kam er nicht wie jemand rüber, der eine Geschichte nur um eines Gesprächspartners willen ausschmückt. Selbst wenn sich herausstellte, dass das, was er mir gesagt hatte, nur einen leichten Hauch von Wahrheit enthielt, hatte ich immer noch das Gefühl, dass meine Zeit mit ihm gut investiert worden war.«

DREIZEHNTES KAPITEL

»Ich verließ den Kirchhof und begann, die Hauptstraße entlangzuschlendern. Der Wind begann sich zu drehen, und einige der abgestorbenen Blätter aus der Kirche peitschten hinter mir auf, fast so, als ob sie mir die Hand reichen würden, um mich zu bitten, nicht zu gehen. Ich knöpfte meinen Mantel zu, um mich zu wärmen, und dachte lange und intensiv darüber nach, was der alte Totengräber mir gesagt hatte. Es erschien mir etwas unplausibel, dass ich noch vor einer Woche eine so negative Meinung über Wahrsager und Geister und dergleichen hatte, und doch war ich hier, nachdem ich solche übersinnlichen Phänomene am eigenen Leib erfahren hatte, und diskutierte mit einem völlig Fremden mitten auf einem Friedhof über die Plausibilität von Zigeunerflüchen, und nicht weniger als das. Es war in vielerlei Hinsicht eine sehr ernüchternde Erfahrung gewesen. Als jemand, der solche Geschehnisse gänzlich ignoriert hatte, war ich mit Sicherheit mit einem gewaltigen Schlag auf den Boden der Tatsachen zurückgeholt worden.«

»Ich ging zurück an der Bibliothek vorbei und wünschte mir, es wäre schon der nächste Morgen. Nach dem, was der alte Mann mir erzählt hatte, gab mir die Aussage von Miss Wilsby, dass es in ihrem inneren Heiligtum Papiere und Bücher gab, die es mir erlauben könnten, die ganze Geschichte zusammenzufügen, einen neuen Enthusiasmus, alles zusammenzutragen, bevor Jenifer herunterkam. Ich hatte mich bereits entschieden, dass ich nicht wollte, dass meine Frau auch nur eine einzige Nacht in diesem Haus verbringen sollte. Obwohl sie eine sehr besonnene Person war, die nicht davor zurückschrecken würde, was auch immer im Herrenhaus vor sich ging, würde ich mich nach Einbruch der Dunkelheit mit ihr an diesem Ort nicht sicher fühlen, selbst wenn ich mit ihr dort wäre.«

»Ich habe die Zeit auf meiner Uhr kontrolliert. Mein Herz klopfte schneller, als mir klar wurde, dass Jenifer von der Arbeit nach Hause gekommen sein sollte. Ich machte mich auf den Weg zurück zu meinem üblichen Zwischenstopp für Lebensmittel und Vorräte und kaufte ein paar zufällige Einkäufe, damit ich Wechselgeld für die Telefonzelle hatte. Jenifer antwortete beim zweiten Klingeln. Nach all dem Gerede über Tod, Flüche, Geister und Gespenster war der Klang ihrer süßen Stimme wie ein Fluss der Ruhe, der sich über mich ergoss. Innerhalb von Sekunden hatte ich jeden Gedanken an meine unerwünschte Besucherin in den Hintergrund gedrängt und hörte ihr freudig zu, als sie mich mit der aufregenden Erzählung über den Verlauf ihrer Dreharbeiten und die Tatsache, dass sie am nächsten Abend definitiv in der Lage sein würden, alles zu beenden, beglückte.«

»Ich machte mir gleich zu diesem Zeitpunkt eine geistige Notiz, um die Verfügbarkeit des Hotels zu prüfen, in dem ich an meinem ersten Abend in der Stadt übernachtet hatte. Es war einfach eine Sicherheitsvorkehrung für den Fall, dass Jenifer sich entschließen sollte, am Samstag herunterzufahren, um das

Anwesen zu besichtigen – und ich war mir sicher, dass sie das tun würde. Auf diese Weise hätten wir, wenn es für uns zu spät wurde, um vernünftig nach Hause zu fahren, wenigstens eine Übernachtungsmöglichkeit. Ich konnte mir schon fast den Streit vorstellen, den ich mit ihr über die Möglichkeit einer Übernachtung auf dem Anwesen führen würde, und da ich wusste, wie leicht sie mich um den kleinen Finger wickeln konnte, beschloss ich, dass ich die Tatsache, dass Jefferies und Peterson mich gewarnt hatten, dass die Grundmauern nicht sicher seien, möglicherweise aufbauschen musste. Schon damals wusste ich, dass ich mich auf eine Diskussion vorbereiten musste.«

»Und wieder sprachen wir miteinander, bis mein Geld ausging, und als ich schließlich den Hörer wieder auflegte, spürte ich eine tiefe Trauer, die aus der Magengrube ausströmte und durch mein Herz bis in meinen Mund reichte, so dass ich das Elend fast schmecken konnte. Ich vermisste Jenifer wirklich, und ich wusste, dass sie das Gleiche fühlte. In diesem Moment beschloss ich, dass dies das letzte Mal sein würde, dass wir jemals so viel Zeit getrennt voneinander verbringen würden, ungeachtet der Umstände.«

»Auf dem Heimweg hielt ich beim Wild Boar an, um die Verfügbarkeit von Zimmern für die folgende Nacht zu prüfen, und war froh, als ich feststellte, dass wir außerhalb der Saison buchstäblich die Qual der Wahl hatten. Ich machte eine vorläufige Buchung und beschloss, auf ein Bier zu bleiben, um mich vor der kommenden Nacht zu stärken. Meine Tapferkeit von vorhin, als ich mir versprochen hatte, dass ich meine spätabendliche Besucherin zur Rede stellen würde, wenn sie wiederkäme, begann nachzulassen, und ich beschloss, dass ein wenig niederländischer Mut genau das war, was der Arzt verordnet hatte.«

»Als ich das Hotel verließ, hatte der Wind wirklich begonnen, sich rachsüchtig aufzurühren, und es gab sogar ein paar Regentropfen, die an meine Windschutzscheibe schlugen, als ich in meinen Sitz rutschte. Ich nahm mir Zeit, um zurückzufahren, zum Teil, weil der Regen auf dem Weg dorthin wirklich anfing zu prasseln, aber auch, weil die Stärke des Biers auf leeren Magen mich ein wenig benebelt machte.«

»Ich schaffte es heil zurück zum Herrenhaus, wobei ich besonders vorsichtig war, als ich mich der steilen Kurve des Witwenmachers näherte, wegen des starken Regens und des Windes. Ich seufzte sehr erleichtert auf, als ich vor dem Haus anhielt und einige Augenblicke im Auto verbrachte, um meine Einkäufe einzusammeln, bevor ich zur Haustür raste.«

»Als ich drinnen war, gab es wie erwartet eine Nachricht von Mrs. Jarrow, die mich darüber informierte, dass sie einen Kuchen für ihr Abendessen gebacken hatte und dass sie mir ein Stück im Ofen gelassen hatte. Ich hoffte, dass jede unbeabsichtigte Kränkung, die sie an diesem Morgen aufgrund meiner mangelnden Bereitschaft, die Ereignisse der beiden vorangegangenen Abende zu verraten, empfunden haben könnte, nun vergangen und vergessen war. Während ich daran dachte, kritzelte ich ihr eine kurze Notiz für den Morgen, da ich wusste, dass ich bei ihrer Ankunft bereits in der Bibliothek sein würde. Ich erwähnte, dass ich ihr herrliches Frühstück sehr vermissen würde, aber dass ich einen wichtigen Termin einhalten müsse, zu dem ich nicht zu spät kommen könne.«

»Ich schaltete das Licht im Hauptsaal ein und zündete das vorgefertigte Feuer an. Ich fühlte mich durch das Licht und die Wärme der Flammen sehr wohl und blieb eine Zeitlang im Raum, um so viel Wärme wie möglich in meinen Körper aufzunehmen. Bis zu diesem Moment hatte ich nicht bemerkt, wie kalt mir von der Nachtluft und dem Regen war.«

»Nachdem ich mich ausreichend gewärmt hatte, ging ich hinunter in die Küche, um zu sehen, welche Köstlichkeiten die gute Mrs. Jarrow für mein Abendessen übrig gelassen hatte. Ich wurde keineswegs enttäuscht. Sie hatte mir nicht nur ein riesiges Stück Steak & Kidney Pie hinterlassen, sondern auch eine Portion Gemüse, das sie mir dazu serviert hatte. Ich vermutete, dass sie und ihr Mann es an diesem Abend auf dem Weg zur Arbeit vorbeigebracht haben mussten, denn das Essen war noch recht warm, und obwohl ich versucht war, es aufzuwärmen, war ich so hungrig, dass ich es einfach in den Salon trug und vor dem Feuer verschlang.«

»Ich schmierte ein knuspriges Brötchen, das ich am Nachmittag in der Stadt gekauft hatte, mit Butter ein und wischte damit die fleischige Soße auf, in der das Essen geschwommen war. Ich habe wahrscheinlich zu schnell gegessen, aber ich war hungrig, und jeder Bissen schmeckte wie der Himmel auf meiner Zunge. Als ich fertig war, nahm ich die Teller nach unten und entkorkte eine Flasche Wein. Ich nahm die Flasche und ein Glas mit nach oben und setzte mich wieder vor das Feuer.«

»Bei meinem zweiten Glas an diesem Abend wurde ich von einem plötzlichen Arbeitsdrang befallen. Da ich nun schon drei Tage im Haus war, hatte ich nur die geringste Anstrengung unternommen, um die Sachen meines verstorbenen Cousins zu sortieren, und da das Wochenende fast vor der Tür stand, beschloss ich, an diesem Abend einen Anfang zu machen und hoffentlich am folgenden Nachmittag, nachdem ich die Bibliothekarin getroffen hatte, weiterzumachen. Ich bedauerte fast, den Wein vorzeitig geöffnet zu haben, da er, zweifellos zusammen mit meinem früheren Pint, anfing, mich schläfrig zu machen.«

»Ich beschloss, den Rest einer Flasche als Belohnung für die Zeit nach meiner Arbeit aufzuheben, und ging nach oben und spritzte mir etwas kaltes Wasser ins Gesicht, um mich aufzurütteln. Ich ging in das Zimmer neben meinem und öffnete den ersten Koffer in der Ecke des Raumes. Er schien voll mit Männerkleidung zu sein. Sie waren alle ordentlich gefaltet und anscheinend mit großer Sorgfalt in den Koffer gelegt worden. Ich begann, sie einzeln herauszunehmen. Sie waren alle aus qualitativ hochwertigem Material, obwohl sie in ihrem Stil eher altmodisch zu sein schienen. Einige von ihnen schienen sogar so zu sein, als ob sie eher für einen Herrn aus der Zeit der Jahrhundertwende geeignet gewesen wären.«

»Es gab mehrere lange Mäntel und Westen darunter, aber definitiv nicht in einem Stil der aktuellen Zeit. Ich hatte den deutlichen Eindruck, dass die Kleider alle maßgeschneidert gewesen sein müssen und nicht einfach von der Stange bei einem örtlichen Burtons oder John Collier gekauft wurden. Am Boden des ersten Koffers, unter dem letzten Kleidungsstück, fand ich einen großen Lederbeutel, der mit Riemen zusammengebunden war. Ich öffnete die Riemen und fand im Inneren mehrere Papiere und Dokumente, die anscheinend rechtlicher Natur waren.«

»Ich durchsuchte die Papiere, aber selbst diejenigen, die nicht in Latein waren, konnte ich kaum entziffern, da sie in einer Handschrift geschrieben waren, die unglaublich schwer zu entziffern war. Das verwendete Papier war größtenteils dem Verfall preisgegeben, und einige der Papiere zerbröckelten fast in meinen Händen, als ich versuchte, sie zu entfalten. Ich beschloss, dass es vielleicht am besten wäre, diese Peterson durchgehen zu lassen, und ich hoffte, dass ich in meiner Hast nichts Wichtiges zerstört hatte.«

»Als ich alle Papiere wieder in der Tasche hatte, befestigte ich die Riemen und begann, die Kleider so ordentlich, wie ich sie gefunden hatte, wieder in den Koffer zu legen. Der zweite Koffer im Raum, so entdeckte ich, war ebenfalls voll mit Männerkleidung, ungefähr aus der gleichen Zeit wie der erste, und auch hier war alles ordentlich gefaltet und mit Sorgfalt hineingelegt. Ich nahm noch einmal sorgfältig jedes Kleidungsstück heraus, eines nach dem anderen, in der Hoffnung, dass ich unten etwas Interessanteres finden würde. Aber diesmal gab es leider nichts, was meine Neugierde weckte, also legte ich die Kleidungsstücke wieder zurück und schloss den Deckel.«

»Ich zog von Zimmer zu Zimmer auf dieselbe Weise, und jedes Mal war ich enttäuscht, dass alle darin enthaltenen Kisten Männerkleidung der gleichen Art wie meine ersten Funde waren. Etwas enttäuscht machte ich mich auf den Weg nach oben zu den Dachbodenräumen, wo ich mich bei meiner ersten Inspektion des Hauses daran zu erinnern schien, einen weiteren Koffer in einer Ecke verstaut zu sehen. Als ich ihn fand, stellte ich zu meiner Überraschung fest, dass er verschlossen war. Ich versuchte, den Verschluss an der Vorderseite zu öffnen, aber er weigerte sich, allein der rohen Kraft nachzugeben.«

»Ich war fasziniert von der Tatsache, dass dieser spezielle Koffer verschlossen war, während alle anderen nicht verschlossen waren. Also ging ich wieder nach unten, um meine Hausschlüssel zu holen, in der Hoffnung, den richtigen unter den anderen am Schlüsselbund zu finden. Bevor ich sie nach oben brachte, ging ich in die Küche und fand ein robustes Messer, von dem ich hoffte, dass es mir helfen könnte, falls ich den Schlüssel nicht finden würde. Ich ging wieder nach oben und begann, alle Schlüssel auszuprobieren, die aussahen, als ob sie zum Schloss passen würden, und als keiner von ihnen passte, benutzte ich das Messer.«

»Es kostete weit mehr Mühe, als ich es für nötig gehalten hätte, aber schließlich gelang es mir, das Schloss zu öffnen, und der Haken kam frei. Ich hob den Deckel an und war sofort enttäuscht, als ich weitere Kleidungsstücke entdeckte, obwohl diese ganz offensichtlich für eine Frau bestimmt waren. Ich starrte sie an, mehr als nur ein wenig frustriert darüber, dass jemand dachte, dass ein solcher Gegenstand weggeschlossen werden sollte.«

»Was mir etwas merkwürdig erschien, war, dass, während die gesamte Männerkleidung in den anderen Truhen ordentlich gefaltet und geordnet war, diese auf irgendeine Art und Weise hineingeworfen worden zu sein schien, fast so, als ob derjenige, der sie einpackte, sich wenig oder gar nicht um die Kleidungsstücke oder ihren Besitzer kümmerte. Wie zuvor entschied ich, dass es sich lohnen könnte, den Koffer zu untersuchen, und begann, jedes Kleidungsstück zu entnehmen, wobei ich mir die Zeit nahm, sie zu falten, bevor ich sie neben mich legte, da es fast respektlos erschien, es nicht zu tun. Es waren vor allem Kleider, wiederum ziemlich altmodisch, obwohl ich zugeben muss, dass ich kein großer Experte bin. Es gab auch ein paar gemusterte Schals und Tücher, die mit allem anderen vermischt waren. Als ich den Boden dieses Koffers erreichte, sah ich etwas, das ich für ein weiteres Bündel von Papieren hielt, das lose mit einem Band gebunden war.«

»Ich nahm das Bündel heraus, und als ich es berührte, merkte ich, dass es nicht aus Papier, sondern aus einer Art Pergament von guter Qualität war, und ich löste den Haltebügel, bevor ich ihn auf dem Boden ausbreitete. Als ich auf das Bündel hinunterblickte, wurde mein Herz kalt. Das Gesicht meiner nächtlichen Besucherin starrte mich vom Boden aus an.«

»Ich kroch zurück über den Boden, als ob sie durch irgendeine Magie die Fähigkeit besäße, aus dem Bild herauszukommen und mich zu ergreifen. Als ich losließ, begann sich das Pergament wieder zu rollen, zweifellos war es schon seit einiger Zeit in dieser Position. Ich wartete einen Moment lang vom anderen Ende des Raumes aus und fühlte mich durch die unerwartete Situation völlig verunsichert. Ich wartete, bis ich wieder zu Atem gekommen war, bevor ich mich wieder zu einer nun unschuldig aussehenden Pergamentrolle auf dem Boden bewegte.«

»Ich habe mich selbst ermutigt, bevor ich es wieder entfaltete. Wenigstens wusste ich diesmal, was mich erwartete, aber trotzdem erschreckte mich der Gedanke, in diese Augen zu starren. Diesmal habe ich, nachdem es ausgerollt war, die Ecken oben unter den Kofferraum gelegt und mit meinem Schlüsselbund den Boden fixiert, damit ich das Bild in seiner ganzen Pracht betrachten konnte.«

»Jetzt, wo ich mich ein wenig beruhigt hatte, musste ich zugeben, dass das Bild wunderschön gemacht war und der Künstler, dessen Namen ich unten nicht erkennen konnte, hatte eindeutig ein wunderbares Auge. Das Mädchen stand auf einer Wiese, umgeben von Blumen, über die weiße, flauschige Wolken zogen. Eigenartigerweise trug sie das gleiche Kleid mit Blumenmuster, in dem ich sie gesehen hatte, und ihr schönes, langes, dunkles Haar floss um ihre Schultern herum. Sie hatte eine einzelne gelbe Blume hinter einem Ohr, und ihr Kopf war ganz leicht zur Seite geneigt, fast so, als wollte sie in der Ferne etwas hören.«

»Sie war zweifellos ein unglaublich attraktives Mädchen, und wenn sie mich nicht unerwünscht besucht hätte, hätte ich an nichts anderes als an sie gedacht. Aber je näher ich das Bild betrachtete, desto mehr konnte ich selbst von hier aus erkennen, dass ihre Augen einen melancholischen Ausdruck zu tragen schienen, der in völligem Kontrast zum Rest ihres Gesichtes stand.«

»Ich starrte ihr Bild einige Zeit lang an, bevor ich mich schließlich entschied, es wieder in den Koffer zu legen. Nur dieses Mal stellte ich sicher, dass alle Kleider zuerst hineinkamen, um das Bild nicht wie zuvor unter ihrem Gewicht zu zerdrücken.«

»Ich begab mich mit einem seltsamen, fast schweren Gefühl im Herzen zurück in den Hauptsalon. Wer auch immer dieses Mädchen gewesen war, ob Zigeunerin oder nicht, sie hatte mich offensichtlich so in ihren Bann gezogen, dass ich glaubte, ihren Schmerz tatsächlich fühlen zu können, was auch immer der Grund dafür war. Ich war nun mehr denn je davon überzeugt, dass ich mich vor ihr niederwerfen und ihr versichern würde, dass ich wusste, dass sie sich in Schwierigkeiten befand und zweifellos gute Gründe dafür hatte, und dass ich sie dann bitten würde, ihrem Geist Ruhe zu gönnen, wenn sie mir später, wie es ihre Gewohnheit war, erscheinen würde.«

»Ich wusste, dass meine Absichten nicht völlig selbstlos waren. Obwohl ich sicherlich wollte, dass der Geist des armen Mädchens Ruhe findet, ging es auch um ihre häufigen gespenstischen Erscheinungen, die natürlich nicht in meinem Interesse waren, und die ich unterbinden wollte. Ich hoffte aufrichtig, dass mein Besuch in der Bibliothek am nächsten Morgen dazu beitragen würde, einige der Lücken bezüglich der Geschichte hinter meiner traurigen Besucherin zu füllen.«

»Der Gedanke an den Morgen erinnerte mich plötzlich daran, dass ich sicherstellen musste, dass ich nicht zu spät komme, sonst würde die formidable Miss Wilsby sich zweifellos weigern, mir bei meiner Aufgabe zu helfen. Ich war ihr dankbar, dass sie mir die Möglichkeit bot, die Bibliothek vor der Eröffnung zu besuchen, und ich fragte mich, ob es ein Angebot war, das sie jemals zuvor gemacht hatte. Obwohl unser erstes Treffen etwas kurz gewesen war, kam sie sicherlich nicht als die Art von Person rüber, die bereit war, sehr oft gegen die Regeln zu verstoßen.«

»Mit all dem im Hinterkopf ging ich zurück in mein Schlafzimmer und zündete das Feuer an, damit der Raum nach meinem Rückzug noch gemütlicher werden würde. Ich hatte nicht die Absicht, eine lange Nacht zu verbringen, obwohl es zweifellos eine Pause in meinem Schlaf geben würde, wenn meine Besucherin beschließen würde, sich zu melden. Ich wühlte in meinem Koffer und fand meinen alten Wecker am unteren Teil des Koffers. Ich war erleichtert, dass ich daran gedacht hatte, ihn einzupacken, und stellte ihn auf halb sieben am nächsten Morgen ein. Das würde mir zumindest Zeit für ein Bad und eine Tasse Kaffee vor der Abfahrt geben.«

»Ich ging wieder nach unten und fügte dem schwindenden Feuer noch etwas Holz hinzu. Ich schaltete meinen Transistor ein, um mir eine Hintergrundmusik zu geben, und ich schaltete das Hauptlicht im vorderen Salon aus, damit die Flammen die richtige Atmosphäre erzeugen konnten. Ich ließ eines der Lichter im Flur an, nur um etwas mehr Komfort zu haben, und ihr Licht störte nicht den gelben Schein meines Feuers.«

»Ich goss mir noch ein Glas Wein ein und setzte mich zur Entspannung in den Sessel vor dem Feuer. Ich war noch nicht müde genug, um zu schlafen, also beschloss ich, mir eine Stunde oder so Musik zu gönnen, bevor ich wieder nach oben ging. Als ich dort saß und an meinem Wein nippte, dachte ich über die Gespräche nach, die ich an diesem Tag mit Jefferies und dem alten Totengräber geführt hatte. Ich hatte so viel von den beiden erfahren, aber trotzdem hatte ich große Lücken in der Geschichte. Ich überlegte, ob ich eine Liste mit möglichen Fragen erstellen sollte, die ich der Bibliothekarin stellen könnte. Nicht, dass ich erwartet hätte, dass sie mit ihren persönlichen Überlegungen zu entgegenkommend wäre! Sie kam nicht als die Art von Person rüber, die Gerüchten und Klatsch viel Glauben schenken würde. Aber wenn ich vielleicht etwas Konkreteres im Sinn hätte, könnte es sie ermutigen, dem, was wir in den Archiven der Bibliothek finden konnten, etwas mehr Gewicht zu verleihen.«

»Ich hatte mich bereits entschlossen, mich nach dem jungen Zigeunermädchen zu erkundigen, das von der Steilküste, dem sogenannten Witwenmacher, getötet wurde. Ein solcher Todesfall wurde sicher dokumentiert, und hoffentlich konnte sie einige Aufzeichnungen darüber herausfinden. Was wiederum, so hoffte ich, dazu führen könnte, dass wir mehr über sie und ihre Bedeutung für das Anwesen herausfinden würden. Von da an war es nicht ausgeschlossen, dass wir schließlich eine Aufzeichnung der Berichte über die Todesfälle der übrigen entfernten Verwandten, die dort gelebt hatten, finden würden. Das könnte erklären, ob an den Spekulationen des Totengräbers, dass das junge Zigeunermädchen irgendwie für ihren Tod verantwortlich war, tatsächlich etwas dran ist.«

»Ich lehnte mich in meinem Stuhl zurück und leerte mein Glas, mit der Absicht, mich zu erheben und Papier und einen Stift zu suchen, um eine Liste meiner Gedankengänge zu erstellen. Doch bevor ich es schaffte, mich aus der wohligen Wärme meiner Position zu bewegen, schlief ich ein.«

VIERZEHNTES KAPITEL

»Einmal mehr wurde ich durch das Geräusch des Klopfens geweckt, das in meinen Schlaf eindrang. Ich war mit einem Schlag aufgewacht und zunächst überzeugt, dass es nur ein Traum war. Das Feuer brannte noch immer, obwohl die Flammen kaum sichtbar waren. Der Radiosender, den ich gehört hatte, war immer noch auf Sendung, aber das Programm hatte sich geändert, und in meinem halbschlafenden Zustand fand ich die neue Musik ziemlich irritierend, also griff ich rüber und schaltete sie aus. Ich konnte über meine Schulter sehen, dass das Saallicht noch immer brannte, so dass der Generator zumindest nicht aufgegeben hatte.«

»Ich lehnte mich nach vorne, meine Ellbogen ruhten auf meinen Knien und rieb mir den Schlaf von den Augen. Ich bemühte mich, meine Uhr in dem schwachen Licht zu sehen, das mir die letzte brennende Glut bot, und sah, dass es kurz nach elf Uhr war. Ich wartete in meinem Stuhl, in der Überzeugung, dass ich jeden Augenblick das Klopfen wieder hören würde. Es war ein viel zu großer Zufall, als dass es nur ein Traum gewesen sein konnte, beschloss ich, und jeden Augenblick konnte ich mit einem weiteren Schlag auf die Spülküchentür rechnen.«

»Als es dann schließlich kam, wie ich es erwartet hatte, hörte sich das Klopfen irgendwie anders an; näher und nicht so dringend wie zuvor. Als ich mich von meinem Sessel erhob, fiel mir auf, dass das Geräusch eigentlich von der Vordertür und nicht von der Rückseite des Hauses kam. Zuerst war ich nicht sicher, ob ich mich darüber freuen sollte oder nicht. Als ich dort im Flur stand, dachte ich darüber nach, ob meine nächtliche Besucherin sich vielleicht für die Vorderseite des Hauses entscheiden würde, und verglich dies mit der anderen Möglichkeit, dass ich bei dieser Gelegenheit einen nächtlichen Besucher der natürlicheren Art hatte.«

»Ich ging zur Haustür und drückte mein Ohr gegen die Tür. Ich konnte das Geräusch des Regens hören, der an die Seite des Hauses prasselte, aber sonst nichts, und so beschloss ich, zu rufen und zu verlangen, dass sich derjenige, der draußen war, identifizieren sollte.«

»Ich bin es, Sir, Jarrow und meine Frau.«

»Ich schloss die Tür auf, und tatsächlich stand das Paar klatschnass vom Regen. Ich lud sie beide ein, da mir schien, dass ich sie ungeachtet des Grundes ihres Besuchs zu einer solchen Stunde in einer so bösartigen Nacht nicht einfach den Elementen ausgeliefert lassen konnte. In Wahrheit war ich, obwohl ich es mir damals nicht eingestehen wollte, wirklich sehr froh über die Gesellschaft.«

»Sobald sie drinnen waren, schloss ich die Tür. Ich bemerkte, dass der Wind seit meiner Ankunft zu Hause ziemlich stark zugenommen hatte, und jetzt fühlte es sich an, als ob er einen Sturm in voller Stärke böte. Ich lud das Ehepaar ein, ihre Mäntel auszuziehen und zu mir in den vorderen Salon zu kommen, wo zumindest noch etwas Wärme vom Feuer ausging. Beide nahmen mein Angebot an, und als wir den Salon betraten, ging Mr. Jarrow in dem Moment, als er die absterbende Glut sah, geradewegs hinüber, füllte das Holz nach und schürte das Feuer an.«

»Ich bot ihnen beiden ein Glas Wein an, aber sie lehnten höflich ab. Ich bot Mrs. Jarrow an, meinen Sessel zu nehmen, da er sich am nächsten am Feuer befand, aber sie lehnte ab und setzte sich mir gegenüber auf einen der hart gespannten Stühle am Tisch. Bevor ich ihm meinen Stuhl anbieten konnte, ging Mr. Jarrow zu seiner Frau hinüber und stellte sich hinter sie, so dass es fast so aussah, als ob er aus irgendeinem Grund das Bedürfnis verspürte, sie zu beschützen.«

»Ich war sicherlich erstaunt über die Ungewöhnlichkeit ihres plötzlichen Auftauchens vor meiner Tür, und da sie beide einen Drink abgelehnt hatten, nahm ich an, dass dies kein gesellschaftlicher Besuch war. Ich bemerkte, dass Mrs. Jarrow eine große Ledertasche in der Hand hielt, die viel stabiler schien als die übliche Handtasche, die sie immer dabei hatte. In dem gedämpften Licht konnte ich noch sehen, dass sie sich so kräftig daran festhielt, dass das Weiße ihrer Knöchel sichtbar wurde. Mr. Jarrow seinerseits hatte eine Hand auf die Schulter seiner Frau gelegt, und er schien sie sanft zu drücken.«

»Es war mir klar, dass das Paar sehr angespannt war, um dort zu sein, also versuchte ich, sie zu beruhigen, indem ich Mrs. Jarrow für das herrliche Abendessen dankte, das sie mir hinterlassen hatte und das ihr fast ein Lächeln entlockte. Es folgte eine Schweigeminute, während ich darauf wartete, dass einer der beiden eine Erklärung abgab, warum sie da waren. Als sich jedoch herausstellte, dass keiner der beiden eine solche Erklärung abgeben wollte, fragte ich sie direkt und stellte sicher, dass ich nicht andeutete, dass ihr Besuch alles andere als willkommen war.«

»Nun, sehen Sie, Sir, es ist so. Meine Frau hier ist eine sehr sensible Seele, und sie hat immer das Gefühl gehabt, dass dieses Haus etwas Seltsames an sich hat. Sie hat es einmal mit dem Hausherrn angesprochen, aber er hat sie weggeschickt und ihr gesagt, sie solle nicht so dumm sein, so dass sie nie wieder mit ihm darüber gesprochen hat. Aber Tatsache ist, Sir, dass meine Frau sehr stark das Gefühl hat, dass es hier eine Art von Präsenz gibt, die sich in Abwesenheit Ihres verstorbenen Cousins an Sie gebunden hat, und um ehrlich zu sein, hat sie begonnen, sich sehr um Sie und Ihre Sicherheit zu sorgen. So sehr, dass sie den ganzen Tag an nichts anderes denken konnte, und den ganzen Abend bei der Arbeit hat sie mich bedrängt, Sie zu besuchen, also, hier sind wir.«

»Ich hörte genau zu, was Mr. Jarrow sagte. Es war offensichtlich, dass sich seine Frau an diesem Morgen nicht von meiner Aussage täuschen ließ. Es war eigentlich ziemlich rührend, dass sie sich mir gegenüber so beschützend gefühlt hatten, dass sie diesen Besuch in der Dämmerung für notwendig hielten. Was sich auch aus ihren gemeinsamen Verhaltensweisen ergab, war die Tatsache, dass sie beide ziemlich nervös waren, weil sie dort waren und mir ihre Theorie vortrugen. Ich stellte mir vor, dass nach meiner Zurückweisung vor allem Mrs. Jarrow das Gefühl gehabt haben muss, dass ich, genau wie mein verstorbener Cousin, die Angelegenheit nicht diskutieren wollte und dass ich es wahrscheinlich nicht begrüßen würde, wenn die beiden ihre Nasen in meine Angelegenheiten stecken würden.«

»Aber so wie es war, hätte nichts weiter von der Wahrheit entfernt sein können. Tatsache war, dass ich mich selbst belogen hatte, indem ich dachte, ich könne niemandem erzählen, was in den letzten Nächten mit mir geschehen war, weil ich es selbst nicht akzeptieren konnte, das war Unsinn. Die wirkliche Wahrheit war, dass ich mich jetzt, da ich endlich bereit war, es mir einzugestehen, zu sehr schämte und vielleicht sogar paranoid war, um es zu erwähnen, aus Angst, dass ich verspottet oder zumindest für verrückt gehalten werden würde.«

»Ich hatte mir sogar eingeredet, dass ich mit Jenifer nicht über das Geschehen auf dem Anwesen sprechen würde, und wir hatten keine Geheimnisse voreinander. Aber wenn ich es nicht einmal meiner Frau sagen konnte, wie sollte ich dann die Situation mit zwei relativ Fremden besprechen? Was ich mir jedoch nicht verkneifen konnte, war die ungeheure Erleichterung, die mich beim Klang von Mr. Jarrows Aussage überkam, dass er und seine Frau bereits wussten oder zumindest vermuteten, was vor sich ging.«

»Ich spürte, wie ich körperlich zitterte, als ich endlich meine Last teilen wollte. Ich bot dem Ehepaar etwas Wein an, den sie wieder einmal höflich ablehnten, aber ich wusste, dass ich etwas brauchte, also goss ich mir ein halbes Glas ein und kippte es herunter. Der Alkohol lief mir langsam in den Hals und erwärmte mich von innen. Ich schaute wieder zu dem Paar auf und bemerkte einen nachdenklichen Ausdruck auf Mrs. Jarrows Gesicht, der mir ein schlechtes Gewissen machte, weil er die beiden in Anspannung hielt.«

»In diesem Moment entschied ich mich, dass ich ihnen alles erzählen würde, in der Hoffnung, dass sie vielleicht etwas mehr Licht in meine missliche Lage bringen könnten. Meine Hände zitterten immer noch, also stellte ich mein Glas auf den Boden, um einen unnötigen Unfall zu vermeiden. Ich räusperte mich und versuchte mein Bestes, um meine Nerven zu beruhigen, bevor ich sprach. Es war schwer zu wissen, wo ich anfangen sollte, also beschloss ich, gleich zu Beginn mit meiner ersten Nacht in Denby Manor zu beginnen.«

»Als ich meine Geschichte vortrug, fiel mir auf, dass keiner der beiden Jarrows darauf reagierte. Es war fast so, als würde ich ihnen die neuesten Hypothekenzinsen enthüllen, anstatt meine Seele auszuschütten. Beide schienen überhaupt nicht schockiert über das, was ich sagte, und obwohl ich nicht präzisiert habe, dass ich das junge Mädchen jetzt für ein Gespenst halte, waren meine Schlussfolgerungen klar genug, um sie zu verstehen.«

»Als ich meine Erzählung beendet hatte, sahen sich die beiden an und tauschten eine weitere dieser unausgesprochenen Erklärungen aus, die sie zu teilen schienen. Danach war es Mr. Jarrow, der sich noch einmal zu Wort meldete.«

»Sehen Sie, Sir, meine Frau und ich teilen sozusagen ein Geschenk. Wir machen keine Show daraus, tatsächlich sind sich sehr viele Menschen, die wir kennen, dessen bewusst. Wir sind nicht die Art von Leuten, die gerne die Aufmerksamkeit auf uns lenken. Man könnte sagen, wir behandeln unsere besondere Fähigkeit eher als eine Unannehmlichkeit, denn die Wahrheit ist, dass wir sie haben, ob wir sie wollen oder nicht.«

»Ich war natürlich neugierig, was dieses 'Geschenk' war, von dem Mr. Jarrow sprach, und zu meiner Schande begann ich einen Moment lang zu glauben, dass sie versuchen würden, mich mit einem gut eingeübten Vertrauenstrick zu täuschen. Ob sie den Verdacht in meinen Augen erhaschten, weiß ich nicht, aber Mrs. Jarrow beschloss, dass sie die Ausführungen ihres Mannes übernehmen und schnell zur Sache kommen müsse.«

»Was Jarrow meint, ist, Sir, dass es Zeiten gibt, in denen wir es uns in den Kopf setzen, dass mein Mann und ich mit denen, die gestorben sind, Kontakt aufnehmen können. Vor allem, wenn es sich um eine geplagte Seele handelt, die noch keinen Frieden gefunden hat, und wie Jarrow erklärte, spüre ich die Gegenwart dieser Seele, die Sie belästigt und mit jedem Tag, der vergeht, stärker wird, seit Sie angekommen sind.«

»Als ich hörte, wie Mrs. Jarrow mich fast anflehte, ihnen zu erlauben, in meinem Namen zu handeln, begann ich mehr Vertrauen zu haben, dass sie es tatsächlich ernst meinten. Ich muss zugeben, dass ich für ihre vorgeschlagene Intervention in meinem Namen dankbar war, und je mehr ich die Möglichkeit in Betracht zog, ihnen meinen Segen zu geben, desto weniger fühlte ich meine Last. Da der Skeptiker in mir jedoch immer noch die Wirksamkeit ihrer Vorschläge in Frage stellte, fragte ich zögernd, was genau sie zu tun gedachten, um mir in meiner Notlage zu helfen.«

»Immer noch mit einem Hauch von Vorsicht, von Nervosität geprägt, lehnte sich Mrs. Jarrow in ihrem Stuhl nach vorne, als ob neben uns noch jemand im Raum wäre und ihren Vorschlag hören könnte, und sprach gerade noch flüsternd.«

»Wenn Sie einverstanden sind, Sir, möchten Jarrow und ich heute Abend hier in diesem Raum eine Séance abhalten.«

»Ihre Worte waren offensichtlich gut gewählt und wurden sorgfältig vorgetragen. Ich war mir nicht sicher, was genau ich von ihr als Antwort auf meine Anfrage erwartet hatte, aber jetzt, wo ihre Worte unbeholfen in der Luft hingen, begann die volle Tragweite ihres Angebots zu greifen. Natürlich hatte ich noch nie zuvor an einer Live-Séance teilgenommen, und um ehrlich zu sein, wäre ich nicht in der Lage gewesen, in der ich mich in diesem Moment befand, vor allem angesichts der bevorstehenden Ankunft von Jenifer, hätte ich diese Aussicht wohl nie in Betracht gezogen. Aber es blieb die Tatsache, dass meine Situation alles andere als normal war, und es gab keine

Möglichkeit, die Augen zu schließen und so zu tun, als ob es so wäre.«

»Angesichts all dessen musste ich das Angebot von Mrs. Jarrow sorgfältig abwägen, bevor ich meine Entscheidung traf. Ich versuchte immer wieder zu ergründen, was andere an meiner Stelle tun würden. Jennifer, meine Schwester, meine Eltern. Aber, so sehr ich es auch versuchte, ich konnte nicht abschätzen, wie andere, die ich kannte, auf meine Situation reagieren würden. Also gab ich nach einer Weile dem freundlichen Angebot der Jarrows zur Unterstützung nach.«

»Ich wartete geduldig, während das Paar sich daran machte, seine Utensilien aus der großen Tasche zu nehmen, die Mrs. Jarrow mitgebracht hatte. Die beiden arbeiteten schweigend, jeder von ihnen in seiner eigenen versierten Rolle. Mrs. Jarrow nahm ein großes schwarzes Tuch aus ihrer Tasche, und gemeinsam deckten sie beide den Tisch damit ab. Als nächstes nahm Mr. Jarrow drei silberne Kerzenständer heraus und platzierte sie um den Tisch herum, um eine Art Bogen zu bilden. Mrs. Jarrow folgte ihrem Ehemann und steckte eine dunkelrote Kerze in jeden Halter und drückte jede einzelne nach unten, um sicherzustellen, dass sie richtig eingesetzt wurde. Als sie sich davon überzeugt hatte, dass sie fest genug waren, zündete sie die Dochte an.«

»Mr. Jarrow nahm derweil eine große Pappe aus der Tasche seiner Frau und entfaltete sie, bevor er sie auf den Tisch legte, innerhalb des von den Kerzen erzeugten Halbkreises. Als nächstes nahm er einen kleinen roten Samtstoffbeutel heraus und entfernte daraus etwas, das wie ein kleines Glas ohne Stiel aussah. Er polierte das Glas kräftig mit dem Stoffbeutel, aus dem er es gerade entfernt hatte, und hielt es hoch, um seine Arbeit im Licht der Kerzen zu betrachten. Er nickte fast unmerklich, bevor er es kopfüber in die Mitte des Pappbretts stellte.«

»Als sie fertig waren, begutachteten beide ihre Arbeit, bevor sie sich einander zuwandten, um ein weiteres stilles Zeichen der Zustimmung zwischen ihnen zu setzen. Mrs. Jarrow nahm ihren Platz ein, und Mr. Jarrow wies mich an, den Platz zur Linken seiner Frau einzunehmen, während er alle Lichter auslöschte, so dass nur die Kerzenflamme und der Kamin für die Beleuchtung übrig blieben. Dann nahm er den Platz rechts von seiner Frau ein, so dass wir nun alle in Position waren, mit einer Kerze zwischen jedem von uns.«

»Eines, Sir, wenn Sie mir meine Unhöflichkeit verzeihen, muss ich darauf bestehen, dass Sie, egal was passiert, nicht versuchen, meine Frau aus ihrer Trance zu holen.«

»Ich nickte verständnisvoll und schaute hinunter, um das Ouija-Brett kurz zu studieren. Ich hatte noch nie zuvor ein solches Brett gesehen, und abgesehen von den Buchstaben des Alphabets und den Zahlen konnte ich nicht erkennen, was die anderen Symbole bedeuten könnten. Ich saß einen Moment lang da, während Mrs. Jarrow zu meditieren schien, mit geschlossenen Augen und den Händen, Handflächen nach unten, auf dem Brett liegend, mit ausgebreiteten Fingern. Mr. Jarrow hielt die Augen offen und fixierte sich auf seine Frau. Ich nahm an, dass er darauf wartete, dass seine Frau bestätigte, dass sie bereit war, zu beginnen.«

»Ohne Vorwarnung schossen plötzlich die Augenlider von Mrs. Jarrow auf. Ich hatte sie zu diesem Zeitpunkt direkt angeschaut, und die Unvorhersehbarkeit, mit der sie ihre Augen öffnete, ließ mich fast wieder in meinen Sitz zurückschnellen. Nun schienen ihre Augen mich unkonzentriert anzustarren. Es war ein unglaublich unheimliches Gefühl, dass sie mich direkt und gleichzeitig durch mich hindurch ansah, und doch war es mir fast unmöglich, meinen Blick abzuwenden.«

»Nach einem Moment streckte sie ihre rechte Hand aus und legte ihren Zeigefinger auf die Oberseite des Glases. Mr. Jarrow sah mich an und wies mich an, dem Beispiel zu folgen. Ich legte meinen Finger auf das Glas und Mr. Jarrow vervollständigte das Muster mit seinem.«

»Wir saßen mehrere Minuten lang schweigend da. Unglaublich, dass Mrs. Jarrow während dieses ganzen Vorgangs die Augen offen hielt, ohne zu blinzeln, und geradeaus starrte. Draußen hörte ich noch immer den Regen prasseln, und von irgendwo in der Ferne kam ein schwaches Donnern.«

»Jetzt, wo wir alle um das Ouija-Brett herum saßen und darauf warteten, dass das, was ich für Mrs. Jarrows Gabe hielt, zum Tragen kam, begann ich mir zu wünschen, dass ich dieser Übereinkunft nie zugestimmt hätte. Obwohl ich verzweifelt versuchte, mehr über meine unwillkommene Besucherin herauszufinden, dachte ich in diesem Moment ernsthaft, dass es nicht wirklich der beste Weg sei, sich mit dem Okkulten zu beschäftigen.«

»Das Problem war nun natürlich, wie konnte ich sagen, dass ich meine Meinung geändert hatte, nachdem die Jarrows so viel Mühe auf sich genommen hatten? Wenn man bedenkt, dass sie nur deshalb herübergekommen waren, weil Mrs. Jarrow Angst um meine Sicherheit, ganz zu schweigen von meiner geistigen Gesundheit, hatte. Ich wusste, dass ich die Dinge zu weit hatte gehen lassen, um vor dem Ende innezuhalten.«

»In diesem Moment keuchte Mrs. Jarrow gewaltig, als hätte sie schon lange den Atem angehalten, und ihr Kopf krümmte sich nach hinten, so dass sie nun zur Decke schaute. Ich schaute Mr.

Jarrow an, um einen Hinweis darauf zu erhalten, was wir tun sollten, aber er saß ganz still da und beobachtete ruhig und ohne Reaktion die Performance seiner Frau. Aus dem Mund der Frau drang ein leises, fast kehliges Geräusch, das gut fünf Minuten lang anhielt, bevor sie den Kopf langsam wieder nach unten senkte, bis ihr Kinn auf der Brust ruhte.«

»Noch einmal blickte ich schnell zu Mr. Jarrow hinüber und entschied mich, mein Signal von ihm zu empfangen. Aber er beobachtete lediglich seine Frau, ohne einen offensichtlich besorgten Gesichtsausdruck zu haben. In diesem Moment, als wäre es vorher geprobt worden, dröhnte direkt draußen ein allmächtiger Donner, der sich anhörte, als würde er gleich durch das Fenster einbrechen. Genau in diesem Moment begann Mrs. Jarrow zu sprechen.«

»Bist du da, Kind? Habe keine Angst, wir wollen dir nichts Böses.«

»Wir warteten, aber es gab keine Antwort auf ihre Aufforderung. Nach einem Moment versuchte Mrs. Jarrow es erneut.«

»Wirst du zu uns kommen und mit uns sprechen? Wir wollen dir nur helfen, Frieden zu finden.«

»Wie durch ein Wunder begann das Glas unter unseren Fingern zu zittern und bewegte sich aus eigener Kraft. Ich sah mit Staunen zu, wie es seine Reise über die gesamte Breite begann. Das Glas blieb über dem Wort 'Nein' stehen. Da Mrs. Jarrow das Brett nicht mit gesenktem Kopf sehen konnte, wiederholte Mr. Jarrow das Wort zu ihrer Unterstützung. Wir warteten, bis das Glas sich weiterbewegte, aber es blieb stehen. Mrs. Jarrow fuhr mit ihrem Flehen fort.«

»Warum willst du nicht mit uns sprechen, Kind? Wir können dir vielleicht helfen.«

»Noch einmal spürte ich ein leichtes Zittern im Glas, als es sich wieder in Bewegung setzte. Diesmal begann es ein Wort zu buchstabieren, Buchstabe für Buchstabe. Jarrow las jeden Buchstaben der Reihe nach vor, während sich das Glas bewegte, und wiederholte dann das Wort.«

»A...N...G...S...T... Angst!«

»Du hast von uns nichts zu befürchten, mein Kind.«

»Und wieder bewegte sich das Glas.«

»B...Ö...S...E...M...Ä...N...N...E...R...Böse Männer!«

»Es gibt hier keine bösen Männer mehr. Bitte erzähle uns, warum du dich vor ihnen fürchtest.«

“S...I...E...W...O...L...L...E...N...M...E...I...N...B...A...B...Y...Sie wollen mein Baby!”

»Niemand hier will dir dein Baby wegnehmen. Bitte sagen uns deinen Namen.»

»Für ein paar Augenblicke blieb das Glas stehen. Zum Schluss wiederholte Mrs. Jarrow ihre Frage, wobei sie ihre Stimme ruhig und ihren Ton sanft hielt.«

»Bitte sag uns deinen Namen, mein Kind, wir wollen dir nichts Böses.«

»Das Glas begann sich wieder zu bewegen, aber es schien sich langsamer zu bewegen als zuvor. Es war fast so, als ob der 'Führer' unsicher war, ob er die angeforderten Informationen preisgeben sollte oder nicht.«

»A...M...Y... Amy.«

»Amy, wer will dir dein Baby wegnehmen?«

»B...Ö...S...E...M...Ä...N...N...E...R...Böse Männer!«

»Amy, wer sind diese böse Männer? Hier ist gerade keiner.«

»Wieder einmal blieb das Glas stehen, obwohl ich für einen Augenblick definitiv eine leichte Vibration unter meinem Finger spüren konnte, als ob es sich jeden Moment bewegen würde. Schließlich beschloss Mrs. Jarrow, noch einmal zu versuchen, die Information herauszulocken.«

»Bitte erzähl uns, wer diese bösen Männer sind, Amy? Wir wollen dir nur helfen, Frieden zu finden.«

»Das Glas bewegte sich wieder.«

»V...A...T...E...R...U...N...D...B...R...U...D...E...R...Vater und Bruder!«

»Ich schaute zu Mr. Jarrow hinüber, und wir tauschten einen besorgten Blick aus. Mrs. Jarrow hielt ihren Kopf die ganze Zeit unten, so dass es keine Möglichkeit gab, den Ausdruck auf ihrem Gesicht zu erkennen.«

»Meinst du deinen Vater und Bruder, mein Kind?«

»Nein ... Nein.«

»Wessen dann?«

»S...P...E...N...C...E...R...Spencer.«

»Der Name läutete bei mir sofort eine Glocke. Von meinem Nachmittag auf dem Friedhof erinnerte ich mich daran, dass einer der Grabsteine im Familiengrab einem Spencer Jethro Hunt gehört hatte. Daraus folgte, dass, wenn der Geist dieses jungen Mädchens, Amy, über den Vater und Bruder dieses Spencers sprach, dann bezog sie sich mit ziemlicher Sicherheit auf meinen Wohltäter und seinen Vater.«

FÜNZEHNTES KAPITEL

»Es gibt hier keinen Spencer, mein Kind, noch seinen Vater oder seinen Bruder. Du hast jetzt nichts mehr von ihnen zu befürchten.«

»Ich ging davon aus, dass die Jarrows die Namen meiner Verwandten nicht kennen würden, es sei denn, sie hätten sich irgendwann auf den Friedhof gewagt und die Namen auf den Grabsteinen gelesen. Die Information, die der Geist gegeben hatte, passte ziemlich gut zu dem, was der Totengräber mir gesagt hatte, so dass sich in meinem Kopf ein klareres Bild herauszubilden begann.«

»Ich überlegte, ob ich die Informationen mit den Jarrows teilen sollte, aber ich war mir sicher, dass Mrs. Jarrow mich nicht hören würde, da sie in ihrer Trance versunken war. So oder so fehlten für mich immer noch einige Puzzleteile, und so beschloss ich, dass es am besten war, einfach stillzusitzen und zu sehen, was ich noch von diesem Mädchen Amy erfahren konnte.«

»Warum machst du dir immer noch Sorgen, mein Kind? Warum besuchst du immer noch diesen Ort?«

»V...E...R...G...E...L...T...U...N...G... Vergeltung!«

»Als das Glas die Buchstaben zeigte, konnte ich das Kribbeln eisiger Finger auf meinem Rücken spüren. Mit meinem verstorbenen Cousin im Grab und ich als sein nächster Verwandter hatte ich plötzlich das schreckliche Gefühl, dass der Geist des toten Mädchens zeigte, dass sie sich an mir rächen wollte!«

»Aber ich war schuldlos, ich hatte ihr nie etwas getan, und wenn sie wirklich das Mädchen war, für das ich sie hielt, dann muss sie lange vor meiner Geburt gestorben sein, also was für einen Grund hatte sie, hinter mir her zu sein?«

»Ich ahnte, was Mrs. Jarrows nächste Frage sein würde, und ich wollte verzweifelt über den Tisch greifen und sie inständig bitten, sie nicht zu stellen. Aber ich hatte gehört, dass es extrem gefährlich sei, jemanden aus der Trance zu wecken, und so biss ich mir stattdessen auf die Zunge und wartete mit einem flauen Gefühl im Bauch.«

»Vergeltung von wem, mein Kind?«

»Dieses Mal bewegte sich das Glas sofort, als ob die Antwort von vornherein feststehe und keine Zeit zum Nachdenken brauche.«

»S...E...I...N...E...A...N...G...E...H...Ö...R...I...G...E...N... Seine Angehörigen!«

»Als er die Worte laut vorlas, muss Mr. Jarrow die Bedeutung erkannt haben, denn er sah mich direkt an, mit einer Kombination aus Angst und Mitleid, die sich in sein Gesicht geätzt hatte. Was auch immer meine Vorfahren dem armen Mädchen angetan hatten, es machte für mich Sinn, dass die Tatsache, dass ihr Geist immer noch von dem Anwesen angezogen wurde, bedeutete, dass sie nach all den Jahren immer noch nicht in Frieden ruhen konnte, vermutlich weil es noch einem ihrer Vorfahren gehörte. Wäre Jefferies zu diesem Zeitpunkt anwesend gewesen, hätte ich sein erstes Angebot ohne Frage angenommen und mich bei Jenifer mit großer Freude dafür entschuldigt, dass ich sie nicht einmal einen Fuß in das Haus setzen ließ, bevor ich mich zum Verkauf entschied.«

»Mein Verstand begann mit allen möglichen seltsamen und hauptsächlich irrationalen Gedanken und Vorstellungen zu rasen. Was war mit dem Kind des armen Mädchens geschehen? Waren mein Wohltäter und sein Vater irgendwie in seinen Tod verwickelt gewesen? Hatten sie es selbst getötet oder hatten die Tat von jemandem auf ihrer Gehaltsliste ausführen lassen? Wurden die Überreste des armen Kindes irgendwo auf dem Grundstück begraben?«

»Draußen vor dem Fenster hörten wir den Regen gegen das Glas peitschen, und es schien mit jeder Minute schwerer zu werden. Ein weiterer Donnerschlag dröhnte, diesmal viel näher als zuvor. Es schien, als ob die Nacht selbst eine Rolle in unserem Vorgehen spielen wollte. Ich hatte Visionen von Blitzen, die an der Seite des Hauses einschlugen und das Glas des Hauptfensters des Raumes zertrümmerten, wodurch wir drei im Inneren die Möglichkeit hatten, die Geräusche der Nacht zu hören, wenn sie in unser Haus eindrangen. Hunde heulen, wahnsinniges Geschrei, Pferde galoppieren draußen über die Felder, mit Schrecken in den Augen und im Herzen, und treiben sie an, immer schneller und schneller.«

»Ich wusste, dass ich mich zusammenreißen und meine Fantasie zügeln musste. Aber irgendwie fand ich mich in dem Moment verloren, und mein Verstand schien mich verlassen zu haben, meine Sinne zu entfesseln und sie mit Hingabe ungehemmt herumlaufen zu lassen. Diese Gedanken schossen noch immer durch mein Gehirn, als Mrs. Jarrow mit ihrer eigenen Nachforschung weitermachte.«

»All jene, die dir Unrecht getan haben, sind jetzt weg, es gibt keinen Grund, sich an jemandem auf dieser Seite zu rächen. Warum nicht die Ruhe nehmen, die du verdienst?«

»K...A...N...N...N...I...C...H...T...R...U...H...E...N... Kann nicht ruhen!«

»Warum, mein Kind?«

»M...U...S...S...M...I...C...H...R...Ä...C...H...E...N... Muss mich rächen!«

»Warum musst du dich an jemandem rächen, der dir nie etwas getan hat?«

»Einen Moment lang blieb das Glas stehen. In Erwartung der nächsten Antwort hielt ich den Atem an und war fast bereit, das Glas zu bewegen, um mir eine Form der Beruhigung zu geben, dass ich keine weiteren Qualen erleiden würde. Nach ein paar Minuten ohne Antwort verfolgte Mrs. Jarrow die Angelegenheit in meinem Namen weiter.«

»Du hast nichts zu gewinnen, wenn du dich an jemandem rächst, der dir nie Schaden zugefügt hat. All jene, die dich verletzt haben, sind hinübergegangen.«

»Ich konnte fühlen, wie das Glas wieder zu zittern begann.«

»N...E...I...N...M...U...S...S...M...E...I...N...B...A...B...Y...R...Ä... C...H...E...N... Nein, muss mein Baby rächen!«

»Niemand auf dieser Seite hat deinem Baby wehgetan, wenn dein Baby hinübergegangen ist, warum kannst du dann nicht gehen und mit ...«

»Bevor Mrs. Jarrow ihre Erklärung beenden konnte, begann sich das Glas so heftig zu bewegen, dass es für uns drei eine echte Anstrengung erforderte, den Kontakt mit den Fingern zu halten. Die Buchstaben, über denen es schwebte, erschienen völlig zufällig und ergaben keinen wirklichen Sinn. Mr. Jarrow versuchte ein paar Mal, ihnen zu folgen, aber jedes Mal, wenn er merkte, dass das Glas nichts Schlüssiges aussagte, hörte er auf und versuchte, wieder anzufangen. Schließlich blieb das Glas über dem Wort 'Nein' stehen. Wie zuvor wiederholte Jarrow das Wort zum Wohle seiner Frau.«

»Nein!«

»Aber warum, mein Kind? Wenn dein Baby bereits hinübergegangen ist, brauchst du dich nicht mehr um die auf dieser Seite zu kümmern.«

»M...U...S...S...M...I...C...H...R...Ä...C...H...E...N...W...I...L...L... B...A...B...Y... Muss mich rächen, will, Baby!«

»Ohne Vorwarnung sprang das Glas vom Brett und flog direkt auf mich zu. In letzter Sekunde konnte ich mich gerade noch ducken, und es schnellte an meinem Kopf vorbei, bevor es die Wand hinter mir traf und in eine Million Stücke zersplitterte. Der Schock der Explosion schien eine gleichzeitige Reaktion bei Mrs. Jarrow auszulösen. Sie hob den Kopf und schaute mich erneut direkt an, mit Augen, die nicht sehen konnten. Ihr Blick verunsicherte mich so sehr, dass ich mich an Mr. Jarrow wandte, um moralische Unterstützung zu erhalten.«

»Auch Mr. Jarrow, so schien es, hatte den plötzlichen Haltungswechsel seiner Frau bemerkt, und er griff über den Tisch, um ihre Hand zu halten. Einen Moment lang war alles still, und das einzige Geräusch schien vom strömenden Regen draußen und dem Knistern des Holzes im Kamin zu kommen. Ich saß einen Moment lang da, völlig unsicher, wie oder ob ich mich verhalten sollte. Ich konnte sehen, wie Mr. Jarrow die Hand seiner Frau sanft drückte, aber es gab keinen Hinweis auf eine Erwiderung von ihr. Sie saß nur da und starrte mich mit ihren leeren Augen an.«

»Von außen ließ mich ein plötzlicher Donnerschlag fast aus meinem Sitz springen. Ich war versucht, quer durch den Raum zu flitzen und das Licht anzuschalten, um mir den dringend benötigten Trost zu verschaffen, aber wieder einmal wurde mir klar, welch verheerende Auswirkungen mein Handeln auf Mrs. Jarrow haben könnte, und so blieb ich an Ort und Stelle.«

»Ich versuchte verzweifelt, meine Augen von denen von Mrs. Jarrow wegzureißen, aber es fühlte sich fast so an, als ob die Frau mich in einer Art bösartigem Zauber gefangen hätte. Dann sah ich, wie ihre Lippen sich zu bewegen begannen und sie anfing, dasselbe Lied zu singen, das ich immer dann gehört hatte, wenn der Geist des jungen Mädchens auftauchte. Als die Worte aus ihren Lippen zu strömen begannen, konnte ich sehen, dass Mr. Jarrow sich immer mehr um seine Frau sorgte. Ich konnte nicht wissen, in welcher Reihenfolge ihre Séancen normalerweise stattfanden, denn ich hatte noch nie eine gesehen. Aber Jarrows Unbehagen konnte meine eigene Angst nicht zerstreuen. Mrs. Jarrow sang weiter, ihre Stimme brach unter der Belastung fast zusammen, als sie versuchte, einige der höheren Töne zu erreichen.«

»Dann sah ich sie. Das junge Mädchen, das meine nächtlichen Stunden geplagt hatte, tauchte plötzlich hinter der Haushälterin auf und schwebte hinter ihr, als ob es an einer Art unsichtbarem Draht aufgehängt wäre. Ihr Gesicht im gedämpften Licht hatte denselben traurigen Ausdruck, den sie immer trug. Einen Moment lang war ich nicht in der Lage, meine Augen von ihrer gespenstischen Gestalt wegzureißen. Wie Mrs. Jarrow starrte auch sie mich direkt an, mit denselben weichen, unglaublich traurigen Augen, und bat mich, ihr zu helfen. Ihr Kopf war wieder einmal leicht zur Seite geneigt, wie ein Tier, das sich anstrengt, ein unbekanntes Geräusch zu identifizieren. Ihre langen, dunklen Locken umrahmten ihr Gesicht perfekt und breiteten sich wie ein Gewand um ihre Schultern über ihren Hals aus.«

»Der leidenschaftliche Blick des jungen Mädchens hielt mich wie versteinert fest. Ich fühlte mich völlig machtlos, mich zu wehren. Als Mrs. Jarrow weiter sang, begann der schwebende Geist des Mädchens hinter ihr die Arme zu heben. Zuerst dachte ich, dass sie die Arme um die Haushälterin wickeln wollte, in einer Art unheimlicher Umarmung. Aber stattdessen hielt sie sie mir entgegen und winkte mich, zu ihr zu kommen, und wenn ich nicht vor Angst wie erstarrt an meinem Platz festgefroren wäre, hätte ich es wahrscheinlich getan. Der Zauber, den das junge Mädchen über mich zu legen schien, war so groß, dass ich fast nicht merkte, dass Mr. Jarrow seine Frau sanft aus ihrer Trance zu holen begann.«

»Während ich mich immer noch voll und ganz auf die schwebende Form des jungen Mädchens konzentrierte, konnte ich neben mir Mr. Jarrows Stimme hören, der seine Frau fast bettelte, aus ihrem tranceähnlichen Zustand zurückzukommen. Der Grad der Besorgnis in seiner Stimme blieb mir nicht verborgen, und mir wurde klar, dass er, besonders nach seiner früheren Warnung an mich, seine Frau aufzuwecken, während sie noch in Trance war, bedeuten musste, dass er um ihr Leben fürchtete.«

»Ich musste etwas tun! Ich hatte keine Ahnung, was, aber ich konnte nicht einfach zusehen und zulassen, dass Mrs. Jarrow etwas passiert, nachdem sie sich in diese Lage gebracht hatte, nur um mir zu helfen. Ich zwang etwas Gefühl in meine Glieder zurück. Während Mr. Jarrow sich auf seine Frau konzentrierte, wusste ich irgendwie, dass sich ihr Zustand ohne mein Eingreifen nicht verbessern würde. Ich stärkte mich, indem ich mehrere tiefe Atemzüge machte, und dann sprang ich auf meine Füße, wobei die Geschwindigkeit meiner Aktion meinen Stuhl umkippte.«

»Amy! Ich schrie und hielt meine Augen direkt auf das junge Mädchen gerichtet. Nein! In diesem Bruchteil einer Sekunde schien das ganze Haus um uns herum zum Leben zu erwachen. Ein riesiger Windstoß riss durch den Raum, blies die Kerzen aus und ließ uns nur noch das schwache Glühen des Kaminfeuers. Der Tisch vor uns riss sich selbst los und purzelte in die äußerste Ecke des Raumes, wobei er das Ouija-Brett und die Kerzenständer mitnahm.«

»Von oben konnte ich das Geräusch von Türen hören, die sich aus eigenem Antrieb öffneten und zuschlugen. Nun, da kein Tisch mehr zwischen ihnen stand, schrammte Mr. Jarrow mit seinem Stuhl über den Boden, bis er direkt neben seiner Frau stand, und warf seine Arme schützend um sie.«

»Bei der schlechten Sicht, die uns das Kaminfeuer bot, schienen sich die Gesichtszüge des jungen Mädchens zu verzerren, bis ihr Gesicht, das vor Sekunden noch so schön war, nun dem einer Hexe ähnelte und wie in Erwartung eines Angriffs auf mich herabblickte. Ich blieb auf der Stelle stehen, obwohl ich spürte, wie sich meine Beine zu Gelee verwandelten, so dass ich das Gefühl hatte, sie würden jeden Augenblick unter mir zusammenbrechen. Ich versuchte verzweifelt, meine Augen von dem schrecklichen Gesicht abzuwenden, das nun über der armen Haushälterin und ihrem Mann schwebte, aber es war mir unmöglich.«

»Die haarige Gestalt begann auf mich zuzudriften, die Arme immer noch vor ihr ausgestreckt, und je näher sie kam, desto schwieriger war es für mich, zu fliehen. Da die Erscheinung nur wenige Meter vor mir stand, konnte ich ihr schreckliches Gesicht in allen Einzelheiten sehen. Ihre Haut, einst so weich und weiß, war nun straff und ledrig, als ob sie um ihren Schädel herum bis zum Platzen gespannt gewesen wäre. Die Augen, die mich angefleht und angelockt hatten, waren nun zwei knollige, hasserfüllte weiße Kugeln, mit winzigen Flecken in der Mitte, wo die Augäpfel einst gewesen waren. Ihr Haar, das nur Sekunden zuvor so glänzend schwarz gewesen war, war nun stumpf und verfilzt, als wäre sie rückwärts durch eine Hecke gezogen worden.«

»Als die krallenartigen Greifer der Hexe mein Gesicht berührten, gelang es mir glücklicherweise, die Augen zu schließen. In diesem Moment hörte ich Mrs. Jarrow einen versteinerten Schrei ausstoßen, der den ganzen Raum zu erfüllen schien. Ihr Schrei schien ewig zu dauern, obwohl er in Wahrheit wahrscheinlich nicht länger als ein paar Sekunden dauerte, aber ich muss gestehen, dass ich meine Augen fest geschlossen hielt, bis es vorbei war.«

SECHZEHNTES KAPITEL

»Als ich meine Augen öffnete, sah ich, wie Mrs. Jarrow gegen ihren Ehemann prallte. Ihre Schultern wippten auf und ab, und ich konnte sehen, dass sie unkontrolliert schluchzte. Mr. Jarrow selbst schien nur geringfügig besser dran zu sein als seine Frau, und ich hatte den Eindruck, dass er seine eigenen Tränen, die zweifellos auf seine Angst um die Sicherheit seiner Frau zurückzuführen waren, nur deshalb zurückhielt, weil er sich darauf konzentrierte, sie zu trösten.«

»Zum Glück war die Hexe weg! Auch das Windrauschen schien sich aufgelöst zu haben, und es gab kein Klopfen mehr von Türen, die oben geöffnet und zugeschlagen wurden. Draußen vor dem Fenster konnte ich noch immer den Regen hören, der gegen die Scheiben peitschte, und ein weiterer Donnerschlag signalisierte, dass der Sturm noch nicht vorbei war.«

»Ich ließ Mr. Jarrow einen Moment lang allein, um seine verzweifelte Frau zu trösten, und begann, die Möbel, die durch das unwillkommene Anstürmen des Windes durcheinander gebracht worden waren, wieder in Ordnung zu bringen. Nun, da die Séance vorbei war, erschien es mir unnötig, dass wir in relativer Dunkelheit sitzen, also ging ich hinüber und schaltete die Deckenbeleuchtung ein. Im beruhigenden Schein der Glühbirnen gelang es mir, das Ouija-Brett der Jarrows zu finden, es zu falten und wieder auf den Tisch zu legen.«

»Ich brauchte dringend einen weiteren Drink, aber zuerst ging ich zu den Jarrows hinüber und legte meine Hand auf die Schulter des Gärtners. Er drehte sich zu mir um, und ich konnte die Tränen in seinen Augen sehen. Seine Frau schluchzte immer noch, obwohl sie klang, als ob sie zwischen den Schluchzern zu atmen begann. Ich fragte Mr. Jarrow, ob ich ihm und seiner Frau einen Drink machen könnte, um sie zu beruhigen. Mr. Jarrow nickte und teilte mir mit, dass mein Wohltäter ein paar Flaschen Cognac in einer Anrichte im hinteren Salon aufbewahrte und dass er und seine Frau sich über ein Glas freuen würden.«

»Ich fand die fragliche Anrichte und entdeckte tatsächlich drei Flaschen Cognac, also nahm ich eine und drei Gläser in den vorderen Salon mit und schenkte jedem von uns ein großes Glas ein. Mrs. Jarrow hatte inzwischen praktisch aufgehört zu weinen, und sie putzte sich die Nase in das Taschentuch ihres Mannes. Ich reichte Mr. Jarrow zwei Gläser, und er überredete seine Frau sanft, eines zu nehmen.«

»Es mag sich angesichts der Umstände etwas seltsam anhören, aber ich lachte fast laut auf, als ich sah, wie die Haushälterin ihrem Mann das Glas wegnahm und den Inhalt in einem Zug hinunterstürzte. Ich vermutete, dass es an dem Schock und dem Trauma lag, das sie während der Séance erlitten hatte, aber was es noch seltsamer erscheinen ließ, war, dass Mr. Jarrow, nachdem sie ihr Glas heruntergekippt hatte, seins übergab, und auch das kippte sie hinunter.«

»Ich bot ihnen beiden sofort eine Neuauffüllung an, und Mr. Jarrow nahm sie dankbar an, aber seine Frau schüttelte daraufhin den Kopf. Während ich Mr. Jarrows Glas auffüllte, manövrierte er den Tisch, den ich zuvor aufgerichtet hatte, wieder in seine Position, so dass wir unsere Gläser irgendwo abstellen konnten. Ich bot einen Trinkspruch an und nahm einen großen Schluck, wobei ich mich leicht anstrengte, als die brennende Flüssigkeit meine Kehle versengte. Ich war kein großer Liebhaber von Spirituosen, aber damals glaubte ich, dass meine Nerven davon profitieren würden.«

»Mrs. Jarrow trocknete nun ihre Augen und wischte sich mit dem Taschentuch die Nase ab, und sie schien sich wieder voll unter Kontrolle zu haben. Aber als ich sie fragte, wie sie sich fühlte, trübte sich ihr Ausdruck sofort wieder, und ihr ganzer Körper schien zu zittern, als sie sich auf das Sprechen vorbereitete.«

»Sie müssen dieses Haus sofort verlassen! Es gibt einen Unrechtsgeist, der immer noch nach Rache sucht, und er wird nicht gehen, bevor er diese Rache an dem Besitzer dieses Hauses ausgeführt hat – an Ihnen!«

»Die giftige Art und Weise, wie sie ihre Ansage vortrug, überraschte sowohl Mr. Jarrow als auch mich, und er griff herüber, um seine Frau zu beruhigen, aber zu seiner offensichtlichen Überraschung schlug sie seine Hand weg und knallte ihre beiden auf den Tisch, während sie mich immer noch direkt ansah.«

»Hören Sie mir zu, Sir, ich kann nicht genug betonen, wie wichtig es ist, dass Sie dieses Haus jetzt, heute Abend, verlassen, bevor es zu spät ist. Jarrow und ich haben ein Gästezimmer. Sie können darin wohnen, wenn Sie bei diesem Wetter nicht in die Stadt fahren wollen, um ein Zimmer zu finden.«

»Mr. Jarrow drehte sich um und nickte zustimmend, und der Gedanke, das Anwesen zu verlassen, war definitiv reizvoll. Aber ich wollte mich nicht von einem Geist von meinem Erbe vertreiben lassen. Es war für mich eine Frage des Prinzips geworden. Zugegeben, ich hatte bereits beschlossen, dass Jenifer keine einzige Nacht auf diesem Anwesen verbringen würde, aber für mich selbst würde ich an Ort und Stelle bleiben, egal wie viele Störungen mein unwillkommener Gast mir in der Nacht bereitete.«

»Ich dankte den Jarrows aufrichtig für ihr freundliches Angebot, betonte aber, dass ich nicht im Geringsten um mein Wohlergehen besorgt sei, und erklärte, dass das Mädchen mich bereits jede Nacht besucht habe, seit ich dort war. Als ich sie ausführlich erwähnte und ihre traurigen Augen und ihr erbärmliches Verhalten beschrieb, sahen mich beide mit den seltsamsten Gesichtsausdrücken an. Nachdem sie einen Blick zwischen sich ausgetauscht hatten, schaute Mr. Jarrow mich wieder an.«

»Wollen Sie damit sagen, dass Sie den Geist, der diese Drohungen ausspricht, tatsächlich gesehen haben?«

»Ich habe bestätigt, dass ich es getan habe, und noch mehr, dass er es heute Abend getan hat. Denn ich konnte mir nicht hundertprozentig sicher sein, ob Mrs. Jarrow den Geist hinter sich schweben sah, aber Mr. Jarrow konnte sie auf keinen Fall übersehen haben. Aber als ich meine Meinung äußerte, sah Mr. Jarrow völlig verwirrt aus und leugnete, dass er etwas gesehen hatte.«

»Ich traute meinen Ohren nicht. Mr. Jarrow hatte keinen Grund zu lügen, aber er hatte seiner Frau gegenüber gestanden, während das junge Mädchen über ihr schwebte, während seine Frau das Lied vortrug, und außerdem war er genau dort, als sie sich in die alte Hexe verwandelte und über den Tisch auf mich zuschwebte, kurz bevor seine Frau den ohrenbetäubenden Schrei ausstieß, der die gewünschte

Wirkung zu haben schien, den Geist aus dem Haus zu vertreiben.«

»Sir, ich kann Ihnen versichern, dass ich während der Séance hier heute Abend keine Erscheinung gesehen habe.«

»Ich konnte seine Behauptung nicht akzeptieren, und vielleicht begann der Cognac in mir seine Wirkung zu entfalten, aber ich rannte nach oben zu dem Koffer, den ich vorher ausgeräumt hatte, und holte vorsichtig das Bild des Mädchens im Blumenkleid aus der Truhe und brachte es direkt zu dem wartenden Paar hinunter. Ich faltete es auf dem Tisch aus und legte es vor ihnen aus. Das Paar studierte das Bild eine ganze Weile, aber keiner schien das Mädchen in den Schmerzen als diejenige zu erkennen, die nur Augenblicke zuvor über den Tisch zu mir geschwebt war.«

»Wollen Sie mir sagen, dass Sie diese Erscheinung vor Ihnen in diesem Raum gesehen haben, als ich gerade mit Ihnen zusammen war?«

»Ich bestätigte Mrs. Jarrow, dass ich sie nicht nur gesehen hatte, sondern dass sie das gleiche Mädchen war, das mich in der Vergangenheit besucht hatte. Ich konnte mich einfach nicht damit abfinden, dass Mr. Jarrow selbst sie nicht gesehen hatte, als sie praktisch vor ihm schwebte, über dem sie direkt an ihm vorbeischweben musste, um zu mir zu gelangen. War sie einfach unsichtbar für jeden, der nicht in ihrer Schusslinie stand? Das würde sicherlich erklären, wie keiner meiner Gäste sie bemerkt zu haben schien.«

»Ich ließ das Paar das Bild so lange wie nötig studieren, während ich in die Küche ging, um noch etwas Wein zu holen. Ich bot meinen Gästen etwas an, aber sie lehnten ab. Ich hingegen brauchte etwas Vertrauteres, um den Geschmack dieses Cognacs wegzuspülen. Ich habe mir ein großes Glas eingeschenkt, und ich glaube, ich habe es wohl zu schnell hinuntergeschüttet, denn mir wurde sofort schwindlig. Ich setzte mich wieder an den Tisch und sah zu, wie das Paar das Porträt weiter studierte.«

»Einmal legte Mrs. Jarrow ihre Hand auf das Mädchen auf dem Bild und schloss die Augen. Ich vermutete, dass sie eine psychische Verbindung herzustellen versuchte, was ich zugegebenermaßen für äußerst mutig von ihr hielt, wenn man bedenkt, was sie bereits durchgemacht hatte. Mr. Jarrow teilte offensichtlich meine Besorgnis, denn kaum hatte seine Frau die Augen geschlossen, um sich zu konzentrieren, schoss er mit seiner eigenen Hand nach vorne und legte sie fest auf ihre, wobei er sie mit seinen Fingern packte, als wolle er sie vom Bild abheben. Mrs. Jarrow öffnete sofort die Augen und starrte ihn an. Aus dem Augenwinkel konnte ich den Blick, den er ihr zuwarf, nicht sehen, aber es reichte ihr offensichtlich, um ihre Handlung zu überdenken, und sie entfernte ihre Hand ohne Widerrede.«

»Wir drei saßen mehrere Minuten lang schweigend da. Ich glaube, dass wir alle zu schockiert und zu erschöpft waren, um zu sprechen. Ich spürte, wie meine Augenlider gegen den beginnenden Schlaf zu kämpfen begannen, und wenn man bedenkt, dass die Jarrows schon vor mir wach waren, im Herrenhaus arbeiteten und dann eine Schicht im Pub absolvierten, bevor sie zur Séance kamen, war ich mir sicher, dass auch sie kurz davor waren, vor Müdigkeit umzukippen.«

»Am Ende brach ich das Schweigen, indem ich ihnen für ihre Freundlichkeit dankte und vor allem dafür, dass sie mein Wohlergehen über ihr eigenes gestellt hatten, indem sie versuchten, meinen unerwünschten Geist zu vertreiben. Aber da die Uhr sich schnell auf Mitternacht zubewegte, schlug ich vor, dass sie sich in ihr Haus zurückziehen und wir sehen würden, was der Morgen bringen bringt. Ich nutzte die Gelegenheit, um Mrs. Jarrow auf meinen Termin mit der Bibliothekarin in der Stadt am frühen Morgen hinzuweisen, und betonte, wie sehr ich ihr wunderbares Frühstück vermissen würde.«

»Zu ihrer Ehre bot die reizende Dame an, am nächsten Morgen früh vorbeizukommen, damit ich vor meiner Abreise in die Stadt ordentlich essen könne. Aber ich bestand darauf, dass die beiden am nächsten Tag ausschlafen sollten, als kleines Zeichen meiner Dankbarkeit und auch als Rücksicht auf die Späte der Stunde. Beide dankten mir ausgiebig und entschuldigten sich, als ob eine solche Entschuldigung notwendig wäre, weil sie kein positiveres Ergebnis der Séance erreicht hatten. Ich versicherte ihnen noch einmal meine unendliche Wertschätzung und betonte, dass ich mir voll bewusst sei, dass sie alles in ihrer Macht stehende getan hätten, um mir zu helfen.«

»Ich spürte, dass sie beide immer noch etwas zögerten, zu gehen, und ich vermutete, dass es etwas damit zu tun haben musste, dass sie mich nicht allein lassen wollten. Aber ich wusste, dass sie nichts mehr für mich tun konnten, und so müde ich mich auch fühlte, wollte ich nicht unhöflich erscheinen, also tat ich so, als hätte ich die Besorgnis in ihrem Ausdruck nicht gesehen, und schob meinen Stuhl zurück und stand auf, damit ich sie zur Haustür geleiten konnte. Mit einigem Zögern packte Mr. Jarrow ihre Habseligkeiten weg, und sie folgten mir in den Flur. Als wir die Haupttür erreichten, drehte ich mich um, um ihnen beiden eine angenehme Nacht zu wünschen, und war etwas erstaunt, als Mrs. Jarrow sich praktisch auf mich stürzte und meinen Ärmel mit beiden Händen packte.«

»Bitte, Sir, ich bitte Sie, die Nacht mit Jarrow und mir noch einmal zu überdenken. Dieses Haus will Sie nicht hier haben, und ich fürchte, je länger Sie bleiben, desto mehr werden Sie in Gefahr geraten!«

»Ich konnte an Mr. Jarrows Gesichtsausdruck erkennen, dass auch er von den Aktionen seiner Frau überrascht war, und danach brauchte er einen Moment, um zu reagieren. Er ging näher heran und ließ seine Frau von mir abrücken. Sie wandte sich ihm mit demselben flehenden Blick zu, den sie mir gerade gegeben hatte, und versuchte, ihn zu drängen, ihr zu helfen, mich zu überzeugen, mit ihnen zu gehen. So hartnäckig sie auch war, konnte ich feststellen, dass Mr. Jarrow sich durch das Verhalten seiner Frau mehr schämte als an der Botschaft interessiert war, die sie zu vermitteln versuchte. Es fiel mir auf, dass die Jarrows offensichtlich verwandte Seelen waren und beide auf ihre Art äußerst bescheiden waren, da sie weder eine Meinung noch eine Idee einem anderen aufzwingen wollten, was möglicherweise der Grund dafür war, dass Mr. Jarrow sich so unbehaglich fühlte, dass seine Frau in diesem Moment aus der Rolle fiel.«

»Obwohl ich für Mrs. Jarrows Sorge um mein Wohlergehen äußerst dankbar war, konnte ich Mr. Jarrows Unbehagen dennoch nachempfinden. Ich legte meine Hand auf die Schulter der Haushälterin und versicherte ihr, dass es mir gut gehen würde, auch wenn sie immer noch nicht allzu überzeugt aussah. Als er seine Frau aus der Tür führte, gab ich Mr. Jarrow einen freundlichen Klaps auf den Rücken, um ihm meinen Dank und mein Verständnis zu übermitteln. Mir fiel zu diesem Zeitpunkt nichts ein, was den Gärtner nicht noch mehr in Verlegenheit bringen würde, also ließ ich ihn allein, um seine Frau nach Hause zu bringen.«

»Ich beobachtete sie, wie sie langsam die Kiesstraße entlang gingen, bis sie am Haupttor umdrehten und hinter der Baumgrenze außer Sicht verschwanden. Ich fühlte mich schuldig, als ich sah, wie sie sich im strömenden Regen zusammendrängten, und wünschte mir, ich hätte einen Regenschirm zur Hand gehabt, den ich ihnen anbieten konnte. Oder zumindest lud ich sie ein, zu bleiben, bis der Regen nachgelassen hatte. Aber zumindest war ihr Haus nur einen kurzen Spaziergang entfernt, und mit dem Schutz, der ihnen die Bäume entlang der Strecke bieten würden, ging ich davon aus, dass sie am Ende nicht völlig durchnässt sein würden.«

»Als ich die Tür schloss, ging das Licht wie auf Stichwort aus und tauchte mich in fast völlige Dunkelheit. Ich ließ einen langen Seufzer aus und verfluchte das schlechte Timing. Mein erster Gedanke war, die Dinge einfach so zu lassen, wie sie sind. Schließlich wollte ich mich gerade für die Nacht zurückziehen, und ich hoffte, dass ich bei all dem Alkohol, den ich konsumiert hatte, bis zum Morgen durchschlafen könnte. Natürlich gab es keine Garantie dafür, dass ich in der Dämmerung nicht wieder unerwünschte Besuche erhalten würde. Aber ich war auch ziemlich zuversichtlich, dass mich das Mädchen Amy, das während der Séance das Herrenhaus besuchte, zumindest für den Rest der Nacht in Ruhe lassen würde.«

»Dann dämmerte es mir, dass, wenn der Generator die ganze Nacht ausgeschaltet bliebe, es morgens vielleicht kein heißes Wasser für mein Bad gäbe, und ich wollte unbedingt einen guten Eindruck bei Miss Wilsby hinterlassen. Schließlich brauchte ich ihre Hilfe beim Durchsuchen der Bibliotheksarchive, um mehr Informationen über mein Haus und meine Familie und, was noch wichtiger ist, über dieses junge Mädchen, Amy, zu finden.«

»Ich rannte nach oben, um meine Taschenlampe aus meinem Schlafzimmer zu holen, und bevor ich mich nach draußen wagte, zog ich meinen Mantel an, den ich im Flur hängen gelassen hatte. Als ich meinen Kragen hochschlug, öffnete ich noch einmal die Haustür und suchte in meiner Hosentasche nach den Hausschlüsseln, bevor ich mich nach draußen in den Regen wagte. Ich blieb so nah wie möglich am Haus, während ich mich an der Seite des Hauses umsah, und leuchtete mit meiner Taschenlampe auf den Boden vor mir, um die Gefahr eines Stolperns zu minimieren. Erst als ich die Hälfte der Strecke erreicht hatte, dämmerte es mir, dass es für mich weitaus sinnvoller gewesen wäre, durch die Spülküche und nicht durch die Eingangstür zu gehen. Das hätte mir mindestens drei Viertel meines Weges um das Anwesen herum erspart, da der Generatorschuppen nur einen kurzen Fußweg von der Rückseite des Hauses entfernt war. Aber es war zu spät, um meine Schritte noch einmal zurückzuverfolgen, also setzte ich meinen Weg fort.«

»Als ich den Schuppen betrat, wischte ich meinen Mantel ab und benutzte den Strahl meiner Taschenlampe, um den Startschalter für den Generator zu finden. Meine ersten beiden Versuche führten dazu, dass die Maschine nur hustete und stotterte, ohne wirklich zum Leben zu erwachen, und ich erinnerte mich, dass Mr. Jarrow mir bei der ersten Demonstration des Systems zum Starten erklärte, dass die ersten paar Versuche nicht immer erfolgreich waren. Tatsächlich erwachte der Generator bei meinem vierten Versuch wieder zum Leben.«

»Ich schloss die Schuppentür hinter mir ab, als ich ging. Von dieser Seite des Hauses aus war es unmöglich zu erkennen, ob das Licht im Flur wieder angegangen war, und wieder gab ich mir einen Tritt, weil ich nicht durch die Spülküche gegangen war. Auf diese Weise hätte ich das Licht dort drinnen einschalten können, bevor ich herauskam, so dass ich jetzt sicher sein konnte, dass der Generator richtig funktionierte, ohne dass ich mich wieder um das Herrenhaus herumschleppen musste. Ich leuchtete mit meiner Taschenlampe über die Rückseite des Hauses und erstarrte kurz vor Schrecken, als ich die vertraute Silhouette von Amy sah, die mich von einem der Fenster im oberen Stockwerk anstarrte!«

»Ich blieb eine Weile stehen, abgeschirmt vom Regen durch den überhängenden Sims über der Schuppentür. Amy hat sich nicht bewegt! In dem leider unzureichenden Lichtstrahl, den mir meine Taschenlampe bot, war es unmöglich, etwas anderes zu sehen als den schwachen Umriss ihrer Gestalt hinter dem Fenster. Aber ich wusste, dass sie mich direkt anstarrte, obwohl es unmöglich war, von meinem Standort aus zu sehen, was für einen Ausdruck sie im Gesicht hatte. Trotzdem dachte ich, dass es nach den nächtlichen Aktivitäten kein Blick des Mitgefühls oder der Vergebung war.«

»Der Regen tendierte dazu, sintflutartig zu werden, und ich spürte, wie mein Mantel immer schwerer wurde, je mehr das Wasser in das Material eindrang. So überließ ich Amy schließlich ihrer einsamen Wache und machte mich auf den Weg zurück um das Herrenhaus herum an die Front. Als ich drinnen war, schüttelte ich meinen Mantel ab und rannte die Treppe hinauf in den Raum, in dem sich das Fenster befand, von dem aus ich gerade Amy gesehen hatte, die auf mich herabblickte. Aber als ich es erreichte, gab es keine Spur von ihr!«

»Ich ging hinüber zu der großen Fensterfront und schaute hinaus, nur um meine Neugierde zu befriedigen, dass ich tatsächlich im richtigen Zimmer war. Als ich hinausschaute und den Generatorschuppen unten sah, war ich mir sicher, dass ich genau dort stand, wo sie kurz zuvor gewesen war. Als ich dort stand, fühlte ich einen plötzlichen kalten Schauer über meinen Körper laufen. In Wahrheit konnte ich nicht sicher sein, ob es daran lag, dass ich gerade von draußen hereingekommen war, oder an etwas Unheimlicherem und Unheilvollem. Das Gefühl erinnerte mich an den Spruch, den die Leute oft sagen, dass jemand über ihr Grab gehen würde. Ich schüttelte das Gefühl ab und ging wieder nach unten, um mich zu vergewissern, dass ich die Haustür abgeschlossen hatte, und um das Licht auszuschalten.«

»Als ich endlich ins Bett stieg, war ich so erschöpft von den Ereignissen des Tages, dass ich in der Sekunde einschlief, als mein Kopf auf das Kissen fiel.«

SIEBZEHNTES KAPITEL

»Amy erlaubte mir nicht, in dieser Nacht gut zu schlafen. Jedes Mal, wenn ich die Augen schloss, wurde ich durch das Geräusch von Türen geweckt, die überall im Haus zuschlugen, oder sie sang mir ihr trauriges Liedchen direkt ins Ohr, aber wenn ich die Augen öffnete, war sie natürlich nicht da. Wenn ich es schaffte, kurz zu schlafen, drang sie in meine Träume ein und erschien mir wie am Abend zuvor. Nicht als süßes, sanftes, hübsches, junges Mädchen, sondern als böses, Hexen ähnliches Wesen, das mir die Hand entgegenstreckte, als wolle es mir das Herz aus der Brust reißen.«

»Nachdem ich zum x-ten Mal in der Nacht geweckt worden war, drehte ich mich auf die Seite und bedeckte mein freiliegendes Ohr mit einem Kissen, um den Klang ihres ständigen Lärms zu dämpfen. Aber leider war das vergeblich. Ich spürte, wie meine Augen aufgrund des Schlafmangels brannten. Mein ganzer Körper schrie nach Ruhe, aber sie ließ nicht locker. Einmal setzte ich mich aus Verzweiflung im Bett auf und rief ihr zu, um zu wissen, was sie von mir wollte. Aber ihre einzige Antwort war, einen weiteren Windstoß durch das Haus zu schicken, was wiederum dazu führte, dass einige der inneren Türen zugeschlagen wurden.«

»Irgendwann hörte ich das vertraute Geräusch des Hämmerns an der Spülküchentür. Ich versuchte, es zu ignorieren, aber das endlose Klopfen setzte sich fort und wurde mit jedem Schlag immer lauter, bis ich schließlich aufgab und die Decken zurückwarf, um mich nach unten zu begeben. Als ich die Treppe hinunterging, ertappte ich mich dabei, wie ich Amy anschrie und ihr sagte, dass ich von ihrer Darbietung an diesem Abend nicht im Geringsten beeindruckt sei und dass ich mich nicht schuldig fühlen oder irgendeine Verantwortung für irgendeinen Kummer übernehmen wolle, den meine entfernten Verwandten ihr verursacht haben könnten.«

»Als ich die Spülküche erreichte, konnte ich Amys einsame Gestalt im Schatten direkt vor der Tür sehen. Meine Geduld war zu diesem Zeitpunkt schon unglaublich geschwächt, und nachdem ich die Tür aufgeschlossen hatte, riss ich sie auf, um sie zu konfrontieren. Inzwischen schmerzte mein ganzer Körper aus Mangel an Schlaf, und mein Gemüt war völlig ausgebrannt. Als ich sie auf der Türschwelle stehen sah, war ich zum ersten Mal nicht von ihrem mitleiderregenden Gesichtsausdruck beeindruckt. Bevor sie die Gelegenheit hatte, mich auf ihre übliche Weise um Hilfe zu bitten, schrie ich sie an und bestand darauf, dass sie mir sagen sollte, was ich tun musste, um sie ein für alle Mal loszuwerden. Anstatt zu antworten, öffnete sie nur ihren Mund und schrie. In einem Augenblick schien ihr Schrei aus allen Richtungen auf mich zu treffen. Das ganze Haus schien durch die Härte ihrer Tonlage zu vibrieren, und ich war gezwungen, mir die Finger in die Ohren zu stecken und die Augen zu schließen.«

»Ich wich vor der offenen Tür zurück und hielt den Kopf in den Händen. Der Lärm von Amys Schreien war so intensiv, dass ich tatsächlich glaubte, mein Kopf könnte explodieren. Es schien keine Möglichkeit zu geben, dem ohrenbetäubenden Krach zu entkommen, aber instinktiv ging ich weiter von der Tür weg. Da ich mich nicht darauf konzentrierte, wohin ich ging, verlor ich den Überblick, wie viele Schritte ich gemacht hatte, bis es zu spät war. Ich verfing mich mit der Ferse an der Ecke des großen Tisches, und bevor ich mir selbst helfen konnte, war ich rückwärts gekippt, und dann wurde alles schwarz.«

»Das nächste, woran ich mich erinnere, ist das Aufwachen aus meiner Bewusstlosigkeit, immer noch auf dem harten Steinboden liegend, mit der Spülküchentür, die im Wind hin und her klappte. Ich stellte mich wieder auf und benutzte den gleichen Tisch, der die Ursache meines Sturzes war, um mich aufzurichten. Ich stand einen Moment lang nur da, um zu prüfen, ob ich noch in einem Stück war. An dem dumpfen Schmerz an meiner Schulter konnte ich erkennen, dass sie die Hauptlast meines Sturzes abgekriegt haben musste.«

»In dem düsteren, schattigen Licht, das mir der Nachthimmel bot, gelang es mir, meine Taschenlampe zu finden, aber zu meinem Entsetzen, als ich den Knopf drückte, ging sie nicht an. Mit einem Seufzer überprüfte ich das Glas, das die Oberseite bedeckte, und entdeckte zu meinem Erstaunen, dass es noch intakt war. Als nächstes öffnete ich die vordere Abdeckung und entfernte die große Batterie, um an die Kontaktfeder zu gelangen und sicherzustellen, dass sie sich nicht durch meinen Sturz verbogen oder zerbrochen war. Sie schien zu halten, also schob ich die Batterie zurück in ihr Gehäuse und setzte den Deckel wieder ein. Mit angehaltenem Atem versuchte ich den Schalter noch einmal, und zu meinem Erstaunen erwachte sie wieder zum Leben.«

»Ich taumelte zur Tür und blieb eine Weile stehen, während ich mich vom Wind einhüllen ließ. Die scharfe Kälte der stürmischen Luft trug dazu bei, dass ich wieder zu mir kam, und ich blieb dort, bis der Platzregen zu intensiv wurde, um mich zu beruhigen. Ich stand gerade weit genug zurück, um mir zu erlauben, die Tür zu schließen. Als sie verriegelt war, lehnte ich mich zur Stütze an und überlegte, ob ich mich wieder ins Bett legen sollte. Ein kurzer Blick auf meine Uhr sagte mir, dass es fast drei Uhr war, und so schien es, dass ich mindestens eine Stunde lang bewusstlos gewesen sein musste.«

»Ich nahm mir die Tatsache zu Herzen, dass sich das Haus anscheinend zur Ruhe gesetzt hatte. Es war kein Klopfen mehr zu hören, und wieder einmal betete ich, dass Amy mich für die Nacht nicht mehr belästigen würde. Wenn das der Fall war, hatte ich immer noch eine Chance von etwa drei Stunden Schlaf, bevor mein Wecker klingelte, was mehr war, als ich in dieser Nacht bisher genossen hatte. Ich überlegte, mir ein Glas heiße Milch zu machen, um mir beim Einschlafen zu helfen, aber ich beschloss, dass ich meine Zeit besser damit verbringen sollte, einfach nur zu versuchen, so schnell wie möglich einzuschlafen.«

»Ich machte mich auf den Weg in die Küche und von dort in den Flur, wobei mir meine Taschenlampe den Weg wies. Ich hatte es zu eilig, meinen Frust an Amy auszulassen, als dass ich mir die Mühe gemacht hätte, das Licht auf meinem Weg zur Spülküche anzuschalten. Ich ließ den Taschenlampenstrahl auf den Boden vor mir gerichtet, während ich mich durch den Flur und zum unteren Ende der Treppe manövrierte. Ich hielt mich am Geländer zur Unterstützung fest, als ich begann, die Treppe hinaufzusteigen. Inzwischen hatte mein ganzer Oberkörper zu pochen begonnen, zweifellos wegen meines Sturzes. Ich war mir ziemlich sicher, dass ich keine Schmerzmittel in meinem Gepäck hatte, und wusste, dass ich einfach das Beste daraus machen musste.«

»Auf halber Höhe der Treppe hörte ich plötzlich ein Knarren auf dem Treppenabsatz über mir. Ich hob meine Taschenlampe, und in dem schwachen Lichtstrahl sah ich Amy vor mir schweben, die oben auf der Treppe stand. Der Schock, plötzlich ihre Erscheinung vor mir zu sehen, veranlasste mich dazu, meine Taschenlampe noch einmal fallen zu lassen, als ich mich umdrehte, um das Geländer mit beiden Händen zu ergreifen und mich zu beruhigen. Diesmal konnte ich hören, wie meine arme Taschenlampe aufprallte und die solide Holztreppe hinunterstürzte, und ich war mir nicht im Klaren darüber, dass sie für immer verloren war, als ich sie auf dem Boden der Halle unten zerbrechen hörte.«

»Als ich Amy aus den Augenwinkeln beobachtete, schien sie auf mich zuzuschweben. Durch die dunkle, schattenhafte Düsternis konnte ich gerade noch ihr Gesicht erkennen. Diese süßen, sanften Züge, dieser flehentliche Blick, den sie immer trug und der mich um Hilfe bat. In diesem Moment entdeckte ich, dass ich meine Beine nicht bewegen konnte. Es war fast so, als hätte sie mich in ihren Bann gezogen und mich gezwungen, so lange gefangen zu bleiben, bis sie nahe genug war, um mir die Qualen zuzufügen, die sie sich für mich vorgestellt hatte. Ich hielt mich am Geländerpfosten fest, weil mir das Leben lieb war. Meine Beine begannen unter meinem Gewicht nachzulassen, und ich fühlte, wie ich auf der Treppe zu einem Häufchen Elend zusammenbrach.«

»Schließlich musste ich mein Gesicht von der herannahenden Erscheinung abwenden. Ich schloss meine Augen und drückte sie zu, in der vergeblichen Hoffnung, dass sie, wenn ich sie nicht sehen könnte, nicht in meine Nähe kommen würde. Ich wusste, dass ich mir selbst nur etwas vormachte, aber ohne jede Möglichkeit zu entkommen, glaube ich, dass mein Gehirn mir nur falsche Hoffnung machte, als gar keine Hoffnung.«

»Mit meinen Augen fest geschlossenen entschied Amy offensichtlich, dass sie stattdessen meine Ohren angreifen würde. Sie fing an, ihr Lied zu singen, so laut, dass ich das Gefühl hatte, meine Trommelfelle würden platzen. Ich ließ meinen Griff am Geländer los und steckte einen Finger in jedes Ohr, um zu versuchen, die Geräusche zu blockieren. Aber die Anstrengung war vergeblich. Ihr Gesang durchdrang meine Abwehr, so dass es so aussah, als ob sie tatsächlich in meinem Kopf wäre.«

»Ich spürte, wie mir wieder schwindelig wurde. Es erinnerte mich an das Gefühl, das man als Kind oft hatte, wenn man sich gegen den Befehl der Eltern sehr schnell drehte und dann plötzlich stehen blieb und die Welt um einen herum plötzlich das Gefühl hatte, sie würde in sich zusammenstürzen.«

»Ich war dabei, mich auf der Treppe so niedrig wie möglich zu kauern, fast so, als ob ich versuchte, mich in einen menschlichen Ball zu verwandeln. Der Lärm in meinem Kopf tobte immer noch, und ich konnte Amys Anwesenheit in greifbarer Nähe fast spüren. Ich konnte nirgendwo hingehen! Meine Beine würden mein Gewicht nicht tragen, wenn ich versuchte, aufzustehen und zu fliehen. Meine einzige Alternative bestand nun darin, meinen Körper die Treppe hinunterrollen zu lassen und zu hoffen, dass Amys Bann über mich gebrochen war, wenn ich unten ankam, und ich so meine Flucht fortsetzen konnte.«

»Aber ich wusste, dass ich mir nur selbst etwas vormachte. Ich war wie das sprichwörtliche Reh ein auf der Stelle erstarrt und wartete nur darauf, dass der Jäger kommt, um mich zu erledigen. In diesem Moment, glaube ich, dass ich das Ende tatsächlich begrüßt hätte, so dass ich endlich von meinem Elend erlöst werden konnte. Aber Amy spielte mit mir, indem sie absichtlich meine Qualen verlängerte, um mein Leiden zu verstärken.

Sie wollte mich nicht töten. Stattdessen wollte sie ihr kleines Spiel hinauszögern, um die maximale Wirkung zu erzielen.«

»Als ich endlich nicht mehr konnte, ließ ich einen gewaltigen Schrei los, der von Angst und Verzweiflung getragen war. Irgendwie schien mein Schrei den Bann zu brechen, und innerhalb von Sekunden hatte Amy in meinem Kopf aufgehört zu singen, und ich nahm das Gefühl in meinen Beinen wieder wahr. Ich hielt einen Moment inne, bevor ich es wagte, meine Augen zu öffnen. Denn obwohl ich sie nicht mehr hören konnte, hatte ich immer noch Angst, dass ihre Erscheinung über mir schweben könnte, und nur darauf wartete, mich in der Sekunde zu schlagen, in der ich meine Augen öffnete.«

»Als ich endlich den Mut aufbrachte, hinzusehen, war ich erleichtert, als ich entdeckte, dass Amy nirgendwo zu sehen war. Ich richtete mich auf und stand noch einen Moment länger da und versuchte, meine Sicht in der Dunkelheit, die mich umgab, zu fokussieren. Ich wusste, dass es sinnlos war, meine Taschenlampe zu holen, denn ich hatte sie auf dem Hartholzboden zerbrechen gehört, als sie mir aus der Hand rutschte.«

»Für einen Moment überlegte ich, in den vorderen Salon zurückzukehren, das Feuer wieder anzuzünden, um mich zu wärmen, und die Deckenbeleuchtung im Erdgeschoss anzuschalten, bevor ich den Rest der Nacht zusammengerollt im Sessel verbrachte. Zu diesem Zeitpunkt fühlte ich mich jedoch, wenn auch nicht zum ersten Mal in dieser Nacht, überzeugt, dass Amy bereits ihr ganzes Waffenarsenal nach mir geworfen hatte und dass sie mich nun endlich in Ruhe lassen würde. In diesem Sinne kroch ich wieder die Treppe hinauf ins Bett, und wieder schlief ich innerhalb von Sekunden ein, nachdem mein Kopf auf das Kissen gelegt hatte.«

»Wieder weigerte sich Amy, mich in Ruhe schlafen zu lassen, als sie in meine Träume eindrang. Sowohl als sie selbst als auch als die Hexe Amy mit diesem wahnsinnigen Gesichtsausdruck, als sie immer näher auf mich zukam. In einem meiner Träume war ich tatsächlich mit Amy verheiratet, und wir waren dabei, ein Kind zu bekommen. Unser Leben war so idyllisch, wie man es sich nur wünschen konnte, und wir waren beide hoffnungslos verliebt. Aber als sie mir unser neugeborenes Kind präsentierte, blickte ich auf und war entsetzt über den Anblick von Jenifer, die durch einen geheimnisvollen Nebel auf mich zukam. Ihr zu einer Maske des Grauens verzerrtes Gesicht. Ihr schönes blondes Haar, einst so weich und golden, war nun mit etwas verfilzt, das wie getrocknetes Blut aussah. Ihre schlanken, gut gepflegten Finger waren nun zu klauenähnlichen Krallen verformt, genau wie bei der Hexe Amy, mit langen, rissigen, geschwärzten Fingernägeln, die nach unserem Kind griffen, um es von mir wegzureißen und es in ihr Versteck zu tragen, um es seinem Schicksal zu überlassen.«

»Ich saß mit einem Schlag im Bett auf, und sobald mir klar wurde, dass es nichts weiter als ein schrecklicher Traum war, sah ich mich im Zimmer um und bemerkte das Tageslicht vor meinem Fenster. Ich griff nach meinem Wecker und sah zu meinem Entsetzen, dass es sieben Uhr fünfundvierzig war. Mein Wecker hatte entweder nicht richtig funktioniert oder ich hatte ihn verschlafen. Wie auch immer, ich hatte nur fünfzehn Minuten Zeit, um die Bibliothek zu erreichen. Sonst, so war ich überzeugt, würde die gute Miss Wilsby ihr freundliches Angebot vorbehaltlos zurückziehen.«

»Ich hatte keine Zeit, meine morgendlichen Waschungen abzuschließen, und obwohl ich wieder einmal in schweißgetränkten Laken aufgewacht war, hatte ich nur Zeit, mir ein Deodorant unter die Arme zu sprühen und etwas Old Spice aufzuspritzen, bevor ich mich anzog.«

»Ich rannte mit dem Mantel unter dem Arm zu meinem Auto und zitterte sofort, als die Kälte des frühen Morgens meine Kleidung durchdrang. Auf dem Rasen lag eine dicke Frostschicht, und zu allem Überfluss hatte sie sich auch auf meinen Windschutzscheiben festgesetzt. Ich verbrachte einige wertvolle Minuten damit, das Eis von den Scheiben zu kratzen, bis ich zufrieden war, dass sie klar genug waren, um hinauszusehen. Als ich mich hinter dem Lenkrad befand, drehte ich den Schlüssel in der Zündung, und der Motor weigerte sich zunächst, anzuspringen. Ich überprüfte, ob der Choke-Hebel vollständig ausgefahren war, und versuchte es dann erneut.«

»Es brauchte vier Versuche, bis der Motor ansprang, also saß ich einen Moment lang da und gab Gas, um sicherzustellen, dass das Auto beim Anfahren nicht abgewürgt wurde. Schließlich fuhr ich die Einfahrt zum Haupttor hinunter. Beim ersten Mal, als ich bremsen musste, rutschten die Reifen unter mir durch, und ich wusste, dass ich es langsam angehen musste, egal wie spät es war. Ich überlegte mir, dass es keinen Sinn hatte, auf den vereisten Straßen zu hetzen und einen Unfall zu riskieren, und hoffte, dass die alte Bibliothekarin unter den gegebenen Umständen etwas Verständnis zeigen würde.«

»Als ich die Witwenmacher-Kurve erreichte, wurde ich langsamer und hupte, aber es gab keine Reaktion. Trotzdem nahm ich den zweiten Gang ein, wobei mein linker Fuß über der Kupplung schwebte, nur für den Fall, dass ich auf die Bremse treten musste. Zum Glück war der Weg frei, und ich fuhr so schnell weiter in die Stadt, wie ich mich traute.«

»Ich näherte mich der Hauptstraße, blickte auf meine Uhr und war entmutigt, als ich sah, dass es bereits Viertel nach acht Uhr war. Obwohl ich in der Tat recht gut durchgekommen war, insbesondere unter Berücksichtigung der Straßenverhältnisse, war ich immer noch nicht davon überzeugt, dass Miss Wilsby meine Bemühungen zu schätzen wusste. Als die Bibliothek in Sichtweite kam, erwartete ich die strenge Gestalt der Bibliothekarin, die mit einem völlig verstörten Blick auf ihrem Gesicht auf mich wartete. Aber sie war nirgendwo zu sehen. Für einen schrecklichen Moment dachte ich tatsächlich, dass sie sich, als ich nicht um Punkt acht angekommen war, selbst nach Hause oder in ein Café zum Frühstück gegangen war.«

»Ich parkte vor der Bibliothek und kletterte aus meinem Auto. Ich stand einen Moment lang auf dem Bürgersteig und blickte die Straße auf und ab in der vergeblichen Hoffnung, dass die Bibliothekarin selbst zu spät kommen und sich entschuldigen würde. Aber nach einer Weile stellte sich heraus, dass sie entweder nicht mehr zurückkam, oder aber sie war bereits in der Bibliothek.«

»Ich ging die Stufen des großen roten Backsteingebäudes hinauf und schaute durch die Glasscheibe in einer der Türen hinein. Es gab keine Anzeichen für eine Bewegung von innen, obwohl mein Blickwinkel von außen keine vollständige Sicht erlaubte, da die Innentüren als obere Scheiben Mattglasscheiben enthielten. Es gab jedoch einen schwachen Lichtschimmer, der von hinten kam, was mich ermutigte, zu glauben, dass jemand im Inneren war. Ich stand eine Weile da und hoffte, dass ich von innen einen Schatten einer Bewegung sehen würde. Aber nach einer Weile, in der es keine solchen Anzeichen gab, beschloss ich, anzuklopfen.«

»Innerhalb von ein paar Sekunden kam die weidenähnliche Figur der Bibliothekarin in Sicht. Als sie zielstrebig auf die Tür zuschritt, konnte ich sofort an ihrem Gesichtsausdruck erkennen, dass sie mit meiner Verspätung nicht zufrieden war, und ich bereitete mich sofort auf eine strenge Ermahnung vor. Miss Wilsby hat mich nicht enttäuscht!«

»Guten Morgen, Mr. Ward, ich hatte Sie vor fast zwanzig Minuten erwartet.«

»Sie blickte auf die Uhr, die an einer Kette an ihrem Kleidungsstück hing, als wolle sie ihren Unmut betonen.«

»Ich bin es nicht gewohnt, die Bibliothek früher als angekündigt zu öffnen, und in den seltenen Fällen, in denen ich einer solchen Bitte nachkomme, erwarte ich zumindest, dass derjenige, der eine solche Bitte äußert, pünktlich ist.«

»Sie strafte mich mit einem strengen Blick, von dem ich annahm, dass sie ihn über die Jahre geübt hatte, um ihn auf diejenigen anzuwenden, die ihre Bibliotheksbücher spät zurückgaben. Ich entschuldigte mich so wortreich, wie ich konnte, und versuchte zu erklären, dass mein Wecker mich im Stich gelassen hatte, aber ich konnte an der Art und Weise, wie sie mich anstarrte, erkennen, dass sie bereit war, eine solche Entschuldigung nicht zu akzeptieren. Für einen schrecklichen Moment, als sie mir den Weg hinein versperrte, hatte ich Angst, dass sie darauf bestehen würde, dass ich zur geplanten Öffnungszeit zurückkehre. Aber nach einem äußerst angespannten Moment gab sie nach und trat zurück, um mir den Eintritt zu ermöglichen.«

»Nachdem die Haupttür hinter uns verschlossen war, ging die Bibliothekarin vor mir, ohne mir zu sagen, dass ich ihr folgen sollte, durch die Innentüren und in die Hauptbibliothek. Ihr inneres Heiligtum war genau so, wie ich es von einer Kleinstadtbibliothek erwartet hatte. Die Wände an drei Seiten waren von oben bis unten mit dunklen Holzregalen vollgestopft, die jeweils bis zum Rand mit Büchern verschiedener Größen, von extrem schweren Wälzern bis hin zu moderateren Taschenbüchern, gefüllt waren.«

»Einmal im Inneren machte sich Miss Wilsby geradewegs auf den Weg zu einem großen Holztisch in einer Ecke, auf dem, als ich näher kam, drei große, hart gedeckte Bände untergebracht waren. Der erste trug den Titel 'Wie wir früher lebten', der zweite den Titel 'Das Wachstum der Industrie' und der dritte den Titel 'Unsere Stadt'. Ich stand am Tisch neben der Bibliothekarin und wartete darauf, dass sie etwas sagte. Schließlich wies sie nacheinander auf jedes Werk hin, als sie eine kurze Zusammenfassung für meine Aufklärung anbot.«

»Dies waren die einzigen Ausgaben, die mir einfielen, die Ihnen bei Ihrer Anfrage behilflich sein könnten, Mr. Ward. Diese beschreibt das Leben während der viktorianischen Ära und wie sich das Leben für diejenigen, die in kleinen Gemeinschaften wie der unseren lebten, in Bezug auf alles, von den Arbeitsbedingungen bis zu den sanitären Einrichtungen, zu verbessern begann. Die zweite befasst sich vor allem mit der Geschichte der Fabriken und Geschäfte und geht in die Tiefe, welche Importe und Exporte unsere heutige Industrie geprägt haben. Die dritte befasst sich mit der Beschreibung unserer schönen Stadt. Aber leider ist es ein sehr kleines Werk, das sich auf unsere Milchproduktion um die Jahrhundertwende konzentriert.«

»Nachdem sie ihre Einführung beendet hatte, drehte sie sich zu mir um und wartete schweigend, vermutlich in Erwartung meiner Anerkennung und Wertschätzung für ihre Bemühungen. Aber die Wahrheit war, dass ich von dem mageren Angebot, das mir vorgelegt wurde, sehr enttäuscht war. Ich wusste, dass das, was ich verzweifelt suchte, nicht in den allgemeinen Informationen enthalten sein würde, die diese drei Bände zweifellos boten.«

»Ich dankte ihr für ihre Zeit und betonte, wie sehr ich ihre Bemühungen und die Tatsache schätze, dass sie sich die Mühe gemacht hatte, mir die Türen vor der offiziellen Zeit zu öffnen. Aber verständlicherweise konnte ich meine Frustration über die mageren Früchte ihrer Arbeit nicht verbergen. Miss Wilsby griff schnell meine Melancholie auf.«

»Stimmt etwas nicht, Mr. Ward? Wenn ich das so sagen darf, scheinen Sie bei meiner Auswahl etwas unzufrieden zu sein.«

»Ich wandte mich mit so viel Begeisterung an die alte Dame, wie ich konnte. Ich erklärte ihr noch einmal, dass ich ihr zwar sehr dankbar für ihre harte Arbeit war, dass ich aber nach unserem Gespräch am Vortag hoffte, dass sie vielleicht etwas Konkretes über das Anwesen und meine Vorfahren finden würde. Die Bibliothekarin überdachte kurz meinen Einwand.«

»Ich fürchte, dass ich keine Bücher kenne, die speziell über Ihre Vorfahren oder das Anwesen geschrieben wurden, Mr. Ward. Wenn es einen solchen Wälzer gäbe, bin ich sicher, dass wir hier ein Exemplar aufbewahren würden, da dies die einzige Bibliothek der Stadt ist.«

»Ich nickte langsam zustimmend und bot ihr an, ihr dabei zu helfen, die drei großen Bücher wieder in die dafür vorgesehenen Regale zu stellen. Ich merkte, dass die alte Bibliothekarin etwas verärgert über meinen Mangel an Begeisterung für ihre Bemühungen war, aber ich hatte das Gefühl, dass ich mich in angemessener Weise entschuldigt hatte, und Tatsache war, dass es ihr nicht einmal ansatzweise gelungen war, etwas Hilfreiches für meine Suche zu finden.«

»Ich folgte ihren Anweisungen und brachte die drei Bände wieder in die ihnen zugewiesenen Bereiche. Ich versuchte zu ergründen, wohin ich mich sonst noch für Informationen wenden könnte. Vielleicht lag es daran, dass ich der Bibliothekarin so viel Vertrauen geschenkt hatte, dass ich mich jetzt, als Ergebnis ihrer fruchtlosen Suche, so niedergeschlagen fühlte.

Die Wahrheit war, dass ich, nachdem ich in den letzten Tagen dank meines Nachbarn Jefferies, dem alten Totengräber, und der Jarrows mit ihrer Séance so viel gesammelt hatte, das Gefühl hatte, kurz davorzustehen, die Wahrheit darüber zu erfahren, was mit meinem Hausgeist geschehen war vor all den Jahren, und vielleicht als Folge davon, den Grund, warum ihr Geist darauf bestand, im Herrenhaus zu spuken, und, was noch wichtiger ist, mit mir.«

»Nachdem ich die gewichtigen Wälzer wieder in ihre jeweiligen Regale gestellt hatte, dankte ich Miss Wilsby zum letzten Mal und wandte mich zum Gehen. Die Bibliothekarin folgte mir nach draußen, da sie die Haupttür aufschließen musste, um mir den Ausgang zu ermöglichen. Schweren Herzens wartete ich darauf, dass sie den Schlüssel im Schloss umdrehte, denn ich hatte das Gefühl, dass ich beim Verlassen des Gebäudes auch meine letzte Chance verließ, mich mit der Vergangenheit zu konfrontieren und mein Dilemma zu lösen. In diesem Moment, kurz bevor sie mir die Tür öffnete, sprach sie wieder. Ihre Worte waren von Frustration und Irritation geprägt, die sie nicht zu verbergen versuchte.«

ACHTZEHNTES KAPITEL

»Es tut mir leid, Mr. Ward, dass Sie Ihre Reise für eine Zeitverschwendung halten. Vielleicht hätte ich Ihnen bei einer konkreteren Anfrage vielleicht noch weiter helfen können.«

»Sie hielt mir die Tür offen, damit ich gehen konnte. Als ich die Schwelle überqueren wollte, stoppte ich und starrte sie an. Ihre Worte hatten mir die geringste Ahnung gegeben, dass die alte Frau noch immer eine wertvolle Unterstützerin sein könnte. Mein Problem war, dass ich mich nicht wohl dabei fühlte, ihr die Ereignisse der letzten Nächte zu enthüllen, und ich hatte sicherlich nicht den Wunsch, das Vertrauen zu brechen, das die Jarrows am Vorabend in mich gesetzt hatten, als sie mir ihre Hilfe offenbarten. Aber andererseits, wenn ich nicht beabsichtigte, sie in mein Vertrauen zu lassen, wie in aller Welt konnte ich dann erwarten, dass sie mir helfen konnte?«

»Wir standen beide schweigend da, während ich mit mir selbst kämpfte, ob ich Miss Wilsby alles offenbaren sollte oder nicht. Sie konnte zweifellos an meinem Zögern erkennen, dass ich mehr zu verraten hatte, und ob es an ihrer Neugier oder an ihrer schieren Bereitschaft lag, mir noch ihre Hilfe zu gewähren, weiß ich nicht, aber zu ihrer Ehre stand auch sie schweigend da und erlaubte mir, meine Entscheidung zu meiner eigenen Zeit zu treffen.«

»Schließlich entschied ich, dass ein Moment der Offenheit unmöglich schaden könnte. Schließlich musste ich hier und jetzt nicht in alle Einzelheiten gehen, um herauszufinden, ob die Bibliothekarin mir noch mehr Hilfe anbieten konnte. Ich atmete tief durch und wandte mich wieder an sie. Anstatt die Ereignisse des letzten Abends oder die Spukgeschichten zu erwähnen, erklärte ich Miss Wilsby, dass ich von einem Vorfall in der Nähe des Anwesens etwa siebzig Jahre zuvor erfahren hatte, und dass ich wirklich die Chance haben wollte, den Vorfall zu untersuchen, um für mich selbst herauszufinden, ob einer meiner Vorfahren in irgendeiner Weise daran beteiligt war.«

»Meine Vermutung schien die alte Bibliothekarin zu faszinieren, und sie stand einen Moment lang da, offensichtlich in Gedanken versunken. Nach einem Moment schien es, als wäre ihr plötzlich eine Idee gekommen. Sie drehte sich zu mir um und hatte zum ersten Mal seit unserer Begegnung den Hauch eines Lächelns auf ihrem Gesicht.«

»Dieser Vorfall, von dem Sie sprechen; wäre es etwas gewesen, das damals eine Untersuchung hätte rechtfertigen können?«

»Ich fragte sie, ob sie damit die Behörden meinte und wünschte mir sofort, ich hätte meinen Satz weniger auffällig formuliert.«

»Ich meinte damit genauer die lokale Presse. Sehen Sie, wir beherbergen hier alle alten Exemplare der Lokalzeitung, die bis in die Zeit zurückreichen, als sie nur ein monatlich gedrucktes Blatt war. Wenn über den fraglichen Vorfall, auf den Sie sich beziehen, in der Zeitung berichtet wurde, dann bin ich ganz sicher, dass wir ein Exemplar davon in den Archiven haben werden.«

»Ich muss gestehen, dass ich beim Klang ihres Vorschlags mein Herz einen Sprung gemacht hat. Es machte durchaus Sinn, dass der Tod von Amy eine Geschichte mit genügend lokalem Interesse sein könnte, um eine Veröffentlichung zu rechtfertigen, es sei denn, meine Familie hätte es irgendwie vertuschen können. Die alte Bibliothekarin konnte offensichtlich die in mein Gesicht gebrannte Aufregung sehen, also schloss sie die Haupttür und schloss sie wieder ab, ohne mich zu fragen, ob ich bleiben wollte oder nicht.«

»Diesmal gab sie mir ein Zeichen, ihr zu folgen, als sie mich zu einer großen Holztür führte, die hinter einigen freistehenden Regalen zur einen Seite der Bibliothek verschlossen war. Sie schloss die Tür mit einem altmodischen, schmiedeeisernen Schlüssel auf, ähnlich dem, den ich für die Eingangstür des Herrenhauses besaß. Als sie drinnen war, schaltete sie das Oberlicht ein und führte mich eine steile Steintreppe hinunter in einen aus Stein gebauten Keller. Es gab nur ein kleines Fenster am hinteren Ende des Raumes, das auf Straßenhöhe zu sein schien, da ich von dort aus nur einige Fußpaare sehen konnte, die hin und her gingen.«

»Es gab Reihen über Reihen von Metallregalen, die anscheinend mit dem Zweck konstruiert wurden, die vielen ledergebundenen Bände aufzubewahren, die sie bis zum Überlaufen gefüllt waren. Ich schätzte, dass es leicht einen Monat an Sonntagen gedauert hätte, sie alle durchzusehen, und ich betete, dass Miss Wilsby eine Art Ablagesystem hätte, um die Aufgabe angenehmer zu gestalten. Wir gingen in die Mitte des Raumes, bevor die alte Bibliothekarin innehielt und ihre Arme ausstreckte, als wollte sie mir die Bücher namentlich vorstellen.«

»Diese wunderbaren alten Wälzer waren einst im örtlichen Rathaus untergebracht. Ich muss leider sagen, dass sie in einem sehr schäbigen Zustand gehalten wurden, der ihrer Bedeutung eindeutig nicht gerecht wird. Ich habe mich freiwillig gemeldet, sie hier aufzubewahren, als das Rathaus während des Krieges bombardiert wurde. Es war nur als vorübergehende Maßnahme gedacht, verstehen Sie, aber nachdem das Rathaus wieder aufgebaut war, stellte niemand mehr die Rückgabe infrage, also blieben sie hier. Ich persönlich habe den Stadtrat um die Finanzierung gebeten, damit sie wieder zurückkehren, da sie sich in einem schockierenden Zustand befanden, ganz zu schweigen von einer bestimmten Reihenfolge, anders als jetzt.«

»Es war für mich offensichtlich, dass die Bibliothekarin sehr stolz auf ihre Leistung war, also nahm ich mir das Stichwort und beglückwünschte sie dazu, was den gewünschten Effekt hatte, ihr einen Blick der Wertschätzung zu entlocken.«

»Diese sind natürlich nicht mein persönliches Eigentum. Da ich jedoch so viel Zeit und Mühe in ihre Instandhaltung und Restaurierung investiert habe, habe ich das Gefühl, dass es mir das Recht gibt, jeden, der hierherkommen möchte, persönlich zu begutachten. Ich bin sicher, dass Sie das verstehen, Mr. Ward.«

»Ich stimmte von ganzem Herzen zu, denn ich glaube, es wäre extrem leichtsinnig gewesen, dies nicht zu tun. Diese Bände waren offensichtlich ihr wertvollster Besitz, und da ich unbedingt die Möglichkeit haben wollte, sie in aller Ruhe zu durchforsten, hielt ich es für das Beste, zuzustimmen.«

»Nun denn, Mr. Ward, haben Sie eine Ahnung, in welchem Jahr sich der von Ihnen erwähnte Vorfall ereignet hat?«

»Ich dachte einen Moment lang. In Anbetracht des Alters meines Wohltäters bei seinem Tod und des Todesdatums seines Vaters vom Grabstein auf dem Friedhof sowie der Tatsache, dass ich eine Ahnung davon hatte, was der Totengräber mir über die Abfolge der Ereignisse auf dem Anwesen erzählte, schätzte ich, dass es wahrscheinlich am besten war, meine Untersuchung Anfang des Jahrhunderts zu beginnen und mich durchzuarbeiten.«

»Ich erklärte Miss Wilsby meinen Gedankengang und war dankbar, dass sie immer noch nicht neugierig genug schien, um mich genau zu fragen, auf welchen 'Vorfall' ich mich bezog, und in diesem Moment begann ich meine Abneigung zu hinterfragen, diesen Teil der Geschichte selbst nicht preiszugeben. Schließlich war der Hauptgrund dafür, dass ich die Einzelheiten in der Zeitung überprüfen musste, weil ich herausfinden wollte, ob es irgendeinen Hinweis auf Amy und ihren Unfall gab. Daher folgte daraus nicht automatisch, dass, wenn ich der Bibliothekarin die Einzelheiten meiner ersten Anfrage mitteilen würde, sie möglicherweise etwas über meine nächtlichen Geisterbegegnungen vermuten könnte.«

»Aber ein Teil von mir, aus welchem Grund auch immer, war immer noch abgeneigt, der Bibliothekarin meine Suchdetails zu erläutern. Also beschloss ich, dass ich mich vorerst in der Hoffnung auf Erfolg beharrlich bemühen würde.«

»Nachdem ich mein Interesse an der Jahrhundertwende erwähnt hatte, hatte die alte Bibliothekarin bereits damit begonnen, ihre Bände zu sortieren und nach dem richtigen zu suchen. Ich begann einen Anflug von Schuldgefühlen zu verspüren, dass ich ihr nicht das wahre Ziel meiner Aufgabe anvertraut hatte. Während ich darüber nachdachte, wie ich das Thema am besten mit ihr besprechen könnte, hörte ich ihr zu, als sie begann, die Geschichte ihrer gedruckten Schätze zu rezitieren.«

»Unsere Lokalzeitung begann, wie ich glaube, dass ich bereits vorhin erklärt habe, als monatliches Informationsblatt Mitte des siebzehnten Jahrhunderts. Anfang des achtzehnhundertsten Jahrhunderts war sie etwas größer geworden und wurde zweimal monatlich herausgegeben. Ende des letzten Jahrhunderts, gegen Ende der Zeit, für die Sie sich interessieren, war es zu einer wöchentlichen Publikation geworden.«

»In diesem Moment begann sie an einem der gebundenen Bände zu zupfen, der unter drei gleich großen Bänden lag. Ich ging hinüber, um meine Hilfe zu leisten, und es gelang mir, die drei obersten Exemplare gerade so weit anzuheben, dass sie dasjenige, an dem sie gezogen hatte, entfernen konnte. Als Dank für meine prompte Hilfe trug Miss Wilsby den ledergebundenen Band zu einem kleinen Tisch, der direkt unter dem einzigen Fenster lag.«

»Ich glaube, das ist es, was Sie suchen, Mr. Ward. Jedes Exemplar für das Jahr neunzehnhundert. Vier Sektionen mit jeweils dreizehn Exemplaren, was, wie ich erklärt habe, eine Gesamtsumme von zweiundfünfzig Exemplaren für das Jahr ergibt.«

»Ich starrte auf den makellos gebundenen Wälzer und überlegte, wie schwer meine Aufgabe war. Möglicherweise musste ich mehrere solcher Bände durcharbeiten, bis ich auf das richtige Datum stieß, nach dem ich suchte, und dann herausfinden, ob die Geschichte, die mich interessierte, tatsächlich existierte. Auch wenn ich keine konkreten Pläne für den Rest des Tages hatte, gefiel mir die Idee nicht, ihn ganz in diesem düsteren Keller zu verbringen. Dennoch dankte ich Miss Wilsby für ihre Geduld und setzte mich an den Tisch, um mit meiner Aufgabe zu beginnen.«

»Die alte Bibliothekarin blieb an meiner Seite, als ich begann, die plastikumhüllten Seiten vorsichtig umzublättern, wobei ich das, was ich für die gebührende Sorgfalt hielt, zeigte, um nicht zu riskieren, dass eines der Blätter beschädigt wird. Als Miss Wilsby vermutlich von meiner Gewissenhaftigkeit überzeugt war, drehte sie sich um und ging zum unteren Ende der Treppe zurück. Bevor sie anfing, aufzusteigen, teilte sie mir mit, dass die Bibliothek bald für die Öffentlichkeit zugänglich sein würde, und dass sie als solche oben gebraucht würde. Sie nutzte die Gelegenheit, um mich noch einmal an die Zeit und die Mühe zu erinnern, die sie persönlich in die Restaurierung der Seiten investiert hatte, die ich jetzt umblätterte. Zweifellos nur für den Fall, dass ich immer noch Zweifel an dem Zorn hatte, den ich erfahren würde, wenn ich auch nur eine winzige Kante eines einzigen Blattes zerknittern würde!«

»Sobald ich allein war, begann ich systematisch jede Seite jeder Ausgabe der Reihe nach zu überprüfen. Als ich mit dem ersten Buch fertig war, brachte ich es in das Regal zurück, aus dem ich beobachtet hatte, wie die Bibliothekarin es herausgenommen hatte. Angesichts des Gewichts des Bandes war ich erstaunt, dass die alte Dame es geschafft hatte, ihn zu tragen, ohne sich wirklich anzustrengen.«

»Obwohl jede Seite jedes Bandes sorgfältig in einer Plastikfolie gesichert worden war, hatten einige bereits vor dem Einpacken deutliche Alterungserscheinungen entwickelt, so dass einige der Seiten kaum noch lesbar waren. Ich blätterte durch Schlagzeilen und Geschichten über lokale Feste und Shows, Wettbewerbe und verblüffende Geschichten über neue Erfindungen und Entdeckungen, die das Leben der Menschen für immer verändern sollten – die meisten davon schienen nun obskur und in einigen Fällen sogar überholt zu sein.«

»Ich beendete die Bände von 1901 und 1902 und war etwa bei der Hälfte der Version von 1903, als die alte Bibliothekarin wieder nach unten kam. Ich schaute in dem schlechten Licht auf meine Uhr und entdeckte zu meinem Erstaunen, dass ich schon fast zwei Stunden unten war. Bis zu diesem Moment hatte ich nicht bemerkt, wie sehr meine Schultern und mein Rücken schmerzten, weil ich so lange in einer so zusammengekniffenen Position über den feinen, fast nicht zu entziffernden Druck eines Teils des Textes gehockt hatte. Ich streckte meine Arme hoch und tat mein Bestes, um den Schmerz zu lindern.«

»Als Miss Wilsby sich meinem Schreibtisch näherte, konnte sie an meinem Gesichtsausdruck offensichtlich erkennen, dass ich meine Aufgabe noch nicht erfolgreich abgeschlossen hatte. Ich konnte nicht umhin zu bemerken, dass die alte Bibliothekarin, als sie an den Regalen vorbeikam, die Bände geschickt überprüfte, zweifellos um sicherzustellen, dass ich sie ordnungsgemäß ausgetauscht hatte. Ich rieb mir den Schmerz aus den Augen, als sie sich näherte.«

»Sind Sie erfolgreich in Ihrer Aufgabe, Mr. Ward?«

»Ihre Stimme war fröhlich genug, und ich konnte feststellen, dass sie sich nicht über mich lustig machte. Ich erklärte, dass ich bisher kein Glück gehabt habe, aber bereit sei, durchzuhalten, solange sie keine Einwände habe.«

»Keineswegs, es ist nur schade, dass Sie nicht ein wenig weiter auf die Besonderheiten dessen, was Sie suchen, eingehen können. Mein Wissen über diese Seiten ist wirklich recht fundiert, wissen Sie. Ich habe sie in meiner Freizeit sorgfältig studiert. Die Lokalgeschichte ist ein bisschen zu einem Hobby von mir geworden.«

»Ich schaute auf, um der alten Bibliothekarin gegenüberzutreten, und ich glaube, dass sie in meinem Gesicht sehen konnte, dass ihre Ankündigung bald Früchte tragen würde. In diesem Moment entschied ich, dass es in meinem Interesse wäre, die Dinge zu bereinigen, da es nun als sinnlose Zeitverschwendung erschien, sie vor der alten Frau zu verstecken. Ich atmete tief ein und tat mein Bestes, um ihr zu erklären, dass meine Zurückhaltung bei der Enthüllung der Einzelheiten der Geschichte, die ich untersuchte, nur darauf zurückzuführen war, dass ich nicht so klingen wollte, als sei ich das Opfer des örtlichen Klatsches.«

»Ich bin mir nicht hundertprozentig sicher, dass sie mir glaubte, aber dennoch erklärte ich ihr weiterhin, dass der fragliche Vorfall, den ich zu verifizieren versuchte, den Tod eines jungen Zigeunermädchens betraf, das möglicherweise irgendwo in der Nähe meines Anwesens ihr Schicksal getroffen hat.«

»Zu meiner Überraschung schien Miss Wilsby von meiner jüngsten Enthüllung überhaupt nicht beunruhigt zu sein. Tatsächlich glaube ich, ehrlich gesagt, dass sie eher verwirrt war von meinem bisherigen Widerwillen, sich ihr anzuvertrauen. Sie kehrte zum Regal zurück, nahm einen Band von einem anderen Stapel und trug ihn hinüber zum Tisch, wobei sie ihn neben denjenigen legte, den ich zuletzt auf den Tisch gelegt hatte. Ich blickte auf die Buchrückenseite und sah, dass es datiert war: 1904. War ich wirklich nur einen Band davon entfernt gewesen, das zu finden, was ich suchte? Ich hatte das Gefühl, dass es mir recht war, wenn das der Fall war.«

»Die Bibliothekarin richtete ihre Brille und begann, die Seiten des neuesten Bandes zu durchblättern. Nach einer kurzen Weile hielt sie einen Moment inne, als ob sie einige Details überprüfen wollte, bevor sie das Buch umdrehte, damit auch ich sehen konnte, was auf der Seite stand.«

»Die Überschrift war für die damalige Zeit nicht besonders ungewöhnlich: 'Mann ermordet bei Straßenraub'. Aber als ich zu lesen begann, wurde mir klar, welche Bedeutung die Bibliothekarin für meine Suche nach der Geschichte beigemessen hatte.«

'Zeugen werden gesucht, nachdem ein junger Mann erschossen wurde und getötet, während eines verwegenen Straßenraubes, der Ort an der Bodlin Road, etwas außerhalb der Stadt, letzten Donnerstag. Drei Männer mit maskierten Gesichtern überfielen eine Kutsche, die dem örtlichen Geschäftsmann Artemis Hunt von Denby Manor gehörten. Auch auf dem Wagen waren zu dieser Zeit der Sohn des Eigentümers, Spalding, und sein Neffe Spencer. Die Räuber überfielen den Fahrer und forderten Geld von den drei männlichen Passagieren. Während ihrer Flucht drehte sich einer der drei Räuber um, und schoss auf den jungen Spencer und tötete ihn am Tatort. Mr. Artemis hat eine beträchtliche Belohnung für jeden ausgesetzt, der dem örtlichen Polizisten Informationen anbietet, die zur Ergreifung dieser Schurken führen.'

»Neben meinem Wohltäter, dessen Namen ich natürlich schon kannte, läuteten die beiden anderen Namen auf der Seite sofort bei mir, da ich sie erst am Vortag gesehen hatte, auf den Grabsteinen im Kirchhof eingeätzt. Ich erinnerte mich an Amys Botschaft von der Séance am Vorabend, in der sie durch Mrs. Jarrow erklärte, dass es Spencers Verwandte seien, vor denen sie sich fürchte. Nun begann ich mich zu fragen, ob mein Wohltäter und sein Vater die Verwandten sein könnten, auf die sie anspielte.«

»Ich wandte mich wieder der alten Bibliothekarin zu, die neben mir stand und geduldig wartete, während ich las. Ich fragte sie, ob ihr weitere Artikel bekannt seien, die sich speziell auf die Bewohner von Denby Manor bezogen, unabhängig von deren Inhalt. Sie hielt eine Weile inne, als ob sie in Gedanken versunken wäre, und dann drehte sie den Wälzer wieder zu sich um und blätterte weiter. Sie schien jede Seite nacheinander zu überfliegen, und ich spürte, dass ich mit ihrer mühsamen Methode langsam ungeduldig wurde. Ich erinnerte mich jedoch daran, dass es ohne ihre freundliche Hilfe ein Leben lang dauern könnte, bis ich die restlichen Bände durchblättere, um das zu finden, was ich wollte. Ich saß da und beobachtete sie, ohne einen Ton von mir zu geben.«

»Als Miss Wilsby das nächste Mal das Buch für mich umdrehte, um es zu lesen, zeigte sie auf einen winzigen Artikel, der kaum mehr als ein paar Zeilen lang war und den Tod eines jungen Mädchens beschrieb, das während eines Sturms von einer Kutsche überfahren worden war. Aus dem Artikel konnte ich nicht viel herauslesen, außer der Tatsache, dass er erwähnte, dass das Mädchen zum Zeitpunkt ihres Todes auf Denby Manor gelebt hatte.«

»Als ich die Passage las, wusste ich sofort, dass sie sich auf Amy beziehen musste! Der Artikel erwähnte sie nicht namentlich, aber nach den Einzelheiten, die bei der Séance bekannt wurden, schien es zu zufällig, um nicht der Fall zu sein. Ich las die karge Passage mehrmals in der Hoffnung, einen Hinweis auf die Identität des Opfers zu finden, den ich in meiner Eile vielleicht übersehen hatte. Aber die Einzelheiten waren so spärlich, dass ich bald merkte, dass ich daraus nichts mehr herausfinden konnte.«

»Der Artikel war zwischen den Artikeln über die alltäglichen lokalen Ereignisse, wie beispielsweise kirchliche Angelegenheiten, und die Änderungen der Öffnungszeiten einiger Geschäfte der Stadt, versteckt. Daher fiel mir auf, dass der Herausgeber der Zeitung möglicherweise nicht der Meinung war, dass der Artikel besondere Aufmerksamkeit erforderte. Ich vermutete, dass ein Kutschenunfall um die Jahrhundertwende ein nur allzu bekanntes Ereignis gewesen sein könnte, was die mangelnde Begeisterung für die Geschichte erklärt hätte.«

»Als sie sich sicher war, dass ich mit dem Artikel fertig war, nahm Miss Wilsby den Band zurück und sichtete weiter die Seiten. Diese Bearbeitung dauerte noch länger als die letzte, so dass ich wiederum geduldig und schweigend wartete, bis sie bereit war, mir ihren neuesten Fund zu offenbaren. Es stellte sich heraus, dass es sich um eine halbe Seite für den Nachruf auf Artemis Hunt handelte. Ich verschlang den Artikel wie ein Aasfresser bei einem Festessen. Im Gegensatz zu dem Artikel über Amy ging dieser Leitartikel sehr detailliert auf das Leben des großen Mannes und seine geschäftlichen Erfolge ein. Er ging auf die Tatsache ein, dass er zu Lebzeiten ziemlich viel Herzschmerz erfahren hatte, da seine Eltern starben, als er noch ein Junge war, und seine jüngere Schwester einige Jahre zuvor an Typhus erkrankte, den sie sich auf einer Reise nach Indien zugezogen hatte.«

»Der Artikel lobte Artemis weiterhin dafür, dass er einer jungen zweiten Nichte namens Elisabeth erlaubte, während der Schulferien auf dem Anwesen zu bleiben, während ihre Eltern im Ausland arbeiteten. Außerdem nahm er offenbar seinen Neffen Spencer unter seine Fittiche, nachdem seine Mutter verstorben war, und er zog ihn offenbar wie seinen eigenen Sohn auf, bis er Anfang des Jahres auf tragische Weise von Räubern getötet wurde, die ihre Kutsche überfielen. Der Artikel erwähnte, dass sein Sohn Spalding seine Nachfolge angetreten hatte und nun das Familienunternehmen zusammen mit Denby Manor erben würde.«

»Ich war erstaunt festzustellen, dass, obwohl Artemis zu Hause im Bett starb, es immer noch für notwendig gehalten wurde, eine vollständige Obduktion durchzuführen. Das Ergebnis des Eingriffs, so las ich weiter unten auf der Seite, bestätigte jedoch nur, was sein Arzt diagnostiziert hatte: dass er an Herzversagen gestorben war, dessen Ursache unbekannt war. Der Artikel ging weiter auf seine Beerdigung ein und darauf, wie die ganze Stadt ihm die letzte Ehre erwies.«

NEUNZEHNTES KAPITEL

»Nachdem ich den Nachruf gelesen hatte, fragte ich die Bibliothekarin, ob sie sich an weitere Geschichten in der Zeitung erinnerte, die für mich von Nutzen sein könnten. Diesmal brauchte sie die Frage nicht zu überdenken, da sie die Antwort bereits zu kennen schien.«

»Es gibt nur einen, der, wie ich mich erinnere, ein paar Jahre später entstand. Es betraf den vorzeitigen Tod der Frau Ihres verstorbenen Wohltäters. Möchten Sie, dass ich ihn für Sie finde?«

»Ich bestätigte, dass ich sehr dankbar wäre, wenn sie das tun könnte, und fragte, ob es eine Möglichkeit gäbe, eine Kopie des Artikels über Artemis' Ableben zu machen. Obwohl ich ihn von vorne bis hinten gelesen hatte, wollte ich die Bibliothek nicht verlassen und an etwas denken, das mir später einfiel, was dazu führen würde, dass ich zurückkommen und Miss Wilsby erneut belästigen müsste.«

»Wir haben zwar einen Kopierer in meinem Büro, Mr. Ward, aber ich fürchte, dass wir einen Schilling pro Kopie berechnen.«

»Ich bezahlte das Geld und bot meine Hilfe an, das gewichtige Buch wieder nach oben in ihr Büro zu tragen. Aber sie wollte nichts davon wissen und wies mich stattdessen an, nach dem Buch von 1907 zu suchen, das ihrer Meinung nach den letzten Artikel enthielt, den ich mir ansehen wollte.«

»Ich beobachtete die Bibliothekarin, wie sie die Stufen am anderen Ende des Raumes hinaufstieg, und, um fair zu sein, sie schien überhaupt nicht zu stolpern oder zu straucheln. Sie hielt den großen Band sicher unter ihrem Arm und ging mit geradem Rücken und festem Schritt nach oben. Ich machte mich daran, die gewünschte Ausgabe zu suchen, und als ich sie gefunden hatte, trug ich sie zurück zum Tisch.«

»Ich blätterte vorsichtig durch und überflog jede Seite einzeln, bis ich auf einen Artikel mit der Überschrift: 'Junge Frau stirbt im Schlaf' stieß. Ich begann zu lesen, und tatsächlich handelte es sich um eine Phyllida Rosemary Hunt, geborene Cotton, an deren Namen ich mich vom letzten Grabstein auf dem Friedhof erinnerte. Der Bericht besagte, dass die Verstorbene tatsächlich die Frau meines verstorbenen Wohltäters war und dass sie friedlich im Schlaf starb, während sie sechs Wochen lang mit ihrem ersten Kind schwanger war. Der Artikel war nicht besonders lang, so dass ich diesen auch zweimal gelesen habe. Es gab sicherlich keine Hinweise auf etwas Verdächtiges bezüglich des Todes der Frau, so sehr, dass laut Bericht eine Obduktion nicht für notwendig erachtet wurde. Der Artikel erwähnte, dass Spalding, der trauernde Witwer, damals nicht bereit war, eine Erklärung abzugeben, sondern lediglich wünschte, mit seiner Trauer allein gelassen zu werden.«

»Gerade als ich meine zweite Durchsicht beendet hatte, machte sich die Bibliothekarin auf den Weg zurück in den Keller. Ich wartete, bis sie wieder am Tisch ankam, bevor ich das Buch herumschwenkte und ihr den Bericht zeigte, den sie als denjenigen bestätigte, nach dem ich suchen sollte. Sie reichte mir meine Fotokopie, die zwar etwas körnig, aber immer noch lesbar war, und bevor ich ihr noch einmal meine Hilfe anbieten konnte, drehte sie sich um und legte den gewichtigen Wälzer wieder ins Regal. Ich schloss mein letztes Buch und folgte direkt.«

»Als wir wieder oben im Hauptgebäude waren, bemerkte ich, dass mehrere Augenpaare uns beide verfolgten, als Miss Wilsby mich zurück zum Hauptschalter führte. Offensichtlich waren wir aus einer Tür herausgekommen, zu der die meisten Besucher keinen Zutritt hatten, und ihre Neugier war offensichtlich größer geworden. Hinter der Theke waren zwei junge Mädchen und ein Mann mittleren Alters positioniert. Eines der Mädchen schaute auf und schenkte mir ein Lächeln, das ich erwiderte. Die anderen beiden sahen in ihre Arbeit vertieft aus, also wandte ich mich wieder der alten Bibliothekarin zu und reichte ihr zum Dank die Hand, die sie gnädig annahm.«

»Als ich draußen war, wurde mir sofort klar, wie trüb und düster der Tag geworden war. Ich schaute auf die Zeit und sah, dass es bereits kurz vor der Mittagszeit war, und da ich das Frühstück verpasst hatte, spürte ich, wie mein Magen zu knurren begann. Ich fand ein Eckcafé mit mehreren freien Tischen und nahm am Fenster Platz, um beim Essen das Kommen und Gehen der Passanten zu beobachten.«

»Ich bestellte ein Specksandwich und eine Tasse Kaffee, und während ich auf mein Essen wartete, nahm ich die Fotokopie heraus, die Miss Wilsby für mich gemacht hatte, und begann, sie noch einmal durchzulesen. Die Art und Weise, wie der

Bericht zusammengestellt wurde, klang, als ob Artemis Hunt ein unglaublich wohlwollendes Individuum mit einer freundlichen und großzügigen Natur gewesen wäre. Die Tatsache, dass er sich dafür entschieden hatte, seinen verwaisten Neffen zu adoptieren, und dass er bereit war, seine junge Nichte während der Schulferien kommen und bleibenzulassen, klang für mich nicht nach der Art von Person, die es verdiente, den Zorn eines Geistes zu empfangen.«

»Nach dem, was bei der Séance enthüllt wurde, war Amy jedoch ziemlich entschieden in ihrer Behauptung, dass es 'Spencers Familie' war, vor der sie Angst hatte, und das konnte nur Artemis und seinen Sohn Spalding bedeuten. Darüber hinaus beharrte Amy jedes Mal, wenn sie an meiner Spülküchentür erschien, auf ihrer Behauptung, dass 'sie' versuchten, ihr Baby zu entführen. Aber es wurde in der Zeitung nicht erwähnt, dass sie jemals ein Baby bekommen hätte.«

»Als mein Mittagessen eintraf, legte ich die Zeitung mit dem Artikel vorsichtig zur Seite, damit ich beim Essen nichts darauf verschüttete. Da ich ausgehungert war, schmeckte mein Sandwich noch köstlicher, als ich erwartet hatte. Ich verschlang die erste Hälfte in ein paar Bissen und musste mich zwingen, es richtig zu kauen, um das Risiko des Erstickens zu vermeiden. Als ich damit fertig war, nahm ich einen Schluck von meinem noch etwas zu heißen Kaffee, stellte die Tasse wieder hin und kehrte zu meiner Fotokopie zurück.«

»Die Informationen in dem Artikel über Amys Unfall waren so spärlich gewesen, dass es wirklich nichts Konkretes gab, aus dem ich etwas herausfinden konnte. Ebenso enthielt der Bericht über Spencers Erschießung nur wenige Details, außer der Tatsache, dass er von Räubern erschossen wurde, während er mit Artemis und Spalding in der Kutsche saß. Ich fragte mich zwar, warum in dieser Nacht nur Spencer angegriffen wurde, aber auch hier gab es aufgrund der fehlenden Informationen in der Zeitung keine Möglichkeit, sicher zu wissen, was passiert war.«

»Es war möglich, dass Spencer etwas Widerstand geleistet und für seine Mühe eine Kugel erhalten hatte. Oder vielleicht beschlossen alle drei, sich zu wehren, aber die anderen beiden ergaben sich, nachdem Spencer erschossen worden war. Dann war natürlich die andere Sache, die mich zu nerven begann, dass Amy während der Séance Spencers Familie erwähnt hatte, was mir an sich schon eine eigenartige Art zu reden erschien. Warum hatte sie sie nicht namentlich erwähnt? Vermutlich kannte sie sie namentlich, da sie zu dieser Zeit in Artemis' Haus lebte!«

»Warum lebte sie eigentlich im Herrenhaus? Spencer war ein Verwandter, ebenso wie das kleine Mädchen Elisabeth, also gab es für sie einen guten Grund, dort zu sein. Aber warum Amy? War sie vielleicht eine Bedienstete? Vielleicht war sie die Geliebte von Artemis?«

»Ich starrte auf das Stück Papier, überflog die Worte, obwohl ich sie eigentlich nicht mehr las. Ich hatte das Gefühl, dass mir irgendwie etwas Entscheidendes fehlte. Irgendwo zwischen diesen Worten war der Hinweis auf den nächsten Teil meiner Untersuchung. In Wahrheit klammerte ich mich nur an einige sehr dünne Strohhalme, und ich wusste sehr wohl, dass die Bibliothek meine letzte Hoffnung war, noch etwas über Amy und den Grund, warum sie mich verfolgte, herauszufinden.«

»Ich hatte immer noch das Gefühl, mehr Fragen als Antworten zu haben, und ich war zunehmend frustriert über die Aussicht, die Wahrheit nie herausfinden zu können. Der vielleicht seltsamste Teil von allem, jedenfalls für mich, war, dass, wenn Amys Geist meinen verstorbenen Wohltäter all die Jahre lang heimgesucht hatte, wie kam es, dass er nie das Bedürfnis verspürte, sich jemandem anzuvertrauen? Ich konnte mir nicht vorstellen, wie es gewesen sein musste, vor allem, wenn, wie ich vermutete, ihre nächtlichen Besuche seinen Schlaf und seinen Geisteszustand ebenso störten wie meinen. Darüber hinaus hatte ich nur ein paar Nächte lang ihre Qualen erleiden müssen, während er sie wohl jahrelang ertragen musste!«

»Ich fragte mich, ob seine Entschlossenheit vielleicht nur so viel fester war als meine, dass er tatsächlich gelernt hatte, Amys Qualen in sich aufzunehmen, ohne dass sie seinen Verstand so stark belastet hätten. Oder hatten sie den gegenteiligen Effekt und machten ihn wahnsinnig? Wenn ja, wie konnte er seinen Zustand vor allen anderen verbergen? Die Jarrows beispielsweise, die ihn seit Jahren jeden Tag gesehen hatten! Ich dachte, da sie die loyalen Diener waren, die sie zu sein schienen, wäre sein Wahnsinn etwas, das sie ihrer Meinung nach nicht preisgeben dürften?«

»Ich faltete das Papier und steckte es in meine Hemdtasche, bevor ich meinen Becher hob und den letzten Kaffee austrank. Ich war schon so lange unterwegs, dass die Reste jetzt kalt geworden waren. Ich überlegte, ob ich noch eine weitere Tasse bestellen sollte, und drehte mich in meinem Stuhl um, um zu sehen, ob ich die Aufmerksamkeit der Kellnerin auf mich ziehen konnte. Als sie von einem anderen Kunden aufblickte, winkte ich ihr zu, und sie nickte verständnisvoll. Als sie frei war, ging sie mit einem fröhlichen Lächeln auf dem Gesicht wieder zu mir hinüber.«

»Ich wollte gerade um eine Nachfüllung bitten, als ich ihr Namensschild an ihrer Uniform befestigt war: 'Lizzie'. Einen Moment lang saß ich nur mit halb geöffnetem Mund da. Sie muss mich für einen Dorftrottel gehalten haben, weil ich ihr Namensschild so intensiv angestarrt habe, ohne etwas zu sagen. Nach ein oder zwei Sekunden fragte sie mich, ob alles in

Ordnung sei, und ihre Worte brachten mich wieder auf den Boden der Tatsachen zurück. Ich bestellte automatisch meinen zweiten Kaffee, ohne zu merken, dass ich die Worte sprach. Als sie wegging, um meine Bestellung zu holen, holte ich das gefaltete Papier aus meiner Tasche und begann, es zum x-ten Mal Zeile für Zeile durchzulesen.«

»Es gab etwas in dem Bericht, das mir im Gedächtnis geblieben war, obwohl ich zu diesem Zeitpunkt nicht klüger war, warum. Dann fand ich es wieder. Der Bericht erwähnte eine junge, weit entfernte Nichte, die zum Zeitpunkt von Artemis' Tod auf dem Anwesen wohnte. Der Artikel gab ihr den Namen 'Elisabeth'. Ich erinnerte mich vage daran, dass Jefferies mir gegenüber erwähnte, dass seine Eltern, als sie ihre Geschichte darüber erzählten, dass sie Amy im See schwimmen sah, mit einem jungen Mädchen zusammen war, das auf dem Anwesen wohnte.«

»War es möglich, dass das junge Mädchen, Elisabeth, Liz, in Wirklichkeit die ältere Schwester meines Vaters war? Ich versuchte, eine grobe Rechnung in meinem Kopf zu machen, und fand heraus, dass sie etwa acht oder neun Jahre alt gewesen wäre, als Artemis starb, und wenn dem so wäre, dann wäre sie möglicherweise die einzige andere lebende Seele, die etwas darüber wüsste, was wirklich mit Amy passiert ist und warum sie im Herrenhaus spuken würde.«

»Ich war plötzlich wie betäubt, mir drehte sich der Kopf vor der Möglichkeit, dass die Antworten auf all meine Fragen tatsächlich in Reichweite sein könnten. In diesem Moment verfluchte ich mich selbst, dass ich über die Jahre keinen Kontakt zu meiner Tante gehalten hatte. Das einzige Mal, als meine Eltern uns zu ihr gebracht hatten, waren wir beide so jung, Jane war praktisch noch ein Baby, und ich erinnerte mich nur an die Warnung meiner Mutter, als wir ankamen, nicht zu sprechen, wenn ich nicht angesprochen wurde. Ich erinnerte mich auch daran, dass meine Tante kein besonders liebevolles oder wohlwollendes Individuum war, und ich schien mich daran zu erinnern, dass sie mich anschrie, als ich meinen Orangensaft verschüttete, während ich nach einem Keks griff.«

»Trotzdem ist das schon lange her und war nur die Wahrnehmung eines Kindes, so dass ich mich jetzt nicht darauf verlassen konnte. Aber jetzt, wo ich daran dachte, erinnerte ich mich daran, dass Jane weinte, als sie Tante Liz anrief, um ihr vom Unfall unserer Eltern zu erzählen, und die alte Frau einfach das Telefon auf sie draufknallte. So oder so, ungeachtet ihrer jetzigen Haltung mir gegenüber, musste ich zumindest versuchen, sie zu sehen, denn wenn sie erst einmal weg war, war das möglicherweise meine einzige Chance, die Wahrheit herauszufinden.«

»Die Kellnerin kam mit meinem Kaffee zurück, und ich fragte, ob ich meine Rechnung sofort bezahlen könnte, und ob ich etwas Kleingeld für das Telefon hätte. Sie kam meiner Bitte mit ihrem üblichen Lächeln nach, und als sie mit meinem Wechselgeld zurückkam, gab ich ihr ein Trinkgeld und stand auf, um zu gehen. Ich hörte, wie sie nach mir rief, dass ich meinen zweiten Kaffee nicht angerührt hatte, und murmelte etwas von Eile, als ich die Tür hinter mir schloss.«

»Als ich auf der Straße war, rannte ich quer herüber zur Telefonzelle, die typischerweise besetzt war. Ich schaute mich nach einer Alternative um, aber es war keine in Sicht. Ich wartete, bis die Dame im Inneren ihr Gespräch beendet hatte, und lief hin und her wie ein Tiger im Käfig. Es war nur eine fünfminütige Wartezeit, aber zu diesem Zeitpunkt kam es mir wie eine Ewigkeit vor. Es war fast so weit, dass ich der armen Frau die Tür aus der Hand riss, als ich sie zum Verlassen des Hauses offen hielt.«

»Als ich drinnen war, rief ich die Telefonauskunft an und gab ihnen den Namen meiner Tante, die irgendwo in der Gegend von Northumberland lebte. Ich war ziemlich sicher, dass sie nie geheiratet hatte, so dass es eine relativ sichere Wette war, dass sie immer noch unter ihrem Mädchennamen Ward leben würde. Die Telefonistin kam mit drei Möglichkeiten zurück und teilte mir mit, dass sie mir nach ihren Regeln nur eine Nummer pro Anruf geben könne. Ich verteidigte meinen Fall so gut ich konnte, wobei ich es irgendwie schaffte, die Reizbarkeit aus meiner Stimme herauszuhalten, und schließlich gab sie nach und erlaubte mir Zugang zu allen drei Nummern. Auf der Rückseite der Fotokopie schrieb ich jede der Nummern der Reihe nach auf und dankte der Telefonistin für ihr Verständnis.«

»Die erste Nummer, die ich wählte, wurde von einer jungen Dame abgenommen, die viel zu jung war, um meine Tante zu sein, und nachdem ich ihr bestätigt hatte, dass sie tatsächlich die einzige Elisabeth Ward unter dieser Adresse war, erklärte ich ihr schnell den Grund meines Anrufs, um sie nicht zu beunruhigen, und legte auf. Bei meinem zweiten Versuch klingelte es mehr als zwanzig Mal unbeantwortet, so dass ich den Hörer auflegte und beschloss, die dritte Möglichkeit auszuprobieren. Diesmal wurde das Telefon von einer, wie es klang, Frau mittleren Alters beantwortet, die mir bei meinen Erkundigungen über meine Tante mitteilte, dass sie dort nicht mehr wohnt und dass sie etwa sechs Monate zuvor in ein Altersheim eingezogen war.«

»Die Dame am Telefon war zunächst vorsichtig, mir weitere Informationen zu geben, aber als ich sie davon überzeugt hatte, dass es mir ernst war, fand sie die Telefonnummer des Hauses meiner Tante und gab sie mir. Ich dankte ihr herzlich, bevor ich auflegte. Mein Anruf im Altenheim wurde von einem sehr jung klingenden Mädchen beantwortet, das mir bestätigte, dass meine Tante tatsächlich zu den Bewohnern des Altenheims gehörte und dass sie sich sicher war, dass sie sehr dankbar sein würde, mich zu sehen, da sie seit ihrer Ankunft keinen Besuch hatte. Ich kritzelte eilig die Adresse des Heims auf, die normalerweise auf der anderen Seite des Bezirks lag, und teilte dem jungen Mädchen mit, dass ich hoffte, innerhalb von ein paar Stunden dort zu sein, bevor ich den Hörer auflegte.«

»Auf dem Weg zu meinem Auto wurde mir klar, dass der Himmel ein schweres, dumpfes Grau angenommen hatte und so bedeckt war, dass es sich anfühlte, als wäre es viel später, als es tatsächlich war. Auch der Wind war bitter und beißend, und ich konnte sehen, wie sich die Menschen auf der Straße in ihre Mäntel kuschelten, um die Kälte fernzuhalten. Ich genoss meine Reise nicht, aber ich wusste, dass ich sie nicht aufschieben konnte, da Jenifer am nächsten Tag ankommen würde, und ich wollte vor ihrer Ankunft im vollen Besitz der Fakten sein, damit ich eine endgültige Entscheidung über das weitere Vorgehen bezüglich des Anwesens treffen konnte.«

ZWANZIGSTES KAPITEL

»Ich saß in meinem Auto und plante den Weg zum Pflegeheim meiner Tante. Meine Schätzung von etwa zwei Stunden schien dem jungen Mädchen ein wenig optimistisch zu sein, als ich die verschiedenen A- und B-Straßen nachzeichnete, denen ich folgen musste, um mein Ziel zu erreichen. Ich prüfte die Zeit auf dem Armaturenbrett, und es war etwas nach ein Uhr, also startete ich den Motor und fuhr los, gerade als es zu regnen begann.«

»Die Fahrt war ziemlich schleppend, wie ich befürchtet hatte, weil ich so viele einspurige Straßen befahren musste, aber die Karte bot mir kaum eine andere Alternative, als einen massiven Umweg zu machen, um die nächste Autobahn zu erreichen. Mehrere Male blieb ich auf dem Weg hinter langsam fahrenden Fahrzeugen stecken, die die gesamte Straße in Anspruch nahmen, so dass es unmöglich war, sie zu überholen, bevor sie bereit waren abzubiegen.«

»An einem Punkt der Reise wurde mir klar, dass ich mich so sehr darauf konzentriert hatte, wohin ich fahren wollte, und dass ich keine wichtige Abzweigung verpasste, dass ich nicht bemerkt hatte, dass mir das Benzin bald ausgehen würde. Zu meinem Glück stieß ich auf eine kleine, unabhängige Tankstelle, die etwas abseits des Weges lag, wo zwei B-Straßen aufeinander trafen. Vor dem Kiosk standen in Plastikeimern verschiedene Blumen zum Verkauf, also kaufte ich ein paar Sträuße, die ich meiner Tante als Geschenk mitbringen konnte. Ich füllte den Tank auf, damit ich mir für den Rest meiner Reise keine Sorgen machen musste, dass mir wieder etwas ausgehen würde. Das Letzte, was ich brauchte, war, mitten in der Nacht mitten im Nirgendwo zu enden.«

»Der Regen wurde von Minute zu Minute stärker, und obwohl meine Scheibenwischer auf voller Leistung liefen, konnten sie den Regenguss kaum noch bewältigen. Einige der Straßen, auf denen ich landete, waren praktisch unbefestigte Wege, und mit dem Regen waren sie auf dem besten Weg, zu Morast zu werden, was unpassierbar wäre, wenn der Regen in seiner jetzigen Intensität anhalten würde.«

»Um kurz nach halb vier kam ich schließlich im Altersheim an. Ich parkte so nah wie möglich am Eingang, um mich davor zu bewahren, auf dem Weg hinein durchnässt zu werden. Ich hielt die Blumen meiner Tante über meinen Kopf, als ich beschloss, dass ein gewisser Schutz besser als gar keiner war, und rannte zur Tür.«

»Als ich drinnen war, nannte ich der Empfangsdame meinen Namen, und wie sich herausstellte, war sie die junge Dame, mit der ich vorhin am Telefon gesprochen hatte, so dass sie sich meiner bevorstehenden Ankunft voll bewusst war.«

»Ich habe Ihre Tante informiert, dass Sie zu ihr kommen, sie sagte, sie freue sich darauf, Sie zu sehen.«

»Am Gesichtsausdruck des Mädchens konnte ich sofort erkennen, dass der zweite Teil ihrer Aussage definitiv eine Lüge war.

Nicht, dass ich besonders überrascht gewesen wäre. Schließlich hatte ich noch nie versucht, meine Tante zu kontaktieren oder mich nach ihrem Wohlergehen zu erkundigen, vor allem nach dem, was sie der armen Jane am Telefon angetan hatte. Dennoch wünschte sich ein Teil von mir, ich hätte mich damals mehr Mühe gegeben. Das war natürlich ein völlig egoistischer Grund, denn jetzt brauchte ich sie, um mit den Informationen über Amy zu helfen, und wenn sie sich entschied, mir nicht zu helfen, konnte ich nichts dagegen tun.«

»Das junge Mädchen verließ ihren Arbeitsplatz und begleitete mich in das Zimmer meiner Tante. Als wir den Korridor hinuntergingen, wurde mir etwas mulmig, was ich auf eine Kombination aus dem klinischen Geruch, den der Ort ausstrahlte, sowie auf die Tatsache zurückführte, dass ich immer nervöser wurde, meine Tante zu sehen, je näher wir ihrem Zimmer kamen. Ich bemerkte, dass die Türen der meisten anderen Zimmer auf dem Weg offen waren, und als wir vorbeikamen, konnte ich nicht umhin zu bemerken, dass sie leer waren.«

»Das Mädchen muss mich dabei gesehen haben, wie ich in einige von ihnen hineinschaute, und sie erklärte, dass es fast Zeit für den Tee sei, so dass die meisten Bewohner im gemeinschaftlichen Speisesaal sein würden. Als ich mich erkundigte, warum meine Tante nicht auch dort war, schaute das Mädchen verlegen drein, und sie machte eine beiläufige Bemerkung, die so daherkam, dass meine Tante lieber alleine essen würde. Ich akzeptierte ihre Antwort, obwohl ich mir wieder einmal nicht hundertprozentig sicher war, dass sie mir die absolute Wahrheit sagte, aber ich respektierte ihre Diskretion.«

»Als wir im Zimmer meiner Tante ankamen, war die Tür geschlossen, und an der Türnummer baumelte ein provisorisches 'Bitte nicht stören'-Schild. Das junge Mädchen räusperte sich und klopfte sanft mit der Fingerkuppe ihres Zeigefingers.

Zuerst gab es keine Antwort, und sie sah mich etwas verlegen an, bevor sie wieder etwas lauter klopfte.«

»Lesen Sie das Schild!«

»Die Stimme, die uns von hinter der Holztür erklang, war rau und hart im Ton. Das Mädchen schaute mich wieder an, ihre Wangen wurden von Sekunde zu Sekunde röter. Ich spürte ihre Verlegenheit und lächelte freundlich und mitfühlend.«

»Miss Hunt, hier ist Verity von der Rezeption, ich habe Ihren Neffen hier draußen bei mir. Erinnern Sie sich, dass ich Ihnen vorhin sagte, dass er anrufen würde?«

»Das Mädchen sprach durch die Tür, anstatt zu versuchen, sie zu öffnen.«

»Und ich habe Ihnen damals gesagt, dass Sie ihm mitteilen könnten, dass ich keinen Besuch empfange, oder sind Sie zu dumm, um einfache Anweisungen zu verstehen?«

»Verity biss sich auf die Unterlippe, als ob sie sich nicht sicher wäre, wie sie weitermachen sollte, also beschloss ich, sie aus ihrem Elend zu befreien und selbst die Initiative zu ergreifen. Ich klopfte an die Tür und wartete nicht auf eine Antwort, bevor ich meine Tante informierte, dass sie, da ich jetzt hier war, sie nicht imstande war, mir ein paar Minuten zu schenken. Ich erwähnte, dass ich ihre Hilfe sehr nötig hatte und mich an niemanden sonst wenden konnte, in der Hoffnung, dass meine Bitte ihr Interesse wecken und sie überzeugen könnte, mich zu sehen.«

»Es schien zu funktionieren, denn innerhalb von ein paar Sekunden rief sie nach uns, wir sollten kommen. Ihr Zimmer war größer, als ich es mir vorgestellt hatte. In einer Ecke stand ein Einzelbett mit einem Nachttisch, auf dem sich eine ziemlich verzierte Lampe befand. Ein großer Schrank und eine

Kombination aus Schubladenschrank dominierte die eine Wand, und ein Bücherregal, das bis zum Rand voll war, nahm den größten Teil der anderen Wand ein. Vor dem Bücherregal stand ein bequemer, ledergebundener Sessel, hinter dem eine Stehlampe stand. Meine Tante saß an einem Tisch am Erkerfenster gegenüber der Tür und las. Sie machte sich nicht die Mühe, ihr Buch wegzulegen, als wir eintraten, und tat so, als ob sie nicht wusste, dass wir da waren.«

»Als ich mit Verity im Türrahmen stand, war ich nicht sicher, was ich als Nächstes tun sollte. Der Gedanke, zu ihr hinüber zu schreiten und sie auf die Wange zu küssen, schien ein wenig zu gewagt, wenn man bedenkt, wie sie auf meine Ankunft reagierte. Zum Glück ergriff die arme Verity die Initiative und kündigte meine Anwesenheit an, als ob sie vorgab, meine Tante wüsste nichts davon. Als sie die schönen Blumen erwähnte, die ich mitgebracht hatte, drehte sich meine Tante immer noch nicht zu uns um, sondern schnüffelte mit einem Hauch von Unzufriedenheit in der Luft, bevor sie verkündete, dass sie keine Blumen mochte, und wies Verity an, sie mitzunehmen und in das gemeinschaftliche Spielzimmer zu stellen, wo nach ihren Angaben alle alten Burschen den ganzen Nachmittag saßen und Brettspiele und Karten spielten.«

»Ich übergab die Blumen an Verity, die sie dankbar annahm; zweifellos war sie froh, einen Grund zu haben, uns beide allein zu lassen. Ich beobachtete sie, wie sie den Korridor zurückging, bevor ich die Schwelle überquerte und die Tür hinter mir schloss. Ich verweilte noch eine Weile und hoffte, dass meine Tante mich schließlich zu sich an ihren Tisch einladen würde. Aber als ich merkte, dass eine solche Einladung nicht erfolgen würde, ging ich aus eigenem Antrieb durch den Raum und nahm den Stuhl gegenüber von ihr.«

»Wir saßen beide einige Minuten lang schweigend da, während ich versuchte, den Mut zum Sprechen zu fassen, geschweige denn das Thema Amy anzusprechen. Schließlich schloss meine Tante ihr Buch, nahm ihre Brille ab und ließ beide auf dem Tisch liegen. Sie massierte ihren Nasenrücken zwischen Mittel- und Zeigefinger, und dann gab sie mir einen besonders strengen Blick. Instinktiv fuhr ich mir mit den Fingern durch die Haare. Ich war mir meines unordentlichen Zustands bewusst, wenn man bedenkt, dass ich am späten Vormittag zu spät aufgewacht war. Aber ich dachte nicht, dass meine Tante an meinen Entschuldigungen interessiert wäre, also lächelte ich nur und versuchte, entsprechend ermahnt auszusehen.«

»Und was verschafft mir diese unerwartete Ehre?«

»Die Worte meiner Tante waren aufrichtig, aber die dahinter stehende Stimmung roch nach Sarkasmus. Trotzdem wollte ich nicht protestieren, denn ich brauchte ihre Gesellschaft viel mehr als sie meine brauchte oder wollte. Ich begann damit, sie zu fragen, wie es ihr geht und ob sie in ihrer neuen Umgebung glücklich ist oder nicht. Mein Gebrauch des Wortes 'glücklich' traf einen schrecklichen Ton, und ich bedauerte es fast sofort. Meine Tante sprach ausführlich über die Inkompetenz der Mitarbeiter, die dort, wo sie lebte, arbeiteten, und über die Tatsache, dass sie unfähig zu sein schienen, die einfachsten Anweisungen zu verstehen.«

»Ich konterte dummerweise, dass Verity sehr nett und freundlich erschienen sei, was sofort mit einem finsteren Blick der Missbilligung aufgenommen wurde. Ich beschloss, dass es unter den Umständen am besten sei, sie ihre Abneigung und Verachtung einfach abladen zu lassen, in der Hoffnung, dass sie, sobald sie sich alles von der Seele geredet hat, bereit sein könnte, meiner Bitte um Informationen nachzukommen. Als das Gespräch schließlich zu Ende war, beschloss ich, alles zu riskieren, und erkundigte mich, ob sie über das Ableben meines Wohltäters Spalding informiert war oder nicht.«

»Nach der Bekanntgabe bewies mir der Blick, mit dem sie mich traf, dass sie sich bis zu diesem Moment nicht darüber bewusst war. Eine Minute lang studierte sie mich, als wäre ich eine Seite eines Buches mit kryptischem Text, den sie zu entziffern versuchte. Obwohl das Unbehagen des Schweigens unerträglich war, wusste ich es besser, als ihren Gedankengang zu unterbrechen. Schließlich sackte sie in ihrem Stuhl zurück, als hätte sie plötzlich ihren Gedankengang durchbrochen.«

»Ich nehme an, Sie haben also Denby Manor geerbt!«

»Sie drückte ihren Gedanken nicht als Frage aus, sondern eher als Tatsachenaussage. Ich glaube, dass ich in diesem Moment, selbst wenn ich das Anwesen nicht geerbt hätte, dies zugegeben hätte, so ernst war ihr eindringlicher Blick. Als ich meine Antwort nickte, zerknitterte ein seltsames Lächeln fast die Seiten ihres Mundes. Mein Schock über die Stumpfheit ihrer nächsten Äußerung ließ mich schwindelig werden.«

»Hat sie Sie nachts besucht?«

»Ich brauchte ihr nicht genau zu bestätigen, auf wen sie sich bezog. Wir wussten es beide, und in diesem Moment konnte ich feststellen, dass sie sehr zufrieden mit sich selbst war, da sie den wahren Grund meines Besuchs erkannte. Ich gewährte ihr reichlich Zeit, ihren kleinen Sieg zu genießen, bevor ich es wagte, wieder zu sprechen. Bevor einer von uns ein weiteres Wort sprach, klopfte es an der Tür, und als sie sich öffnete, brachte ein anderes junges Mädchen ein Tablett mit Tee und Keksen auf einem Wagen herein.«

»Das Mädchen lächelte mich an, aber bevor sie sich vorstellen konnte, brüllte meine Tante sie an, dass sie keinen Tee wolle und dass sie, wenn sie ihn wolle, nach ihm rufen würde. Das arme Mädchen sah so verlegen aus, dass ich fühlte, wie sich meine Wangen für sie röteten. Sie schaute zu mir hinüber, offensichtlich zu ängstlich, um nach dem Ausbruch meiner Tante zu sprechen, und deutete auf das Tablett, als wollte sie mich fragen, ob ich vielleicht etwas möchte. In Wahrheit sehnte ich mich nach einer Tasse nach meiner langen Fahrt, aber unter den gegebenen Umständen schüttelte ich den Kopf und lächelte sie an, was sie vernünftigerweise zum Anlass nahm, sich zu verabschieden.«

»Als das Mädchen die Tür hinter sich geschlossen hatte, beschloss ich, dass ich die Situation nun sozusagen ausnutzen müsse, und fragte meine Tante, ob sie mich über die Einzelheiten von Amy und den Grund für ihren Spuk aufklären könnte.«

»Sie kennen also ihren Namen bereits, das ist sehr clever von Ihnen. Wie haben Sie das herausgefunden?«

»Ich erzählte von meinem Bibliotheksbesuch und den Artikeln, die die Bibliothekarin mir gezeigt hatte. Meine Tante schien tatsächlich von meinem Fleiß beeindruckt zu sein, und ich hatte das Gefühl, dass ich bei ihr endlich Fortschritte gemacht hatte. Ich hoffte nur, dass diese neu entdeckte Bewunderung, die sie für mich empfand, sie tatsächlich dazu inspirieren könnte, mir zu sagen, was ich so verzweifelt wissen musste.«

»Sie hat den alten Spalding heimgesucht, wissen Sie. Nicht, dass er es nicht verdient hätte, das Wiesel. Ich bin erstaunt, dass er so lange gelebt hat, ohne völlig verrückt zu werden. Oder vielleicht hat er es doch getan, gegen Ende. Ich hatte ihn seit Jahren nicht mehr gesehen, und er sah viel älter aus als er alt war, als ich ihn das letzte Mal gesehen habe.«

»Ich lehnte mich auf dem Tisch vor, gerade genug, um den Eindruck zu erwecken, dass ich bereit wäre, jedes ihrer Worte zu hören. Ein Teil von mir war sich bewusst, dass ich sie nicht verärgern wollte, jetzt, da sie endlich bereit schien, sich mir zu öffnen. Aber gleichzeitig gab es so viel, was ich wissen wollte, dass ich glaubte, es wäre vorteilhafter für mich, ihr einige direkte Fragen zu stellen.«

»Ich habe mir im Kopf notiert, dass ich meine Ungeduld nicht zum Ausdruck bringen sollte, da mir klar wurde, dass dies wohl meine einzige Chance sein könnte, die gesuchten Antworten zu finden. Ich sprach so leise und sanft, wie ich konnte, und versuchte verzweifelt, das Unbehagen aus meiner Stimme herauszuhalten. Ich fragte sie, ob sie mir erklären könne, was in diesem Sommer in Denby Manor geschehen war, und insbesondere die Umstände von Amys Tod. Sie seufzte tief, fast so, als ob sie nicht belästigt werden könnte. Aber unter ihrer zögerlichen Haltung sah ich einen Anflug von Selbstzufriedenheit, der mich glauben ließ, dass sie tatsächlich große Genugtuung darin finden würde, alles, was sie wusste, preiszugeben.«

»Ich wartete mit angehaltenem Atem darauf, dass sie mit ihrer Geschichte beginnen würde.«

»Als ich geboren wurde, waren Ihre Großeltern beide Sanitätsoffiziere beim Militär. Daher wurden sie oft kurzfristig ins Ausland entsandt, und der Gedanke, ein Kind mit sich herumzuschleppen, muss ihnen unpraktisch erschienen sein. Deshalb wurde ich oft in der Obhut von Kindermädchen, Erzieherinnen und allen entfernten Verwandten gelassen, die sie überzeugen konnten, mir ein Dach über dem Kopf und Essen in meinem Bauch zu geben. Diese Pflichten gingen bis weit in meine frühen Teenagerjahre hinein, und es kam einfach so, dass ich zu der Zeit, um die es hier geht, meinem entfernten Onkel, Artemis Hunt, auf Denby Manor aufgezwungen wurde.«

»Artemis war beim besten Willen keine gütige Seele, aber er nahm mich auf, weil meine Eltern bereit waren, ihm ein Taschengeld zu zahlen, und Geld war das Einzige, was Artemis liebte, mehr als das Leben selbst.«

»Ich war schockiert, vor allem nachdem ich den Nachruf in der Zeitung gelesen hatte, der Artemis wie ein wahres Salz der Erde klingen ließ. Als ich dies meiner Tante gegenüber erwähnte, warf sie zum ersten Mal seit unserer Begegnung den Kopf zurück und lachte, was nach echter Begeisterung aussah.«

»Oh, um Himmels willen, Jonathan, sei nicht so naiv. Spalding bezahlte den Journalisten, um diese Geschichte zu schreiben. Artemis war nichts weiter als ein böser, gemeiner, böser, geldgieriger Mensch, der sich um niemanden außer sich selbst und sein kostbares Geschäft kümmerte.«

»Es war mir jetzt klar, dass es zwischen meiner Tante und Artemis Hunt sicherlich keine Liebe gab, und es lag etwas in der Überzeugung ihres Tonfalls, das mich jedes ihrer Worte glauben ließ. Daher wusste ich jetzt, dass ich den Artikel praktisch von der Zeitung abschreiben konnte, und die einzige Möglichkeit, die Wahrheit zu erfahren, bestand darin, zu hören, was sie zu sagen hatte.«

»Plötzlich reichte es nicht mehr aus, nur über Amys Tod Bescheid zu wissen, ich wollte die ganze Geschichte über alle wissen, die zu dieser Zeit in Denby Manor lebten, und was die Umstände waren, die zu der Tragödie führten. Ich beschloss, alle meine Karten auf den Tisch zu legen und mich auf das Mitgefühl und das Verständnis meiner Tante zu verlassen, um mir alles zu enthüllen, was sie wusste.«

»Ich erklärte ihr, dass Jenifer am nächsten Tag ankam, dass sie begeistert war, das Herrenhaus zum ersten Mal zu sehen, und dass ich Bedenken wegen Amy hatte, und ob meine Tante dachte, es sei sicher genug für mich, Jenifer in das Haus zu lassen. Meine Tante lehnte sich mit einem strengen, tadelnden Blick nach vorne.«

»Wenn du jetzt nicht auf mich hörst, Jonathan, wärst du ein Narr, wenn du deiner Frau erlauben würdest, sich diesem verfluchten Haus auch nur eine Meile weit zu nähern. Wenn du auch nur einen Funken Verstand hast, rufst du sie an und sagst ihr, sie soll in London bleiben.«

»Ihre Worte trafen genau ins Schwarze. Ich hatte in dieselbe Richtung gedacht, zumal die Heimsuchungen von Nacht zu Nacht schlimmer zu werden schienen. Ich flehte sie an, mir alles zu erzählen, was sie wusste, von Anfang bis Ende, und ich glaube, dass sie schließlich die Überzeugung in meinem Tonfall erkannte, als sie nach ein paar Sekunden tief einatmete und langsam nickte.«

»Dieses verdammte Haus wurde von Artemis und seinem damaligen Geschäftspartner, einem Kerl namens Harrington, gebaut. Offenbar war die Idee, ein Haus zu bauen, das groß genug war, um sowohl ihre Familien unterzubringen als auch das Geschäft zu leiten. Das scheint mir eine seltsame Idee zu sein, aber ich bin sicher, dass es für sie alle Sinn machte. Wie auch immer, die Geschichte, die mir erzählt wurde, war, dass Artemis' Eltern, als sie im Ausland starben, immer dachten, dass sie ihm die alleinige Verantwortung für das Familienunternehmen und die Finanzen überlassen würden, da er der Älteste war. Er hatte eine jüngere Schwester, Irma, die, wie ich glaube, zu dieser Zeit noch im Teenager-Alter war. Aber wie es sich herausstellte, wurde alles vererbt, um gleichmäßig zwischen den beiden aufgeteilt zu werden.«

»Artemis war natürlich nicht glücklich, aber so war es, und so musste er Irma in alle seine Geschäftsvorgänge mit einbeziehen, obwohl ich glaube, dass sie kein wirkliches Interesse an dem Geschäft hatte und normalerweise alles mitmachte, was er sagte. Artemis und Harrington hatten untereinander eine Regelung getroffen, dass, wenn einer der beiden unverschuldet stirbt, der andere seinen Anteil am Geschäft erben würde, wobei eine Rente an den Ehepartner des verstorbenen Partners gezahlt würde, falls es einen solchen gäbe. Wie sich herausstellte, starb Harrington jung, und da er nicht geheiratet hatte, ging sein Anteil am Geschäft an Artemis und hinterließ ihm einen Mehrheitsanteil an Irma. Nicht, dass sie sich besonders darum gekümmert hätte, wie ich schon sagte, das Geschäft bedeutete ihr sehr wenig.«

»Irma hat nie geheiratet, aber sie hat ein Kind geboren, Spencer, als Folge einer Affäre, die sie mit einem Geschäftspartner hatte, der aus Amerika gekommen war, um mit Artemis eine Art von Exportgeschäft zu besprechen. Die arme Irma glaubte, dass er in sie verliebt war, aber in dem Moment, als sie entdeckte, dass sie schwanger war, verließ er sie mit dem ersten verfügbaren Schiff. So schien es jedenfalls. Später fand sie heraus, dass Artemis den Mann dafür bezahlt hatte, dass er sie verließ, um zu verhindern, dass sich eine dauerhafte Beziehung entwickeln konnte. Artemis hatte nämlich die größte Befürchtung, dass Irma heiraten würde, was damals bedeutete, dass seine geschäftlichen Interessen automatisch auf ihren Mann übergehen würden, und das Letzte, was Artemis wollte, war jemand mit Geschäftssinn, der sich für seine Machenschaften interessiert.«

»Jedenfalls ging das Gerücht um, dass dieser Amerikaner der Polizei für seine eigenen dubiosen Geschäfte bekannt war, so dass Artemis drohte, ihn zu entlarven, wenn er wieder versuchte, Irma zu kontaktieren. Als die arme Irma die Wahrheit entdeckte, packte sie ihre Koffer und reiste nach Amerika, um den Mann zu finden, den sie für die Liebe ihres Lebens hielt. Sie ließ Spencer in der Obhut eines einheimischen

Ehepaares, da sie Artemis zu Recht nicht traute, und segelte weg, um nie wieder gesehen zu werden.«

»Einige Wochen später erreichte Artemis die Nachricht, dass sie sich während der Überfahrt eine Lebensmittelvergiftung zugezogen hatte und infolgedessen starb, bevor das Schiff überhaupt den Hafen erreichte. Artemis ließ sie in Amerika begraben, zweifellos, weil es eine billigere Möglichkeit war, als sie nach Hause zu bringen. Nach den damaligen Berichten war die Artemis dafür, den jungen Spencer in ein Waisenhaus zu schicken. Aber als Irmas Anwalt ihn kontaktierte, um ihm zu sagen, dass sie Spencer ihren Anteil am Geschäft überlassen und ihn zum Vormund seines Neffen gemacht hatte, bis er fünfundzwanzig Jahre alt war, hatte Artemis keine andere Wahl, als den jungen Spencer unter seinen Fittichen zu nehmen.«

»Mit der Zeit heiratete Artemis ein ausländisches Mädchen, das er auf einer Geschäftsreise kennengelernt hatte, ich weiß nicht mehr, wo, aber sie starb bei der Geburt von Spalding. Ihre Eltern veranlassten, dass ihre Überreste zur Beerdigung in ihr Land zurückgebracht wurden. Ich weiß nicht, ob Artemis damals Einwände hatte, aber das war das Ende der Geschichte. Spalding wurde von demselben Kindermädchen betreut, das Artemis für Spencer eingestellt hatte, obwohl Spencer inzwischen fast sechs Jahre alt war, so dass er nicht so viel Aufsicht brauchte wie ein Neugeborenes.«

»Als er alt genug war, schickte Artemis Spencer in ein Internat und machte dasselbe mit Spalding, als er das gleiche Alter erreichte. Spencer und Spalding standen sich trotz des Altersunterschieds ziemlich nahe, und Spencer würde sein Bestes tun, um seinen jüngeren Verwandten zu schützen, indem er ihn eher wie einen kleinen Bruder als nur seinen Cousin behandelte. Während der Ferien waren sie hauptsächlich sich selbst überlassen, da Artemis immer zu beschäftigt war, um sich mit solch trivialen Angelegenheiten zu beschäftigen. Die beiden Jungen waren seelenverwandt, denn Spencer hatte nur kurz die Wärme und Zuneigung einer Mutterliebe erfahren, und der arme Spalding hatte nicht einmal das. Aber mit der Zeit nahm Artemis seinen Sohn immer mehr ins Vertrauen, indem er ihn mit Geschichten über die Bedeutung des Geschäftslebens verführte, während er Spencer praktisch außen vor ließ.«

»So stellte sich heraus, dass die beiden Jungen immer mehr auseinander drifteten, wobei Spalding unter dem Einfluss seines Vaters immer mehr wie er wurde, mit jedem Tag, der verging. Als ich auftauchte, verhielten sich Spencer und Spalding eher wie vollkommene Fremde als wie Verwandte. Sie waren so gegensätzlich wie Kreide und Käse. Spencer war freundlich und beschützend zu mir und brachte mich mit seinen dummen Witzen und seltsamen Einfällen immer zum Lachen. Spalding hingegen nahm sich selbst unglaublich ernst. Obwohl er einige Jahre jünger als Spencer war, hätte man ihn bei weitem für den Älteren gehalten. Er benahm sich, als sei er bereits ein Mann mit großer Verantwortung und hätte keine Zeit für jugendliche Verhaltensweisen, wie sie Spencer zeigte, als er versuchte, mich bei Laune zu halten.«

»Es war wahr, dass Artemis seinem Sohn bereits versprochen hatte, dass er eines Tages seinen Anteil an dem Unternehmen erben würde, der wesentlich größer war als Spencers Anteil. Aber Spencer schien, genau wie seine Mutter, überhaupt nicht davon berührt zu sein und lebte sein Leben in glückseliger Unwissenheit gegenüber den Intrigen und Intrigen seines Onkels und seiner Cousine weiter.«

»Eines Tages hörten wir von einem Jahrmarkt, der in die Stadt kommen sollte. Ich glaube, ich war damals etwa neun oder zehn Jahre alt, und ich hatte noch nie einen richtigen Zirkus gesehen. Ich drängte Spencer, mich mitzunehmen, und zunächst tat er so, als ob er das Gefühl hätte, dass solche Vergnügungen unter seiner Würde wären. Aber er konnte diese Vortäuschung nicht lange aufrechterhalten, und schließlich verkündete er, dass er uns bereits Karten als Belohnung gekauft hatte. Ich war überglücklich, und ich glaube, ich muss jede Minute des Tages gezählt haben, bis wir losfuhren.«

»Ich trug mein bestes Sonntagskleid, und Spencer sah in einem feinen dunklen Anzug glänzend aus. Überraschenderweise erlaubte Artemis Spencer sogar die Benutzung seiner persönlichen Kutsche, was an sich schon eine Novität war. Die Atmosphäre bei unserer Ankunft wurde mit einer solchen Energie erzeugt, dass man fast das Gefühl hatte, als ob die Luft selbst von einer Ladung Elektrizität durchströmt wäre. Ich hatte noch nie so viele Menschen an einem Ort versammelt gesehen. Es schien, als hätte sich die ganze Stadt für den ersten Tag versammelt.«

»Es gab Tiere, über die ich immer nur in Büchern gelesen hatte und von denen ich nie geträumt hätte, dass ich sie eines Tages im wirklichen Leben sehen würde. Es gab Akrobaten, und Clowns, Zwerge und Männer auf Stelzen, die so groß waren, dass ich kaum ihre Köpfe sehen konnte, und eine Freakshow mit allen möglichen seltsamen und eigenartigen Aktionen. Da war eine bärtige Dame, ein Mann, der eine Halbkatze mit den seltsamsten Augen sein sollte, die ich je gesehen hatte. Zwillinge aus dem Orient, die an der Hüfte zusammengewachsen waren, und ein Mann mit drei Beinen.«

»Sie sahen alle so seltsam und furchterregend aus, dass ich mich daran erinnere, wie ich mich an Spencers Hand festhielt, als wir das Zelt betraten. Aber er versicherte mir, dass es nur Menschen wie wir seien und nichts zu befürchten sei, und nach einer Weile fand ich mit seiner Ermunterung den Mut, mit ihnen zu sprechen. Sie waren alle so nett und freundlich, dass ich, als wir ihr Quartier verließen, ein wenig um sie weinte. Aber Spencer versicherte mir, dass sie nicht zu bemitleiden seien und dass sie unter ihresgleichen glücklich seien, und dass die Menschen im Showbusiness eine Familie in sich selbst seien, die sich genauso liebten wie wir. Dadurch fühlte ich mich besser, und ich genoss die Show noch weiterhin.«

»Es gab Stände, die alle möglichen Leckereien, Eis, kandierte Früchte, Schokolade und warmen Apfelwein für die Erwachsenen verkauften. Spencer ließ mich auf einem Elefanten reiten, der von einem von Kopf bis Fuß in indischer Tracht gekleideten Mann durch den ganzen Park geführt wurde, und obwohl ich anfangs Angst hatte, so hoch oben zu sein, begann ich nach einer Weile, es zu lieben, und fühlte mich, als wäre ich die Königin der Welt.«

»Ein spezielles Zeltgehege schien viel Lärm und Aufregung zu verursachen, also führte mich Spencer hinein, und zu meinem Erstaunen war es ein Löwenbändiger, der vier riesige Exemplare hatte, die alle groß genug aussahen, um mich ganz zu verschlingen. So fasziniert ich von den Tieren war, so sehr erschreckte mich die Tatsache, dass es keine Käfiggitter zwischen uns und den Tieren gab, und ich erinnere mich, dass ich an Spencers Hand zerrte und ihn drängte, mich wieder herauszubringen.«

»Als er merkte, wie versteinert ich war, gab er meinen Forderungen nach, und wir wollten uns gerade umdrehen, um zu gehen, als ein junges Mädchen hinter der Plane auftauchte und sich vor mir niederbeugte, um mir zu versichern, dass es wirklich nichts zu befürchten gab.«

EINUNDZWANZIGSTES KAPITEL

»Meine Tante starrte mich mit einem wissenden Blick an, und in einem Moment begriff ich ihre unausgesprochene Andeutung.«

»Das stimmt, es war Amy, und als sie zu mir sprach, berührte sie sanft mit der Rückseite ihrer Finger meine Wange, und ich fühlte eine plötzliche Ruhe durch meinen Körper strömen, die mich völlig furchtlos machte gegenüber den Löwen, die mich soeben noch erschreckt hatten. Diese wundersame Verwandlung in mir blieb Spencer nicht verborgen, aber was noch auffälliger war, war die Art, wie er Amy ansah. Es schien, dass ich nicht die Einzige war, die sie in ihren Bann gezogen hatte.«

»Ob sie nun Spencers offensichtliche Verzauberung bemerkte oder nicht, sie hielt ihre Aufmerksamkeit auf mich und fragte mich, ob ich mir die Löwen näher ansehen wollte. Ich fühlte, wie ich nickte, aufgeregt und ohne jeglichen Widerstand von Spencer nahm sie mich an der Hand und führte mich hinunter zum inneren Gehege. Es fällt mir immer noch schwer zu beschreiben, was mir zu diesem Zeitpunkt durch den Kopf ging. Aber irgendwie hatte ich unter Amys Führung absolut keine Angst, dass mir etwas Schlimmes zustoßen könnte.«

»Als wir uns dem ersten Löwen näherten, machte Amy eine Geste mit der Hand, und das Tier legte sich ohne Zögern zu ihren Füßen nieder. Sie legte meine Hand auf die Flanke des Tieres, und ich konnte seinen Herzschlag spüren, als sich sein massiver Brustkorb hob und senkte. Es war eine der unglaublichsten Erfahrungen meines Lebens, und ich werde mich bis zu meinem Tod daran erinnern. Mit einer weiteren Geste schienen auch die anderen Löwen völlig von Amy fasziniert zu sein, und einer nach dem anderen liefen sie zu uns hinüber und begannen, sich an uns zu reiben. Einer von ihnen leckte mich sogar, und seine Zunge war so riesig, dass sie mein Gesicht wie ein großer Waschlappen bedeckte.«

»Die Menge, die sich im Zelt versammelt hatte, begann zu keuchen und dann zu jubeln, und ich merkte plötzlich, dass ich Teil der Show war, was mich schrecklich bloßstellte und beschämte. Aber Amy nahm noch einmal meine Hand und stellte mich vor sich hin, drängte mich, mich zu verbeugen und die Bewunderung der Leute zu genießen.«

»Nach der Vorstellung, als der Rest der Leute aus dem Gehege heraustrat, brachte mich Amy zurück zu Spencer, der während der Vorstellung geduldig gesessen hatte. Ich war nach meiner Erfahrung mit den Löwen so voll von lebhaftem Geschwätz, dass ich den beiden Erwachsenen kaum eine Chance gab, etwas zu sagen. Da ich so jung war, war es für mich natürlich nicht so offensichtlich, dass die beiden eine sofortige Verbindung hatten, und dass ich, wenn auch unbeabsichtigt, mein Bestes tat, um zu verhindern, dass sie sich einander vorstellen.«

»Amy ihrerseits schien mein eifriges Geplapper ziemlich fesselnd zu finden. Ich hörte, wie sie Spencer sagte, dass er und seine Frau sehr stolz auf mich sein müssen, was Spencer natürlich dazu veranlasste, eine überstürzte Version unserer wahren Beziehung weiterzugeben, und ich erinnere mich, wie er sich sehr bemüht zu haben schien, die Tatsache zu betonen, dass er nicht nur nicht verheiratet war, sondern auch nicht einmal jemandem den Hof machte. Wäre ich etwas älter und weltoffener gewesen, hätte ich natürlich gemerkt, dass ich den beiden bei ihrer gegenseitigen Bekanntmachung im Weg stand, aber so wie es war, war ich viel zu jung und von allem, was um mich herum passierte, begeistert.«

»Ich war jedoch bereits früher in der Kunst der Etikette junger Damen unterrichtet worden, so dass ich wusste, dass ich nicht unhöflich sein und sie unterbrechen durfte, sobald ich den beiden endlich erlaubte, ihr Gespräch zu beginnen. Ich wartete geduldig und hielt immer noch Amys Hand fest, während die beiden die ganze Aufregung und Heiterkeit um uns herum zu übersehen schienen. Schließlich machte Amy eine Bemerkung darüber, dass ich den Rest des Jahrmarktes sehen wollte, und sie übergab mich wieder an Spencer. Sogar in so einem jungen Alter konnte ich erkennen, wie sehr sie sich gegen eine Trennung sträubten. Aber ich fürchte, dass mein Eifer, zu sehen, was noch angeboten wurde, jedes Schuldgefühl, das ich vielleicht hatte, weil ich diejenige war, die sie auseinander trieb, überwunden hat.«

»Auf der Kutschfahrt nach Hause war ich zum Bersten gespannt und erzählte Spencer all die wunderbaren Dinge, die ich auf dem Jahrmarkt erlebt hatte, als wäre er nicht die ganze Zeit direkt neben mir gewesen. Er war jedoch viel zurückhaltender, als ich ihn je zuvor gesehen hatte, und ich musste wütend an seinem Ärmel zerren, um irgendeine Art von Antwort von ihm zu erhalten. Der Jahrmarkt war zwei Wochen lang in der Stadt, und Spencer kehrte jeden Tag dorthin zurück, aber viel zu früh, als dass er überhaupt geöffnet hätte. Ich flehte ihn an, mich wieder mitzunehmen, und er versprach mir eine weitere Reise, bevor der Jahrmarkt die Stadt verließ.«

»Spencer stand immer zu seinem Wort, und tatsächlich nahm er mich in der folgenden Woche wieder zum Jahrmarkt mit. Nur dieses Mal, als wir ankamen, schloss sich Amy uns an und blieb während unseres gesamten Besuchs bei uns. Das machte diese Erfahrung für mich zu etwas ganz Besonderem, denn überall, wo wir hinkamen, wurden wir, wenn die Leute sahen, dass Amy bei uns war, wie regelrechte Könige behandelt. Jedes Mal, wenn ich eine Fahrt machen wollte, wurde ich an den Anfang der Schlange geführt. Ich wurde von allen mit so vielen kostenlosen Leckereien gefüttert, dass mir gegen Ende des Abends etwas übel wurde, und Spencer musste anfangen, ihre freundlichen Angebote in meinem Namen abzulehnen.«

»Amy stellte mir alle Tiere in der Show vor. Nicht nur die Löwen, obwohl sie mich dazu brachte, sie wieder zu streicheln. Sondern auch einen Tanzbären, ein paar prächtige Pferde und den Elefanten, der die Kinder ausreitete. Am meisten zögerte ich, als sie mich fragte, ob ich die Mitglieder der Freakshow kennen lernen wollte. Sie lachte, als sie die Skepsis in meinem kleinen Gesicht sah, und hockte sich auf mein Niveau, um zu erklären, dass sie alle völlig harmlos seien und meine Bekanntschaft sehr gerne machen würden.«

»Trotzdem kann ich mich noch daran erinnern, wie fest ich ihre Hand hielt, als sie mich ihnen allen vorstellte. Aber sie hatte natürlich Recht; sie waren alle unglaublich freundlich und voller Komplimente für mich und das Kleid, das ich an diesem Tag trug. Am Ende des Besuchs war es fast so, als ob ihre Missbildungen nicht mehr existierten, und ich war tatsächlich traurig, dass ich ihr Zelt verlassen und weiterziehen musste, aber ich war alt genug, um zu erkennen, dass sie eine Show zu machen hatten.«

»Nach dem Jahrmarkt begleitete uns Amy zurück zum Herrenhaus. Spencer und ich waren diesmal zu Fuß rübergegangen, also lieh sich Amy eine der Kutschen vom Jahrmarkt aus, und wir fuhren in dieser. Spencer ließ mich mit ihm und Amy vorne sitzen, wodurch ich mich wie ein richtiger Erwachsener fühlte, und ich kam nach Hause und fühlte mich wie das glücklichste Mädchen der Welt. Amy schloss sich uns allen zum Abendessen an, sehr zu Artemis' Leidwesen. Es war sicherlich das erste Mal, dass Spencer ein Mädchen mit nach Hause brachte, und ich habe mich oft gefragt, ob Artemis schon bei diesem ersten Besuch die besondere Verbindung zwischen ihnen erkannt hatte.«

»Spalding seinerseits konnte seine Augen nicht von Amy abwenden, obwohl er so tat, als würde er sie nicht bemerken. Nach dem Abendessen brachten mich Spencer und Amy nach oben, um mich zuzudecken. Ich war noch immer von der ganzen Aufregung des Tages überwältigt und offensichtlich nicht in der Stimmung, um zu schlafen. Dann begann Amy, mir etwas vorzusingen. Später fand ich heraus, dass es ein altes Schlaflied der Roma war, und sie hatte eine so schöne Stimme, dass ich innerhalb weniger Minuten fest eingeschlafen war.«

»Bei der Erwähnung von Amys Gesang bemerkte meine Tante einmal mehr, dass ich in meinem Stuhl erstarrte.«

»Erinnere mich daran, dir etwas zu geben, bevor du gehst!«

»Einmal mehr wurden ihre Worte eher als ein Befehl und nicht als ein einfacher Vorschlag im Vorbeigehen geäußert. Ich nickte meine Antwort und drängte sie, weiterzumachen.«

»Wo war ich? Oh ja, ich erinnere mich, dass ich mitten in der Nacht durch den Klang von Artemis geweckt wurde, der jemandem aus vollem Hals anschrie. Ich hatte zu viel Angst, mich aus meinem schönen warmen Bett zu wagen, um zu sehen, was die ganze Aufregung zu bedeuten hatte, also zog ich mir die Decke über den Kopf, um den Lärm zu dämpfen, und schließlich fiel ich wieder in den Schlaf. Die Atmosphäre beim Frühstück am nächsten Morgen war besonders düster. Ich hatte gehofft, dass Amy noch da sein würde, aber Spencer erzählte mir später, dass sie kurz nach meinem Einschlafen gegangen war. Ich erinnere mich, dass Artemis Spencer während des Essens über den Frühstückstisch hinweg bedrohlich anblickte, und ich vermutete, dass er derjenige gewesen sein musste, den Artemis in der Nacht angeschrien hatte.«

»Immer wenn ich Spencers Blick erhaschte, zwinkerte er mir zu und lächelte, als ob er meine Bedenken zerstreuen wollte. Später an diesem Morgen kam Spencer zu mir und informierte mich, dass er Amy einen Antrag gemacht hatte und dass sie ihn angenommen hatte. Ich war so begeistert von der Aussicht, dass Amy zu Besuch kommen würde, dass es mir schwerfiel, meine Aufregung in Grenzen zu halten, und ich begann, herumzuspringen und vor Freude zu jubeln. Doch dann teilte mir Spencer mit, dass Artemis über die Nachricht überhaupt nicht erfreut war, und deshalb hatte er ihn mitten in der Nacht angeschrien. Spencer gestand, dass er seinen Onkel darüber informiert hatte, dass er, sobald er sein Erbe erhalten hätte, beabsichtigte, seinen Anteil am Geschäft an den Höchstbietenden zu verkaufen, und dass er und Amy wegziehen würden, um ihr Eheleben zu beginnen.«

»Meine Stimmung änderte sich augenblicklich, als ich diese Nachricht hörte, und Spencer war sich dessen durchaus bewusst. Aber er zog mich zu sich heran, schlang seine Arme um mich und versicherte mir, dass ich, sobald er und Amy ihr eigenes Haus hätten, während der Feiertage zu ihnen kommen und bei ihnen wohnen könnte, anstatt im tristen Denby Manor. Diese Ankündigung wandelte meine Stimmung sofort wieder in eine reine Freude um, und ich umarmte Spencer so fest, dass er sich beschwerte, ich würde ihm das Rückgrat brechen.«

»Die Atmosphäre im Haus war von diesem Tag an sichtlich angespannter als je zuvor. Vor allem die Mahlzeiten wurden in völliger Stille eingenommen, wobei Artemis vor sich hin murmelte und die Bediensteten noch mehr als üblich anbrüllte. Spalding saß seinerseits schweigend da und konzentrierte sich auf sein Essen, während Spencer mir immer ein Augenzwinkern zuwarf, um mir zu versichern, dass alles in Ordnung sein würde.«

»Eines Abends, etwa zwei Wochen vor meiner Rückkehr in die Schule, wurde ich durch das Geräusch der sich öffnenden Schlafzimmertür geweckt. Zuerst war ich natürlich versteinert und stellte mir vor, dass alle möglichen Ungeheuer und Kobolde kommen würden, um mich zu entführen. Aber mein Schrecken verwandelte sich in sofortige Erleichterung, als Spencer von der Tür aus schaute und seinen Finger an die Lippen hielt, als wollte er mir vermitteln, dass ich still sein müsse. Er kam herüber, setzte sich auf mein Bett und fragte mich mit einer Stimme, die kaum über ein Flüstern hinausging, ob ich zu seiner Hochzeit kommen wolle.«

»Ich war natürlich überglücklich über die Aussicht, fragte ihn aber, warum er nicht bis zum Morgen gewartet habe, um mich zu fragen. Er erklärte, dass die Hochzeit wegen Amys Roma-Traditionen um Mitternacht stattfinden müsse, wenn Vollmond sei. Er erklärte auch, dass er nicht wolle, dass sein Onkel oder Spalding davon wüssten, nur für den Fall, dass sie versuchen würden, einzugreifen und die Hochzeit zu verhindern.«

»Ich zog mir schnell das an, was ich für mein schönstes Kleid hielt, und trug meine besten Sonntagsschuhe und meine beste Mütze. Obwohl es eine wunderbar klare Nacht war, mit einem Himmel voller Sterne und einem riesigen Vollmond, wickelte ich mir wegen der späten Stunde einen Wollschal um die Schultern, um die Kälte abzuwehren, bevor ich auf Zehenspitzen die Treppe hinunterging, um Spencer draußen zu treffen. Wir liefen ein Stück, bis wir außer Hörweite waren, und da wartete eine prachtvoll aussehende Kutsche, die von vier Pferden vom Jahrmarkt gezogen wurde, die alle in ihrer prunkvollen Erscheinung herausgeputzt waren.«

»Als wir im Lager des Jahrmarkts ankamen, saßen alle Beteiligten in einem großen Kreis auf dem Boden, mit einem Tisch in der Mitte. Um den Kreis herum waren Fackeln verteilt, die die gesamte Szene erhellten, und als wir aus der Kutsche ausstiegen, kam die bärtige Dame, um uns zu begrüßen, und führte mich zu meinem Platz im Kreis. Ich fühlte mich etwas unsicher, als ich in einem meiner Lieblingskleider auf dem Boden saß, aber ich war von der Erregung des Augenblicks so überwältigt, dass ich ohne jedes Aufsehen nachgab.«

»Spencer wurde in die Mitte des Kreises begleitet, und er wurde allein am Tisch stehen gelassen. Ich bemerkte, dass sich zwei Flaschen darauf befanden, eine mit einer dunkelroten Flüssigkeit und eine mit einer klaren, die meiner Meinung nach Wasser gewesen sein könnte. Ich hatte noch nie an einer Hochzeitszeremonie teilgenommen, aber trotzdem hatte ich von einigen Mädchen in der Schule davon gehört, so dass ich sofort wusste, dass diese Zeremonie nicht der traditionellen Praxis entsprach.«

»Alle fingen an zu singen, aber da ich den Text nicht verstehen konnte, summte ich nur die Melodie vor mich hin, die fröhlich genug war, und alle um mich herum lächelten und waren fröhlich, so dass es für mich leicht war, in die Fröhlichkeit des Anlasses hineingezogen zu werden. Nach einer kurzen Weile tauchte Amy aus einem der Zelte auf, die unseren Kreis umgaben. Im Mondlicht sah sie absolut umwerfend aus. Ihr Haar war mit Blumen geflochten, und sie trug ein umwerfendes Kleid mit Blumendruck, das ihre erstaunliche Figur weit mehr betonte, als ich es damals gewohnt war, junge Damen zu sehen, die es sich erlaubt haben, sich aufzuhübschen.«

»Wieder konnte ich einen Schauer über meinen Rücken laufen spüren, als meine Tante Amys Hochzeitskleid erwähnte. Sicherlich muss es das Gleiche sein, das ihr Geist jedes Mal getragen hat, wenn sie mich bei ihren nächtlichen Besuchen geplagt hat. Diesmal ließ ich jedoch absichtlich nicht zu, dass meine Besorgnis nach außen hin sichtbar wurde. Ich wollte, dass meine Tante ihre Geschichte mit einem Minimum an Unterbrechungen beendet, damit ich endlich die Wahrheit herausfinden konnte. Mein Trick schien zu funktionieren, denn sie sprach weiter, als ob sie keine Veränderung meines Verhaltens bemerkt hätte.«

»Nun, die Zeremonie selbst begann ernsthaft, als Amy den Kreis durchbrach und eintrat, um sich Spencer gegenüberzustellen. Als sie dort standen, so wie ich vermutete, und darauf warteten, dass das Singen aufhörte, drehte sich Amy um und zwinkerte mir zu, was meinem jungen Gemüt irgendwie vermittelte, dass sie sich über meine Anwesenheit freute. Als der Gesang zu Ende ging, begann die Menge um mich herum in gedämpften Tönen zu murmeln, eine Art rituelle Ansprache, die wiederum in einer Sprache gehalten wurde, die ich nicht verstand, also saß ich einfach still da und nahm die Atmosphäre des magischen Ereignisses auf. Spencer und Amy nahmen ihre Stichworte auf und rezitierten sich gegenseitig ihre Gelübde, Zeile für Zeile, gleichzeitig, und als sie fertig waren, holte Spencer einen Ring hervor und steckte ihn Amy an den Finger. Amy hielt ihren Arm mit dem goldenen Band in der Hand hoch, und von allen Anwesenden, einschließlich mir, erhob sich ein gewaltiger Jubel.«

»Als nächstes goss Amy etwas von der roten Flüssigkeit aus einer der Flaschen in ein Glas, und dann mischte sie etwas von dem klaren Wasser unter. Dann begann sie, das Gemisch zu verrühren, bis es einen einheitlichen rosaroten Farbton annahm, bevor sie das Glas mit einem Schluck leerte. Dann tat sie etwas, was ich zumindest sehr merkwürdig fand. Sie zog ihre Schuhe aus und stellte sie auf den Tisch neben die Flaschen. Dann füllte sie jeden Schuh nacheinander mit der Flüssigkeit aus einer der Flaschen. Als sie fertig war, nahm Spencer den ersten Schuh mit der roten Flüssigkeit auf und leerte ihn, bevor er den gleichen Vorgang auch mit dem anderen Schuh durchführte.«

»Danach trugen sie Amys Schuhe zu einer alten Dame, die ich bis dahin nicht bemerkt hatte, die als einzige Person im Kreis auf einem richtigen Stuhl und nicht auf dem Boden saß. Die alte Dame nahm ihnen beide Schuhe weg, und Amy und Spencer knieten beide auf ein Knie, so dass die Frau beide auf die Stirn küssen konnte, bevor sie ein seltsames Zeichen in der Luft über ihren Köpfen machte. Als die alte Frau fertig war, durchbrachen Amy und Spencer den Kreis, gerade als der Elefant, auf dem ich auf dem Jahrmarkt geritten war, von seinem Dompteur herausgebracht wurde. Sie kletterten beide hoch und ritten dreimal um das Lager herum, an dessen Ende die Menge noch einmal gewaltig jubelte, und alle standen auf und begannen zu tanzen.«

»Ich wurde an der Hand gepackt und mitten in das Gewühl gezogen und war sofort von der Musik und dem Gesang, der die Nachtluft durchdrang, gefangen. So sehr, dass ich nichts von Spencer oder Amy sah, bis die Sonne aufging und die Feier offiziell zu Ende ging. Obwohl ich nur ein paar Stunden geschlafen hatte, bevor Spencer sich in mein Zimmer geschlichen hatte, fühlte ich mich nicht im Geringsten müde, und ich glaube, dass ich noch stundenlang hätte weiter tanzen können.

Amy und Spencer brachten mich dann nach Hause, und ich schlief schon tief und fest, bevor wir das Herrenhaus erreichten.«

»Später am Morgen erwachte ich in meinem eigenen Bett, und für eine Minute begann ich mich zu fragen, ob ich von den Feierlichkeiten nur geträumt hatte. Aber als ich zum Frühstück hinunterkam, saßen Spencer und Amy zusammen am Tisch, und ich wusste sofort, dass alles wahr war. Ich eilte hinüber und gab den beiden eine kräftige Umarmung, bevor ich mich hinsetzte, um auf die anderen zu warten. Als Artemis und Spalding schließlich eintrafen, waren sie beide offensichtlich überrascht, Amy beim Frühstück sitzen zu sehen. Aber als Spencer verkündete, dass sie geheiratet hatten, dachte ich, dass Artemis auf der Stelle ein Blutgefäß platzen würde. Sein Gesicht wurde zu einem hellen Rotbraunen, und seine Wangen blähten sich auf wie die eines Hamsters, der seine Nüsse aufbewahrt.«

»Zuerst schien er nicht sprechen zu können; er öffnete und schloss einfach immer wieder seinen Mund, ohne dass ihm irgendwelche Worte entweichen konnten. Schließlich brüllte er etwas darüber aus, dass Spencer nicht ohne seine ausdrückliche Erlaubnis heiraten dürfe, was natürlich Unsinn war, aber Artemis war offensichtlich davon überzeugt, dass er im Recht war. Gerade als das erste Frühstückstablett ankam, sprang Artemis von seinem Sitz und ließ das Dienstmädchen ihr Tablett hochkant umwerfen, wodurch Kedgeree auf dem ganzen Tisch verschüttet wurde. Als er aus dem Raum stürmte, folgte Spalding, und wir sahen beide für den Rest des Tages nicht mehr wieder.«

»Der Jahrmarkt zog weiter, und Spencer und Amy nahmen mich mit, als sie sich von ihren Freunden und ihrer Familie verabschiedete. Sie waren alle so aufrichtig glücklich für sie und Spencer, dass es mir für Amy ziemlich leid tat, wenn man bedenkt, wie eiskalt sie von Spencers Seite der Familie empfangen wurde. Aber trotz alledem ließ Amy es sich nie anmerken. Sie war weiterhin der klügste, glücklichste und wunderbarste Mensch, den ich je kennengelernt hatte. In den nächsten Tagen, wenn Spencer von seinem Onkel zu einem Geschäftstreffen eingeladen wurde, gab Amy sich alle Mühe, meine verbleibenden Tage in Denby zu einer absoluten Freude zu machen.«

»Wir machten gemeinsam Kutschenfahrten, und manchmal packte sie uns ein Picknick ein, wenn sie wusste, dass Spencer nicht zum Mittagessen zur Verfügung stehen würde. Sie sang immer und verbrachte Stunden damit, mich zu unterhalten und mir beizubringen, wie man aus Blumen und Zweigen Halsketten herstellt. An warmen Tagen gingen wir im See schwimmen, und sie brachte mir auch verschiedene Arten bei, mein Haar zu tragen, wobei ich mich zum Teil weit erwachsener fühlte als in meinen bescheidenen Jahren war. Sie war auch eine tolle Musikerin und tat ihr Bestes, um mir das Cembalo beizubringen. Aber um ehrlich zu sein, interessierte ich mich mehr dafür, einfach nur auf einer Couch zu liegen und ihr zuzuhören, wie sie für mich spielte und sang.«

»Die Situation mit Artemis schien sich in den nächsten Tagen etwas zu entspannen. Tatsächlich begannen sowohl Artemis als auch Spalding beim Abendessen am dritten Tag nach der Bekanntgabe der Hochzeit die unangenehmen Dinge zu verdrängen, obwohl ich in ihrer allgemeinen Art immer noch eine unterschwellige Feindseligkeit spüren konnte. Aber Amy und Spencer schienen glücklich genug zu sein, solche Schlussfolgerungen zu ignorieren, und mit jedem Tag verliebten sie sich mehr und mehr ineinander.«

»Dann schlug das Schicksal zu. Artemis hatte Spencer gebeten, mit ihm und Spalding in eine andere, einige Meilen entfernte

Stadt zu fahren, um dort geschäftlich tätig zu werden, und behauptete, dass es notwendig sei, dass Spencer dort anwesend sei, da er als Teilhaber des Unternehmens zur Unterzeichnung bestimmter Dokumente herangezogen werden könnte. Doch auf dem Rückweg nach Denby wurde ihre Kutsche von berittenen Räubern überfallen, und Spencer wurde erschossen und getötet.«

»Von diesem Tag an war Amy nicht mehr dieselbe! Sie verbrachte den größten Teil des Tages im Bett, und nachts hörte ich sie oft durch die Gänge wandern, weinen und schluchzen. Sie weigerte sich zu essen und wurde sogar bei Spencers Beerdigung ohnmächtig, als sein Sarg in die Erde hinabgelassen wurde. Glücklicherweise gelang es einem der Trauernden in der Nähe, sie aufzufangen, als sie in Ohnmacht fiel, sonst wäre sie in dem Loch oben auf dem Sarg gelandet.«

»Es gab einen schrecklichen Aufruhr in der folgenden Nacht, als der örtliche Polizist Amy mitten in der Nacht nach Hause brachte, nachdem er sie auf Spencers Grab im strömenden Regen liegend gefunden hatte und ihm etwas vorgesungen hatte. Leider lieferte Amy Artemis, obwohl sie nicht in der Lage war, dies zu erkennen, die gesamte Munition, die er brauchte, um sie in eine Anstalt einweisen zu lassen. Er hatte bereits Spencers Anteil an dem Geschäft übernommen, indem er argumentierte, dass er und Amy keine offizielle Hochzeitszeremonie vollzogen hatten und sie als solche nicht legal verheiratet waren, was ihn zu Spencers Erben machte. Aber sein Versuch, Amy einweisen zu lassen, scheiterte, weil er keine zwei unabhängigen Ärzte finden konnte, die eine Erklärung unterschrieben, dass sie tatsächlich geisteskrank war.«

»Die arme Amy schien alles, was um sie herum geschah, zu übersehen. Ich muss gestehen, dass es Zeiten gab, in denen ich versuchte, sie in ihrem Zimmer zu besuchen, und der Blick in ihren Augen machte mir tatsächlich Angst. Noch schlimmer waren die Gelegenheiten, bei denen ich versuchte, sie zu überzeugen, zum Essen herunterzukommen, und sie schaute mich direkt an und sagte, dass sie darauf wartete, dass Spencer sie abholen würde. Es war fast so, als hätte ihr Leben aufgehört, sich vorwärts zu bewegen, und sie steckte für immer in einer Leere zwischen Leben und Tod fest.«

»Dann, eines Tages, erhielt Artemis Besuch von einem Anwalt von außerhalb der Stadt. Er war anscheinend im Ausland gewesen, als Spencer getötet wurde, und war erst vor kurzem zurückgekehrt, um die Nachricht zu erfahren. Er hinterließ ein von Spencer unterschriebenes und datiertes Testament, das seinen Anteil am Familienunternehmen an Amy vermachte. Artemis war von Natur aus wütend. Er war ein Mann, der es gewohnt war, seinen eigenen Willen zu bekommen, aber er wusste, dass er nicht mit einem legal verfassten Dokument argumentieren konnte. Er rief sogar seinen eigenen Anwalt hinzu und bestand darauf, dass es einen Weg geben müsse, wie Spencers überstürztes Testament für ungültig erklärt werden könne. Er schlug sogar vor, dass Amy Spencer in eine Art Zigeunerzauber versetzt hatte, um ihn zur Unterzeichnung seines Testaments zu zwingen. Aber am Ende konnte sein Anwalt nichts dagegen tun. Das Testament war rechtlich bindend, und Amy war die einzige Begünstigte.«

»Der letzte Strohhalm, jedenfalls für Artemis, kam, als Amy entdeckte, dass sie schwanger war. Zuerst glaubte ihr niemand, auch ich nicht, das muss ich zugeben. Zum einen war es erst etwas mehr als eine Woche her, dass sie und Spencer verheiratet waren, und so jung wie ich war, hatte ich immer verstanden, dass es viel länger dauerte, bis eine Frau in diesem Zustand war. Aber Amy bestand darauf, dass sie es in der Minute gewusst hatte, in der sie schwanger geworden war, und außerdem war sie überzeugt, dass ihr Kind ein Junge sein würde. Der alte Artemis wies ihre Ausführungen als nichts anderes als Wahnsinn ab, der durch Trauer verursacht wurde. Aber ich sah an diesem Tag eine Veränderung in Amy, als ihre Trauer schließlich dem Zorn wich und sie Artemis mit der Tatsache konfrontierte, dass sie das tun würde, was Spencer gewollt hatte, und ihren Anteil an dem Unternehmen an den Höchstbietenden verkaufen würde, um von ihm wegzukommen.«

»Artemis wusste, dass er nur noch kurze Zeit hatte, bevor Spencer fünfundzwanzig Jahre alt geworden und in sein Erbe gekommen wäre, und dass er nun am selben Tag seinen Anteil an Amy übergeben musste. Die offensichtliche Lösung für jeden, der es von außen betrachtet, wäre gewesen, wenn er einfach angeboten hätte, Amy auszuzahlen. Aber ich erfuhr erst viel später von Spalding, dass Artemis seinen gesamten verfügbaren Kredit bereits für andere Geschäftsunternehmungen aufgebraucht hatte, und dass er nirgendwo mehr hingehen konnte, um sich weitere Kredite zu sichern.«

»Inzwischen muss Artemis wohl verzweifelt sein. Sogar ich konnte feststellen, dass es eine deutliche Veränderung in seinem Charakter gab, die noch dunkler und unheimlicher war als zuvor. Dann dachte er, dass er den perfekten Kompromiss gefunden hatte. Wenn Spalding Amy heiraten würde, dann könnte alles geregelt werden, zumindest für ihn. Dies war Artemis' letzter verzweifelter Versuch, das Geschäft innerhalb der Familie zu halten, aber Amy wollte nichts davon wissen. Als er sie darauf ansprach, geriet sie in Wut und sagte ihm, dass sie Spalding genauso sehr hasse wie ihn und dass sie alles in ihrer Macht stehende tun wolle, um beide zu ruinieren, sobald sie in Spencers Erbe gelangt sei.«

»Artemis, der nicht die Art von Mann war, der ein Nein als Antwort akzeptiert, hatte nun keine andere Wahl mehr. Alles, was er tun konnte, war zuzusehen und darauf zu warten, dass sein Geschäftsimperium anfing zu zerfallen. Denn er wusste, dass in dem Moment, in dem ein geschäftsbeflissener Außenseiter sein Partner würde, sie zweifellos die meisten, wenn nicht sogar alle seine fragwürdigen Geschäfte aufdecken und ihn als Betrüger entlarven würden, der er war. Daher war ich etwas überrascht, als ich von einer der Bediensteten die Nachricht erhielt, dass Artemis, da ich nur noch wenige Tage Zeit hatte, bevor ich wieder in die Schule zurückkehrte, arrangierte, dass sie mich für diesen Tag als Belohnung an das Meer mitnahm. Das war für Artemis völlig untypisch, aber durch den Verlust von Amys Gesellschaft in der letzten Woche oder so war ich auf der Suche nach einem Ausbruch und stimmte dem Plan eifrig zu.«

»Wir verbrachten einen sehr angenehmen Tag am Meer, und Artemis hatte das Dienstmädchen mit reichlich Geld ausgestattet, damit wir jede verfügbare Attraktion besuchen konnten. Erst am späten Nachmittag teilte mir das Dienstmädchen mit, dass Artemis auch darauf bestanden hatte, dass wir dort übernachten sollten, bevor wir morgens nach Hause zurückkehrten. Es hatte keinen Sinn, sich zu streiten, und außerdem war das Dienstmädchen ein angenehmes Wesen, so dass ich mich damit zufriedengab, eine Nacht außerhalb von Denby zu verbringen. Wir waren in einem äußerst bescheidenen Etablissement untergebracht, aber das Abendessen war äußerst angemessen, und nach einem so aufregenden, wenn nicht gar anstrengenden Tag war ich froh über mein Bett.«

»Am nächsten Tag, nach dem Frühstück, machten wir uns auf den Weg zurück nach Denby. Wir kamen kurz nach dem Mittagessen an, und der Koch wurde angewiesen, Milch und Sandwiches vorzubereiten, um mich bis zum Tee zu versorgen. Ich saß allein am Esstisch und aß schweigend. Mir fiel auf, dass der Ort tatsächlich eine recht seltsame Atmosphäre ausstrahlte.

Es war nichts Konkretes, auf das ich den Finger legen konnte, aber dennoch war die Veränderung der Atmosphäre fast greifbar.«

»Nachdem ich mit dem Essen fertig war, beschloss ich, nach oben zu gehen und zu sehen, wie es Amy ging. Ich hoffte, dass sie von den Erzählungen meines Abenteuers entsprechend begeistert sein würde, aber als ich ihr Zimmer erreichte, fand ich es leer. Als ich eine vorbeikommende Dienerin fragte, wo sie sei, legte das Mädchen ihre Hand auf meine Schulter und flüsterte mir zu, dass ich mit dem Herrn sprechen müsse. Verwirrt und mehr als nur ein wenig irritiert von der schwer zugänglichen Art des Dienstmädchens ging ich nach unten und fand Artemis und Spalding im hinteren Salon, die wie üblich über mehrere Stapel von Papieren arbeiteten.«

»Als ich mich erkundigte, wo Amy sei, setzte Artemis mich hin und informierte mich in dem sanftesten Ton, den ich je von ihm gehört hatte, dass es in der Nacht zuvor einen schrecklichen Unfall gegeben hatte und dass Amy tot sei. Ich traute meinen Ohren nicht, aber ich konnte sofort an seinem Gesichtsausdruck erkennen, dass er es ernst meinte. Seine Erklärung war, dass Amy, wieder einmal von Trauer überwältigt, in die Nacht hinausgeeilt war, um Spencers Grab zu besuchen. Offenbar tobte ein schrecklicher Sturm, als sie ging, aber das hielt sie nicht auf, und irgendwo weiter auf der Bodlin-Straße wurde sie von einem vorbeifahrenden Wagen getroffen und überlebte den Aufprall nicht.«

ZWEIUNDZWANZIGSTES KAPITEL

»Meine Tante wartete einen Moment, bevor sie fortfuhr, zweifellos, weil sie mir etwas Zeit geben wollte, um alles zu verdauen, was sie mir erzählte. Es gab eine Menge zu verdauen, und ich hatte noch unzählige Fragen zu stellen. Aber ich beschloss, zu warten, bis sie fertig war. Sonst würde ich das Risiko eingehen, sie aus der Bahn zu werfen oder, schlimmer noch, sie mit meiner Unterbrechung zu verärgern, was an sich schon dazu führen könnte, dass sie sich weigern würde, weiterzumachen.«

»Aber im Moment schien es so, als ob ich sie auf meiner Seite hätte, und dafür war ich dankbar. Ihre anfängliche Feindseligkeit mir gegenüber schien etwas nachgelassen zu haben, bis zu dem Punkt, an dem sie zu sehr in ihre Geschichte vertieft schien, um sich an ihre anfängliche Abneigung zu erinnern, mit mir zu sprechen.«

»Nun, zumindest war das die Version der Wahrheit, die mir damals gegeben wurde. Es überrascht nicht, dass sich weder Artemis noch Spalding wohl genug fühlten, um mir die Wahrheit mitzuteilen. Zum einen war ich viel zu jung, und zum anderen hätte ich, wenn ich in ihr Vertrauen gezogen worden wäre, die Wahrheit von den Dächern geschrien, bis ein Verantwortlicher mir zuhörte.«

»Wie ich bereits erwähnte, war dies der Tag, bevor ich wieder zur Schule gehen sollte, so dass alles für Artemis ziemlich gut lief. Amy war im örtlichen Leichenschauhaus aufgebahrt und wartete auf Anweisungen für die Beerdigung, und ich flehte Artemis an, mich zu ihr gehen zu lassen, bevor ich ging. Die Wahrheit war, dass ich mich extrem schuldig fühlte, weil ich seit Spencers Tod aufgrund der gesamten Veränderung in Amys Verhalten kaum mehr als ein paar Worte zu ihr gesprochen hatte. Tatsächlich hatte ich mir nicht einmal die Mühe gemacht, mich von ihr zu verabschieden, bevor wir zur Küste aufbrachen. Natürlich hätte ich nie gedacht, dass ich sie nicht mehr lebendig sehen würde, aber dennoch war die Schuld tief in mir verankert.«

»Schließlich befahl Artemis einem der Diener, mich in die Stadt zu fahren, um Amy in ihrer Verfassung zu sehen. Es war eine dumme Idee von mir, aber ich war damals noch viel zu jung, um sie zu erkennen. Ich weiß nicht, was ich zu sehen erwartete, als ich in dem düsteren Gebäude ankam, aber ich war sicherlich nicht auf den Anblick meiner lieben Amy vorbereitet, die auf einer kalten Marmorplatte lag und mit einem Laken bedeckt war. Kaum war ich drin, floh ich unter Tränen.«

»Am Ende ging ich wieder zur Schule, dankbar, dass ich nicht im Herrenhaus war, und schon befürchtete ich, in den nächsten Schulferien dorthin zurückkehren zu müssen. Wie sich herausstellte, freundete ich mich mit einem Mädchen an, das in jenem Jahr von einer anderen Schule kam, und danach durfte ich zu ihr und ihrer Familie gehen und dort bleiben, wenn meine Eltern nicht zurückkehren konnten. Ich glaube nicht, dass ich ihren Eltern gegenüber jemals voll und ganz zum Ausdruck gebracht habe, wie dankbar ich für ihre Freundlichkeit war, aber ich erinnere mich, dass ich mein Bestes getan habe, um ihnen keinen Anlass zu geben, mich nicht wieder einzuladen.«

»In einem Brief meiner Eltern wurde ich über das Ableben von Artemis informiert. Um ehrlich zu sein, klingt es vielleicht herzlos, aber ich empfand keine Reue oder Trauer über sein Ableben. Viele Jahre später, lange nachdem ich mit der Schule fertig war und in die Stadt gezogen war, um eine Stelle im Schreibbüro einer der lokalen Regierungsabteilungen zu übernehmen, erhielt ich einen Brief von Spalding, in dem er mich bat, ihn zu besuchen. Ich wusste, dass er ein oder zwei Jahre zuvor geheiratet hatte und dass seine junge Frau auf mysteriöse Weise im Schlaf verstorben war. Trotzdem fand ich es merkwürdig, dass er mich nach all der Zeit sehen wollte.«

»Ich schrieb ihm zurück und übermittelte ihm mein Mitgefühl für seinen Verlust, aber ich entschuldigte mich dafür, dass ich nicht von der Arbeit weg konnte, um die Reise anzutreten. Zum einen hatte Denby viel zu viele schlechte Erinnerungen, als dass ich in Erwägung ziehen könnte, wieder einen Fuß dorthin zu setzen. Aber er blieb hartnäckig, Brief für Brief, bis ich schließlich nachgab und einem Treffen mit ihm zustimmte. Ich legte jedoch sehr genau und ohne jeden Raum für Diskussionen fest, dass ich nicht näher als bis zur Stadt kommen würde, und dass er sich, wenn er sich so verzweifelt mit mir treffen wollte, die Mühe machen müsste, meinen Wünschen entgegenzukommen.«

»Widerwillig stimmte er zu, und ich arrangierte eine Unterkunft in einem Gasthaus in der Stadt, damit wir unser Wiedersehen abhalten konnten. Ich traute meinen Augen nicht, als er in die Eingangshalle kam. Er sah so mager und ausgemergelt aus, dass ich ihn in einem Monat voller Sonntage nie wieder erkannt hätte. Ich hatte arrangiert, dass wir in der Hauptlounge Tee trinken würden, aber er bat mich, ihn aus Gründen der Privatsphäre auf mein Zimmer zu bringen. Wie Sie sich gut vorstellen können, war der Gedanke einer wohlerzogenen jungen Dame, die einem alleinstehenden Mann den Zutritt zu ihrer Privatwohnung gestattet, unter normalen Umständen entschieden verpönt. Aber da ich den Eigentümern bereits angekündigt hatte, dass wir entfernte Cousins seien, willigte ich ein, seiner seltsamen Bitte nachzukommen.«

»Als wir allein waren, vertraute mir Spalding schließlich an, was vor all den Jahren in Denby vor sich ging. Obwohl ich zugeben muss, dass ich neugierig war, alle Einzelheiten zu erfahren, war ich in keiner Weise auf die Tragweite seines Berichts vorbereitet. Zunächst einmal gab er zu, dass sein Vater den Räubern die Ermordung von Spencer während dieses inszenierten Raubes ermöglicht hatte. Anscheinend war Artemis aufgrund einiger schlechter Investitionen, die er selbst getätigt hatte, so verzweifelt bemüht, Spencers Anteil am Familienunternehmen zu bekommen, dass er bereit war, alles zu tun, um das Erbe seines Neffen zu sichern. Zu diesem Zeitpunkt wusste er noch nicht, dass Spencer bereits ein Testament verfasst hatte, in dem er Amy alles vererbt.«

»Als Artemis offenbar keinen Richter finden konnte, der Spencers Testament aufheben konnte, wurde er noch verzweifelter, als er auf die Idee kam, Amy mit Spalding zu verheiraten. Aber als er erkannte, dass auch das laut Spalding nicht passieren würde, verlor sein Vater völlig den Verstand. An dem Tag, an dem ich an die Küste geschickt wurde, arrangierte Artemis auch, dass die übrigen Bediensteten sich in der nächsten Stadt ein Theaterstück anschauen konnten, und er bezahlte ihnen sogar die Übernachtung in einem örtlichen Gasthaus, das Zimmer vermietete.«

»Als die drei allein im Haus waren, hatte Artemis Spalding angewiesen, Amy zu ihm zu bringen, aber sie weigerte sich, ihr Zimmer zu verlassen. Also schrie Artemis seinen Sohn an, er solle sie notfalls an den Haaren herunterziehen. Spalding hatte zu viel Angst vor seinem Vater, um ungehorsam zu sein, und so zwang er sie halb gewaltsam, und flehte sie an, nichts zu tun, was das Gemüt seines Vaters verschlimmern würde.«

»Als sie alle unten waren, informierte Artemis Amy, dass er ihr keine Wahl ließ und dass sie entweder zustimmen würde, seinen Sohn zu heiraten oder ihm ihren Teil des Geschäfts zu überschreiben. Laut Spalding lachte Amy ihm nur ins Gesicht und erklärte, dass sie lieber zuerst sterben würde, bevor sie einer der beiden Forderungen nachkommt. Zu diesem Zeitpunkt hatte Artemis' Temperament den Siedepunkt erreicht, und er packte Amy an den Armen und begann, sie unkontrolliert zu schütteln.«

»Laut Spalding hatte sein Vater in der Nacht zuvor mit dem Trinken begonnen und seitdem nicht mehr aufgehört, und sein Jähzorn war immer am schlimmsten, wenn er betrunken war. In einem Wutanfall begann Artemis, Amy hart ins Gesicht zu schlagen, bis sie Prellungen und Blutungen hatte. Spalding behauptete, er wolle eingreifen, aber er kannte die Folgen einer solchen Aktion, also blieb er einfach da und sah zu.«

»Schließlich konnte Artemis Amys Gewicht nicht mehr halten, und er ließ sie mit einem leichten Schlag auf den Boden fallen. Dann, als sie hilflos dalag, zusammengekrümmt und schluchzend, stand Artemis über ihr und verkündete, dass er für Spencers Tod verantwortlich war und dass er keine Skrupel haben würde, ihr dasselbe anzutun, wenn sie sich weigern würde, zu kooperieren.«

»Spalding sagte mir, dass er nie den Ausdruck auf Amys Gesicht vergessen würde, als sie das Geständnis von Artemis begriffen hatte. Offenbar versuchte sie nicht einmal, aufzustehen. Stattdessen blieb sie auf dem Boden sitzen und begann, etwas in einer Sprache zu wiederholen, die weder Spalding noch sein Vater verstehen konnte. Laut Spalding hatte sie einen so böswilligen Blick, dass selbst Artemis erschrocken aussah.«

»Als sie ihre Beschwörung beendet hatte, erhob sich Amy auf die Knie und zeigte direkt auf Artemis. Als sie das nächste Mal sprach, schwor Spalding, dass die Stimme, die aus ihrem Mund herauskam, nicht die ihre war, sondern die eines Geschöpfes der Nacht. Sie blickte Artemis an und sagte: 'Der Fluch des Rammtempels liegt nun auf dir und allen deinen Verwandten, bis zum Ende der Zeit. Ihr werdet meinen Schmerz tausendmal erleben, und selbst der Tod wird kein Entkommen sein.' Spalding schwor, dass, während Amy, oder was auch immer sie übernommen hatte, diesen schrecklichen Fluch weitergab, ein riesiger Windstoß durch das Haus tobte, die Möbel umwarf und den betrunkenen Artemis fast von den Füßen riss. Als der Windstoß schließlich nachließ, wandte sich Artemis an Spalding, dessen Wangen leuchtend rot waren, so sehr, dass Spalding sicher war, dass der alte Mann einen Anfall bekommen würde. Doch stattdessen verlangte er von Spalding, ihm zu helfen, Amy wieder nach oben zu schleifen und sie in einem der Dachzimmer einzuschließen.«

»Spalding behauptete, dass er zu diesem Zeitpunkt nichts mehr mit dem Plan seines Vaters zu tun haben wollte. Aber da er ein Feigling war, fühlte er sich nicht in der Lage, dem alten Mann die Stirn zu bieten, also packte er Amy am Arm und gemeinsam trugen beziehungsweise zogen sie sie halb auf dem Rücken nach oben. Inzwischen war Amy nicht mehr das hilflose Mädchen, geschwächt bis zur Erschöpfung durch die Trauer. Stattdessen behauptete Spalding, sie habe sich den ganzen Weg nach oben gewehrt, wie ein wildes Tier, das sich davor schützen wollte, in einen Sack gesteckt zu werden.«

»Als sie sie endlich sicher hinter Schloss und Riegel hatten, befahl Artemis Spalding, die Kutsche zu holen, und sagte ihm, dass sie in ein nahe gelegenes Dorf fahren würden, wo ein Freund von ihm lebte. Spalding behauptete, keine Ahnung zu haben, auf wen sich sein Vater bezog, aber er gab seiner Forderung ohne Frage nach. Sie ritten über eine Stunde lang weiter, wobei Artemis seinen Sohn anschrie, die Pferde stärker zu peitschen, um sie anzuspornen.«

»Als sie schließlich ihr Ziel erreichten, hämmerte Artemis so heftig auf die Tür des Hauses seines Freundes, dass Spalding sicher war, dass das Holz zerspringen würde. Die Tür wurde von einem kleinwüchsigen, bebrillten Mann geöffnet, der Spalding zufolge ungefähr im gleichen Alter wie sein Vater zu sein schien. Artemis wartete nicht darauf, eingeladen zu werden. Stattdessen schlich er sich an dem Mann vorbei, und ohne eine der üblichen Höflichkeiten zwischen ihnen auszutauschen, und teilte dem verwirrten Individuum mit, dass er sein medizinisches Fachwissen benötige, um noch am selben Abend eine Abtreibung vorzunehmen.«

»Spalding war sich nicht sicher, wer von den Worten von Artemis am meisten schockiert war. Es war ihm nun klar, dass sein Vater vor nichts zurückschrecken würde, um Amy daran zu hindern, Spencers Erbe zu erhalten, selbst wenn es darum ging, etwas so Ungeheuerliches wie das, was er vorschlug, durchzuführen. Da Spencer tot war, war ihr Baby das Einzige, was Amy den Mut und die Kraft zum Überleben gab, so dass Artemis es zweifellos als einen einfachen Weg ansah, sie für immer loszuwerden, ohne sie töten zu müssen. Der örtliche Polizist hatte die Geschichte von den Räubern, die Spencer getötet hatten, geschluckt, aber ein weiterer Tod in der Familie so kurz danach könnte für jeden anderen ein bisschen zu viel sein.«

»Spalding fand erst viel später heraus, dass der arme Mann, den sein Vater belästigte, ein pensionierter Arzt eines Bekannten war, der offenbar einen ziemlich skrupellosen Ruf hatte, gegen Bezahlung fragwürdige Eingriffe durchzuführen. Der Arzt war sichtlich beunruhigt über diese Art der Behandlung, und er weigerte sich zunächst beharrlich, Artemis und Spalding auf ihrer Rückreise zu begleiten. Aber Artemis, der es nicht besonders gutheißen würde, unbeachtet zu bleiben, begann, dem Arzt mit Informationen zu drohen, die er im Laufe der Jahre über seine ruchlosen Praktiken gesammelt hatte. Spalding konnte an der Reaktion des Arztes erkennen, dass er nicht riskieren wollte, dass Artemis ihn den Behörden meldet, so dass er widerwillig seinen Forderungen zustimmte.«

»Als der Arzt seinen Apparat zusammengerafft hatte und sie nach Denby zurückkehrten, war der Himmel dunkel geworden, und über ihnen braute sich ein Sturm zusammen. Dennoch zwang Artemis Spalding, die Pferde völlig unnötig zu bestrafen, damit sie schnell wieder ins Herrenhaus zurückkehren konnten. Als sie wieder beim Haus ankamen, war der Sturm bereits über ihnen, und die drei mussten gegen Wind und Regen kämpfen, um das Gleichgewicht zu halten, während sie die Steintreppe zum Haupteingang hinaufstiegen.«

»Als Artemis einmal drinnen war, verlor er keine Zeit und zerrte den Arzt an seinem Mantelärmel die Treppe zum Dachboden hinauf. Aber zu seinem Entsetzen war der Raum leer, als er die Tür aufschloss. In einer Ecke befand sich ein winziges Fenster, das selbst an den hellsten Tagen kaum Tageslicht in den Raum eindringen ließ. Bei genauerem Hinsehen fanden sie ein altes Bettlaken, das an den Griff des Fensterschlosses gebunden war und gerade weit genug herunterhing, um das untere Dach zu erreichen. Es schien, dass Amy sich irgendwie den Weg durch die winzige Öffnung gebahnt hatte, und von dort aus muss sie eines der Abflussrohre hinuntergeklettert sein, die über die gesamte Länge der Außenwand verliefen.«

»Als sie aus dem Fenster schauten, sagte Spalding, dass sie gerade noch die Gestalt von Amy sehen konnten, die am Ende der Auffahrt, die auf die Bodlin-Straße hinausführte, verschwand. Sie müssen sie in dem Sturm knapp verpasst haben. Oder aber sie versteckte sich noch immer irgendwo auf dem Gelände und machte sich auf den Weg, nachdem sie gesehen hatte, wie sie das Herrenhaus betraten.«

»Artemis war außer sich vor Wut. Er rannte wieder die Treppe hinunter, so schnell ihn seine wackeligen Beine tragen konnten, und schrie Spalding an, er solle ihm nach draußen zur Kutsche folgen. Als sie wieder in der Kutsche saßen, war der Sturm am schlimmsten, und Spalding behauptete, die Sicht sei so schlecht, dass er nicht über die Bäume, die die Auffahrt säumten, hinaussehen konnte. Artemis schien in seinem verärgerten Zustand die Bedingungen nicht zu kennen und verlangte, dass Spalding die Pferde mit einer Peitsche versehen sollte, damit sie Amy einholen konnten.«

»Als sie an der Baumgruppe vorbeifuhren, in der sie Amy verschwinden sahen, gab es keine Spur von ihr auf der Straße vor ihnen. Aus Angst, dass sie es in die Stadt schaffen könnte, um Alarm zu schlagen, bevor sie sie einholen könnten, nahm Artemis Spalding die Peitsche aus der Hand und begann, die Pferde gnadenlos zu schlagen und sie in einen regelrechten Rausch zu versetzen. Spalding sagte, dass es ihm fast unmöglich sei, die Zügel festzuhalten, aber dass kein bisschen Bitten auf den alten Mann zu wirken schien.«

»Als sie eine Kurve auf der Straße erreichten, sahen sie plötzlich Amy, die in dem Sturm vor ihnen verschwand. Da die Hufe der Pferde verzweifelt versuchten, auf dem feuchten, wasserdurchtränkten Boden Halt zu finden, behauptete Spalding, dass Amy besser vorankam als sie. Doch Artemis wollte nicht aufgeben. Kaum hatte Spalding es geschafft, die armen Tiere unter Kontrolle zu bringen, peitschte sein Vater diese erneut aus. Amy hatte gerade eine scharfe Kurve auf der Straße erreicht, und Spalding sah, wie ihr die Beine unter ihr wegrutschten. Als sie durchnässt und ramponiert auf dem Boden lag, sah Artemis seine Chance und trieb die Pferde weiter an, indem er sie gnadenlos auspeitschte.«

»Amy schaffte es, sich aufzurichten, aber sie war offensichtlich verletzt, da sie humpelte, unsicher, um die Kurve und wieder außer Sichtweite. Da Artemis die Pferde gepeitscht hatte, erwischte Spalding die Kurve in einem viel zu steilen Winkel. Er behauptete, er könne fühlen, wie die Kutsche außer Kontrolle geriet, als die Pferde, die verzweifelt versuchten, der Peitsche von Artemis zu entkommen, weiter rannten und die Kutsche gegen die Richtung ihrer sich drehenden Räder zerrten.«

»Spalding sagte, er habe Amy nicht wirklich gesehen, er habe nur den Ruck gespürt, als die Kutsche über sie raste. Als es ihm schließlich gelang, die Kontrolle über die Pferde wiederzuerlangen, hielt er weiter unten auf der Straße an. Als er durch den strömenden Regen zurückging, fand er Amy in einer Blutlache liegend. Er wusste sofort, dass sie tot war!«

DREIUNDZWANZIGSTES KAPITEL

»Ich spürte, wie die Anspannung in mir aufstieg, als die Geschichte meiner Tante näher an Amys Tod heranrückte. Wenn alles, was sie mir jetzt erzählte, wahr ist, hatte die arme Amy mehr als genug Grund, sich an meinen Vorfahren zu rächen. Die Tatsache, dass ich plötzlich aus heiterem Himmel aufgetaucht war und mich im Herrenhaus niedergelassen hatte, gab dem armen Mädchen zweifellos Anlass zu der Vermutung, dass ich irgendwie Teil des Elends und des Herzschmerzes war, die sie durch die Hand meines Wohltäters und vor allem seines bösen Vaters erlitten hatte.«

»Der andere Gedanke, den ich nicht abschütteln konnte, war der Ort, an dem Amy überfahren worden war. Beschrieb meine Tante die steile Kurve der Straße, die in der Gegend als 'Witwenmacher' bekannt ist? Ich erinnerte mich daran, dass Peterson mir erklärte, dass es ein alter Brauch der Stadt sei, sie bei diesem Namen zu nennen, aber jetzt fragte ich mich, ob dieser Brauch mit dem Tod von Amy begonnen hatte.«

»Das arme Mädchen muss schreckliche Angst gehabt haben. Allein, und buchstäblich draußen im Regen und in der Kälte in dieser dunklen Nacht, rannte sie um ihr Leben, ganz zu schweigen von dem ihres ungeborenen Kindes. Ohne auch nur einen Freund auf der Welt, an den sie sich für Trost wenden konnte. Ihre eigentliche Familie, die vom Jahrmarkt, war vielleicht schon meilenweit entfernt, da sie in die nächste Stadt oder in ein ganz anderes Land gezogen war, und die Familie, in die sie eingeheiratet hatte, an die sie sich für Hilfe hätte wenden können, wünschte ihr nichts als Leid.«

»Trotz all der unruhigen Schlaflosigkeit, die sie mir seit meiner Ankunft zugefügt hatte, fand ich es unmöglich, nach dem, was ich gerade gehört hatte, etwas anderes zu empfinden als Trauer und Sympathie für ihren wandernden Geist. Es war natürlich, dass sie noch keinen Frieden gefunden hatte, aber ich fragte mich, ob sie, als sie merkte, dass Spalding weg war, vielleicht irgendwann loslassen und über sich selbst hinwegkommen könnte.«

»Während ich in meinen eigenen Gedanken verloren war, wartete meine Tante geduldig darauf, mit ihrer Geschichte fortzufahren. Ich konnte an der Art und Weise, wie sie mich ansah, erkennen, dass ich ihre Geduld auf die Probe stellte, indem ich meine Gedanken wandern ließ, also entschuldigte ich mich sanft und versuchte, angemessen ermahnt auszusehen. Trotzdem ließ sie mich noch ein paar quälende Sekunden warten, bevor sie weiter erzählte. Ich machte mir eine geistige Notiz, meine Gedanken während ihrer Erzählung nicht noch einmal umherwandern zu lassen.«

»Spalding behauptete, dass er tatsächlich eine tiefe Reue empfand, als er auf Amys toten Körper starrte, der im Regen lag. Ob das wahr war oder nicht, er war immer noch sehr unter den Fittichen seines Vaters, und als Artemis ihm von der Kutsche aus zurief, er solle Amys leblosen Körper wieder auf den Wagen tragen, tat er, was ihm befohlen wurde. Als sie wieder im Herrenhaus ankamen, war Artemis' Arztfreund in der Nacht verschwunden, zweifellos nachdem er sich noch einmal Gedanken über die vor ihm liegende Aufgabe gemacht hatte. Laut Spalding sprach sein Vater nie wieder von dem Mann.«

»So wie es war, brauchten sie ihn ohnehin nicht mehr. Spalding behauptete, dass sein Vater ihm befohlen habe, in die Stadt zu fahren, um einen richtigen Arzt zu holen, und dass er, wenn er gefragt würde, sagen solle, dass sie Amy im Haus vermisst hätten, und da sie bekanntlich mitten in der Nacht in die Stadt gegangen sei, um sich an Spencers Grab zu setzen, beschlossen sie, zu versuchen, sie einzuholen und sie nach Hause zu überreden. Ihre Geschichte sollte sein, dass sie auf der Bodlin Road auf Amys Leiche stießen.«

»Obwohl Artemis nie versucht hatte, seine Feindseligkeit gegenüber Amy zu verbergen, gab es niemanden von Rang oder Einfluss, der bereit war, etwas in diesem Sinne zu sagen. Daher stand die Grausamkeit ihres Komplotts über Amys Ableben außer Frage. Als ich am nächsten Tag von meinem improvisierten Besuch am Meer zurückkehrte, hatte Artemis bereits die Überführung von Amys Leiche in die städtische Leichenhalle veranlasst, wie ich bereits erwähnte, und es gab nichts mehr zu der Angelegenheit zu sagen, und ich ging am nächsten Tag ins Internat.«

»Spalding behauptete, dass Artemis nur bereit war, für ein Armenbegräbnis für Amy zu zahlen, und dass er sich sogar weigerte, sie auf dem Familiengrab zu bestatten, das er Jahre zuvor erworben hatte. Aber irgendwie bekam Amys wahre Familie Wind von ihrem Tod, und am Tag vor ihrer Beerdigung kamen sie zurück in die Stadt, um ihre sterblichen Überreste abzuholen. Artemis war von diesem Umstand nicht im Geringsten betroffen; laut Spalding war er sogar recht froh, dass er für ihre Beerdigung doch nicht bezahlen musste. Aber die Dinge waren nicht so, wie sie schienen, und Artemis standen einige beunruhigende Zeiten bevor.«

»Amys Familie schlug ihr Lager direkt außerhalb der Grenzen des Anwesens auf. Anscheinend bezahlten sie dem Bauern, dem das Land gehörte, eine ansehnliche Summe, damit sie dort ihr Lager aufschlagen durften, und kein Argument von Artemis würde den Mann davon überzeugen, das Geschäft zu widerrufen. Obwohl sich das Lager der Roma nicht auf dem Land von Artemis befand, konnte er sie dennoch ganz deutlich sehen, wenn er aus dem Dachbodenfenster schaute. Dies allein gab ihm noch mehr Anlass, über die schiere Unverschämtheit ihrer mangelnden Achtung seiner Privatsphäre zu schimpfen und zu protestieren.«

»Aber das war nicht alles, was sie für ihn auf Lager hatten. Am Abend, als sie sich zum gemeinsamen Essen hinsetzten, behauptete Spalding, dass sie direkt außerhalb des Fensters den Klang von Gesängen hören konnten. Aber immer, wenn ein Diener gerufen wurde, um nachzuforschen, gab es nie Anzeichen von jemandem, der sich draußen befand. Der Gesang wurde zur selben Nachtzeit fast zwei Wochen lang fortgesetzt, oft bis weit in die frühen Morgenstunden hinein.«

»Artemis behauptete sogar gelegentlich, dass, wenn er aufstand, um die Toilette zu benutzen, wenn er aus seinem Schlafzimmerfenster blickte, sich die Roma auf seinem Land, direkt vor dem Haupteingang des Herrenhauses, gruppierten. Aber auch hier gab es keine Anzeichen für die Bediensteten, als sie zum Nachforschen aufgeweckt wurden, und es gab auch keine Hinweise darauf, dass sie, wie er beschrieben hatte, anwesend gewesen waren.«

»Spalding konnte feststellen, dass die Possen aus dem Lager anfingen, ihren Tribut an seinen Vater zu fordern. Er versuchte, die örtliche Polizei einzuschalten, und als sie darauf hinwiesen, dass die Roma legal und mit der Erlaubnis des Landbesitzers lagerten, geriet Artemis in Wut und drohte, sich direkt an den Oberwachtmeister zu wenden. Nicht, dass solche leeren Drohungen die Polizisten, die aufgrund seiner Beschwerde gerufen wurden, überzeugt hätten.«

»Er schickte sogar Spalding in ihr Lager, um ihrem 'Führer' ein Bestechungsgeld anzubieten, damit sie weiterziehen. Spalding erinnerte sich, dass er beim Betreten des Lagers sofort ein brennendes Gefühl spürte, das sich durch seinen ganzen Körper nach oben bewegte. Sein erster Instinkt war die Flucht, aber da er wusste, dass er sich dem Zorn seines Vaters stellen musste, wenn er es tat, blieb er lange genug, um sein Angebot zu machen.«

»Er sagte, dass er zu einem großen Zelt geführt wurde, in dem eine alte Dame saß, deren Alter Spalding nicht einmal erahnen konnte. Er sagte, dass ihre Haut so mit Falten überzogen war, dass es fast unmöglich war, die Gesichtszüge zu erkennen. Als sie mit ihm sprach, war ihr Englisch kaum wahrnehmbar, aber nichtsdestotrotz gelang es ihr, ihm unmissverständlich zu vermitteln, dass sie da waren, um Gerechtigkeit für ihr Kind zu suchen, und dass weder er noch sein Vater durch Geld vor ihrem Schicksal gerettet werden konnten.«

»Spalding konnte nicht schnell genug aus dem Lager verschwinden, und er behauptete, dass in der Minute, in der er außerhalb ihrer Grenzen vorbeiging, das Feuer in ihm auf der Stelle verflog. Da er vermutete, dass Artemis wütend war, dass sein Bestechungsgeld nicht gewirkt hatte, begann er zu verzweifeln, da ihr ständiger Gesang eine lähmende Wirkung auf seine Gesundheit hatte. Dann, eines Tages, kamen etwa ein Dutzend Männer auf das Anwesen, um Artemis zu sehen. Spalding behauptete, dass sie zu den hässlichsten und gemeinsten

Menschen auf der Welt gehörten, und dass diejenigen, die dort sprachen, dies in einem kiesigen, monotonen Ton taten, der jede Spur von Humanität verleugnete.«

»Spalding sagte, dass die Gesichter der Männer zeigten, dass die meisten, wenn nicht alle von ihnen, irgendwann einmal ihren Lebensunterhalt als Faustkämpfer verdient hatten. Er beobachtete, wie Artemis eine Handvoll Zettel übergab, und teilte ihrem Anführer mit, dass es ihm egal sei, wie sie die Eindringlinge loswerden wollten, solange sie in dieser Nacht weg seien. Als die Männer weggingen, sagte Spalding, dass sein Vater unglaublich zufrieden mit sich selbst war und sich zum ersten Mal seit der Ankunft der Roma völlig zu entspannen schien.«

»Aber in dieser Nacht, als sie sich zum Essen hinsetzten, konnte man den Gesang wie üblich hören. Artemis war so wütend, dass sein letzter Plan gescheitert war, dass er aus seinem Stuhl aufsprang und die Suppenterrine, die der Butler auf den Tisch stellte, fast umkippte. Anstatt seine Diener zu rufen, schnappte sich Artemis ein Gewehr von seinem Ständer und rannte nach draußen. Spalding hielt es für das Beste, seinem Vater zu folgen, und als er das tat, fand er ihn auf dem Gelände vor dem Herrenhaus, hielt das Gewehr vor sich hoch und erklärte, dass er die Person, die sich im Unterholz versteckte, sehen könne und dass er durchaus das Recht habe, sie bei Sichtkontakt zu erschießen.«

»Spalding sagte, dass ihn das Geschrei seines Vaters mehr als gewöhnlich zu beunruhigen begann, also schickte er einen der Diener in die Stadt, um den Arzt zu holen. In der Zwischenzeit gelang es Spalding und einigen der anderen Hausangestellten, seinen Vater wieder ins Haus zu locken, bevor er ihn direkt ins Bett brachte, um die Ankunft des Arztes abzuwarten.«

»Der Arzt, der Artemis besuchte, gab ihm etwas, das ihm beim Einschlafen half, sowie ein Tonikum für seine Nerven, das zweimal täglich eingenommen werden sollte. Vor der Abreise lud Spalding den Arzt zu einer Erfrischung ein, und als sie im hinteren Salon saßen und ein Glas von Artemis' feinstem Portwein genossen, erzählte der Arzt Spalding eine Geschichte, die ihn, anstatt das erwartete Lachen zu ernten, tatsächlich blass werden ließ.«

»Anscheinend war der Arzt am frühen Abend vom örtlichen Polizeibeamten gerufen worden, um sich einer Gruppe von schrecklich grob aussehenden Männern anzunehmen, die wegen öffentlicher Ruhestörung verhaftet worden waren, nachdem man sie völlig nackt durch die Stadt laufen gesehen hatte. Als sie sicher hinter Gittern waren, konnte keiner von ihnen eine Erklärung dafür abgeben, warum sie sich in ihrem jetzigen Zustand befanden. Der Arzt behauptete, dass er ein solches Ereignis noch nie erlebt habe und dass die Männer, als er die Stadt verließ, immer noch nicht in der Lage waren, zu ergründen, warum oder wie sie in einem solchen Zustand gelandet waren.«

»Spalding sagte, dass er sofort wusste, dass die Männer, auf die sich der Arzt bezog, diejenigen sein mussten, die nur Stunden zuvor in ihrem vorderen Salon gestanden hatten. Irgendwie müssen es die Roma im Lager geschafft haben, die Männer zu hypnotisieren oder zumindest in einen Zauber zu versetzen, der sie dazu brachte, sich so zu verhalten, wie sie es getan hatten. Er sagte, es sei für ihn äußerst schwierig zu verstehen, wie solch abscheulich aussehende Personen sonst in eine solche Situation gezwungen werden könnten.«

»Am nächsten Morgen, als Artemis nicht zum Frühstück herunterkam, ging einer der Diener zur Kontrolle und entdeckte ihn tot in seinem Bett. Laut Spalding erkannte er, als er seinen Vater sah, den Mann, den er seit seiner Geburt kannte, nicht wieder. Der Gesichtsausdruck des alten Mannes war eingefroren in einem Blick des schieren Terrors. Er war mit weit geöffneten Augen und Mund gestorben, als wolle er einen allmächtigen Schrei ausstoßen. Aber niemand im Haus hatte einen solchen Schrei gehört, also muss er vermutlich gestorben sein, bevor er ihn herauslassen konnte.«

»Der offizielle medizinische Befund besagt, dass Artemis an einem massiven Herzinfarkt gestorben ist. Aber niemand, außer Spalding, wagte es zu sagen, was die Ursache gewesen sein könnte. Spalding erwähnte, dass die örtlichen Bestattungsunternehmer ihm mitgeteilt hätten, dass sie die Augen seines Vaters nicht schließen könnten, ohne ihm vorher den Kiefer zu brechen, und dass sie, um die Augen zu schließen, sie nähen müssten. Stattdessen entschied sich Spalding für einen geschlossenen Sarg, um seinen toten Vater nicht einer solchen Degradierung auszusetzen.«

»Spalding zufolge verließen die Roma an dem Morgen, an dem sein Vater tot aufgefunden wurde, das Gelände und wurden nie wieder in der Nähe des Marktes von Briers gesehen. Aber obwohl sie nicht blieben, um Spalding Kummer zu bereiten, behauptete er, dass Amy ihn von dieser Nacht an sowohl im Traum als auch im Geist besuchte. Trotzdem blieb er im Herrenhaus. Er heiratete sogar ein Mädchen aus der Gegend, die er in die Familie aufnehmen konnte. Aber das arme Geschöpf starb während der Geburt zusammen mit ihrem Sohn. Spalding war davon überzeugt, dass der Tod etwas mit Amys Fluch zu tun hatte, denn er erinnerte sich, dass seine Frau erwähnte, dass sie einen der Diener bis spät in die Nacht singen hörte, um sie aus ihrem so dringend benötigten Schlaf zu wecken. Aber als Spalding seine Angestellten zur Rede stellte, leugneten sie alle diese Aktivität, wie er wusste, dass sie es tun würden. Er war davon überzeugt, dass es Amys Geist war, der seine Frau plagte, so wie sie es damals schon so viele Jahre lang mit ihm getan hatte.«

»Nach dem Tod seiner Frau und seines Kindes behauptete Spalding, er besäße nicht mehr die Tatkraft oder den Enthusiasmus, das Geschäft weiterzuführen, also verkaufte er es an einen seiner Bekannten und plante, seinen Lebensabend von den Einnahmen zu bestreiten. Ich fragte ihn, warum er sich entschied, auf dem Anwesen zu bleiben, wenn man bedenkt, was alles dort geschehen war, ganz zu schweigen davon, was nach seiner Aussage noch immer im Gange war. Er schaute mich mit dem seltsamsten Blick an und schüttelte nur den Kopf, bevor er verriet, dass er irgendwie wusste, dass Amy ihn aufhalten würde, wenn er jemals versuchen würde, das Anwesen zu verlassen. Als ich ihn bat, das näher zu erläutern, wurde er sehr erregt und wiederholte immer wieder, dass er ihren Willen kenne, und nach all den Jahren hatte er sich damit abgefunden.«

»Ich erinnere mich, dass ich damals dachte, dass es für ihn sehr merkwürdig war, das zu sagen. Aber um ehrlich zu sein, es ging mich wirklich nichts an, und ich konnte sehen, wie verunsichert er durch meine Frage war, also ließ ich sie fallen. Ich rief nach mehr Tee, da die Kanne kalt geworden war, und nach einer weiteren Tasse schien Spalding sich etwas zu beruhigen, und er sprach weiter über Amy, als wäre sie immer noch eine echte Person. Ich muss gestehen, dass ich diesen Teil unseres Gesprächs am beunruhigendsten fand, aber zu diesem Zeitpunkt hatte ich bereits entschieden, dass ich Spalding wahrscheinlich nie wieder sehen würde, also erlaubte ich ihm, weiterzumachen, und nickte lediglich und tat so, als würde ich seine Argumentation verstehen.«

»Er erzählte mir, dass Amy neben ihrem nächtlichen Gesang die Angewohnheit hatte, hinter ihm zu erscheinen, wenn er es am wenigsten erwartete. Zu diesem Zeitpunkt hatte er das Hauspersonal auf einen Bruchteil dessen reduziert, was es gewesen war, hauptsächlich um Kosten zu sparen, so dass das Kommen und Gehen innerhalb des Herrenhauses stark reduziert wurde. Daher befand er sich oft allein in dem einen oder anderen Teil des Hauses, wenn er eine Präsenz hinter sich spürte, und wenn er sich plötzlich umdrehte, fing er die kleinste Andeutung von Amy ein, kurz bevor ihre Erscheinung verschwand.«

»Er behauptete auch, er habe verlangt, dass alle Spiegel von den Wänden entfernt werden, denn auch hier hatte Amy die Angewohnheit, hinter ihm zu erscheinen, wenn er sein Spiegelbild prüfte. Im Laufe der Zeit hatte er fast das Leben eines Einsiedlers begonnen und wagte sich nie nach draußen, es sei denn, es war absolut notwendig. Er erzählte mir, dass er glaubte, dass Amy es vorzog, wenn er zu Hause war, und dass er, da er sie nicht gegen sich selbst aufbringen wollte, nachgab.«

»Ich muss sagen, dass ich, als ich ihm gegen Ende meines Besuchs zuhörte, den Verdacht hatte, dass er praktisch den Verstand verloren hatte, und wenn er nicht ein wohlhabender Mann wäre, wäre er vielleicht in die örtliche Irrenanstalt gebracht worden. Ich zweifelte nicht an seiner Aufrichtigkeit, dass er in Wirklichkeit vom Geist von Amy verfolgt wurde, aber es war eher eine Frage der Akzeptanz dieser Tatsache, und er hielt es nicht für nötig, etwas dagegen zu unternehmen.«

»Schließlich war Amy ein reizendes Mädchen, und ich mochte sie sehr gern, aber sie war verschwunden, und wenn ihr Geist nicht zur Ruhe kommen konnte, dann hatte ich das Gefühl, dass er etwas dagegen tun musste, wie zum Beispiel einen Priester holen, um den Ort zumindest zu segnen, und wenn das nicht funktionierte, warum nicht einen Exorzismus versuchen?

Alles musste besser sein, als einfach nur dort zu leben und Nacht für Nacht ohne Hoffnung auf Erlösung zu leiden, bis der Tod ihn schließlich holte. Aber er war offensichtlich fest entschlossen, und keine meiner Ideen oder Vorschläge konnten ihn bewegen.«

»Ich hatte ihm erlaubt, seine Schuld abzulegen, und wenn ihm das irgendeine Art von Erleichterung verschaffte, auch nur kurzfristig, dann war ich froh, dass ich wenigstens die Gelegenheit hatte, dies anzubieten. Als er ging, war die Sonne bereits vom Himmel verschwunden, und als er schließlich aufstand, um zu gehen, sah er noch älter aus als bei meinem ersten Treffen an diesem Nachmittag. Er erinnerte mich an einen Mann, der kurz vor seinem Henker stand, so hoffnungslos sah er aus.«

»Das war das letzte Mal, dass ich ihn sah. Wir haben uns nie mehr kontaktiert, zweifellos, weil keiner von uns dem anderen noch etwas zu sagen hatte. Ich war überrascht, dass er es geschafft hat, so lange an diesem Ort zu leben wie er es tat. Aber vielleicht weigerte sich sein Verstand am Ende, zu erkennen, dass er heimgesucht wurde. Oder vielleicht hat er einfach einen anderen Weg gefunden, um zu lernen, damit zu leben, ohne sich davon beunruhigen zu lassen. Trotzdem ist er jetzt hoffentlich in Frieden und nicht mehr in Amys Fängen.«

»Was Sie betrifft, ist das eine andere Sache. Sie müssen diesen hasserfüllten Ort sofort verlassen!«

VIERUNDZWANZIGSTES KAPITEL

»Die plötzliche Direktheit der Aufforderung meiner Tante hat mich völlig überrascht, und ich fühlte mich auf meinem Platz nicht mehr wohl. Sie hatte natürlich Recht. Amy hatte keinen Grund, mich zu verfolgen, trotz der unausstehlichen und unmenschlichen Art und Weise, wie meine entfernten Verwandten sie behandelt hatten. Ich war fast davon überzeugt, dass es das Herrenhaus war, das sie verfolgte, und wer könnte ihr das verdenken? Ich war nur zufällig in diesem Moment dort.«

»Allerdings hatte ich keine Kenntnis oder Verständnis für die Konventionen oder Gebote, die das Handeln eines Rachegeistes bestimmen. Vielleicht hatte meine Tante also Recht, ob sie nun schonungslos war oder nicht, ich musste ihre Warnung beherzigen. Während ich über meine Alternativen nachdachte, stürzte sie sich aus ihrem Stuhl und ging auf wackeligen Beinen hinüber zu ihrem Bücherregal. Als ich ihr meine Hilfe anbot, winkte sie mich mit ihrem Handrücken einfach ab und setzte ihre Tätigkeit fort.«

»Ich saß schweigend da und beobachtete sie, wie sie in einer Mahagonibox in einem der unteren Regale, umgeben von Büchern, Zeitschriften und Broschüren, wühlte. Ich blickte auf meine Uhr und bemerkte mit zunehmender Unruhe, dass es fast halb acht war. Ich blickte aus dem Fenster, das während meines gesamten Besuchs an meiner Seite gewesen war, und bemerkte zum ersten Mal, so schien es, dass es dunkel war.«

»Die Rückreise an diesem Abend machte mir keinen Spaß. Der Regen schlug noch immer gegen die Scheibe neben mir, und auch im Dunkeln zurückfahren zu müssen, war sicher kein Anreiz. Dazu kam, dass ich Jenifer anrufen musste. Ich wusste, dass sie mir verzeihen würde, wenn ich ihr erklärte, dass ich unseren Anruf wegen meiner bevorstehenden Fahrt kurz halten müsse, und es hatte keinen Sinn, zu warten, bis ich wieder in der Stadt war, denn bis dahin würde sie vor Sorge krank sein, so wie ich, wenn es umgekehrt wäre. Nein, ich müsste eine Telefonzelle in der Nähe finden, bevor ich mich auf den Weg zurück in die Stadt mache.«

»Ich wagte es nicht, meine Tante zu hetzen, trotz der Dringlichkeit meiner Abreise. Sie war sehr entgegenkommend, um nicht zu sagen informativ, und dafür war ich sehr dankbar. Ich konnte mir nicht vorstellen, was sie in ihrer Holzkiste suchte, aber was immer es war, ich hoffte aufrichtig, dass sie es bald finden würde.«

»Hier ist sie ja!«

»Sie kündigte ihren Fund an, als ob sie mit dem Gegenstand in ihrer Hand selbst sprechen würde. Aus meinem Blickwinkel konnte ich nicht erkennen, was es war, außer dass es ziemlich klein war und leicht in ihre Hand passte. Sie schloss den Deckel der Schachtel und schob sie wieder an ihren Platz zurück, bevor sie zurückkam, um wieder Platz zu nehmen. Sie beugte sich vor, um mir ihren Fund zu übergeben, von dem ich jetzt sehen konnte, dass es sich um eine Kassettenbox aus Plastik handelte. Ich nahm sie dankbar an mich und drehte sie in meiner Hand um, um zu sehen, ob auf der äußeren Hülle ein Hinweis auf den Inhalt des Tonbands im Inneren zu finden war. Als ich keine finden konnte, fragte ich sie, was darauf war.«

»Das ist eine Aufnahme von Amys Gesang. Ich bin mir nicht sicher, warum ich sie all die Jahre aufbewahrt habe, ich höre sie nie an, und ich habe heutzutage keinen Bedarf für solche Dinge.«

»Als ich ihre Worte hörte, ließ ich die Kassette fast auf den Tisch fallen. Es schien eine seltsame Art von Geschenk zu sein, das man jemandem machen kann, besonders wenn man die Umstände berücksichtigt. Trotzdem wollte ich nicht undankbar erscheinen, also dankte ich ihr dafür und fragte sie, wie sie es überhaupt erst geschafft hatte, sie zu bekommen. Meines Wissens waren solche Geräte nicht erfunden worden, bevor Amy getötet worden war.«

»Spencer und ich saßen stundenlang da und hörten Amy singen, sie hatte so eine süße Stimme. Also kaufte Spencer einen Phonographen und trieb sie dazu, in diesen zu singen, damit er eine Aufnahme ihrer Stimme machen konnte. Er war so stolz auf die Aufnahme, dass er die Aufnahme an seinem Bett aufbewahrte. Am Abend vor meiner Rückkehr ins Internat erinnerte ich mich an die Aufnahme, und ich stahl sie aus seinem Nachttisch. Schließlich waren sowohl er als auch Amy bereits tot, und ich hätte nicht gedacht, dass Artemis oder Spalding sie in nächster Zeit anhören würden. Ich behielt sie während des gesamten Internats bei mir, und als ich in den Ferien bei der Familie meiner Schulkameradin wohnte, besaßen sie ein eigenes Tonbandgerät und erlaubten mir, sie zu spielen. Auch sie sagten, wie sehr sie ihre Stimme liebten, und so hörten wir sie oft bei ihnen zu Hause singen.«

»Als Tonbandgeräte populär wurden, kaufte ich mir selbst eines und übertrug die alte Aufnahme vom Phonographen auf eine Spule Tonband auf meinem neuen Gerät. Es war nicht perfekt, sicherlich nicht nach heutigen Maßstäben, aber für mich war es ausreichend. Schließlich ließ ich sie auf diese Kassette übertragen. Ich bin mir nicht ganz sicher, warum ich sie all die Jahre aufbewahrt habe. Ich vermute, es war wegen der Erinnerung an dieses süße, einfühlsame Mädchen und der Tatsache, dass sie so nett zu mir gewesen war. Aber seit Spalding mir von den Spukgeschichten erzählt hat, habe ich nicht mehr den Drang verspürt, sie mir anzuhören.«

»Meine Tante lehnte sich über den Tisch und klopfte mit dem rechten Zeigefinger auf die Kassette in meiner Hand.«

»Du kannst tun, was immer du für passend hältst, Jonathan. Ich gebe es dir nicht, weil ich glaube, dass es auch hier spukt, und auch nicht, weil ich Angst habe, es zu behalten. Ich habe einfach nicht mehr das Bedürfnis, es zu haben. Ich werde dich nicht anlügen, du weißt, dass dein Vater und ich uns nie nahestanden. Vielleicht wegen der Altersunterschiede oder weil ich immer ein wenig eifersüchtig war, dass unsere Eltern, als er auftauchte, plötzlich viel mehr Zeit hatten, an ihm zu hängen, als sie es je mit mir getan haben. Wie auch immer, du bist immer noch mein Neffe, und ich würde dir nie etwas Böses wünschen, also nimm den Rat einer alten Dame an und lass deine Frau nicht einmal die Schwelle zu diesem Drecksloch überschreiten. Ruf sie heute Abend an und sag ihr, sie soll in London bleiben. Erfinde jede Ausrede, von der du glaubst, dass sie funktioniert, und wenn ich du wäre, würde ich heute Nacht in einem Hotel übernachten und morgen früh nach London zurückfahren!«

»Ich brauchte nicht viel Ermutigung. Ich hatte mich bereits dazu entschlossen, dass Jenifer keine einzige Nacht auf dem

Anwesen verbringen würde. Aber jetzt, nachdem ich die Geschichte meiner Tante vollständig gehört hatte, war ich entschlossener denn je, sie nicht mehr als einen Fuß hineinzulassen. So wie ich meine Frau kannte, würde ich einen Kampf austragen, denn ohne ihr die Wahrheit zu sagen, was ich nicht gerne tat, musste ich einen plausiblen Grund erfinden, mit dem sie nicht streiten konnte. Aber das war ein weiteres Problem, dem ich mich stellen würde, wenn es notwendig war.«

»Vorerst musste ich nur dafür sorgen, dass sie sich von mir fern hielt. Ich fühlte mich wirklich schrecklich, dass ich so plötzlich gehen musste, aber sobald ich mich nach meiner Tante umsah, schien sie meine Bedenken zu verstehen, ohne dass ich die Worte sagen musste. Tatsächlich hat sie mich angestachelt, als hätte sie Angst, dass ich ihre Warnung nicht ernst genommen hätte.«

»Geh jetzt, Jonathan, verlier keine Zeit. Ruf deine Frau an und vergewissere dich, dass sie den Ernst der Lage versteht. Dieses Haus hat genug Elend für ein ganzes Leben gesehen. Trage nicht noch mehr dazu bei, indem du selbst noch eine Nacht dort bleibst!«

»Ich küsste die Wange meiner Tante und dankte ihr für ihre Zeit und ihren Rat. Ich ließ die Kassette in meine Jackentasche fallen, immer noch unsicher, warum ich zugestimmt hatte, sie zu nehmen, abgesehen von der Tatsache, dass ein Teil von mir spürte, dass meine Tante sie nicht mehr behalten wollte. Als ich den Korridor zum Ausgang hinunterging, sah ich Verity allein am Empfangstresen stehen. Sie lächelte, als sie mich näherkommen hörte, und versuchte, mich zu fragen, wie mein Besuch verlaufen war, aber ich schnitt sie mitten im Satz ab und fragte, ob es in der Wohnung ein Münztelefon gäbe. Sie zeigte auf die eine Seite und sagte mir, dass es hinter der nächsten Kurve ein Telefon gäbe.«

»Als ich es erreichte, war ich erleichtert, dass niemand es benutzte. Der Gedanke, sich hinter einem Haufen alter Käuze anstellen zu müssen, die alle Zeit der Welt haben, um zu reden, war keine Aussicht, die ich gerne hatte. Ich schnappte mir den Hörer und fummelte in meiner Tasche nach meinem losen Kleingeld. Dann erinnerte ich mich daran, dass ich das letzte Kleingeld benutzt hatte, um meiner Tante ihre Blumen zu kaufen.«

»In meiner Verzweiflung rannte ich zurück zur Rezeption und der immer lächelnden Verity. Aber als ich sie um Kleingeld bat, entschuldigte sie sich lieb und teilte mir mit, dass sie im Haus kein Kassenbuch führten, da sie von dort aus nichts verkauften. Sie sah sogar in ihrer eigenen Tasche nach, aber sie hatte nichts, was klein genug war. Sie sah, wie ich das Telefon auf ihrem Schreibtisch beobachtete, aber bevor ich die Gelegenheit hatte zu fragen, ob ich es benutzen darf, teilte sie mir mit, dass das Personal von dort aus keine Privatgespräche führen dürfe. Dann schlug sie vor, dass ich ein R-Gespräch führen könne. Ich konnte nicht glauben, dass ich so dumm gewesen war, nicht selbst daran gedacht zu haben. Ich bedankte mich bei ihr und drückte ihr die Hand, um ihr zu danken, bevor ich wieder um die Ecke eilte.«

»Ich wäre beinahe zum Telefon gesprungen, als ich ein paar alte Damen den Korridor entlang wackeln sah. Aber so wie es war, wollten sie es sowieso nicht benutzen und warfen mir nur einen seltsamen Blick zu, als sie vorbeikamen. Ich wählte die Telefonistin an und gab ihr meine Daten, und sie wählte mein Haustelefon an. Ich hörte zu, wie jedes Klingeln unbeantwortet blieb, mein Herz in der Magengrube. Schließlich meldete sich die Telefonistin wieder und teilte mir mit, dass es keine Antwort gab und ich es später noch einmal versuchen sollte.«

»Mir kam der Gedanke, dass Jenifer ihre Mutter nach der Arbeit besucht haben könnte, aber leider hatte ich ihre Nummer nicht zur Hand. Ich rief erneut an und bat die Telefonistin, es noch einmal bei mir zu Hause zu versuchen. Es war nur möglich, dass Jenifer in der Badewanne war oder etwas aus dem Ofen holte, als das Telefon zum ersten Mal klingelte, und es gelang ihr nicht rechtzeitig, es zu erreichen, bevor die Vermittlung das Gespräch unterbrach.«

»Wenn das der Fall wäre, hätte Jenifer hoffentlich bemerkt, dass ich es war, der versuchte, durchzukommen, und würde jetzt vielleicht gerade über dem Telefon stehen und darauf warten, dass es wieder klingelt. Ich hörte noch einmal jeden Klingelton ab und betete, dass Jenifer den Hörer abnimmt. Aber nach etwa einem Dutzend Klingeltönen kam die Telefonistin mit dem gleichen Ratschlag wie zuvor wieder an.«

»Ich schaute auf meine Uhr; es war jetzt fast acht Uhr, und ich wusste, dass Jenifer schon Stunden vorher hätte zu Hause sein sollen. Ich wusste nicht, was ich als Nächstes tun sollte. Ich wollte nicht die lange Fahrt zurück nach Brier's Market antreten, ohne vorher mit Jenifer zu sprechen. Ich musste ihre Stimme hören und wissen, dass sie in Sicherheit war, und, was noch wichtiger war, sie davon überzeugen, am nächsten Tag nicht mehr zu kommen. Dann wurde es mir klar. Ich rannte zurück zum Hauptschalter und fand Verity im Gespräch mit einer ziemlich streng aussehenden Frau mittleren Alters mit einer halbmondförmigen Brille, die prekär auf ihrer Nasenspitze saß. An ihrem Tonfall erkannte ich, dass sie Veritys Vorgesetzte war, und das Letzte, was ich wollte, war, Verity in Schwierigkeiten zu bringen, egal wie verzweifelt ich war. Als die mürrisch aussehende Frau ihren Kopf hob, stellte ich sicher, dass ich meine Worte sorgfältig wählte.«

»Ich erklärte ihr schnell, wer ich war und warum ich dort war, und sagte ihr, dass Verity mir bereits erklärt hatte, dass das Bürotelefon nicht für den allgemeinen Gebrauch bestimmt war, aber ich bat sie, mir einfach zu erlauben, eine Nummer mit der Telefonauskunft zu überprüfen. Verity, Gott segne ihr Herz, erklärte rasch meine Situation, in der ich mich befand, und die ältere Frau schaute mich sehr scharf von oben bis unten an, bevor sie Verity anwies, mir zu erlauben, meinen Anruf zu tätigen.«

»Ich dankte ihr für ihr Verständnis, aber sie hatte sich bereits umgedreht, um zu gehen, und erkannte meine Dankbarkeit nicht an. Zum Glück kannte ich die Adresse von Jenifers Eltern, aber als ich sie der Vermittlung von der Telefonauskunft gab, kam mir plötzlich die Befürchtung, dass es sich um ein Ex-Verzeichnis handeln könnte. Ich wartete geduldig, und nach ein oder zwei Augenblicken kam die Vermittlung mit der Nummer zurück. Ich schrieb sie schnell auf ein Blatt Papier, das Verity, mein Bedürfnis voraussehend, mit einem Bleistift auf mich zuschob.«

»Als ich die Nummer hatte, rannte ich um die Ecke zurück zur Telefonzelle. Ich rief die Telefonistin an, gab ihr die Nummer und bat sie erneut, die Gebühren umzukehren. Nach ein paar Mal klingeln hörte ich Jenifers Vater ans Telefon gehen. Nachdem die Vermittlung bestätigt hatte, dass er bereit war, die Gebühren für den Anruf zu übernehmen, stellte sie mich durch.«

»Ich entschuldigte mich dafür, dass ich den Anruf nicht selbst bezahlen konnte und dass ich keine Zeit hatte, Höflichkeiten auszutauschen, da ich es sehr eilig hatte. Aber bevor ich die Gelegenheit hatte, zu fragen, ob Jenifer da sei, sagte er etwas, das mir sofort das Blut in den Adern gefrieren ließ.«

»Jenifer rief uns vom Bahnhof aus an, als sie ankam. Hat sie Ihnen ihre Neuigkeiten erzählt, die sie uns nicht sagen wollte, bevor sie nicht zuerst mit Ihnen sprach?«

»Ich stolperte über meine Worte, mein Verstand raste wie wahnsinnig. Ich bat ihn, zu erklären, was er damit meinte, dass Jenifer sie vom Bahnhof aus angerufen hatte, obwohl ich tief im Inneren befürchtete, dass ich die Antwort bereits wusste. Zu meinem Entsetzen bestätigte er mir, dass Jenifer nicht bis morgen warten könne, um mich zu sehen, und dass sie den Nachmittagszug nach Brier's Market genommen habe. Sie hatte ihre Eltern um fünf Uhr an diesem Nachmittag angerufen, um ihre Ankunft zu bestätigen, und sagte, dass sie ein Taxi zum Herrenhaus nehmen würde, um mich zu überraschen.«

»Er sprach weiter, etwas darüber, dass Jenifer die ganze Woche über nichts anderes als das Haus sprach und wie sehr sie sich darauf freute, mich zu sehen. Aber seine Worte stießen auf taube Ohren. Alles, was ich denken konnte, war, dass meine geliebte Frau möglicherweise den ganzen Abend im Herrenhaus gewesen war, und was noch schlimmer war, ich war immer noch über zwei Stunden von ihr entfernt, ohne die Möglichkeit, mit ihr zu sprechen, um ihr zu sagen, dass sie sofort von diesem Ort weggehen müsse.«

»Ich glaube, dass ich den Hörer tatsächlich aufgelegt habe, ohne mich von Jenifers Vater zu verabschieden. Stattdessen rannte ich einfach aus dem Haus, ohne Verity für ihre freundliche Unterstützung zu danken, und sprang in mein Auto. Der Regen prasselte noch immer auf mich nieder, und ich schaltete meine Scheibenwischer und das Licht ein, als ich aus dem Parkhaus fuhr. Ich wusste, dass ich mich nie im Leben an den gesamten Weg zurück zum Herrenhaus erinnern würde, da ich dafür viel zu viele Nebenstraßen benutzt hatte. Irgendwann würde ich also anhalten müssen, um auf die Karte zu schauen. Aber im Moment musste ich mich einfach nur fortbewegen.«

»Ich fuhr wie ein Besessener. Mehrere Male schrie ich die gesichtslosen Fahrzeuge vor mir an, ohne mich darum zu kümmern, dass ich eigentlich im Unrecht war, und versuchte zu überholen, wenn kein Platz zum Vorbeifahren war, oder fuhr so dicht wie möglich an das Auto vor mir heran, wenn es sich an die Geschwindigkeitsbegrenzung hielt und sicher fuhr. Ich verfluchte mich jedes Mal, wenn ich anhalten musste, um die Karte zu überprüfen. Mehr als einmal musste ich meine Route neu festlegen, weil die Straße, die ich benutzen wollte, wegen einer Überschwemmung gesperrt war. Sogar einige der B-Straßen, auf denen ich mich befand, hätten eigentlich wegen des Zustands ihrer Oberfläche gesperrt sein müssen, aber trotzdem raste ich sie hinunter und versuchte verzweifelt, mein altes Auto unter Kontrolle zu halten.«

»Es gab mehrere Momente auf meiner Reise, in denen ich dankbar war, nicht von der Polizei angehalten worden zu sein, so rücksichtslos ich mich nicht an die Straßengesetze hielt. Aber es gab Zeiten, in denen es sich so anfühlte, als wäre ich in einem dieser seltsamen Träume, in denen man vor etwas weglaufen will, und man scheint nicht voranzukommen. Es war fast so, als ob das Herrenhaus mich verspottet und über meinen vergeblichen Versuch, es zu erreichen, lacht, bevor meine arme Frau das nächste Opfer wird.«

»Meine einzige rettende Gnade war, dass ich wusste, dass meine Frau ein vernünftiges und intelligentes Individuum war, das, nachdem es herausgefunden hatte, dass ich nicht auf dem Anwesen war, sich auf den Weg zurück in die Stadt gemacht hätte, anstatt nur auf der Türschwelle in der eisigen Kälte zu sitzen und auf meine Rückkehr zu warten. Meine einzige Hoffnung war, dass sie ihr Taxi nicht hatte fahren lassen, bevor sie nicht nachgesehen hatte, ob ich da war oder nicht. Sonst hatte ich Angst, dass sie im Dunkeln auf der schrecklichen Bodlin-Straße zurückgehen musste.«

»Ich spürte, wie ich vor lauter Sorgen schwitzte. Ich schob mich auf meinem Sitz um, um ein Taschentuch aus meiner Tasche zu holen und mir die Stirn abzuwischen, und fand stattdessen die Kassette meiner Tante. Ich hielt sie hoch und sah sie für den Bruchteil einer Sekunde an, bevor ich das heftige Hupen eines Autos vor mir hörte. Irgendwie hatte ich es geschafft, auf die Gegenfahrbahn abzudriften, also ergriff ich das Lenkrad in beiden Händen, ließ das Band zu Boden fallen und schaffte es gerade noch, mich wieder in meine eigene Spur zu manövrieren, bevor das entgegenkommende Auto vorbeirauschte.«

»Durch den strömenden Regen raste ich weiter, meine Scheibenwischer hatten es inzwischen schwer, mit dem Ansturm fertig zu werden. Meine Windschutzscheibe beschlug ständig, da ich die Heizung wegen der unangenehmen Temperatur im Auto heruntergedreht hatte. Ein Fenster zu öffnen kam natürlich nicht infrage, also beschloss ich, dass ich aus Sicherheitsgründen mit dem unangenehmen Zustand leben musste, und drehte die Heizung wieder auf und richtete sie ganz auf die Windschutzscheibe.«

»Es kam mir wie eine absolute Ewigkeit vor, bis ich endlich meine Ausfahrt in die Stadt erreichte. Zu meinem Glück waren die Straßen der Stadt verkehrsfrei, so dass ich ohne Probleme durch die Stadt rasen konnte. Als ich abbog und den festen Straßenbelag verließ, spürte ich, wie meine Reifen mit dem Morast kämpften, den der sintflutartige Regen aus dem weichen Boden gemacht hatte, der zum Herrenhaus führte.«

»Als ich mich der scharfen Kurve näherte, in der Amy offenbar ihr Schicksal getroffen hatte, kam ich zum Stillstand, als ein Lastwagen um die Kurve fuhr, ohne zu signalisieren. Ich saß dort und wartete darauf, dass er vorbeifuhr, und war dankbar, dass ich ihn im letzten Augenblick gesehen hatte. Als ich versuchte, wieder loszufahren, begannen sich meine Räder zu drehen und ließen den Schlamm hinter mir aufschäumen. Ich nahm meinen Fuß vom Gaspedal und bremste sanft ab, damit die Räder im weichen Schlamm Halt finden konnten. Diesmal drückte ich nur leicht auf das Gaspedal und benutzte den Druckpunkt meiner Kupplung, um nach vorne zu kommen, bis ich zufrieden war, dass ich wieder die Kontrolle über die Räder hatte.«

»Als ich in die nächste Kurve einbog und das Herrenhaus vor mir sah, sank mein Herz. Schon aus dieser Entfernung konnte ich sehen, dass die Lichter im Innern eingeschaltet waren, was nur eines bedeuten konnte. Irgendwie hatte Jenifer den Weg ins Innere gefunden! Ich raste weiter, ohne den Kampf meiner Reifen zu bemerken, die versuchten, ihre Traktion aufrechtzuerhalten. Als ich auf den Weg einbog, der durch die Bäume führte, musste ich jedes Quäntchen meines Fahrkönnens einsetzen, um die Kontrolle über mein Auto zu behalten.«

»Als ich aus dem dichten Waldstück, das die Einfahrt umgab, herauskam, konnte ich das Herrenhaus in seiner ganzen Pracht sehen, wie ein Ungeheuer, als das ich es betrachtete, und nur darauf wartete, dass ich mich ihm so weit näherte, dass es mich endgültig verschlingen konnte.«

FÜNFUNDZWANZIGSTES KAPITEL

»Ich hielt direkt vor dem steinernen Treppenabsatz an und sprang aus dem Auto. Ich hielt einen Moment inne und schaute auf. Dort, an einem der oberen Fenster, konnte ich eine schwache Silhouette erkennen. Irgendwie wusste ich, dass es Amy war, die auf meine Rückkehr wartete. Ich nahm zwei Stufen auf einmal, und als ich die Eingangstür erreichte und feststellte, dass sie verschlossen war, überkam mich ein seltsames Gefühl der Beruhigung. Vielleicht war Jenifer doch nicht drinnen. Vielleicht hatte ich das Licht versehentlich angelassen, als ich an diesem Morgen ging, oder Jarrow hatte den Generator irgendwie so eingestellt, dass er zu einer bestimmten Zeit ansprang, damit ich nicht im Dunkeln zurückkehren würde.«

»Meine Angst begann zu schwinden, als ich darüber nachdachte, dass es vielleicht doch nicht Jenifer war. Je mehr ich darüber nachdachte, desto wahrscheinlicher erschien es mir, dass die Jarrows dort waren und auf meine Rückkehr warteten, um mir ein Abendessen anzubieten. Die Tatsache, dass ich eines der üppigen Frühstücke von Mrs. Jarrow verpasst hatte, mag sie dazu inspiriert haben, dafür zu sorgen, dass ich an diesem Tag wenigstens eine richtige Mahlzeit in mir hatte.«

»Oder vielleicht wollten sie sich nach der Séance von gestern Abend vergewissern, dass es mir gut geht. Vor allem Mrs. Jarrow schien sehr um mein Wohlbefinden besorgt zu sein, als sie am Vorabend aufbrachen. Vielleicht waren sie gekommen, um darauf zu bestehen, dass ich meine letzte Nacht in ihrem Haus verbringen sollte, anstatt allein im Herrenhaus zu sein. Ein sehr wohlüberlegtes Angebot, und so typisch für ihre fürsorgliche Natur, und wäre es nicht so, dass ich Jenifer finden musste, wo auch immer sie sich in der Stadt befand, hätte ich das gerne angenommen.«

»Ein ohrenbetäubendes Donnergrollen krachte durch den Nachthimmel hinter mir, als ich mit meinen Schlüsseln fummelte. Als ich hörte, wie das Schloss aufschnappte, rammte ich die Tür, ließ sie auffliegen und gegen den dahinter stehenden Jackenständer krachen. Ich stand einen Moment lang im Eingangsbereich und blickte um mich herum. Alles sah genau so aus, wie ich es an diesem Morgen verlassen hatte, mit einer bemerkenswerten Ausnahme. Der kleine Koffer, den Jenifers Eltern ihr letztes Weihnachten geschenkt hatten, stand an der vorderen Salonwand, über den ihr Regenmantel drapiert war. Für einen Bruchteil einer Sekunde war ich wie erstarrt, mein Verstand in einem Wirrwarr von möglichen Szenarien, wie Jenifer im Haus sein könnte. Hatten die Jarrows sie doch noch reingelassen und sie dann einfach dort gelassen? Habe ich die Haustür an diesem Morgen unverschlossen gelassen? Hatte ich einen Ersatzschlüssel draußen unter einem Pflanztopf liegen lassen, von dem ich nichts wusste?«

»Das war jetzt alles egal! Jenifer war irgendwo im Haus, und ich musste sie finden und sie so schnell wie möglich in Sicherheit bringen. Bevor es zu spät war! Ich begann, ihren Namen zu rufen, als ich nacheinander in die einzelnen Räume rannte und in denen, die noch im Dunkeln waren, das Licht einschaltete. Ich versuchte es in der Küche und in der Spülküche, aber es gab immer noch keine Spur von ihr. Als ich wieder in den Flur hinauslief, konnte ich aus dem Augenwinkel jemanden sehen, der am oberen Ende der Treppe stand. Durch das Geländer erblickte ich gerade das Kleid mit dem Blumendruck, und ich wusste, dass es Amy war, die wartete!«

»Aber wo war meine Jenifer? War sie oben gefangen und wurde von Amys böswilligem Geist gefangen gehalten? Ich musste an ihr vorbeikommen, damit ich meine Frau erreichen konnte, und in diesem Moment war es mir egal, was sie für mich auf Lager hatte. Meine einzige Sorge war es, Jenifer zu erreichen und sie so gut wie möglich zu beschützen.«

»Als ich das Ende der Treppe umrundete, hielt ich für einen Moment inne, um Luft zu holen, bevor ich Amy gegenüberstand. Aber als ich aufblickte, war es nicht Amy, sondern Jenifer, die dort stand. Ich traute meinen Augen nicht. Meine reizende Frau trug eines von Amys Kleidern.«

»Ich hatte viel zu viele Fragen im Kopf, um auf Antworten zu warten. Während ich sie beobachtete, schlenderte Jenifer die Treppe hinunter auf mich zu, streckte mit einer Hand den Saum von Amys Kleid aus und drehte sich leicht, als ob sie sich in einer bizarren Modenschau befände. Es war grotesk! Der Anblick meiner schönen Frau in Amys Kleid war für mich völlig schrecklich.«

»Was meinst du, ziemlich schön, hm? Da oben ist ein ganzer Koffer voller wunderschöner Kleider, richtige historische Sachen, warum hast du mir das nicht am Telefon gesagt, ich wäre vielleicht schon früher runtergekommen?«

»Alles, woran ich in diesem Moment denken konnte, war, dass noch vor ein paar Nächten Amys geisterhafte Gestalt genau diese Treppe hinuntergeschwebt war und dasselbe Kleid trug, während ich hilflos auf dem Steinboden lag und mich nicht bewegen konnte. Ich fühlte eine Welle von Schwindelgefühlen über mich hinwegwehen, und ich blinzelte mit den Augen, um die schreckliche Vision aus meinem Kopf zu entfernen. Aber als ich sie wieder öffnete, sah ich Amy am oberen Ende der Treppe stehen, die das gleiche Kleid trug, das meine Frau gerade zu meiner Unterhaltung trug. Der Blick in Amys Augen, als sie auf meine schöne Jenifer herabblickte, war von purem Bösem erfüllt, als wäre sie irgendwie wütend auf sie, weil sie es gewagt hatte, sich ihre Kleider auszuleihen.«

»Ich handelte instinktiv. Ich stürzte mich nach vorne, ergriff Jenifers Hand und zog sie die restlichen Stufen halb herunter. Ich wusste, dass sie die bedrohliche Erscheinung, die hinter ihr auftauchte, nicht bemerkte, und ich wollte, dass sie in Unwissenheit bleibt. Mein einziger Gedanke war, sie so weit wie möglich vom Herrenhaus wegzubringen, so schnell wie möglich.«

»Als wir uns zur offenen Haustür begaben, konnte ich Jenifers Proteste hören. Mein Handeln muss ihr ziemlich unerklärlich erschienen sein, wenn man bedenkt, dass wir uns eine Woche lang nicht gesehen hatten, und jetzt, wo ich sie in meine Arme genommen und gehalten hätte, wie ich es mir gewünscht hätte, schleifte ich sie in den Sturm hinaus, wobei sie nichts anderes trug als ein dünnes Sommerkleid, das ihr nicht einmal gehörte.«

»Ich wollte verzweifelt meine Handlungen erklären, Jenifer dazu bringen, meine Beweggründe dahinter zu erkennen. Aber das würde bedeuten, dass ich ihr alles über meine Erlebnisse auf dem Anwesen seit meiner Ankunft erzählen müsste, und nicht nur, dass die Zeit dafür nicht ausreichte, im Idealfall würde ich lieber alles Wissen über die dunklen Seiten des Anwesens für mich behalten. Es gab keinen stichhaltigen Grund, meine Jenifer in etwas zu verwickeln, das mit diesem verfluchten Ort zu tun hatte.«

»Jenifer fuhr fort, gerechtfertigte Einwände zu erheben, sowie einen symbolischen Widerstand zu leisten, als ich sie die Steintreppe zum Auto hinunterführte. Ein massiver Blitzstrahl erhellte den Nachthimmel, so dass er für den Bruchteil einer Sekunde dem Tageslicht glich, bevor er wieder in die Dunkelheit zurückfiel. Als wir das Auto erreichten, hielt ich mit einer Hand Jenifers Handgelenk fest und suchte mit der anderen Hand nach meinen Autoschlüsseln. Ich hatte zu viel Angst, sie loszulassen, für den Fall, dass sie irgendwie in das Herrenhaus zurückgesaugt würde und die Tür hinter ihr zugeschlagen würde, wodurch sie für immer im Inneren gefangen wäre.«

»Der Regen hämmerte auf uns beide ein, und Amys Kleid begann, sich wie eine zweite Haut an Jenifers schlanken Körper zu heften. Es war keine Zeit für mich, meinen Mantel auszuziehen, um ihre Schultern in diesem Moment zu bedecken, denn auch hier musste ich ihren Arm loslassen, und ich musste sie nahe bei mir halten, da meine Angst vor einer spektralen Intervention zu groß war, um sie zu ignorieren.«

»Als ich es schließlich schaffte, die Tür zu öffnen, brachte ich Jenifer hinein, wobei sie die ganze Zeit protestierte. Als ich ihre Tür zuschlug, sagte mir der Blick, den sie mir durch das Fenster zuwarf, alles, was ich wissen musste, um zu wissen, wie viel Ärger ich hatte. Aber das war die geringste meiner Sorgen. Ich rannte auf meine Seite des Wagens, und aus irgendeinem Grund, den ich nicht begreifen kann, warf ich einen letzten Blick auf das Anwesen.«»Die Haustür schlug zu. Zweifellos als Folge eines starken Windstoßes, aber in meinem Kopf war es fast so, als würde das Haus mir sagen, ich solle verschwinden! Dass meine Anwesenheit nicht mehr erforderlich oder erwünscht sei. Dann erhaschte mein Auge einen Blick auf etwas an einem der oberen Fenster. Ich wusste schon, was es war, bevor ich überhaupt nach oben schaute, und als ich es tat, war da ganz sicher Amy, die auf mich herabblickte. Ihre Hände legten sich fest auf ihre Hüften, und obwohl ich sie aus dieser Entfernung nicht sehen konnte, vermittelten ihre Augen dieselbe Bösartigkeit, die ich schon auf der Treppe beobachtet hatte.«

»Ein weiterer Donnerschlag dröhnte über uns hinweg, fast unmittelbar gefolgt von einem weiteren Blitzstrahl. In diesem Moment flackerten die Lichter im Inneren des Herrenhauses und gingen aus, wodurch die gesamte Fassade in Dunkelheit getaucht wurde. Ich rutschte hinter das Lenkrad, meine Kleidung war vom Regen durchnässt, und wischte mir mit dem Handrücken über das Gesicht, um zu versuchen, das überschüssige Wasser aus den Augen zu entfernen. Instinktiv riss ich meinen Sicherheitsgurt in seine Schnalle, bevor ich den Schlüssel in die Zündung drehte. Ich sah zu Jenifer hinüber, die mich mit einem Ausdruck anstarrte, der eine Mischung aus Wut und Ungläubigkeit zu sein schien.«

»Wirst du mir genau sagen, was los ist, Jonathan, oder soll ich einfach nur hier sitzen und raten?«

»Ich konnte den verständlichen Unterton der Wut in ihrer Stimme hören, aber gleichzeitig klang sie auch, als ob sie sich um meinen Verstand sorgte, und wer könnte ihr das verdenken? Meine bisherigen Handlungen an diesem Abend waren nicht die eines gesunden Mannes, und ich versprach mir, dass ich, sobald ich sie sicher von diesem Ort weg hatte, mein Bestes tun würde, um meine Handlungen zu erklären, ohne Amy zu erwähnen.«

»Das Auto startete beim ersten Versuch, und ich legte den Gang ein und fuhr langsam weg, damit die Reifen auf dem wassergesättigten Boden maximale Wirkung erzielen konnten. Ich konnte hören, wie Jenifer zu mir sprach, oder genauer gesagt, mich ansprach, als ich wegfuhr. Ich schaute in den Rückspiegel und fühlte, wie das Gewicht von meinem Herzen abfiel, als ich sah, wie sich das Herrenhaus verkleinerte.«

»Als ich aus der Auffahrt herausdrehte, nahm ich die Kurve zu scharf und ich konnte fühlen, wie die Reifen unter dem Fahrzeug ins Schleudern gerieten. Jenifer griff nach dem Armaturenbrett vor ihr, um zu verhindern, dass sie gegen das Fenster knallte. Als ich das Auto wieder unter Kontrolle hatte, entschuldigte ich mich und sagte ihr, sie solle sich anschnallen, aber sie war offensichtlich zu verärgert, um meine Anweisung zur Kenntnis zu nehmen. Ich konnte hören, wie sie sich über ihren Koffer beschwerte, den wir im Herrenhaus zurückgelassen hatten, und über die Tatsache, dass sie bis auf die Haut durchnässt war und nicht einmal ihre eigene Kleidung trug. Aber ich konzentrierte mich auf die vor uns liegende Straße und murmelte etwas davon, dass ich ihr am nächsten Tag etwas zum Anziehen in der Stadt kaufen wollte.«

»Als wir die Bäume, die nun das Herrenhaus verdeckten, hinter uns gelassen hatten, drückte ich etwas stärker auf das Gaspedal. Ich glaube, ich wollte unbewusst nur so viel Abstand zwischen uns und Denby in so kurzer Zeit wie möglich herstellen. Ich hatte die Scheibenwischer auf voller Leistung, als der Regen gnadenlos die Windschutzscheibe peitschte. Über uns dröhnte und blitzte der Donner, fast so, als würden sie uns im Einklang dafür züchtigen, dass wir das Herrenhaus verlassen haben. Selbst mit meinen Scheinwerfern auf Fernlicht machte es mir das Wetter immer schwerer, mehr als ein paar Meter vorauszusehen.«

»Da ich mich ganz auf die Straße konzentrierte, bemerkte ich nicht, wie Jenifer ihren Hintern hob, um etwas Scharfes zu entfernen, das sich, wie sie klagte, in sie hineingrub. Ich habe auch nicht beobachtet, wie sie die Kassette aus der Plastikbox nahm, bevor sie sie in den Kassettenspieler vor ihr schob.«

»Als wir uns der blinden Kurve des 'Witwenmachers' näherten, begann ich langsamer zu werden und war gerade dabei, auf die Hupe zu schlagen, als ich zufällig in den Rückspiegel blickte. Da war Amy, die mich anstarrte, ihr Gesicht verzerrte sich zu einem finsteren Blick aus reiner Bosheit, ihre Augen brannten vor Hass und Feindseligkeit.«

»Als Amys süße, liebliche Stimme aus den Lautsprechern zu kommen begann, rutschte mein Fuß vom Bremspedal und rammte gegen das Gaspedal. Das Auto schoss nach vorne, und in diesem Sekundenbruchteil sah ich die Lichter des entgegenkommenden Lastwagens, der um die blinde Kurve schwenkte.«

»Ich drehte das Lenkrad, um eine Kollision zu vermeiden, aber es war zu spät. Ich hörte das Hupen des Lastwagens, das sich mit dem Quietschen beider Bremsen vermischte, als meine Hinterräder die Bodenhaftung auf der Straße verloren und uns über die Seite des Absturzes zurückzogen. Als unser Auto anfing, die Böschung hinunterzustürzen, griff ich rüber, um Jenifer vor der Wucht des Aufpralls zu schützen, aber der verdammte Sicherheitsgurt rastete ein und hielt mich fest in meinen Sitz.«

»Ich eilte mit meinem Herzen in der Magengrube durch das verdunkelte Herrenhaus und rief verzweifelt nach Jenifer. Ich versuchte in jedem Zimmer den Schalter zu betätigen, aber das Licht ging nicht an. Ich vermutete, dass der Generator wieder eingeschaltet werden musste, und rief nach Mr. Jarrow, um ihn für mich zu starten. Aber er entschuldigte sich, dass er seine

Frau von der Arbeit abholen musste, und ging, wobei er die Haustür hinter sich zuschlug.«

»Ich schrie ihm hinterher, aber es nützte nichts. Draußen konnte ich den Regen hören, der gegen die Außenseite des Herrenhauses prasselte. Ich streckte die Hand nach dem Kaminsims im hinteren Salon aus und fand meine Taschenlampe. Aber als ich den Knopf nach vorne schob, leuchtete die Lampe nicht. Ich schüttelte die Fassung mehrmals und schlug sie gegen meine Handfläche, aber es war alles umsonst.«

»Ich warf den aufsässigen Gegenstand in die Luft und hörte, wie die Glasvorderseite gegen den Steinboden schlug. In diesem Moment hörte ich Stimmen aus dem Nebenraum. Ich manövrierte mich um die Möbel herum und schob mich den Flur entlang, bis ich am Eingang des nächsten Raumes war. Ich starrte hinein, und durch die Düsternis konnte ich Peterson und Jefferies am Tisch sitzen sehen, wie sie über Landrechte und Pachtverträge diskutierten. Ich hatte keine Ahnung, warum sie dort waren, denn ich erinnerte mich sicher nicht daran, sie eingeladen zu haben. Aber im Moment war mir das egal. Ich musste meine Frau finden, und alles andere war in diesem Moment egal.«

»Ich stand in der Dunkelheit in der Mitte des Flurs und rief noch einmal nach Jenifer. Plötzlich hörte ich ihre Antwort von oben. Ich rannte die Treppe hinauf, jeweils zwei Stufen gleichzeitig, und folgte dem Klang ihrer Stimme, die mich in den Dachraum an der äußersten Ecke führte.«

»Als das Mondlicht durch das winzige Oberlichtfenster eindrang, konnte ich sie neben dem Kofferraum stehen sehen, der voller Amys Kleidung war. Als ich den Raum betrat, hielt sie Amys Kleid mit Blumenmuster an sich und fragte mich, was ich davon hielt. Ich war so erleichtert, dass sie das Kleid nicht wirklich angezogen hatte, dass ich es ihr wegnahm und zurück in die Truhe warf. Bevor sie mich zurechtweisen konnte, schlang ich meine Arme um sie und hielt sie so fest, dass sie anfing, sich darüber zu beklagen, dass sie nicht atmen konnte.«

»Ich ließ meinen Griff widerwillig etwas los, hielt sie aber trotzdem fest und fragte sie, wie lange sie schon auf dem Anwesen war und auf mich gewartet hatte.«

»Du hast so lange gebraucht, um hierherzukommen, dass ich eingeschlafen und gestorben bin.«

»Noch immer umarmte ich sie ganz fest und lachte ihr über ihre ungeschickte Formulierung über die Schulter und korrigierte sie, dass sie damit wohl sagen wollte, dass sie in einen Tiefschlaf gefallen war. Ich schloss meine Augen und küsste ihren Kopf, wobei ich ihr glänzendes, goldenes Haar um meine Finger schlang. Als ich die Augen öffnete, konnte ich sehen, dass sich ihre Haarfarbe verändert hatte und dass sie nun einen viel dunkleren Farbton hatte. Ich fragte mich, ob sie es in der Woche, in der wir getrennt waren, gefärbt hatte, und so ließ ich sie los, damit ich die volle Wirkung ihrer Veränderung wahrnehmen konnte.«

»Aber es waren Amys Augen, die mich mit demselben süßen, flehenden Blick anstarrten, den sie immer trug, wenn ich von ihr zur Spülküchentür gerufen wurde. Sie hielt sich an mir fest und umklammerte mich mit ihrem schmalen Körper.«

»Bitte hilf mir, sie versuchen, mir mein Baby wegzunehmen!«

»Ich drehte mich um und rannte die Treppe hinunter und aus dem Haus. Als ich den Weg erreichte, sah ich meine Tante auf ihrem Stuhl in der Mitte der Einfahrt sitzen und lesen. Ich lief zu ihr hin und fragte sie, was sie dort mache, und lud sie ein, aus der Kälte und dem Regen hereinzukommen. Aber sie sah mich nur an, als ob sie von meinem Angebot irritiert wäre, und wandte ihre Aufmerksamkeit wieder ihrem Buch zu. Ich fragte mich, wie es möglich war, dass sie die Worte auch ohne Licht klar erkennen konnte, aber sie schien keine Schwierigkeiten zu haben und sah völlig in den Roman vertieft aus.«

»Ich wollte sie am Arm packen und ins Haus zwingen, um sie vor dem Tod zu retten, aber sie schien durch meine Anwesenheit völlig unbeeindruckt zu sein. Ich hockte mich neben sie und bat sie, sich zu bewegen, aber sie drehte nur ihren Kopf, um mich noch einmal anzusehen, und mit einem Blick von echter Besorgnis, der sich in ihr Gesicht geätzt hatte, verlangte sie, dass ich weglaufen und das Anwesen verlassen solle, bevor es zu spät sei!«

»Ich bat sie, mir zu sagen, was sie meinte, aber sie weigerte sich, weiter zu erläutern, und las weiter. Als ich mich wieder umdrehte, schwebte die Hexe Amy die Steintreppe hinunter auf mich zu, die Arme ausgestreckt, wie in Erwartung einer weiteren Umarmung. Ich drehte mich um, um meine Tante zu warnen, aber sie war weg!«

»Ich rannte zu den Bäumen und wagte nicht, hinter mich zu schauen, aus Angst, zu merken, wie nahe die Hexe Amy mir sein könnte. Meine Beine fühlten sich an, als wären sie aus Blei. Jeder Schritt erforderte mehr Anstrengung als der vorherige, bis ich sie schließlich nicht mehr vom Boden heben konnte. Ich zwang mich, in Bewegung zu bleiben, aber am Ende, als ich keinen Schritt mehr machen konnte, fiel ich nach vorne. Ich spannte meinen Körper in Erwartung an, als der Boden sich auf mich zu beschleunigte. Aber ich schlug nicht wie erwartet auf den Boden auf, sondern fiel weiter in eine bodenlose Finsternis.«

»Schließlich konnte ich durch die Finsternis hindurch Stimmen hören. Die meiner Schwester Jane war die einzige, die ich erkannte, die anderen waren mir völlig unbekannt. Die Stimmen schienen in mein Unterbewusstsein hinein- und herauszutreiben, und ich habe nie ganz verstanden, was sie sagten. Ich konnte fühlen, wie ich in mein Unterbewusstsein hinein und aus dem Bewusstsein heraus driftete. Bei mehreren Gelegenheiten sah ich Jenifers Gesicht, das über mir schwebte. Sie lächelte mit ihrem liebevollen Blick, zwinkerte mir frech zu und sagte mir, dass alles in Ordnung sei und ich wieder schlafen sollte.«

»Aber ich sah auch Amys Gesicht, das unangenehm nahe an meinem war, und ich konnte mich weder bewegen noch wegdrehen. Auch wenn sie ruhig und traurig aussah, mit ihrem vertrauten sehnsüchtigen Blick, so war doch immer ein Gefühl des Schreckens in mir, wenn sie auftauchte.«

»Es gab andere, unbekannte Gesichter, die mir von Zeit zu Zeit erschienen. Ich konnte hören, wie Fragen an mich gestellt wurden, und manchmal versuchte ich, sie zu beantworten, aber es war, als ob die fremden Gesichter mich nicht hören konnten, so dass ich schließlich ganz aufhörte, mit ihnen zu kommunizieren. Dann erschien mir Jenifer wieder. Ich streckte die Hand aus, um sie zu umarmen, aber sie führte mich immer weg und sagte mir mit ihrer ernsten Stimme, ich solle nicht versuchen, ihr zu folgen, sondern zurückgehen, und wenn ich mich weigerte, wurde sie wütend auf mich und weigerte sich ewig, wieder zu mir zu kommen, so dass ich schließlich lernte, nicht zu versuchen, ihr zu folgen.«

»Schließlich, sehr zu meiner Erleichterung, hörte Amy ganz auf, mich zu besuchen. Ich war so dankbar, denn obwohl sie bei den letzten paar Gelegenheiten nicht versucht hatte, mich zu ängstigen, war ich nie ganz sicher, dass sie mir nicht mehr schaden wollte. Ich war mir sicher, dass es Jenifer war, die sie weggeschickt hatte. Als Jenifer mir das nächste Mal erschien, sah ich, dass sie mit ihrem schönen goldenen Haar, das um ihre Schultern floss, etwas in ihren Armen hielt. Ich versuchte, mich aufzurichten, um besser hinzusehen, aber ich konnte fühlen, wie unsichtbare Hände mich festhielten.«

»Als sie meine Notlage sah, kam Jenifer näher und zeigte mir, dass sie tatsächlich ein neugeborenes Baby hielt. Das Kind schlief fest in ihren Armen, und ich wollte sie verzweifelt fragen, wessen Baby es sei, aber die Worte weigerten sich, aus meinem Mund zu kommen. Ich beobachtete Jenifer, wie sie das schlafende Kind sanft schaukelte und es etwas höher hielt, so dass ich sein Gesicht sehen konnte.«

»Nach einer Weile küsste Jenifer das Kind liebevoll auf die Stirn, schaute zu mir auf und lächelte, bevor sie die Worte 'Ich liebe dich' in den Mund nahm, bevor sie und das Baby aus dem Blickfeld verschwanden. Diesmal versuchte ich, ihr zu folgen, aber auch diesmal war es vergeblich. Etwas hielt mich zurück, also schloss ich die Augen und versuchte mich mit aller Kraft zu befreien.«

SECHSUNDZWANZIGSTES KAPITEL

»Als ich meine Augen wieder öffnete, konnte ich mehrere unbekannte Gesichter sehen, die auf mich herabblickten. Als sich meine Augen auf meine Umgebung zu konzentrieren begannen, wurde mir klar, dass ich mich in einem Krankenhausbett befand. Als ich versuchte, mich zu bewegen, legte mir einer der Ärzte eine Hand auf die Schulter und sagte, ich solle stillhalten. Ich konnte alle Arten von Schläuchen und Drähten sehen, die von Maschinen ausgingen, die um mein Bett herum aufgestellt waren und alle direkt zu mir führten. Als ich zu sprechen versuchte, bemerkte ich, dass sich in meinem Mund ein Plastikschlauch befand, der direkt in meinen Hals zu münden schien. Ein kleinerer Schlauch wurde in eines meiner Nasenlöcher eingeführt, was meine Atmung behinderte.«

»Bevor ich noch eine Chance hatte, zu protestieren, wurde ich ohnmächtig. Als ich wieder zu mir kam, saß meine Schwester Jane an meinem Bett, und die meisten Schläuche waren entfernt worden, bis auf einen, der noch an meinem Arm befestigt war. Sobald sie sah, dass meine Augen offen waren, beugte sich Jane vor und küsste meine Wange und streichelte sie zärtlich. Ich fragte sie, was los sei und was ich dort mache, und sie erklärte mir, dass ich fast drei Monate lang im Koma gelegen habe.«

»Ich versuchte, die Bedeutung ihrer Worte zu ergründen, aber sie ergaben für mich keinen Sinn. Das Letzte, woran ich mich erinnerte, war, dass ich in der Dunkelheit der Nacht vom Herrenhaus wegfuhr, mit Jenifer neben mir, die sich über ihr klatschnasses Kleid beschwerte, und dann ... ich sah Jane an und fragte sie, wo Jenifer sei. Sofort bemerkte ich, dass sich ihre Augen trübten, und bevor sie antworten konnte, begannen ihr Tränen über die Wangen zu fließen.«

»Was sie mir als nächstes sagte, ließ mich wünschen, ich wäre gestorben, bevor ich meine Augen geöffnet hätte! Jane teilte mir mit, dass Jenifer und ich nach dem Unfall in dieser Nacht auf der Bodlin Road in ein Krankenhaus in London geflogen wurden. Anscheinend war der Fahrer des anderen Fahrzeugs am Unfallort gestorben. Jane wehrte die Tränen ab, als sie erklärte, dass Jenifer und ich aufgrund unserer Verletzungen ins Koma versetzt worden seien, Jenifer aber ihren Verletzungen erlag und einige Tage später starb.«

»Als sie diese Worte sprach, begannen auch meine Augen vor Tränen zu verschwimmen. Ich konnte nicht glauben, dass meine geliebte Frau nicht mehr da war. Der Gedanke, sie nie mehr halten oder küssen zu können, gab mir das Gefühl, als sei mein Leben schon vorbei. Jane hielt mich so gut sie konnte, mit den Einschränkungen, die uns der Apparat auferlegte, der an meinen verschiedenen Körperteilen befestigt war. Wir weinten beide lange, brennende Tränen, bis es keine mehr zum Weinen gab.«

»Nach einer Weile drückte Jane meine Hand und fragte mich, ob sie mir etwas besorgen könne. Ich schüttelte den Kopf.

Meine Kehle war extrem ausgedörrt, aber in diesem Moment war mir das egal. Meine wunderschöne Jenifer war tot, alles andere war egal, und es sollte auch nie anders sein. Schließlich fand ich den Mut, Jane zu bitten, mir zu sagen, wo Jenifers Leiche war. Es lag nahe, dass, wenn ich fast drei Monate nach ihrem Tod im Koma gelegen hatte, sie bereits irgendwo begraben oder eingeäschert worden sein musste, und ich musste unbedingt wissen, wo.«

»Jane nickte auf meine Bitte hin, obwohl ich ihr sagen konnte, wie unangenehm es ihr war, mich mit den Einzelheiten weiter verletzen zu müssen. Da die Ärzte nicht sicher waren, ob ich jemals aus dem Koma aufwachen würde, erklärte sie, dass es Jenifers Eltern überlassen sei, zu entscheiden, wie sie die sterblichen Überreste ihrer Tochter am besten ehren sollten. Jane erklärte, dass sie Jenifer einäschern ließen und dass ihre Asche in einem Garten der Ruhe in der Nähe des Ortes, an dem sie aufgezogen wurde, aufbewahrt wurde. Jane erzählte mir, dass sie und Mike an ihrer Beerdigung teilnahmen und dass sie mich, sobald es mir möglich sei, zum Krematorium fahren würde, damit ich mich verabschieden könne.«

»Sie wartete ein oder zwei Augenblicke, damit sich diese neue Nachricht bei mir festsetzen konnte, bevor sie weitermachte. Ich dachte, meine Trauer sei am Tiefpunkt angelangt, bis sie mir ihre nächste Frage stellte.«

»Jonathan, wusstest du, dass Jenifer schwanger war?«

»Der Raum begann sich um mich herum zu drehen. Ich glaube, Jane konnte die Antwort auf ihre Frage auf meinem Gesicht ausgebreitet sehen, ohne dass ich antworten musste. Ich wandte meinen Kopf ab, und nach einer weiteren großen Flut von Tränen sah ich meine Schwester an und flehte sie an, mir zu sagen, dass es nicht wahr sei. Aber natürlich wusste ich, dass es so war. Meine Schwester war nicht fähig zu einer solchen Grausamkeit, dass sie eine so ungeheuerliche Lüge erfunden hätte. Sie erklärte mir, dass sich Jenifer erst im Anfangsstadium ihrer Schwangerschaft befand und dass der Fötus in ihrer Gebärmutter noch nicht vollständig ausgebildet war, so dass die Ärzte keine Chance hatten, das Kind zu retten.«

»Sie sprach mehrere Minuten lang weiter, und ich konnte hier und da ein paar Worte aufnehmen, aber die meisten meiner Gedanken waren woanders. Ein Durcheinander von verschiedenen Gedanken und Emotionen schien durch mein Gehirn zu schwimmen, ohne Ordnung und Substanz. Ich verfluchte meine Entscheidung, das Anwesen zunächst einmal zu besuchen. Wäre ich zu Hause geblieben, hätte ich nicht einmal den Brief von Peterson erhalten, dann wäre meine Jenifer noch am Leben. Dann begann ich, meinen entfernten Vorfahren Artemis für seine Bösartigkeit zu verfluchen, der diesen Fluch überhaupt erst über unsere Familie gebracht hatte. Auch meinen Wohltäter, Spalding, dafür, dass er mir dieses verdammte Anwesen für immer hinterlassen hat, weil er wusste, was ich zusammen mit dem Haus und dem Grundstück erben würde. Ich machte mir sogar Vorwürfe, dass ich Jenifer von Anfang an geliebt hatte, denn wenn ich sie nie geheiratet oder gar getroffen hätte, wäre sie jetzt noch am Leben.«

»Getreu ihrem Wort fuhr mich Jane, als ich das Krankenhaus verlassen konnte, direkt dorthin, wo die Asche von Jenifer aufbewahrt wurde. Der Garten der Erinnerung war wirklich wunderschön, und obwohl es jetzt erst Frühlingsanfang war, war es den Gärtnern gelungen, eine wunderbare Farbpalette zu schaffen, die das allgemeine Gefühl der Ruhe und Gelassenheit, das aus der Umgebung ausströmte, noch verstärkte.«

»Jane blieb im Auto, damit ich mit meinen Gedanken allein sein konnte, wenn ich mich verabschiedete. Ich war froh darüber, denn ich wusste, in welchem Zustand ich sein würde, wenn ich die Urne meiner Frau sah, und ich hatte nicht Unrecht. Ich arrangierte meine Blumen in der Vase, die Jenifers Eltern vor ihr Grab gestellt hatten. Die gravierte Tafel, die sie in Auftrag gegeben hatten, war wirklich schön, wenn man solche Dinge so beschreiben kann. Die Worte lauten: 'An eine liebende Frau, Tochter und Mutter'. Die Schärfe der Worte war mir nicht entgangen. Denn obwohl Jenifer noch nicht lange genug gelebt hatte, um unser Kind zur Welt zu bringen, wuchs es noch immer in ihr, als sie starb, und ihre Eltern wollten verständlicherweise ihr ungeborenes Enkelkind anerkennen.«

»Sobald ich in der Lage war, kaufte ich mir ein anderes Auto, damit ich Jenifer besuchen konnte, wann immer ich konnte. Ich würde sie immer noch mit ihren Eltern besuchen, die, wie ich sagen muss, wunderbar zu mir waren. Beide gaben mir nicht die Schuld an dem Unfall, und beide erkannten an, wie sehr wir uns gegenseitig liebten. Ich habe von ihnen nie etwas anderes als Liebe empfunden. Die Trauer, die wir teilten, wurde zu einem eigenen Band, das ewig halten würde.«

»Am Ende verkaufte ich Denby Manor. Was sollte ich denn sonst damit machen? Um ganz ehrlich zu sein, der Gedanke, London zu verlassen und mit nichts anderem als meinem Kummer und Amys nächtlichen Besuchen in das Herrenhaus zu ziehen, kam mir eines Nachts, als ich zu Hause war, blind betrunken und unser Hochzeitsalbum durchsah, in den Sinn. Aber am Morgen war der Gedanke schon vorbei.«

»Jefferies kaufte das Anwesen, und er gab mir einen fairen Preis. Der einzige Vorbehalt, auf den ich bestand, war, dass ich den Jarrows ihr Haus und das Land darum herum sofort überlassen würde. Ich hatte das Gefühl, dass sie es für ihre jahrelange Hingabe an meinen verstorbenen Wohltäter verdienten. Ganz zu schweigen von der Art und Weise, wie sie versuchten, mir zu helfen, während ich dort war. Ich lehnte Petersons

Angebot ab, zum Briar's Market zurückzufahren, um mit ihm in seinem Büro den Papierkram durchzugehen. Stattdessen bat ich ihn, sie mir zu schicken, was er widerwillig tat. Er war offensichtlich nicht daran gewöhnt, dass Verträge in dieser Form durchgeführt werden, ohne dass er den Papierkram mit seinem Kunden persönlich durchgehen konnte.«

»Ich nahm Kontakt zu meiner Tante auf, um ihr eine finanzielle Unterstützung aus den Erträgen des Anwesens anzubieten; es schien mir nur richtig. Aber sie lehnte mein Angebot ab und erklärte, dass sie mehr als genug Geld hätte, um ihren Aufenthalt im Heim zu bezahlen, bis sie es nicht mehr nötig hätte. Zu meiner Schande ging ich nie wieder zu ihr, aber wir sprachen ziemlich regelmäßig am Telefon. Tatsache war, dass sie die einzige lebende Person war, mit der ich darüber sprechen konnte, was mir im Herrenhaus passiert war.«

»Meine Tante, die wie immer die Pragmatikerin war, brachte mich oft dazu, die Fassung zu verlieren, indem sie mir sagte, ich müsse vergessen, was vorher passiert war, und einfach mein Leben weiterführen. Als ob ich jemals vergessen könnte, was mit meiner schönen Jenifer geschehen ist. Im Laufe der Zeit lernte ich, mir auf die Zunge zu beißen, wenn sie sich so verhielt, aber es gab Gelegenheiten, bei denen sie mich an einer besonders niedrigen Ebbe erwischte, und ich wurde so frustriert von ihr, dass ich das Telefon niederknallte. Dann, normalerweise innerhalb von ein paar Minuten, packte mich mein Schuldgefühl, und ich rief sie sofort zurück und entschuldigte mich. Etwa ein Jahr, nachdem ich das Anwesen verkauft hatte, starb sie friedlich im Schlaf. Ich fühlte ihren Verlust viel mehr, als ich je gedacht hätte, wenn man bedenkt, dass wir uns erst im letzten Jahr ihres Lebens kennengelernt hatten. Aber ich glaube, ein Teil davon war, dass ich nach ihrem Tod niemanden mehr hatte, mit dem ich über meine Erfahrungen sprechen konnte.«

»Ich habe nie jemand anderem die wahre Geschichte erzählt. Nicht, weil ich Spott fürchtete oder weil ich mich für meine Taten schämte. Es war eher die Tatsache, dass ein Teil von mir Angst davor hatte, es jemandem zu erzählen, der mir nahe stand, wie zum Beispiel Jane oder Jenifers Eltern, nur für den Fall, dass es irgendwie eine Art spirituelles Portal öffnete und es Amy erlaubte, sie so zu plagen, wie sie mich hatte. Es klingt vielleicht dumm, aber nach dem, was ich erlitten hatte, war ich nicht bereit, unnötige Risiken einzugehen.«

»Schließlich ging ich wieder zur Arbeit. Ich nehme an, dass ich nach allem, was passiert war, die Normalität der sich wiederholenden Monotonie brauchte, um bei Verstand zu bleiben. Um ehrlich zu sein, brauchte ich mit dem Erlös des Anwesens nicht wirklich zur Bank zurückzukehren. Ich hätte die Gelegenheit nutzen können, ein neues Unternehmen zu gründen, etwas zu riskieren, was ich schon immer tun wollte. Aber in Wahrheit war das Bankwesen alles, was ich kannte, und ich war nicht in der Stimmung für wilde Abenteuer.«

»Es gelang mir, Jane und Mike zu überreden, etwas Geld zu akzeptieren, um ihre Hypothek zu bezahlen. Zuerst lehnten sie beide ab und sagten, es sei zu großzügig, aber am Ende gaben sie nach, als ich sie davon überzeugte, dass sie, wenn die Situation umgekehrt wäre, darauf bestanden hätten, das Gleiche zu tun.«

»Mein Leben nahm von da an eine fast einsiedlerische Existenz an. Ich ging zur Arbeit, ging nach Hause, schlief und ging wieder zur Arbeit. An den Wochenenden besuchte ich Jenifer, und wenn ich eingeladen wurde, besuchte ich Jane und Mike zum Sonntagsessen. Es kam mir in den Sinn, dass eine gewisse Ironie darin lag, dass das Leben, das ich jetzt lebte, in vielerlei Hinsicht das meines verstorbenen Wohltäters widerspiegelte. Auch er hatte seine Frau und sein ungeborenes Kind durch

Amys Fluch verloren, so dass wir vielleicht mehr Gemeinsamkeiten hatten, denen ich Glauben schenkte.«

»Eines Sonntags besuchte ich Jenifer und stellte einige frische Blumen in ihre Vase. Ich beschloss, dass ich einen Anstoß brauchte, um zu versuchen, meinen Kopf freizukriegen. Es war Ende September, und die Nächte hatten bereits begonnen, früher einzuziehen, aber es war ein besonders sonniger und klarer Tag, an dem die kleinsten Wolkenfetzen über den ansonsten blauen Himmel glitten. Ich achtete nicht besonders darauf, wohin ich ging. Ich musste einfach nur weg von all der Hektik in London sein.«

»Schließlich fand ich mich auf der Straße von Brighton wieder. Sobald ich merkte, wohin ich fuhr, war meine erste Reaktion, an der nächsten Ausfahrt abzubiegen und in eine andere Richtung zu fahren. Aber etwas änderte meine Meinung. Ich habe keine Ahnung, was es gewesen sein könnte. Aber es fühlte sich an, als ob eine plötzliche Ruhe über mich hereinbrach und mich vorwärts trieb. Also fuhr ich an der nächsten Abbiegung vorbei und an der nächsten, bis ich nur noch wenige Kilometer vor der Stadt war.«

»Dies war das erste Mal seit dem letzten Tag, den Jenifer und ich vor meiner schicksalhaften Reise zusammen verbracht hatten, dass ich den Ferienort besuchte. Der Gedanke an die Erinnerungen, die beim Anblick der Stadt in mir wieder aufleben würden, ließ mich nachdenken, und ich wurde absichtlich langsamer, als ich die letzte Kurve nahm, die mich an die Front führen sollte.«

»Nachdem ich geparkt hatte, ging ich in der frühen Nachmittagssonne spazieren und hörte den glücklichen Familien zu, die ihren Tag im Freien genossen. Ihr Lachen und ihre Freude haben mich zum ersten Mal seit ich mich erinnern kann, wieder aufmuntern können, und ich dachte, dass ich nicht so sehr traurig darüber sein sollte, mich an diese Stadt als den letzten Ort zu erinnern, an dem Jenifer und ich zusammen waren, sondern dass ich lieber daran denken sollte, wie viel Freude und Vergnügen meine Frau bei unserem Besuch hatte.«

»Der Gedanke an Jenifer, die am Strand entlang zum Pier rannte und sich auf die vielen Arkaden und Fahrgeschäfte begeistert freute, entlockte mir ein unerwartetes Lächeln, und ich atmete ein paar tiefe Atemzüge der frischen Meeresluft ein, als eine weitere Erinnerung an diesen Sonntagnachmittag, der nun so lange zurückzuliegen schien.«

»Meine Stimmung änderte sich etwas, als ich die Wohnwagen der alten Zigeuner sah, die sich weiter am Strand aneinander schmiegten. Ich erinnerte mich wieder an die alte Frau, die mich über den Pier jagte, während Jenifer ihre Fahrt genoss, und an die Warnung, die sie so verzweifelt versuchte, mir Gehör zu verschaffen. Ein plötzlicher Gedanke schlug mir entgegen. Hätte die alte Frau möglicherweise vorhersehen können, was aus mir werden würde, wenn ich auf diese Reise ginge? In Wahrheit hatte ich ein viel größeres Verständnis, wenn nicht sogar Respekt für die Macht, die einigen Zigeunern verliehen wurde, nachdem ich persönlich als Opfer eines Fluchs der Roma gelitten hatte.«

»Ich erinnerte mich noch einmal daran, wie aufgeregt Jenifer über den Besuch des Wohnwagens der Wahrsagerin gewesen war und wie sie mich vor sich hergeschoben hatte, als wir die Holzstufen erreichten, die zur Tür der Zigeunerin führten. Etwas in mir drängte mich weiter, und ich wusste, dass ich sie wieder besuchen musste. Und sei es auch nur, um ihr zu danken, dass sie versucht hatte, mich zu warnen, und um sich zu entschuldigen, dass ich nicht auf sie gehört hatte.«

»Aber als ich an die gewölbte Tür klopfte, war die Stimme, die zurückrief, viel zu jung, um die der alten Wahrsagerin zu sein.

Ich öffnete die Tür und wagte mich in den düsteren Wohnwagen. Tatsächlich war das junge Mädchen, das hinter dem ovalen Tisch mit der Kristallkugel in der Mitte saß, dasjenige, das ich an diesem Tag auf dem Pier gesehen hatte und das die alte Dame von mir wegführte. Außerdem konnte ich an ihrem Gesichtsausdruck sofort erkennen, dass auch sie mich erkannte und nicht erfreut schien, mich zu sehen.«

»Sie starrte mich eine Ewigkeit lang direkt an, bevor sie einen gewaltigen Seufzer ausstieß und mir den Platz vor ihr anbot. Als ich mich setzte, nahm das Mädchen ein Tuch heraus und bedeckte die Glaskugel zwischen uns. Ich fand das ein wenig seltsam, denn obwohl ich technisch gesehen nicht dorthin gegangen war, um mir die Zukunft vorhersagen zu lassen, muss sie wohl vermutet haben, dass dies der Grund für meinen Besuch war. In diesem Fall wäre die Kristallkugel ein integraler Bestandteil ihrer Darbietung, wenn ein solcher Begriff zutreffen würde.«

»Bevor ich die Gelegenheit hatte, etwas zu sagen, sprach das Mädchen direkt mit mir. Nicht so sehr als Kunde, sondern in einem viel formelleren Ton, der mir sofort das Gefühl gab, dass sie bereits wusste, warum ich dort war.«

»Was ist der Zweck Ihres heutigen Besuchs hier, Mr. Ward?«

»Ich war vollkommen überrascht, dass sie meinen Namen kannte. Ich erinnerte mich sicher nicht daran, ihn der alten Dame bei unserem letzten Besuch gegeben zu haben. Ich war so verblüfft, dass ich einen Moment lang keine Antwort finden konnte, die es wert wäre, angeboten zu werden. Also erkundigte ich mich stattdessen, wo die alte Wahrsagerin sein würde. Das Mädchen sah mir direkt in die Augen. Selbst im schwachen Licht des geschlossenen Raumes konnte ich erkennen, dass sie mit meiner Frage nicht glücklich war. Es gab mehrere getrocknete Blätter, die in Töpfen brannten, die im Wohnwagen verstreut waren, und der Rauch, der von ihnen herüberwehte, begann meine Augen tränen zu lassen, und meine Kehle juckte. Ich räusperte mich und musste mir mehrmals die Augen reiben, um sie zu reinigen.«

»Meine Großmutter ist tot! Danke, dass Sie nach ihrer Gesundheit gefragt haben, und es ist zum Teil Ihre Schuld!«

»Die Worte des jungen Mädchens trafen mich wie der eiskalte Schock, wenn einem kaltes Wasser ins Gesicht geworfen wird. Ich saß eine Weile da und starrte sie ungläubig an. Wie um alles in der Welt konnte ich irgendwie für das Ableben ihrer armen Großmutter verantwortlich sein? Als der anfängliche Schock nachgelassen hatte, bat ich sie, sich zu erklären.«

»Ich entschuldige mich, Mr. Ward, mein Ausbruch war unfair. Aber Tatsache ist, dass meine Großmutter sich nie davon erholt hat, Ihre potenzielle Zukunft im Kristall zu sehen. Ich weiß, dass sie versuchte, Sie zu warnen, und zu meiner Schande hatte ich damals nicht das Gefühl, dass ihre Handlungen jemandem ihrer Würde angemessen waren, weshalb ich, wenn Sie sich erinnern, versuchte, sie am Pier aufzuhalten.«

»Ich war völlig verblüfft über ihre Erklärung. Ich flehte sie an, weiter zu erklären, da ich dringend wissen musste, was die Vorhersage ihrer Großmutter über ihren Tod für mich möglicherweise bedeuten könnte. Ich trug schon genug Schuld auf meinen Schultern, um mehrere Leben lang zu überleben, und ich war nicht sicher, ob ich die Last noch weiter tragen konnte. Aber ich weigerte mich, den Vorwürfen, die mir durch die Aussage des Mädchens entgegengehalten wurden, gegenüber unwissend zu bleiben, also fuhr ich fort und flehte sie an, ihre Anschuldigung zu erklären.«

»Schließlich zog ich aus Verzweiflung meine Brieftasche heraus, und ohne nachzusehen, wie viel ich darin hatte, griff ich alle Scheine darin und legte sie vor dem Mädchen auf den Tisch. Leider bewies die Eile meines Handelns, dass ich ihre Absichten falsch eingeschätzt hatte. Das war kein Trick, und die Augen des Mädchens leuchteten mir mit einem so verächtlichen Blick entgegen, dass ich tatsächlich spürte, wie ich aus Scham kleiner wurde.«

»Sie schnappte sich mein Geld und warf es mir zurück, wobei die Scheine auf dem Tisch verstreut lagen. Bevor ich auch nur ein Wort sagen konnte, verlangte sie, dass ich den Wohnwagen verlasse und nie mehr zurückkomme. Ich fühlte mich so vollkommen dumm, ganz zu schweigen von meiner Scham, dass ich automatisch aufstand, um zu verschwinden. Aber dann, nach reiflicher Überlegung, ich hatte einen ehrlichen Fehler gemacht, und seit meinem letzten Treffen mit ihrer Großmutter war mir so viel Elend widerfahren, dass ich verzweifelt um ihre Hilfe gebeten habe.«

»Ich schaute dem Mädchen direkt in die Augen und erklärte ihr, wie sehr ich meine Indiskretion bedauerte und wie ich nun mit den Folgen lebte, weil ich die Warnung ihrer Großmutter im vergangenen Jahr ignoriert hatte. Ich flehte sie an, mir zu helfen, zu verstehen oder mir zumindest zu erklären, was ihre Großmutter in dem Kristall gesehen hatte. Nach einigen Augenblicken, in denen ihr Blick mich nie verließ, nicht einmal für die kürzeste Sekunde, nickte sie, und ich nahm wieder Platz.«

»Meine Großmutter war ein siebtes Kind, von einem siebten Kind, was bedeutet, dass ihre Kräfte weit über diejenigen hinausgingen, die uns anderen eigen sind, die mit der Gabe der Voraussicht gesegnet sind. Sie hatte das Auge des Teb'banshi, das es einem erlaubt, klarer in die Zukunft zu sehen, als die meisten Menschen sehen können, was vor ihnen liegt. Ich bin die einzige in unserer Familie, die etwas von ihrer Macht geerbt hat, und meine ist nicht einmal ein Zehntel ihrer Macht. Obwohl es mehr als genug ist, um die Urlauber zu unterhalten.«

»Die Gabe meiner Großmutter war extrem mächtig. Sie saß nicht Tag für Tag hier und erzählte den Massen Geschichten, weil sie das Geld brauchte. Zu ihren Lebzeiten hatte sie Vorhersagen für Könige und Monarchen aller Nationen gemacht. Ihr Ruf war in so angesehenen Kreisen bekannt, dass nur eine Handvoll sogar von ihrer Existenz wussten.«

»An ihrem Verhalten konnte ich leicht erkennen, dass das junge Mädchen unglaublich stolz auf die Leistungen ihrer Großmutter war, und es war mir klar, dass meine mangelnde Wertschätzung, wenn auch unbeabsichtigt, eine große Beleidigung verursacht hatte. Da das Mädchen nicht bereit war, mein Geld anzunehmen, wusste ich nicht, was ich sonst noch zur Sühne tun sollte. Also hörte ich vorerst nur zu.«

»Einige der Vorhersagen, die sie als Kind gemacht hatte, erfüllten sich erst Jahre später. Sie sagte beide Weltkriege voraus, den Aufstieg Hitlers, den Untergang der Titanic, die Ermordung Kennedys, sogar den Tag, an dem der erste Mensch auf dem Mond landen würde!«

»Sie sah mich plötzlich mit zusammengekniffenen Brauen an. Ich fühlte instinktiv, dass ich etwas falsch gemacht hatte, obwohl ich keine Ahnung hatte, was.«

»Ich weiß, was Sie denken. Wenn sie so große Kräfte hatte, warum hat sie dann die letzten Jahre ihres Lebens wie ein Karnevalsfreak in diesem Wohnwagen gesessen?«

»Ich schüttelte verleugnend den Kopf, obwohl mir der Gedanke beim Erzählen durch den Kopf schoss. Aber bevor ich ergründen konnte, was ich sagen sollte, um sie davon zu überzeugen, dass sie sich irrte, fuhr sie fort.«

»Ich habe vielleicht nicht die Macht, die meiner Großmutter verliehen wurde, aber ich habe genug, um die Leute zu befriedigen, die hierherkommen und bereit sind, sich von ein paar Pfund zu trennen, in der Erwartung, dass man ihnen sagt, dass sie eines Tages alle Millionäre sein werden. Das ist schließlich die Grenze ihrer Erwartungen. Sie haben nur die Fähigkeit, Glück in Form von Reichtum zu denken, ich sehe es in ihren gierigen Köpfen. Die Hälfte von ihnen würde zehn Jahre ihres Lebens gegen die Chance eintauschen, reich zu werden. Ich kann in ihre Köpfe hineinsehen, genau wie ich in Ihren sehen kann, Mr. Ward!«

»Ihre Worte trugen einen Stachel des Giftes in sich, der mich dazu brachte, mir zu wünschen, dass ich sie gar nicht erst besucht hätte. Doch in ihrem Blick lag so etwas wie Mitgefühl, das mich dazu zwang, sitzen zu bleiben und sie ausreden zu lassen. Wenn sie fähig war, in meine Gedanken zu sehen, dann muss sie auch die Trostlosigkeit und den Kummer sehen können, in dem ich ertrank.«

»Der Grund, warum meine Großmutter hier blieb und dieses Ritual durchführte, war ein Mittel zur Flucht. Sie können sich nicht vorstellen, wie es ist, all das Wissen, das sie besaß, mit sich herumzutragen. Ständig mit neuen Entdeckungen bombardiert zu werden, den ganzen Tag und die ganze Nacht hindurch. Zu wissen, dass die Person, die an einem vorbeikamen, in dieser Nacht bei einem zufälligen Verkehrsunfall getötet werden würde oder dass jemand, der zufällig in der gleichen Schlange wie man selbst in der Post war, mit einem nicht diagnostizierten Krankheitsbild sterben würde.«

»Und das würde nur an der Oberfläche einiger Dinge kratzen, die sie sah. Größere Katastrophen, Epidemien, Massenerschießungen, die Liste hörte nie auf. Die Wahrsagerei war also ihre Art, etwas von dem Überschuss abzuschöpfen. Das bewahrte sie davor, den Verstand zu verlieren. Sie hat nie gefragt und diesen Fluch nie gewollt – keiner von uns tut das. Für die Unerleuchteten mag es wunderbar klingen, alle, die in der Lage sind, sich vorzustellen, wie sie den Gewinner des großen Pferderennens oder die Mannschaften, die ihnen die Fußball-Wetten einbringen würden, vorhersehen könnten. Aber wenn man ihnen sagen würde, dass sie eines Tages aufwachen und zweifellos wissen würden, wann die Welt untergehen wird. Glauben Sie, dass sie dann so begeistert wären, eine solche Gabe zu erwerben?«

»Was wäre, wenn Sie genau wüssten, was Sie erwartet, wenn Sie sterben? Selbst die glühendsten Atheisten halten noch immer an einem Fetzen Hoffnung fest, dass etwas Besseres auf sie wartet, wenn dieses Leben endet. Unabhängig davon, ob sie es jemals jemandem gegenüber zugeben würden oder nicht. Aber wenn sie zu Lebzeiten mit dem Wissen konfrontiert würden, wie würden sie Ihrer Meinung nach reagieren? Wie würden die religiösen Gruppierungen auf das Wissen reagieren, dass ihre Version der Gesetze Gottes falsch ist und eine der alternativen Religionen es die ganze Zeit richtig gemacht hat? Würden die Katholiken den Muslimen folgen? Würden die Mormonen alles fallen lassen und zu Hari Krishna konvertieren?«

»Sie klopfte an die Seite ihres Kopfes, als wolle sie ihren Standpunkt betonen.«

»Die Wahrheit ist, dass ein solches Wissen die gesündesten Menschen in den Wahnsinn treiben würde. Das liegt daran, dass der Verstand der meisten Menschen nicht die Fähigkeit hat, mit der Ungeheuerlichkeit eines solchen Wissens umzugehen. Aber meine Großmutter hatte oft in die Köpfe von Menschen gesehen, die als verrückt gelten. Menschen, die weggesperrt worden waren, in Schande gebracht, weil man sie für nicht geeignet hielt, in der Gesellschaft zu leben. Und wissen Sie, was sie sah, als sie in ihre Köpfe schaute?«

»Ich schüttelte den Kopf, obwohl ich annahm, dass ihre Frage rhetorisch gewesen sei.«

»Wissen. Fundiertes und unverdünntes Wissen. Das einzige Problem mit ihnen war, dass ihr Verstand einfach nicht in der Lage war, alles zu verarbeiten oder mit der Verantwortung umzugehen, die mit solchen Informationen einhergeht. Sie sagte mir immer, wenn man solche Personen entlassen würde, dann nur, weil sie nicht intelligent genug seien, um zu verstehen, was sie anzubieten hätten.«

»Ich rieb mir die Stirn und versuchte, ihr den gebührenden Respekt für alles, was sie sagte, zu zeigen. Aber der berauschende Duft der brennenden Blätter begann, in meinem Kopf zu schmerzen. Ich hielt meine Hände wie in Unterwerfung hoch. Ich drückte mein Bedauern darüber aus, dass ich die enorme Last ihrer Großmutter nicht so aufrichtig wahrgenommen hatte, wie ich es konnte. Dann unterstrich ich noch einmal, wie dringend ich wissen müsse, was ihre Großmutter gesehen habe, als sie an diesem Tag in meine Zukunft blickte.«

»Das Mädchen zuckte mit den schmalen Schultern und schnippte beiläufig eine verirrte Strähne ihres tiefschwarzen Haares zurück, die auf ihr Gesicht gefallen war. Sie starrte mich einen Moment lang mit einem Blick strenger Empörung an. Aber dann sah ich etwas Weiches in ihren Augen, und sie lehnte sich näher an mich heran, um intimer zu sprechen, als sie es bisher während unserer Sitzung getan hatte.«

»Gut, es ist nicht meine Sache, Ihnen die Wahrheit vorzuenthalten, meine Großmutter würde das nicht gutheißen. Seit ich ein Kind war und meine Großmutter die Gabe in mir sah, warnte sie mich immer vor dem Teb'banshi und der Macht, das es mir verliehen hat. Sie hatte es als Kind erkannt, und seitdem war ihr Leben nicht mehr dasselbe. Sie sagte mir, was ich tun solle, wenn ich jemals sein Spiegelbild im Kristall sehen würde. Sie wusste, dass es für sie zu spät war, aber sie hoffte, zumindest mich zu retten.«

»Das Teb'banshi ist älter als jede andere Magie oder Weisheit, die die Welt kennt. Es entspringt der Dunkelheit, und wenn es wahrgenommen wird, sind sowohl derjenige, der essieht, als auch derjenige, der es hat sehen lassen, verflucht. Unsere Kultur erzählt von Zauberern und Hexenmeistern, die über die Jahrhunderte versucht haben, die Macht des Teb'banshi zu verstehen und zu beherrschen, aber nur wenige Auserwählte haben je gesehen, wie die Macht entfesselt wird, und diejenigen, die es tun, leben normalerweise nicht mehr, um es anderen zu erzählen. Als meine Großmutter in den Kristall blickte, um Ihre Zukunft zu sehen, sah sie das Teb'banshi über Ihrer Aura schweben, weil Sie das Zeichen trugen, und deshalb versuchte sie, Sie zu warnen. Sie riskierte ihr eigenes Leben und den Zorn des Teb'banshi, um Sie zu warnen, und Sie haben sie ignoriert!«

»Ich spürte, wie mir ein weiterer Schauer über den Rücken lief, als sie sprach. Ich erinnerte mich an den erschrockenen Blick in den Augen ihrer Großmutter, als sie mich an diesem Tag auf dem Steg konfrontierte. Jetzt begann alles einen Sinn zu ergeben. Zumindest dieser Teil davon. Ich konnte sehen, wie das junge Mädchen anfing zu weinen, zweifellos als Folge des Gesprächs über ihre Großmutter mit mir. Aber ich musste trotzdem wissen, warum, wenn die Kraft dieser Macht so stark war, wie das Mädchen sagte, ihre Großmutter so viel riskierte, um mich davor zu warnen.«

»Meine Großmutter erzählte mir, dass zwischen Ihnen und Ihrer Frau ein Band der Liebe besteht, dessen Stärke sie nur bei wenigen Gelegenheiten zuvor erlebt hatte. Deshalb beschloss sie, den Zorn des Teb'banshi zu riskieren und Sie zu warnen. Sie hoffte, dass Sie mit einer angemessenen Warnung in der Lage sein würden, dem Bösen, das sie in Ihrer Zukunft sehen konnte, auszuweichen. Aber in der Folge überlebte sie die Erfahrung nicht. Als ich sie vom Pier hierher zurückbrachte, konnte ich in ihrem Gesicht sehen, dass die Lebenskraft in ihr abfloss, die durch die schreckliche Kraft des Teb'banshi entzogen wurde. Sie starb kurz danach.«

»Ich war beschämt über das, was das Mädchen mir erzählte. Sie glaubte offenbar, dass ihre Großmutter ihr Leben geopfert hat, um zu versuchen, meines zu retten. In diesem Moment war es mir egal, ob ich an Zigeuner-Wahrsager oder an die Flüche der Roma glaubte. Es ging lediglich darum, dass eine alte Frau bereit war, den Rest ihres Lebens für einen völlig Fremden aufzugeben, basierend auf der Liebe, die ihrer Meinung nach zwischen einem Mann und seiner Frau bestand. Ich fühlte mich wirklich gedemütigt, und ich glaube, dass das Mädchen es entweder in meinem Gesicht oder vielleicht in meinem Herzen sah, denn sie glitt mit ihrer Hand über den Tisch und drückte meine Hand sanft zusammen. Als ich zu ihr aufblickte, lächelte sie durch ihre Tränen.«

SIEBENUNDZWANZIGSTES KAPITEL

Jonathan hob seinen Bierkrug an die Lippen und trank den letzten Rest seines Bieres aus. Meryl signalisierte ihm, dass er noch eins trinken könne, aber er lehnte mit einem schwachen Lächeln und einem Kopfschütteln ab. Er rieb sich sanft die Augen zwischen Zeigefinger und Daumen, um eine weitere Tränenflut zu verhindern. Dann bemerkte er, dass auch Meryl, wie einige der Bandmitglieder, Tränen im Gesicht hatten.

Seine Geschichte hatte ihr Ende erreicht, und zum ersten Mal seit er sich erinnern konnte, fühlte sich Jonathan, als wäre ihm eine große Last von den Schultern genommen worden. Er hatte nie viel auf den Spruch 'ein geteiltes Problem ist ein halbes Problem' gegeben, aber allein das Erzählen seiner Geschichte zu den anderen gab ihm das Gefühl, dass er endlich seine Last ablegen konnte, und er spürte, wie eine Welle der Ruhe über ihn hereinbrach.

Jonathan wischte sich mit dem Handrücken den Mund ab, um die Schaumreste von seinem Bier zu entfernen, bevor er weitersprach. Es gab nicht mehr viel zu sagen, aber er hatte das

Gefühl, dass seine Zuhörer ein Ende verdienten, denn sie saßen bei ihm und hörten sich seine Geschichte an.

»Ich sehe meine Jenifer immer noch in meinen Träumen. So alt wie ich jetzt bin, sieht sie immer noch so jung aus wie beim letzten Mal, als ich sie sah. Manchmal wiegt sie unser Baby in ihren Armen, und ich bete, dass es ein Zeichen ist, dass sie auf mich warten. Ich will nicht lügen, ich habe oft an Selbstmord gedacht, aber ich nehme an, dass ich nicht so mutig bin, wenn es darum geht. Ich fand es immer merkwürdig, dass so viele Leute es als den 'feigen' Ausweg bezeichnen. Was mich betrifft, so würde es mehr Mut erfordern, als ich besitze. Trotzdem bete ich jede Nacht, dass Gott in seiner Gnade mich bald zu sich holen möge.«

»Amy kommt auch noch zu mir. Manchmal hat sie ihr Engelsgesicht auf und singt mir im Traum etwas vor. Aber manchmal verfolgt sie meine Albträume und jagt mich durch einen endlosen Strang von Korridoren und Gängen und schreit dabei aus vollem Halse. Ich vermute, dass der Fluch, den ich geerbt habe, immer bei mir bleiben wird, obwohl ich jetzt niemanden mehr habe, den ich davor schützen kann, also kann sie mich gerne mitnehmen, wann immer sie es für richtig hält!«

Jonathan hob sich aus seinem Stuhl und begann, seinen Mantel in Erwartung des kalten Wetters, das ihn draußen erwartete, zu knöpfen. Meryl versuchte erneut, ihn zu überreden, auf einen weiteren Drink zu bleiben. Aber sie wusste, dass er sich entschlossen hatte, zu gehen. Sie stellte sich vor, dass er jetzt, da er seine schreckliche Geschichte beendet hatte, wahrscheinlich mit seinen Gedanken allein sein wollte.

Mike reichte Jonathan die Hand, und die beiden Männer zitterten, ebenso wie Fred, von der Band.

Melissa und Julie umarmten und küssten ihn auf die Wange, und als er Barry, den Schlagzeuger, erreichte, schlang auch er seine Arme um den alten Mann und umarmte ihn fest und sagte ihm, er solle auf sich aufpassen.

Meryl brachte Jonathan zur Tür und sah ihn draußen in die Kälte gehen. Sie umarmte ihn so lange wie möglich und teilte ihm mit, dass er immer willkommen sei und dass sie ihm von nun an seinen Lieblingsplatz reservieren würde und dass zu Beginn der Nacht immer ein Freibier auf ihn warten würde.

Jonathan dankte ihr von ganzem Herzen.

Meryl beobachtete ihn, bis er das Ende der Straße erreicht hatte und ihn nicht mehr sehen konnte.

EPILOG

Meryl hat Jonathan nach dieser Nacht nie wieder gesehen. Sie hoffte, dass es nicht die Verlegenheit war, die ihn davon abhielt, da er sein Herz und seine Seele vor allen anderen offenbart hatte. Eine andere Theorie, die ihr in den Sinn kam, war, dass er ihre Kneipe vielleicht jetzt mit der Erinnerung an dieses Lied und infolgedessen mit allem, was ihm widerfahren war, in Verbindung brachte.

Schließlich begann sie, sich bei einigen ihrer anderen Stammgäste nach seinem Wohnort zu erkundigen. Sie beabsichtigte, ihm einen Besuch abzustatten und sicherzustellen, dass sie ihm noch einmal sagte, dass er in ihrem Lokal immer willkommen sei und dass jeden Abend ein Gratis-Pint auf ihn warten würde.

Als sie den Namen seiner Straße herausfand, besuchte Meryl ihn eines Nachmittags, als das Geschäft nur schleppend lief. Die fragliche Straße war nicht besonders lang, aber sie zählte immer noch über vierzig Häuser, die sie säumten. Sie wartete auf die ersten von Jonathans Nachbarn, die sich hinauswagten, anstatt wahllos an die Türen zu klopfen. Die Nachbarin, obwohl sehr angenehm und hilfsbereit, hatte selbst nur kurze Zeit in der Straße gelebt und wusste nicht, wer Jonathan war.

Nachdem sie mit zwei weiteren, ebenso uninformierten Personen gesprochen hatte, fand sie schließlich jemanden, der ihn schon länger kannte. Meryl stellte mit Bestürzung fest, dass Jonathan gestorben war. Nach Angaben der Nachbarin, einer Dame mittleren Alters mit starkem mediterranem Akzent, hatte ihn seine Schwester einige Tage nach seinem Tod entdeckt, als er das Sonntagsessen bei ihr verpasst hatte, was er nie tat.

Während sie mit der Dame sprach, rechnete Meryl aus, dass Jonathan in derselben Nacht gestorben war, in der er seine Geschichte im Pub erzählte. Anscheinend fand man ihn in seinem Lieblingssessel, mit einem Bild seiner verstorbenen Frau in der Hand.

Meryl hoffte, dass er endlich mit ihr und ihrem Kind und vor allem in Frieden ruhen würde.

Geisterlied
ISBN: 978-4-86751-758-1

Verlag:
Next Chapter
1-60-20 Minami-Otsuka
170-0005 Toshima-Ku, Tokyo
+818035793528

10 Juli 2021

Lightning Source UK Ltd.
Milton Keynes UK
UKHW012141220721
387625UK00001B/83

9 784867 517581